Am Rand des Abgrunds ist der siebte Roman mit Lawrence Blocks fesselndster Figur, Matthew Scudder. Von heftigen Schuldgefühlen geplagt, hat er Frau und Kinder verlassen und den Dienst quittiert, um in einem Hotel in New Yorks Hell's Kitchen zu hausen und sich in seiner Stammkneipe, Jimmy Armstrong's Saloon, vorwiegend von Kaffee und Bourbon zu ernähren.

Inzwischen ist er trocken – wohnt aber weiterhin in seinem spartanischen Hotelzimmer und verdient sich das wenige Geld, das er zum Leben braucht, als Privatdetektiv, der, wie er es selbst nennt, »Freunden hin und wieder einen Gefallen tut.«

Am Rand des Abgrunds dreht sich um zwei Fälle. Einer davon fällt Scudder eher ungebeten in den Schoß, als ein Mann, den er bei seinen Anonyme-Alkoholiker-Treffen unter die Fittiche genommen hat, in seinem möblierten Zimmer tot aufgefunden wird, augenscheinlich ein Opfer autoerotischer Asphyxiation. Zugleich wird Scudder von den Eltern einer angehenden Schauspielerin engagiert, ihre spurlos verschwundene Tochter ausfindig zu machen.

»Treffsichere Dialoge und authentische Milieuschilderungen«, schrieb die *New York Times*. »Sowohl Blocks als auch Scudders Sinn fürs Detail ist so scharf wie eh und je, die Figuren zum Anfassen realistisch.«

»Ein Knaller«, urteilte der *Philadelphia Inquirer* über *Am Rand des Abgrunds*, die *New York Daily News* schwärmte: »Ein absoluter Volltreffer.«

Am Rand des Abgrunds

LAWRENCE BLOCK

Aus dem Amerikanischen übersetzt von Sepp Leeb

für meinen Cousin
Jeffrey Nathan
1943-1988

Danksagung

Mein ganz besonderer Dank gilt William Smart sowie Karen und Cary Kimble, die einen ganz wesentlichen Beitrag zum Entstehen dieses Buchs geleistet haben. Nicht weniger gilt dies für alle übrigen Mitarbeiter des Virginia Center for the Creative Arts, wo dieses Buch entstanden ist.

Ich sitze in einer der Kneipen
in der Fifty-second Street,
verunsichert und voller Angst
über die erlöschenden Hoffnungen
eines heruntergekommenen, unehrlichen Jahrzehnts:
Wellen der Wut und Angst kreisen über den strahlenden
und verdunkelten Ländern der Erde
und vereinnahmen unsere Privatleben;
der unsägliche Geruch des Todes
beleidigt die Septembernacht ...

W.H.Auden
1. September 1939

Wenn ich mir die Situation damals vorstelle, drängt sich mir unwillkürlich das Bild eines strahlend schönen Sommertags auf. Es war natürlich im Sommer, aber ich weiß nicht, bei welchem Wetter und zu welcher Tageszeit es passiert ist. Ich kenne zum Beispiel jemand, für den es nur bei Nacht und Mondschein gewesen sein kann; aber der Betreffende war selbstverständlich ebenso wenig dabei wie ich. Vielleicht kann er sich das Ganze nur bei Mondschein vorstellen – genauso, wie ich immer einen strahlend schönen Sommertag mit ein paar Schäfchenwolken am tiefblauen Himmel damit verbinde.

Sie haben es sich auf der Veranda des weißen holzverschalten Farmhauses bequem gemacht. Manchmal sehe ich sie auch an dem einfachen Holztisch in der Küche sitzen; aber meistens sind sie auf der Veranda. Sie haben einen großen Glaskrug mit Wodka und Grapefruitsaft neben sich stehen, und sie sitzen auf der Veranda und trinken Salty Dogs.

Manchmal stelle ich sie mir auch vor, wie sie, händchenhaltend oder die Arme um die Hüften geschlungen, über die Felder wandern. Sie hat einiges getrunken, und deswegen ist sie ausgelassen und ein bisschen albern und auch schon etwas wacklig auf den Beinen. Sie muht mit den Kühen, gackert mit den Hühnern, grunzt mit den Schweinen und lacht über die ganze Welt.

Hin und wieder sehe ich sie auch durch den Wald gehen. Sie bleiben am Ufer eines Flusses stehen. Es hat vor ein paar hundert Jahren mal einen französischen Maler gegeben, der lauter solche idyllische Schäferszenen gemalt hat. Von ihm hätte auch diese spezielle Ausgeburt meiner Phantasie stammen können.

Plötzlich sind beide nackt. Sie lieben sich im kühlen Gras am Ufer des Flusses.

An diesem Punkt lässt meine Phantasie merklich nach. Vielleicht liegt das auch nur an einer Art tief verwurzeltem Schamgefühl. Jedenfalls ist alles, was ich in dieser Szene sehe, eine Großaufnahme ihres Gesichts. In ihren Zügen spiegeln sich die unterschiedlichsten Gefühle wider; sie sind wie Zeitungsartikel in einem Traum, die sich immer wieder verändern und mir ständig vor den Augen verschwimmen, sodass ich sie nicht lesen kann.

Und dann zeigt er ihr das Messer. Ihre Augen weiten sich, und irgendetwas in ihnen kommt zum Erlöschen. Und vor die Sonne schiebt sich eine Wolke.

*   *   *

So also stelle ich mir die Situation damals vor, wobei ich nicht annehme, dass meine Phantasie dem wahren Sachverhalt auch nur annähernd gerecht wird. Wie sollte sie auch? Bekanntlich ist häufig selbst auf Augenzeugenschilderungen kein Verlass, und außerdem kann man mich schwerlich als Augenzeugen bezeichnen. Ich habe nicht einmal die Farm, auf der es passiert ist, mit eigenen Augen gesehen. Und ich weiß auch nicht, ob es in der Nähe tatsächlich einen Fluss gibt.

Auch sie kenne ich nur von Fotos. Eines dieser Fotos sehe ich mir jetzt gerade wieder an. Fast ist es, als könnte ich darauf erkennen, wie sich ihr Mienenspiel verändert und vor allem: wie sich plötzlich ihre Augen weiten. Aber das ist natürlich alles nur Einbildung. Wie das Fotos nun mal so an sich haben, ist darauf nur ein einziger kurzer Augenblick festgehalten. Auch dieses Foto verfügt über keine geheimen Zauberkräfte. Es sagt nichts über die Vergangenheit – oder die Zukunft. Auf der Rückseite stehen mein Name und meine Telefonnummer. Aber wenn man es wieder umdreht, ist ihr Gesichtsausdruck noch immer derselbe: die Lippen leicht geöffnet, der Blick direkt in die Kamera gerichtet, die Miene unergründlich. Man kann dieses Foto so lange ansehen, wie man will – es enthüllt einem keine Geheimnisse.

Ich weiß, wovon ich rede. Schließlich habe ich es lange genug angestarrt.

Kapitel 1

In New York gibt es drei große Schauspielerclubs. Ich kannte mal einen Schauspieler namens Maurice Jenkins Lloyd, der sie jedem, der es hören wollte, folgendermaßen charakterisierte: »Die Players sind Gentlemen, die auf Schauspieler machen. Die Lambs sind Schauspieler, die auf Gentlemen machen. Und die Friars – die Friars sind weder das eine noch das andere und tun so, als wären sie beides.«

Zu welcher Kategorie Jenkins-Lloyd gehörte, weiß ich nicht. Ich kann über ihn nur sagen, dass er die meiste Zeit betrunken war und so tat, als wäre er nüchtern. Seine Stammkneipe war das Armstrong's in der Ninth Avenue, zwischen Fifty-seventh und Fifty-eighth. Ich hatte ihn immer nur Dewar's mit Soda trinken sehen, und er konnte Unmengen von dem Zeug in sich hineinschütten, ohne dass man ihm was anmerkte. Er wurde nie laut oder ausfallend und fiel auch nie vom Stuhl. Bestenfalls begann er irgendwann leicht zu lallen, aber das war auch schon alles. Ob Player, Lamb oder Friar – er trank wie ein echter Gentleman.

Und starb daran. Auch ich habe noch getrunken, als er den Folgen eines Speiseröhrenrisses erlag. Das ist zwar auch für einen Alkoholiker nicht unbedingt die geläufigste Todesursache, aber anderen Leuten scheint so etwas überhaupt nicht zu passieren. Worauf so etwas zurückzuführen ist, weiß ich nicht. Vielleicht ist es die ständige Beanspruchung durch den vielen Alkohol, der durch die Speiseröhre Tag für Tag in den Magen hinunterfließt, oder es liegt an der enormen Beanspruchung, wenn man die ganze Soße jeden Morgen in mehreren Schüben wieder hochkotzt.

Eigentlich hatte ich schon eine Ewigkeit nicht mehr an Maurice Jenkins-Lloyd gedacht. Der Grund, weshalb er mir ausgerechnet jetzt wieder einfiel, war ganz einfach: Das Anonyme-Alkoholiker-Treffen, zu dem ich gerade unterwegs war, fand im ersten Stock des Hauses statt, das ehemals den Lambs Club beherbergt hatte. Es war schon einige Jahre her, dass das stilvolle alte Gebäude in der West Forty-fourth den Lambs etwas zu teuer geworden war; deshalb hatten sie es verkauft und zusammen mit einem anderen Club ein Haus in Midtown bezogen. Das ehemalige Clubgebäude wurde von irgendeiner Kirche gekauft, die es für alle möglichen Kurse und sonstigen Aktivitäten nutzte. Unter anderem gab es dort auch eine kleine Experimentierbühne, und jeden Donnerstagabend traf sich in einem der Kursräume eine Einsteigergruppe der Anonymen Alkoholiker.

Das Treffen dauerte von halb neun bis halb zehn. Ich war schon etwa zehn Minuten früher da und stellte mich dem Gruppenbetreuer vor. Danach schenkte ich mir einen Becher Kaffee ein und setzte mich an den Platz, den mir der Betreuer zuwies. Der Saal fasste etwa acht bis zehn Tische, die in Hufeisenform aufgestellt waren. Mein Platz befand sich gegenüber dem Eingang neben dem Betreuer.

Bis halb neun hatten sich etwa fünfundfünfzig Personen eingefunden. Sie saßen an den Tischen und tranken aus Styroporbechern Kaffee. Nach einer kurzen Begrüßung verlas der Betreuer die Satzung und rief dann jemanden auf, um eine Passage aus dem fünften Kapitel des Buchs der Bücher vorzutragen. Darauf folgten ein paar Ankündigungen: eine Wochenendtanzveranstaltung in der Upper West Side, ein Gruppenjubiläum in Murray Hill, ein zusätzlich abgehaltenes Kursprogramm im Alanon House. Außerdem fielen in der Synagoge in der Ninth Avenue wegen der jüdischen Festtage die nächsten zwei Treffen aus.

Dann kündigte der Betreuer meine Wenigkeit an: »Der Redner des heutigen Abends ist Matt – von der Gruppe *Immer schön einfach*.«

Natürlich war ich ziemlich nervös. Das war ich von dem Moment an, als ich den Raum betrat. Ich bin vor jedem Treffen, das ich selbst bestreiten muss, furchtbar aufgeregt. Aber diese Nervosität legt sich im Lauf der Zeit. Nachdem mich der Betreuer vorgestellt hatte, gab es kurzen Applaus, und als es schließlich im Saal wieder still wurde, begann ich: »Vielen Dank für den freundlichen Empfang. Ich heiße Matt und bin Alkoholiker.« Im selben Moment war meine Nervosität verflogen. Ich setzte mich und erzählte meine Geschichte.

Ich redete etwa zwanzig Minuten. Was ich alles erzählt habe, weiß ich nicht mehr. Im Großen und Ganzen ist es ja sowieso immer dieselbe Geschichte: wie es früher war, wie es dazu gekommen ist, und wie es jetzt ist. Und genau das erzählte ich auch diesmal wieder. Nur kommt es natürlich jedes Mal ein bisschen anders heraus.

Bei diesen Gelegenheiten bekommt man manchmal Lebensgeschichten zu hören, die wirklich filmreif sind. Da gibt es Kerle, die noch vor kurzem in East St. Louis in der Gosse herumgekrebst sind, und jetzt sind sie plötzlich Präsident bei IBM – Tendenz weiterhin steigend. Mit solchen Erfolgsstories kann ich nicht aufwarten. Ich habe noch immer dieselbe Wohnung und denselben Job. Der einzige Unterschied ist, dass ich früher getrunken habe und jetzt nicht mehr. Und damit hat es sich.

Als ich fertig war, ertönte wieder höflicher Applaus. Und dann ließen sie einen Korb rumgehen, in den jeder einen Dollar oder einen Quarter oder auch nichts werfen konnte – für die Raummiete und den Kaffee. Nach einer fünfminütigen Pause ging das Treffen weiter. Der Ablauf ist von Gruppe zu Gruppe unterschiedlich. In diesem Fall gingen die Teilnehmer im Raum herum, und irgendwann kam jeder Mal an die Reihe, etwas zu sagen.

Es waren etwa zehn Leute darunter, die ich kannte, und ein weiteres halbes Dutzend, die mir vage bekannt vorkamen. Da ich auch erzählt hatte, dass ich mal Polizist war, kam eine Frau mit einem energischen Kinn und einer wilden roten Mähne auf mich zu und sagte: »Ein Wunder, dass Sie nicht schon mal bei mir angerückt sind. Bei uns musste mindestens einmal die Woche die Polizei kommen. Wenn mein Mann und ich ordentlich einen getrunken hatten, flogen oft ganz schön die Fetzen. Und das artete dann meistens dermaßen aus, dass die Nachbarn die Polizei riefen. Irgendwann kam dann dreimal hintereinander derselbe Polizist, und – zack! – schon fing ich was mit ihm an. Allerdings hat es nicht lange gedauert, bis ich mich auch mit ihm in die Wolle kriegte und wieder jemand die Polizei rief. Ständig haben mir die Leute die Polizei auf den Hals gehetzt – und das sogar, als ich noch mit einem Polizisten verheiratet war.«

Um halb zehn beteten wir zum Abschluss des Treffens das Vaterunser. Anschließend kamen ein paar der Teilnehmer zu mir, um mir zu gratulieren und für meinen Erfahrungsbericht zu danken. Die meisten gingen allerdings schleunigst nach draußen, um sich eine Zigarette anstecken zu können.

Im Freien war es angenehm frisch und kühl – ein typischer Frühherbstabend. Nach dem heißen Sommer waren diese kühlen Nächte eine wahre Wohltat. Ich war etwa einen halben Block in Richtung Westen gegangen, als ein Mann aus einem dunklen Hauseingang kam und mich fragte, ob ich etwas Kleingeld für ihn übrig hätte. Er trug eine schlecht sitzende Hose und eine nicht dazu passende Anzugjacke. Seine Füße steckten in ausgelatschten Tennisschuhen – ohne Socken. Er sah aus wie fünfunddreißig, war aber vermutlich um einiges jünger. In der Gosse altert man schnell.

Er hätte dringend ein Bad, eine Rasur und einen Haarschnitt vertragen können – und eine Menge anderer Dinge, die er von mir nicht bekommen konnte. Trotzdem fischte ich einen Dollarschein aus meiner Hosentasche und drückte ihn ihm in die Hand, worauf er mir überschwänglich dankte. Ich ging weiter und hatte fast den Broadway erreicht, als jemand meinen Namen rief.

Ich drehte mich um und sah einen Mann auf mich zukommen. Es war ein gewisser Eddie. Ich hatte ihn schon ein paarmal bei den Treffen gesehen, und er war mir auch heute Abend flüchtig aufgefallen.

»Hallo, Matt«, sprach er mich an, als er mich eingeholt hatte. »Hätten Sie Lust, noch auf einen Kaffee mitzukommen?«

»Vielen Dank, ich hab schon beim Treffen drei Tassen getrunken. Außerdem möchte ich lieber gleich nach Hause.«

»Müssen Sie in Richtung Uptown? Dann komme ich ein Stückchen mit.«

Darauf gingen wir den Broadway zur Forty-seventh runter, wechselten auf die Eighth Avenue über und setzten dort unseren Weg nach Uptown fort. Von den fünf Leuten, die uns unterwegs anschnorrten, wimmelte ich zwei ab; von den restlichen drei gab ich jedem einen Dollar und handelte mir dafür jede Menge Dank und Gottes Segen ein. Nachdem ich meinen dritten Dollar ausgeteilt und die entsprechenden Segenswünsche entgegengenommen hatte, konnte sich Eddie eine Bemerkung nicht mehr verkneifen.

»Was ist denn mit Ihnen los, Matt? Sie können wohl gar nicht nein sagen.«

»Manchmal gebe ich auch nichts.«

»Aber meistens schon.«

»Ja, meistens schon.«

»Erst kürzlich habe ich unseren Bürgermeister im Fernsehen gesehen. Sogar er findet, dass man den Leuten auf der Straße kein Geld geben sollte. Er meint, die Hälfte von denen sind sowieso nur Süchtige, die sich von dem Geld neues Crack kaufen.«

»Na, und wenn schon. Aber die andere Hälfte kauft sich damit was zu essen oder für eine Nacht ein Dach überm Kopf.«

»Der Bürgermeister hat aber gesagt, dass in New York jeder, der in Not ist, ein Bett und eine warme Mahlzeit bekommt und das kostenlos.«

»Ich weiß. Aber warum gibt es dann so viele Leute, die nachts auf der Straße schlafen und von irgendwelchen Abfällen leben?«

»Diese Scheibenputzer will er übrigens auch aus dem Verkehr ziehen. Sie wissen schon – diese Kerle, die einem, ohne zu fragen, die Windschutzscheibe saubermachen und einen dann um ein Trinkgeld anhauen. Der Bürgermeister findet, sowas passt einfach nicht ins Straßenbild; das hätten wir hier nicht nötig.«

»Da hat er allerdings recht«, brummte ich. »Wirken ja auch ziemlich kräftig, diese Typen. Sollten lieber in dunklen Hinterhöfen unschuldige Passanten überfallen oder Getränkemärkte ausrauben – so wären sie wenigstens den Blicken der Öffentlichkeit entzogen.«

»Sie halten wohl nicht viel von unserem Bürgermeister, Matt?«

»Ach, vermutlich ist der Kerl gar nicht mal so verkehrt. Allerdings hat er ein Herz von der Größe einer Rosine, aber das ist vermutlich Grundvoraussetzung für seinen Job. Jedenfalls kann mir unser Herr Bürgermeister mit seinem Geschwafle gestohlen bleiben. Ich gebe lediglich ein paar armen Teufeln etwas Geld, das ist alles. Das schadet mir nicht und hilft denen nicht sonderlich viel. Aber es ist wenigstens etwas, was ich tun kann.«

»Es gibt jedenfalls genug Leute, die einen anhauen.«

Damit hatte er allerdings recht. Man konnte sie überall in der Stadt sehen; sie schliefen in Parks, in U-Bahnschächten und in Bahnhofshallen. Ein Teil von ihnen waren Fälle für die Psychiatrie, ein Teil war drogensüchtig, und der Rest waren einfach Leute, die beim Kampf ums Überleben nicht mehr Schritt halten konnten und ihr Zuhause verloren hatten. Es ist nun mal nicht einfach, einen Job zu bekommen, wenn man keinen festen Wohnsitz vorweisen kann. Und wie soll man unter solchen Umständen außerdem auf sein Aussehen achten und einen einigermaßen manierlichen Eindruck erwecken? Trotzdem hatte eine ganze Menge von diesen armen Teufeln sogar einen Job. Eine Wohnung ist in New York schon schwer genug zu finden, aber noch schwerer zu bezahlen. Alles in allem – Miete, Nebenkosten, Maklergebühren – muss man in der Regel mindestens zweitausend Dollar auf den Tisch blättern, um eine Wohnung zu bekommen. Aber woher so viel Geld nehmen, selbst wenn man einen Job hat?

»Ich habe Gott sei Dank eine Wohnung«, sagte Eddie. »Sie werden's kaum glauben, Matt, aber es ist noch immer dieselbe, in der ich aufgewachsen bin. Sie liegt drüben bei der Tenth – nicht weit von hier. Vorher habe ich allerdings noch woanders gewohnt. Aber das Haus steht nicht mehr. Inzwischen haben sie dort die neue Highschool gebaut. Wir sind dort ausgezogen, als ich ungefähr neun war. Muss wohl so gewesen sein, weil ich mich noch erinnern kann, dass ich damals in der dritten Klasse war. Ich bin übrigens auch mal eine Weile eingesessen.«

»Aber nicht schon in der dritten Klasse.«

Er lachte. »Nein, das war ein bisschen später. Tja, und während ich oben in Green Heaven meine Zeit abgesessen habe, ist mein Alter gestorben, so dass ich kein Zuhause mehr hatte, als ich wieder rauskam. Deshalb bin ich zu meiner Mutter gezogen. Von einem Zuhause konnte man da eigentlich nicht reden. Es war eher ein Platz, wo ich meine Klamotten und den restlichen Krempel rumstehen hatte. Aber als sie dann krank wurde, musste ich mich um sie kümmern, und als sie starb, habe ich die Wohnung übernommen. Drei kleine Zimmer im vierten Stock. Aber wenigstens unterliegen sie der Mietpreisbindung. Einhundertzweiundzwanzig Dollar und fünfundsiebzig Cents im Monat. Da kann man nicht meckern. So viel muss man in dieser Wahnsinnsstadt sonst schon für eine Nacht in einem halbwegs passablen Hotel hinblättern.«

Erstaunlicherweise ging es mit dem Viertel trotzdem wieder aufwärts. Hundert Jahre lang war Hell's Kitchen ein ziemliches heißes Pflaster gewesen. Aber plötzlich hatten die Immobilienhaie dem Viertel den wohlklingenden Namen Clinton verpasst und die heruntergekommenen Mietwohnungen in schicke Luxusapartments umgewandelt, für die anstandslos sechsstellige Summen gezahlt wurden. Allerdings ist mir nicht ganz klar, was eigentlich aus den ganzen armen Schluckern wird und woher die vielen reichen Pinkel kommen.

Eddie sagte: »Ein herrlicher Abend, finden Sie nicht auch? Natürlich wird's nicht lange dauern, und wir fangen wieder an, über die Kälte zu jammern. Eben geht man noch ein vor Hitze, und dann fragt man sich von einem Tag auf den anderen, was plötzlich aus dem Sommer geworden ist. So ist es doch immer, oder?«

»Jedenfalls bekommt man es immer wieder zu hören.«

Eddie war Ende dreißig, schmächtig gebaut, etwas über eins siebzig groß. Er hatte blasse Haut und wässrig blaue Augen. Sein hellbraunes Haar begann sich schon empfindlich zu lichten, und mit seinen weit vorstehenden Zähnen sah er ein bisschen aus wie ein Karnickel.

Hätte ich es nicht gewusst, hätte ich mir vermutlich gedacht, dass er mal im Knast war. Allerdings hätte ich nicht recht sagen können, weshalb er in meinen Augen wie ein Ganove aussah. Vielleicht war es die eigenartige Mischung aus Courage und Leisetreterei, die sich vor allem in der Haltung seiner Schultern und in seinem nervösen Blick bemerkbar machte. Dass es ihm ins Gesicht geschrieben war, könnte ich zwar nicht behaupten, aber schon das erste Mal, als ich ihn bei einem Treffen sah, hatte sich mir der Eindruck aufgedrängt, dass er Dreck am Stecken hatte und vermutlich auch eingesessen hatte.

Eddie fischte eine Packung Zigaretten aus seiner Jackentasche und bot mir eine an. Als ich den Kopf schüttelte, nahm er sich selbst eine heraus und riss hinter vorgehaltener Hand ein Streichholz an. Nach dem ersten Zug hielt er die Zigarette zwischen Daumen und Zeigefinger und starrte sie nachdenklich an. »Eigentlich sollte ich schon längst mit der Qualmerei aufhören«, brummte er schließlich. »Da lässt du den Alkohol sein und krepierst stattdessen an Lungenkrebs. Wo soll da der Sinn sein?«

»Wie lange haben Sie schon mit dem Trinken aufgehört, Eddie?«

»Demnächst werden es sieben Monate.«

»Nicht übel.«

»An den Treffen nehme ich sogar schon fast ein Jahr teil. Aber anfangs hat es eine Weile gedauert, bis ich ganz mit dem Alkohol Schluss gemacht habe.«

»Bei mir hat es auch nicht gleich beim ersten Mal hingehauen.«

»Tatsächlich? Na ja, ich habe jedenfalls noch so ein, zwei Monate rumgeschlurt. Und auch dann dachte ich noch, ich könnte weiter Gras rauchen. Schließlich hatte ich mit dem Alkohol Probleme, nicht mit dem Gras. Aber anscheinend hat es mit dem, was sie einem bei den Treffen immer wieder einbläuen, doch seine Richtigkeit. Jedenfalls habe ich auch mit dem Marihuana

Schluss gemacht, und jetzt bin ich schon mehr als sieben Monate trocken und clean.«

»Na, großartig.«

»Ja, ich bin auch ganz zufrieden.«

»Was das Rauchen betrifft: Es heißt immer wieder, man soll sich nicht zu viel auf einmal zumuten.«

»Ich weiß. Vermutlich genügt es auch, wenn ich damit aufhöre, sobald ich mein erstes Jahr hinter mir habe.« Die Asche seiner Zigarette leuchtete dunkelrot auf, als er daran zog. »Ich muss jetzt in die andere Richtung. Sie wollen also wirklich nicht noch auf einen Kaffee mitkommen?«

»Nein, aber ich komme noch das Stück zur Ninth rüber mit.«

Als wir an der Ecke ankamen, blieben wir noch eine Weile stehen und unterhielten uns. Worüber wir im Gehen gesprochen haben, weiß ich nicht mehr so genau. Aber an der Ecke sagte Eddie: »Als der Betreuer Sie vorhin vorgestellt hat, sagte er, Ihre Stammgruppe wäre *Immer schön einfach*. Das ist doch die Gruppe, die sich in St. Paul's trifft?«

Ich nickte. »Ja, offiziell heißt die Gruppe *Immer schön einfach*, aber wir nennen sie eigentlich nur *St. Paul's*.«

»Nehmen Sie eigentlich regelmäßig an den Treffen teil?«

»Ja, meistens.«

»Vielleicht treffen wir uns ja dort mal wieder. Haben Sie vielleicht zufällig ein Telefon, Matt?«

»Klar. Ich wohne im Northwestern. Das ist ein kleines Hotel. Sie brauchen dort nur anzurufen, dann werden Sie durchgestellt.«

»Und nach wem soll ich dort fragen?«

Ich sah ihn kurz an und begann zu lachen. Ich hatte immer einen kleinen Packen 9x13-Vergrößerungen mit meiner Adresse auf der Rückseite dabei. Eine davon reichte ich ihm. Er warf einen kurzen Blick darauf und sagte: »Aha, Matthew Scudder.« Dann drehte er das Foto um. »Aber das sind doch nicht Sie?«

»Schon mal gesehen?«

Er schüttelte den Kopf. »Wer ist das?«

»Ein Mädchen, das ich suche.«

»Kann ich gut verstehen. Versuchen Sie doch auch gleich für mich noch eins aufzutreiben, wenn Sie schon dabei sind, Matt. Die nehme ich Ihnen jederzeit mit Handkuss ab. Ist das ein Auftrag, an dem Sie gerade arbeiten?«

Ich nickte.

»Wirklich nicht übel, die Kleine. Und noch verdammt jung – zumindest, als das Foto gemacht wurde. Wie alt ist sie denn? Anfang zwanzig?«

»Inzwischen vierundzwanzig. Aber das Foto ist schon ein, zwei Jahre alt.«

»Vierundzwanzig ist auch noch verdammt jung.« Er drehte das Foto wieder auf die Rückseite. »Matthew Scudder. Schon komisch, dass man oft die persönlichsten Dinge über jemand weiß, aber nicht, wie er heißt. Zumindest mit Nachnamen. Meiner ist Dunphy. Aber das haben Sie vermutlich schon gewusst.«

»Nein.«

»Wenn ich ein Telefon hätte, könnten Sie gern auch meine Nummer haben. Aber weil ich die Rechnungen nicht mehr bezahlen konnte, haben sie mir vor eineinhalb Jahren einfach den Anschluss gesperrt. Allerdings will ich zusehen, dass ich demnächst wieder einen bekomme. Es hat jedenfalls Spaß gemacht, sich mit Ihnen zu unterhalten, Matt. Vielleicht bis morgen in St. Paul's.«

»Ich werde ziemlich sicher da sein.«

»Ich sehe zu, dass ich kommen kann. Bis dann also.«

»Bis bald, Eddie.«

Er wartete, bis die Ampel auf Grün schaltete, dann überquerte er die Straße. Auf halbem Weg drehte er sich noch mal um und lächelte mir zu. »Hoffentlich finden Sie das Mädchen.«

An dem Abend fand ich sie allerdings nicht mehr. Und auch kein anderes Mädchen. Ich ging das restliche Stück zu meinem Hotel zu Fuß. Als ich an der Rezeption kurz haltmachte, teilte mir Jacob mit, dass im Abstand vor, einer halben Stunde drei Anrufe für mich eingegangen waren. »Könnte sein, dass es jedes Mal derselbe Mann war«, bemerkte er dazu. »Aber er hat keinen Namen und keine Nachricht hinterlassen.«

Ich ging auf mein Zimmer, setzte mich und begann zu lesen. Nach ein paar Seiten läutete das Telefon.

Als ich abnahm, meldete sich eine Männerstimme: »Scudder am

Apparat?« Das bestätigte ich ihm, worauf er fortfuhr: »Wie hoch ist die Belohnung?«

»Welche Belohnung?«

»Suchen Sie denn nicht nach diesem Mädchen?«

Am liebsten hätte ich aufgehängt, aber stattdessen sagte ich: »Welches Mädchen?«

»Auf der einen Seite ist ihr Foto, auf der anderen steht Ihr Name. Suchen Sie denn nicht nach ihr?«

»Wissen Sie, wo sie ist?«

»Beantworten Sie erst meine Frage. Wie hoch ist die Belohnung?«

»Darüber habe ich mir noch keine Gedanken gemacht. Aber ein bisschen was könnte dabei unter Umständen herausspringen.«

»Was ist für Sie 'ein bisschen'?«

»Jedenfalls nicht genug, um reich zu werden.«

»Nennen Sie doch einfach mal eine Zahl.«

»Vielleicht ein paar hundert Dollar.«

»Fünfhundert?«

Was sollte ich mit dem Kerl lange herumhandeln? Er hatte sowieso nichts zu verkaufen. »Also gut«, stimmte ich deshalb zu. »Fünfhundert.«

»Viel ist das ja nicht gerade.«

»Ich weiß.«

Darauf trat eine kurze Pause ein. Und dann sagte er plötzlich ziemlich schroff: »Also gut. Sie machen jetzt Folgendes: Die Ecke Broadway und Fifty-third Street kennen Sie doch, und zwar die in Richtung Uptown und Eighth Avenue. Warten Sie dort in einer halben Stunde auf mich. Und sehen Sie zu, dass Sie das Geld dabeihaben. Ohne die fünfhundert brauchen Sie nämlich erst gar nicht zu kommen.«

»Wo soll ich um diese Zeit so viel Geld herbekommen?«

»Noch nie was von Geldautomaten gehört? Na gut, also wieviel haben Sie gerade zu Hause? Meinetwegen zahlen Sie einen Teil an und geben mir den Rest morgen. Aber beeilen Sie sich gefälligst ein bisschen, weil die Kleine morgen schon wieder ausgeflogen sein könnte, wenn Sie verstehen, was ich meine.«

»Besser, als Sie sich vorstellen können.«

»Was Sie nicht sagen?«

»Wie heißt sie?«

»Was soll denn das nun wieder?«

»Wie heißt das Mädchen?«

»Sie sind doch der, der sie sucht. Soll das heißen, Sie wissen nicht mal, wie die Kleine heißt?«

»Sie wissen es jedenfalls auch nicht, oder?«

Er überlegte kurz. »Ich weiß, wie sie sich jetzt gerade nennt«, sagte er schließlich. Dass sich ausgerechnet die größten Idioten immer besonders schlau vorkommen. »Aber unter diesem Namen kennen Sie sie vermutlich nicht.«

»Und wie nennt sie sich jetzt?«

»Nee, nee, Mann. Das gehört zu dem, was Sie für Ihre fünfhundert Dollar kriegen.«

Was ich kriegen würde, war vermutlich ein Unterarm um die Gurgel und ein Messer zwischen die Rippen. Die Leute, die wirklich etwas anzubieten haben, wollen nicht schon gleich beim ersten Satz wissen, wie hoch die Belohnung ist; und vor allem schlagen sie auch kein nächtliches Treffen an einer Straßenecke vor. Eigentlich hätte ich gute Lust gehabt, einfach aufzuhängen. Aber dann hätte er nur noch mal angerufen.

Also sagte ich: »Jetzt hören Sie mir mal gut zu. Mein Auftraggeber hat mich nicht ermächtigt, eine Belohnung auszuzahlen, solange das Mädchen nicht aufgetaucht ist. Außerdem haben Sie nichts anzubieten. Suchen Sie sich lieber einen anderen Dummen, dem Sie ein paar Dollar abknöpfen können. Ich bin nicht bereit, mich an einer Straßenecke mit Ihnen zu treffen. Und selbst wenn ich es täte, würde ich kein Geld bei mir tragen. Das einzige, was ich dabei hätte, wären eine Kanone, ein Paar Handschellen und ein paar Mann Verstärkung. Und mit denen würde ich Sie dann so lange in die Mangel nehmen, bis ich ganz sicher wäre, dass Sie tatsächlich nichts wissen. Und dann würde ich Ihnen noch ein bisschen weiter auf die Zehen steigen, um meine Wut über die nutzlos vergeudete Zeit etwas abzureagieren. Falls das in Ihrem Interesse ist, können wir uns gern an dieser Ecke treffen. Also, wie steht's?«

»Du mieser Halsabschneider ...«

»Sie kriegen das offensichtlich noch immer nicht richtig auf die Reihe«, unterbrach ich ihn ruhig. »Wenn hier jemand ein mieser Halsabschneider ist, dann bestenfalls Sie.«

Damit hängte ich auf. »Arschloch«, sagte ich laut, ob zu ihm oder zu mir, war mir nicht ganz klar. Dann ging ich unter die Dusche und legte mich schlafen.

Kapitel 2

Das Mädchen hieß Paula Hoeldtcke, und ich rechnete nicht wirklich damit, sie zu finden. Das versuchte ich auch ihrem Vater klarzumachen, aber es ist nun mal nicht einfach, jemandem etwas beizubringen, was er partout nicht wahrhaben will.

Warren Hoeldtcke hatte ein markantes, offenes Gesicht und dichtes rotes Haar, das sich an manchen Stellen grau zu verfärben begann. Er hatte die Subaru-Vertretung von Munde, Indiana, und ich konnte ihn mir genau vorstellen, wie er in einem Werbespot des dortigen Lokalsenders vor ein paar seiner neuesten Wagenmodelle stand und den Fernsehzuschauern versicherte, dass sie nirgendwo besser beraten würden als bei Subaru Hoeldtcke.

Paula war das vierte der sechs Hoeldtcke-Kinder. Sie hatte am Ball State College in Muncie ihren Abschluss gemacht. »Dort hat übrigens auch David Letterman studiert«, erzählte mir Hoeldtcke stolz. »Aber das war natürlich schon einige Zeit vor Paula.«

Als Hauptfach hatte sie Theaterwissenschaften belegt und war anschließend nach New York gegangen. »An einem Provinztheater wie dem in Muncie hätte sie natürlich keinerlei Aufstiegschancen gehabt«, erklärte mir Hoeldtcke dazu. »Dazu muss man entweder nach New York oder Kalifornien. Allerdings wäre Paula vermutlich auch von zu Hause fort, wenn sie sich nicht in den Kopf gesetzt hätte, Schauspielerin zu werden. Sie hatte einen sehr stark ausgeprägten Unabhängigkeitsdrang. Ihre beiden älteren Schwestern sind mit zwei Männern von außerhalb verheiratet, die sich aber dann in Munde niedergelassen haben. Ihr älterer Bruder, Gordon, ist in die Firma eingestiegen. Die zwei Jüngsten, ein Junge und ein Mädchen, gehen noch zur Schule. Was sie mal machen werden, lässt sich natürlich noch nicht sagen. Aber wenn mich nicht alles täuscht, zieht es auch sie nicht von zu Hause fort. Dagegen war Paula schon immer ein unruhiger Geist. Ich bin nur froh, dass sie es wenigstens lange genug zu Hause ausgehalten hat, um das College fertig zu machen.«

In New York nahm sie Schauspielunterricht, arbeitete nebenbei als Bedienung, wohnte in den West Fifties und ließ keine Gelegenheit zum Vorsprechen aus. Sie hatte auch schon ein paar kleine Rollen gehabt – eine in einer Schaufensteraufführung von *Another Part of Town* in der Second Avenue und eine in einer Lesung von *Very Good Friends* im West Village. Hoeldtcke hatte mir die Programmhefte gezeigt und mich voller Stolz auf die Kurzbiographie aufmerksam gemacht, in der in Stichworten ihr bisheriger Werdegang beschrieben wurde.

»Natürlich hat sie dafür keinen Cent Gage bekommen«, erklärte er mir. »Bei Anfängern ist das wohl so üblich. Die machen das nur, um praktische Erfahrungen sammeln zu können, und natürlich hoffen sie insgeheim, auf diese Weise von einem Regisseur oder Agenten entdeckt werden. Da hört man ständig, was für phantastische Gagen diese Filmstars bekommen, aber erst einmal ist die Schauspielerei ein verdammt hartes Brot.«

»Ich weiß.«

»Eigentlich wollten meine Frau und ich nach New York fahren, um uns das Stück anzusehen. Die Lesung hat uns allerdings weniger interessiert; dabei standen nur ein paar Schauspieler auf der Bühne und lasen den Text vor. Das hörte sich für uns nicht sonderlich reizvoll an – obwohl wir uns natürlich auch das angehört hätten, wenn Paula es gewollt hätte. Aber sie legte nicht mal Wert darauf, dass wir uns das Stück ansahen. Sie fand es nicht besonders gut; und außerdem hatte sie nur eine kleine Nebenrolle. Sie meinte, wir sollten lieber warten, bis sie eine vernünftige Rolle bekäme.«

Ende Juli hatten die Hoeldtckes zum letzten Mal von ihrer Tochter gehört. Sie klang am Telefon zuversichtlich und guter Dinge und erzählte, dass sie den Sommer irgendwo auf dem Land verbringen wollte, ohne sich dazu jedoch näher zu äußern. Als sie sich daraufhin ein paar Wochen nicht mehr meldete, versuchten sie mehrere Male, sie telefonisch zu erreichen. Allerdings bekamen sie immer nur ihr Anrufbeantworter dran.

»Sie war nur sehr selten zu Hause. Ihr Zimmer muss wohl sehr klein und dunkel gewesen sein, weshalb sie sich kaum dort aufhielt. Als ich es später zum ersten Mal sah, konnte ich das gut verstehen. Eigentlich war ich gar nicht in ihrem Zimmer. Ich habe nur das Haus und den Eingangsflur gesehen. Aber das hat schon gereicht. In New York zahlen die Leute selbst für die letzten Bruchbuden horrende Mieten.«

Weil Paula selten zu Hause war, riefen sie ihre Eltern so gut wie nie an. Vielmehr hatten sie eine Art System. Jeden zweiten oder dritten Sonntag im

Monat meldete Paula unter der Nummer ihrer Eltern ein persönliches Gespräch an sich selbst an. Darauf teilten ihre Eltern dem Amt mit, dass Paula nicht zu Hause wäre, und riefen sie gleich darauf selbst in New York an. »Damit wollten wir eigentlich nicht die Telefongesellschaft betrügen«, erklärte mir ihr Vater. »Schließlich hat uns das Gespräch genauso viel gekostet, wie wenn Paula uns direkt aus New York angerufen hätte. Aber so wurde das Gespräch auf unsere Telefonrechnung gesetzt und nicht auf ihre. Außerdem hatte sie es dann nicht so eilig, Schluss zu machen, sodass die Telefongesellschaft letztlich sogar davon profitiert hat, weil wir so meistens länger miteinander gesprochen haben.«

Aber diesmal rief Paula nicht an und reagierte auch nicht auf die Nachrichten auf ihrem Anrufbeantworter. Ende Juli fuhr Hoeldtcke dann mit seiner Frau und seiner jüngsten Tochter in Urlaub. Die erste Woche verbrachten sie auf einem Reiterhof in Dakota, und anschließend machten sie Ausflüge in die Badlands und zum Mount Rushmore. Als sie Mitte August nach Hause kamen und Paula wieder zu erreichen versuchten, meldete sich inzwischen nicht einmal mehr ihr Anrufbeantworter, sondern nur noch ein lakonisches: kein Anschluss unter dieser Nummer.

»Falls sie tatsächlich vorhatte, den ganzen Sommer auf dem Land zu verbringen«, meinte Hoeldtcke, »könnte sie natürlich ihren Anschluss aus Kostengründen vorübergehend gekündigt haben. Andrerseits hätte sie uns in diesem Fall sicher Bescheid gesagt. Paula traf zwar des Öfteren recht überstürzte Entscheidungen, aber sie gab uns kurz darauf eigentlich immer Bescheid. In dieser Hinsicht war sie immer sehr zuverlässig und verantwortungsbewusst.«

Aber auch wieder nicht *so* zuverlässig. Die Uhr konnte man zum Beispiel nicht nach ihr stellen. Manchmal gab sie zwei, drei Wochen kein Lebenszeichen von sich. Deshalb war nicht auszuschließen, dass sie tatsächlich länger verreist war, ohne vorher ihren Eltern Bescheid gesagt zu haben. Außerdem waren diese ja auch selbst ein paar Wochen in Urlaub gewesen.

»Vor zehn Tagen hatte meine Frau Geburtstag«, fuhr Warren Hoeldtcke fort, »aber nicht mal da hat sie angerufen.«

»Könnte sie denn den Geburtstag Ihrer Frau nicht einfach vergessen haben?«

»Ausgeschlossen.« Hoeldtcke schüttelte energisch den Kopf. »Den Geburtstag meiner Frau hat Paula noch nie vergessen. An diesem Tag hat sie bisher noch jedes Mal angerufen. Und wenn sie es tatsächlich verschwitzt hätte, hätte sie sich zumindest am Tag darauf gemeldet.«

Inzwischen hatte sich Hoeldtcke ernsthaft Sorgen zu machen begonnen. Unschlüssig, was er tun sollte, rief er als erstes bei der New Yorker Polizei an. Dort konnte man ihm allerdings, wie nicht anders zu erwarten, auch nicht weiterhelfen. Darauf wandte sich Hoeldtcke in Muncie an ein Detektivbüro, das in allen größeren Städten Niederlassungen hatte. Als ein Ermittler der New Yorker Zweigstelle daraufhin Paulas Wohnung aufsuchte, konnte er nur noch feststellen, dass sie dort ausgezogen war. Gegen eine entsprechende Vorauszahlung hätte man die Angelegenheit gern weiter verfolgt.

»Aber ich dachte mir: Was haben die schon für mein sauer verdientes Geld getan? Sie sind zu ihrer Wohnung gefahren – und das nur, um festzustellen, dass sie nicht mehr dort wohnt. Also, das hätte ich auch selbst gekonnt. Deshalb habe ich mich kurz entschlossen ins Flugzeug gesetzt und bin nach New York geflogen.«

Als erstes hatte er das Mietshaus aufgesucht, in dem sich Paula ein Zimmer genommen hatte. Dort war sie allerdings schon Anfang Juli ohne Angabe einer neuen Anschrift ausgezogen. Auch bei der Telefongesellschaft konnte man ihm auf seine Anfragen nicht mehr sagen, als er bereits wusste: dass der Anschluss gekündigt war. In dem Restaurant, wo sie als Bedienung gearbeitet hatte, musste er sich sagen lassen, dass Paula ihre Stelle dort bereits im April aufgegeben hatte.

»Möglicherweise hat sie uns davon sogar erzählt«, erklärte er mir. »Sie hat bestimmt in sechs, sieben verschiedenen Lokalen bedient, seit sie in New York lebt, und ich weiß nicht, ob sie uns tatsächlich von jedem Stellenwechsel erzählt hat. Meistens hat sie gekündigt, weil die Trinkgelder nicht gut waren oder weil sie mit jemandem nicht klarkam oder weil sie ihr für ihre Vorsprechtermine nicht freigaben. Deshalb ist also durchaus möglich, dass sie uns nichts erzählt hat, als sie ihre letzte Stelle gekündigt hat – oder sie hat es uns sogar erzählt, und ich habe es einfach wieder vergessen.«

Da er danach nicht mehr weitergewusst hatte, war er zur Polizei gegangen. Dort gab man ihm als erstes zu verstehen, dass das Ganze die Polizei eigentlich nichts anginge: Seine Tochter habe offensichtlich den Wohnsitz gewechselt, ohne das ihren Eltern mitzuteilen; und da sie längst volljährig sei, gebe es daran nicht das Geringste auszusetzen. Außerdem erklärten sie ihm noch, dass er sowieso schon viel zu lange gewartet hätte; immerhin wäre sie schon vor drei Monaten verschwunden, weshalb es inzwischen vermutlich so gut, wie ausgeschlossen wäre, sie noch ausfindig zu machen.

Wenn er der Sache weiter nachgehen wolle, gab ihm der Polizeibeamte zu verstehen, solle er sich am besten an einen Privatdetektiv wenden. Eigentlich, fügte er dem noch hinzu, verstieße es gegen die Vorschriften, ihm jemanden Bestimmten zu empfehlen, aber es wäre ja vermutlich nichts daran auszusetzen, wenn er ihm sagte, was er an seiner Stelle täte. Es gäbe da einen gewissen Scudder, der sogar mal bei der Polizei gewesen war und zufällig auch noch in dem Viertel wohnte, wo auch das vermisste Mädchen sein Zimmer gehabt hatte ...

»Wer war dieser Polizist?«

»Ein gewisser Durkin.«

»Ach, Joe Durkin.« Ich nickte. »Sehr anständig von ihm.«

»Er hat einen sehr sympathischen Eindruck gemacht.«

»Ja, Joe ist schwer in Ordnung.«

Wir saßen in einem Café in der Fifty-seventh, nicht weit von meinem Hotel. Da der große Mittagsansturm bereits vorüber war, wurden wir nicht gleich wieder verscheucht, obwohl wir nur Kaffee bestellt hatten. Während Hoeldtcke noch immer bei seiner ersten Tasse war, hatte ich mir bereits einmal nachschenken lassen.

»Mr. Hoeldtcke«, sagte ich schließlich. »ich weiß nicht, ob ich wirklich der richtige Mann für Sie bin.«

»Durkin meinte aber ...«

»Ich weiß, was Durkin gesagt hat. Die Sache ist nur, dass diese Agentur, die Sie damals in Muncie eingeschaltet haben, so einer Sache wesentlich gründlicher nachgehen könnte. Die können zum Beispiel gleich mehrere Leute auf den Fall ansetzen und dürften auch sonst um einiges effektiver arbeiten als ich als einzelner.«

»Wollen Sie damit sagen, diese Agentur würde bessere Arbeit leisten als Sie?«

Nach kurzem Nachdenken schüttelte ich schließlich den Kopf. »Nein. Und wenn, dann nur scheinbar. Letztlich würden sie Ihnen nur jede Menge ausführlicher Berichte zukommen lassen, was sie unternommen, mit wem sie gesprochen und was sie herausgefunden haben. Und vor allem würden sie Ihnen am Schluss eine saftige Rechnung präsentieren, und alles selbstverständlich durch eine detaillierte Kostenaufstellung genauestens belegt.«

Ich nahm einen Schluck Kaffee, stellte die Tasse wieder ab und beugte mich vor. »Mr. Hoeldtcke, ich bin kein schlechter Detektiv, aber ich bin eigentlich nicht ermächtigt, meinen Job auszuüben. Dazu braucht man nämlich eine Lizenz. Und eine solche habe ich leider nicht. Ehrlich gestanden, war es mir immer zu viel Aufwand, mir so einen blöden Wisch zu besorgen. Außerdem mache ich weder einen Zeitplan noch detaillierte Kostenaufstellungen, und Sie bekommen von mir auch keine ausführlichen Ermittlungsberichte. Ich habe nicht mal ein eigenes Büro – deshalb sitzen wir jetzt hier. Das einzige, was ich zu bieten habe, ist der gute Riecher, den ich mir im Lauf der Jahre zugelegt habe. Ob Ihnen das allerdings für Ihr gutes Geld genug ist, müssen Sie selbst entscheiden.«

»Durkin hat mir gar nichts davon erzählt, dass Sie keine Lizenz haben.«

»Hätte er aber gekonnt, wenn er gewollt hätte. Es ist kein Geheimnis.«

»Weshalb, glauben Sie, hat er Sie mir dann trotzdem empfohlen?«

An diesem Punkt müssen mir wohl plötzlich heftige Skrupel gekommen sein. Vielleicht hatte ich auch kein Interesse an dem Job. »Zum Teil liegt das sicher daran, dass er sich eine kleine Vermittlungsprovision von mir erwartet.«

Hoeldtckes Miene verdunkelte sich. »Auch davon hat er mir nichts erzählt.«

»Überrascht Sie das?«

»Zumindest ist es nicht ganz korrekt. Oder finden Sie das etwa in Ordnung?«

»Natürlich nicht. Andrerseits war es auch schon nicht korrekt von ihm, Ihnen überhaupt jemanden zu empfehlen. Aber um Durkin nicht schlechter zu machen, als er ist: Er hätte Sie sicher nicht an mich verwiesen, wenn er nicht der Überzeugung wäre, dass ich der richtige Mann für den Job bin. Vermutlich glaubt er, dass Sie bei mir den entsprechenden Gegenwert für Ihr Geld bekommen.«

»Und ist das denn auch wirklich der Fall?«

Ich nickte. »Deshalb halte ich es auch für meine Pflicht, Ihnen jetztschon zu sagen, dass Sie aller Wahrscheinlichkeit nach Ihr Geld nur zum Fenster hinauswerfen.«

»Weil ...?«

»Weil Ihre Tochter früher oder später von selbst wieder auftauchen wird – oder gar nicht mehr.«

Das ließ er sich eine Weile schweigend durch den Kopf gehen. Keiner von uns hatte bisher auch nur mit einem Wort angedeutet, dass seine Tochter nicht mehr am Leben sein könnte. Das hieß aber keineswegs, dass wir diese Möglichkeit nicht schon sehr ausführlich in Betracht gezogen hatten.

Schließlich fragte mich Hoeldtcke ganz direkt: »Wie viel Geld würde ich denn Ihrer Meinung nach zum Fenster hinauswerfen?«

»Sagen wir mal tausend Dollar.«

»Wäre das ein Vorschuss oder eine Pauschale oder was?«

»Wie Sie es nennen wollen, bleibt Ihnen überlassen. Jedenfalls habe ich weder eine Tagespauschale, noch führe ich über meine Arbeitszeit Buch. Ich ziehe einfach los und mache, was mir gerade am einleuchtendsten erscheint. Natürlich geht man am Anfang immer nach einem bestimmten Schema vor, an das auch ich mich halte – selbst wenn in der Regel nicht viel dabei herauskommt. Aber dann gibt es immer noch verschiedene andere Möglichkeiten, mit denen man sein Glück versuchen kann. Man muss dann einfach sehen, ob sie zu irgendetwas führen. Und wenn ich irgendwann das Gefühl habe, dass Ihre tausend Dollar aufgebraucht sind, sage ich Ihnen einfach Bescheid. Dann können Sie entscheiden, ob Sie weitermachen wollen oder nicht.«

Er musste lachen. »Das ist allerdings ein etwas ungewöhnliches Geschäftsgebaren.«

»Ich weiß. Aber so wickle ich so etwas nun mal ab.«

»Seltsamerweise finde ich aber gerade das sehr vertrauenserweckend. Tausend Dollar also – plus Spesen, nehme ich an?«

Ich schüttelte den Kopf. »Mit allzu hohen Ausgaben rechne ich eigentlich nicht. Und die trage ich lieber selbst, statt groß über sie buchführen zu müssen.«

»Wollen Sie denn nicht in verschiedenen Zeitungen eine Suchanzeige aufgeben? Eigentlich hatte ich das auch schon vor: entweder mit einer kurzen Personenbeschreibung oder mit einem Foto, und natürlich mit einem Hinweis auf eine Belohnung für sachdienliche Hinweise. Diese Kosten könnten Sie mit Ihren tausend Dollar Honorar auf keinen Fall abdecken. So viel würden schon allein die Annoncen kosten.«

Von diesem Vorhaben riet ich ihm dringend ab. »Mit solchen Zeitungsannoncen locken Sie nur irgendwelche zwielichtigen Charaktere an, die es auf die Belohnung abgesehen haben. Mit solchen Leuten kann man mehr Ärger bekommen, als man glaubt.«

»Ich muss ständig daran denken, dass sie vielleicht an Gedächtnisverlust leidet. Wenn sie nun ihr Foto in der Zeitung sieht – oder jemand anders ...«

»Ganz auszuschließen ist das natürlich nicht. Aber sparen wir uns diese Möglichkeit lieber für später auf – wenn alle Stricke reißen.«

Zum Schluss gab er mir einen Scheck über tausend Dollar sowie ein paar Fotos und die wenigen Informationen, die er über sie hatte: ihre letzte Adresse und die Namen der Lokale, in denen sie gearbeitet hatte. Auch die zwei Programmhefte überließ er mir – mit der Versicherung, dass er zu Hause noch genügend davon hätte. Schließlich notierte ich mir noch seine Privatadresse in Muncie sowie seine Telefonnummern, privat und im Geschäft. »Sie können mich jederzeit anrufen«, meinte er dazu.

Ich erklärte ihm, dass ich vermutlich erst anrufen würde, wenn ich etwas Konkretes vorliegen hätte.

Er bezahlte für uns beide und ließ einen Dollar Trinkgeld auf dem Tisch liegen. Am Ausgang sagte er zu mir: »Ich habe ein gutes Gefühl bei der Sache. Sie machen einen ehrlichen und zuverlässigen Eindruck. Deshalb glaube ich, dass es richtig war, Sie zu engagieren.«

Draußen auf dem Gehsteig hatte sich eine kleine Gruppe von Schaulustigen um einen Mann versammelt, der drei vor ihm liegende Karten immer wieder blitzschnell verschob und seine Zuschauer aufforderte, genau auf die rote Karte zu achten. Gleichzeitig hielt er aus dem Augenwinkel scharf nach einem unvermutet auftauchenden Polizisten Ausschau.

»Ach, von diesem Spiel habe ich auch schon mal gehört«, sagte Hoeldtcke.

»Das ist kein Spiel«, korrigierte ich ihn, »sondern ein ausgemachter Schwindel. Der Mitspieler hat nicht die geringste Chance, etwas zu gewinnen.«

»Auch das habe ich gehört. Trotzdem fallen die Leute immer wieder darauf herein.«

»Tja«, brummte ich achselzuckend. »Was soll man dazu sagen?«

Nachdem ich mich von Hoeldtcke verabschiedet hatte, ließ ich eines der Fotos in einem Copy-Shop auf Brieftaschengröße verkleinern und hundert Kopien davon anfertigen. Damit ging ich dann in mein Hotel, wo ich einen Stempel mit meinem Namen und meiner Telefonnummer habe, und stempelte damit die Rückseite der Fotos.

Paula Hoeldtckes letzte Adresse war ein heruntergekommenes Mietshaus in der Fifty-fourth Street, nicht weit von der Ninth Avenue. Es war kurz nach fünf, als ich dorthin unterwegs war. Auf den Straßen wimmelte es von Büroangestellten auf dem Nachhause weg. Neben den etwa fünfzig Klingelknöpfen am Eingang befand sich eine separate Klingel, und auf dem Schild darunter stand: HAUSMEISTER. Bevor ich darauf drückte, ließ ich meinen Blick über die anderen Namensschilder gleiten. Paula Hoeldtckes Name war nicht darunter.

Die Hausmeisterin war eine große, hagere Frau mit einem dreieckigen Gesicht, das in einem spitzen Kinn auslief. Sie trug ein geblümtes Schürzenkleid und hatte eine Zigarette zwischen den Fingern. Nachdem sie mich ausgiebig gemustert hatte, sagte sie: »Tut mir leid, im Augenblick haben wir nichts frei. Aber wenn Sie wollen, können Sie es in ein paar Wochen noch mal versuchen.«

»Wieviel kosten denn die Zimmer bei Ihnen?«

»Hundertzwanzig die Woche. Wir haben allerdings auch ein paar bessere, die dementsprechend teurer sind. Die Stromkosten sind im Preis eingeschlossen. Kochen ist auf den Zimmern nicht erlaubt, aber solange Sie nur eine kleine Kochplatte haben, würde ich schon ein Auge zudrücken. Jedes Zimmer hat einen kleinen Kühlschrank – nicht gerade groß, aber für die Milch reicht er.«

»Ich trinke meinen Kaffee sowieso schwarz.«

»Dann bräuchten Sie den Kühlschrank vielleicht gar nicht. Aber nachdem ich sowieso nichts frei habe, ist es sowieso egal.«

»Hatte Paula Hoeldtcke eine Kochplatte?«

»Die war doch Bedienung. Vermutlich hat sie am Arbeitsplatz gegessen. Komisch: Als ich Sie gesehen habe, war mein erster Gedanke, dass Sie von der Polizei sind. Aber dann fand ich, dass Sie doch nicht so aussehen. Vor ein paar Wochen war auch schon mal jemand da, und erst kürzlich ist ihr Vater hier gewesen. Sympathischer Mann, feuerrotes Haar mit den ersten grauen Strähnen. Was ist denn mit Paula passiert?«

»Genau das versuche ich herauszufinden.«

»Wollen Sie nicht reinkommen? Zwar habe ich schon dem ersten Polizisten alles erzählt, was ich weiß, und mit ihrem Vater habe ich auch noch mal alles durchgekaut. Aber Sie haben vermutlich noch ein paar zusätzliche Fragen. So ist es doch immer, oder?«

Ich folgte ihr nach drinnen und einen endlos langen Flur hinunter. Neben dem Treppenaufgang stand ein Tisch, auf dem sich Unmengen von Post türmten. »Hier muss sich jeder seine Post selbst rausfummeln«, erklärte sie dazu. »Statt den ganzen Krempel auf die vierundfünfzig Briefkästen zu verteilen, kippt der Postbote einfach alles auf den Tisch. Und ob Sie's glauben oder nicht: Das ist sogar sicherer. In anderen Häusern, wo sie die Briefkästen im Eingangsflur haben, brechen ständig irgendwelche Junkies ein, um vielleicht ein paar Schecks von der Wohlfahrt zu ergattern. So, hier lang. Ich wohne ganz hinten links.«

Ihr Zimmer war winzig, aber beeindruckend ordentlich. Die Einrichtung bestand aus einem Bett, das tagsüber als Sofa diente, einem Holzstuhl, einem Lehnsessel, einem kleinen Sekretär und einer lackierten Kommode mit einem Fernseher drauf. Der Fußboden war mit backsteingemustertem Linoleum ausgelegt, das zum größten Teil von einem ovalen Teppich verdeckt wurde.

Sie forderte mich auf, Platz zu nehmen, holte den Ordner für die Mieteinnahmen aus dem Sekretär und begann darin zu blättern. »Da wären wir«, sagte sie schließlich. »Das letzte Mal, dass ich sie gesehen habe, war an dem Tag, an dem sie zum letzten Mal die Miete gezahlt hat. Das war am sechsten Juli, einem Montag. Montags sind nämlich immer die Mieten fällig. Und sie hat pünktlich ihre einhundertfünfunddreißig Dollar bezahlt. Sie hatte ein schönes Zimmer – im ersten Stock, etwas größer als die anderen. Am Montag darauf ist sie dann nicht mehr aufgetaucht. Deshalb wollte ich am Mittwoch in ihrem Zimmer nach ihr sehen. Das mache ich immer so. Wenn jemand die Miete nicht bezahlt, schaue ich immer mittwochs bei ihm vorbei. Ich schmeiße niemanden gleich raus, bloß weil er mal zwei Tage mit der Miete im Rückstand ist. Aber ich gehe dann schon zu den Betreffenden und verlange das Geld. Wenn man das nämlich nicht macht, bekommt man von manchen die Miete nie zu sehen. Ich habe also bei ihr geklopft. Aber es hat sich niemand gemeldet. Etwas später habe ich es noch mal versucht. Wieder nichts. Darauf habe ich es am nächsten Morgen – das muss Donnerstag, der sechzehnte, gewesen sein – erneut probiert. Und als sich wieder niemand gemeldet hat, habe ich meinen Zweitschlüssel geholt.« Sie runzelte die Stirn. »Eigentlich komisch. Warum habe ich das überhaupt gemacht? Normalerweise war sie morgens immer zu Hause, aber auch nicht immer. Und sie war ja nur drei Tage mit der Miete im Rückstand. Ach, jetzt fällt es mir wieder ein. Es lag schon eine ganze Weile Post für sie rum – Briefe, die mir schon mehrere Tage aufgefallen waren. Na ja, und da sie auch die Miete nicht bezahlt hatte, habe ich ihre Zimmertür aufgeschlossen.«

»Und was haben Sie dort gefunden?«

»Nicht, was ich befürchtet hatte. Ein ganz schön komisches Gefühl, in einem fremden Zimmer nachzusehen. Aber als Polizist kennen Sie das sicher aus eigener Erfahrung. Da lebt jemand ganz allein, und dann soll man plötzlich die Tür zu seinem Zimmer aufschließen. Da macht man sich natürlich schon seine Gedanken. Aber in diesem Fall waren meine Befürchtungen zum Glück unbegründet. Ihr Zimmer war nur leer.«

»Vollkommen leer?«

»Nicht ganz. Ihr Bettzeug war noch da. Das müssen hier nämlich die Mieter selbst mitbringen. Früher habe ich das Bettzeug zwar noch selbst gestellt, aber irgendwann bin ich davon abgekommen; das dürfte allerdings schon mindestens fünfzehn Jahre her sein. Die Bett- und Kopfkissenbezüge und das Laken waren also noch da. Aber der Schrank und die Kommode waren ausgeräumt, und auch der Kühlschrank war leer. Keine Frage: Sie war ausgezogen.«

»Aber warum hat sie dann das Bettzeug nicht mitgenommen?«

»Vielleicht hatte sie ein anderes Zimmer gefunden, wo das Bettzeug gestellt wurde. Vielleicht ist sie auch in eine andere Stadt gezogen und konnte nicht so viel mitnehmen. Vielleicht hat sie es aber auch nur vergessen. Wenn Sie in einem Hotelzimmer Ihre Sachen packen, nehmen Sie ja auch nicht die Laken mit, wenn Sie nicht gerade ein notorischer Dieb sind. Und das hier ist ja mehr oder weniger wie ein Hotel. Es war nicht das erste Mal, dass jemand sein Bettzeug hier gelassen hat. Wenn Sie wüssten, was die einem sonst noch alles hierlassen.«

Sie ließ das einfach so stehen, und ich hakte nicht weiter nach. Stattdessen sagte ich: »Und sie hat also als Bedienung gearbeitet?«

»Damit hat sie sich zumindest ihr Geld verdient. Eigentlich war sie Schauspielerin. Oder genauer: Sie wollte eine werden. Die meisten meiner Mieter wollen ins Showgeschäft. Das heißt natürlich: die jüngeren Mieter. Natürlich habe ich auch ein paar ältere Leute, die schon sehr lange hier wohnen. Meistens halten sie sich mit Hilfe der Wohlfahrt über Wasser. Da ist zum Beispiel eine Frau, die zahlt mir sage und schreibe nur siebzehn Dollar dreißig die Woche, und dabei hat sie auch noch eines der schönsten Zimmer im Haus. Und *ich* darf mich jedes Mal fünf Stockwerke raufquälen, um die Miete zu kassieren. Ich kann Ihnen sagen: Es gibt bestimmte Mittwochvormittage, an denen es nicht der Mühe wert scheint.«

»Wissen Sie zufällig, wo Paula gearbeitet hat, bevor sie hier ausgezogen ist?«

»Ich weiß nicht einmal, ob sie überhaupt gearbeitet hat. Falls sie es mir erzählt hat, kann ich mich jedenfalls nicht mehr daran erinnern. Wobei ich mir nicht vorstellen kann, dass sie es mir erzählt hat. Wissen Sie, ich fange mir mit meinen Mietern nicht allzu viel an. Ich versuche, mit ihnen klarzukommen. Aber damit hat sich's. Es ist ja auch ein ständiges Kommen und Gehen. Die Alten bleiben mir natürlich, bis der Herr sie zu sich ruft, aber die Jungen – die Jungen tauchen hier auf, und ehe man sich's versieht, sind sie auch schon wieder weg. Entweder verlieren sie irgendwann den Mut und kehren nach Hause zurück, oder sie verdienen plötzlich mehr und können sich eine richtige Wohnung leisten, oder sie heiraten oder ziehen einfach so mit jemandem zusammen.«

»Wie lange hat Paula hier gewohnt?«

»Fast drei Jahre. Sie ist genau diese Woche vor drei Jahren eingezogen. Das weiß ich deswegen so genau, weil ich nachgesehen habe, als ihr Vater hier war. Da sie jedoch schon vor zwei Monaten ausgezogen ist, war sie nicht ganz drei Jahre hier. Trotzdem hat sie länger hier gewohnt als die meisten. Natürlich gibt es ein paar, die noch länger hier sind – außer meinen Alten, versteht sich, die unter die Mietpreisbindung fallen. Aber nicht viele.«

»Erzählen Sie mir ein bisschen über sie.«

»Was wollen Sie hören?«

»Ich weiß auch nicht. Was hatte sie zum Beispiel für Freunde? Was hat sie in ihrer Freizeit gemacht? Sie sind doch eine gute Beobachterin. Irgendetwas muss Ihnen doch an ihr aufgefallen sein.«

»Stimmt. Ich bin eine gute Beobachterin. Aber manchmal stelle ich mich auch blind – wenn Sie verstehen, was ich meine.«

»Ich glaube schon.«

»Ich habe hier insgesamt vierundfünfzig Zimmer zu vermieten, wobei sich ein paar der größeren Räume manchmal zwei Mädchen teilen. Im Augenblick habe ich – warten Sie mal – sechsundsechzig Mieter. Mich interessiert nur, ob sie ruhig und anständig sind und pünktlich die Miete bezahlen. Wie sie ihr Geld verdienen, geht mich nichts an.«

»Ist denn Paula auf den Strich gegangen?«

»Nicht, dass ich wüsste. Ebenso wenig könnte ich das Gegenteil behaupten. Ich will damit nur sagen: Ich bin ganz sicher, dass mindestens vier meiner Mieterinnen so ihr Geld verdienen, und aller Wahrscheinlichkeit nach sind diese vier nicht die einzigen im Haus. Aber so was lässt sich ja meistens schwer beweisen. Woher soll ich zum Beispiel wissen, ob so ein junges Ding nun in einem Restaurant oder in einem dieser Massagesalons ihr Geld verdient, wenn sie das Haus verlässt, um zur Arbeit zu gehen? Jedenfalls ist es meinen Mietern strengstens untersagt, Besuch aufs Zimmer mitzunehmen. Was sie allerdings außer Haus machen, ist ihre Sache.«

»Haben Sie nicht trotzdem einen ihrer Bekannten kennengelernt?«

»Sie hat nie jemanden mit nach Hause gebracht. Das war ja auch nicht erlaubt. Natürlich bin ich nicht so blöd, um nicht zu merken, dass hin und wieder eines der Mädchen jemand auf ihr Zimmer schmuggelt. Aber ich versuche das trotzdem nach Möglichkeit zu unterbinden, damit niemand auf die Idee kommt, sich das eines Tages zur Gewohnheit zu machen. Und falls Paula sich mit einem der anderen Mädchen – oder auch jungen Männern –, die hier wohnen, angefreundet hat, habe ich es nicht mitbekommen.«

»Und sie hat Ihnen auch ihre neue Adresse nicht hinterlassen?«

»Nein. Seit sie das letzte Mal ihre Miete gezahlt hat, habe ich nichts mehr von ihr gehört oder gesehen.«

»Was haben Sie mit ihrer Post gemacht?«

»Dem Postboten gegeben. *Unbekannt verzogen*. Außerdem hat sie nicht viel Post bekommen. Vielleicht mal eine Telefonrechnung und die üblichen Werbesendungen eben.«

»Sind Sie ganz gut mit ihr ausgekommen?«

»Ich würde schon sagen. Sie war ruhig, ordentlich, höflich. Sie hat immer die Miete bezahlt und war in den drei Jahren nur ein paarmal im Verzug.« Sie blätterte in ihrem Ordner. »Hier hat sie mal zwei Wochen im Voraus bezahlt. Und hier war sie mal fast einen Monat lang im Rückstand. Anschließend hat sie mir allerdings jede Woche fünfzig Dollar zusätzlich gegeben, um ihre Schulden abzustottern. Wenn ein Mieter schon länger hier wohnt und einen einigermaßen zuverlässigen Eindruck macht, lasse ich mich auf so was meistens ein. Aber nur, wenn es nicht öfter vorkommt. Einen gewissen Spielraum muss man den Leuten einfach lassen. Schließlich kann jeder mal in Schwierigkeiten kommen.«

»Warum, glauben Sie, ist sie einfach ausgezogen, ohne Ihnen Bescheid zu sagen?«

Sie zuckte mit den Schultern. »Keine Ahnung.«

»Nicht mal irgendeine vage Idee?«

»Mein Gott, so sind die jungen Leute nun mal. Stehlen sich eines Nachts einfach klammheimlich mit ihrem Krempel davon, ohne einem ein Wort zu sagen. Allerdings tun sie das in der Regel nur, wenn sie schon länger mit der Miete im Rückstand sind. Aber bei ihr war das ja nicht der Fall. Da ich nicht weiß, wann sie genau ausgezogen ist, könnte es sogar sein, dass sie überhaupt nicht in Rückstand war. Schlimmstenfalls war sie mir zwei Tage schuldig. Aber genauso gut hätte sie schon einen Tag nach dem Montag ausgezogen sein können, an dem sie für die nächste Woche im Voraus bezahlt hatte, weil ich sie nämlich die ganze Woche nicht mehr gesehen habe.«

»Demnach ist es also schon etwas ungewöhnlich, dass sie so sang- und klanglos verschwunden ist.«

»Vielleicht war es schon ziemlich spät, als sie ausgezogen ist, und sie wollte mich nicht mehr stören. Oder ich war gerade nicht zu Hause. Ich gehe nämlich ziemlich oft ins Kino, und zwar mit Vorliebe an ganz normalen Werktagnachmittagen, wenn man das Kino ganz für sich allein hat. Ich habe mir schon oft überlegt, ob ich mir nicht einen Videorecorder mieten soll. Das kostet ja nur ein paar Dollar die Woche, und ich könnte mir jeden beliebigen

Film ansehen, wann ich gerade Lust dazu hätte. Aber es ist einfach nicht dasselbe, ob man sich einen Film im Kino oder zu Hause auf einem winzigen Fernsehschirm ansieht. Der Unterschied ist ungefähr derselbe, ob man zu Hause oder in einer Kirche betet.«

Kapitel 3

Am selben Abend kehrte ich noch einmal in das Mietshaus zurück und ging etwa eine Stunde lang von Tür zu Tür. Ich fing im obersten Stock an und arbeitete mich langsam nach unten vor. Die meisten Mieter waren nicht zu Hause. Und von den wenigen, die zu Hause waren, erfuhr ich nichts. Nur eine der Personen erkannte Paula auf dem Foto. Allerdings wusste sie nicht einmal, dass sie ausgezogen war.

Bevor ich schließlich nach Hause ging, schaute ich noch kurz bei der Hausmeisterin vorbei. Sie sah sich gerade *Jeopardy* an und ließ mich bis zum nächsten Werbespot warten. »Eine gute Sendung«, sagte sie und drehte den Ton ab. »Ganz schön clever, die Leute, die da mitmachen. Da muss man wirklich auf Draht sein.«

Ich fragte sie, in welchem Zimmer Paula gewohnt hatte.

»Ich *glaube*, in Nummer zwölf.« Sie sah kurz nach. »Ja, in Zwölf. Oben im ersten Stock.«

»Das Zimmer ist doch sicher wieder vermietet.«

Sie lachte. »Ich habe Ihnen doch gesagt, dass ich nichts mehr frei habe. Es hat, glaube ich, keinen Tag gedauert, bis ich einen neuen Mieter hatte. Mal sehen. Diese Georgia Price hat das Zimmer am achtzehnten Juli gemietet. Wann, habe ich gesagt, ist Paula ausgezogen?«

»Das wissen wir nicht so genau. Jedenfalls haben Sie am sechzehnten festgestellt, dass sie ausgezogen ist.«

»Na, sehen Sie. Frei geworden am sechzehnten, vermietet am achtzehnten. Vermutlich sogar schon am siebzehnten vermietet. Und sie ist erst am Tag darauf eingezogen. Bei mir ist ein Zimmer noch nie lang leer gestanden. Im Moment stehen mindestens ein halbes Dutzend Leute auf der Warteliste.«

»Und das Mädchen, das jetzt in ihrem Zimmer wohnt, heißt Price?«

»Ja, Georgia Price. Eine Tänzerin. Seit neuestem wohnen hier jede Menge Tänzerinnen.«

»Dann werde ich noch mal mit ihr reden.« Ich gab der Frau eines der Fotos. »Wenn Ihnen noch irgendetwas einfällt – meine Telefonnummer steht auf der Rückseite.«

Sie warf einen kurzen Blick auf das Foto. »Ja, das ist Paula, wie sie leibt und lebt. Wirklich gut getroffen. Und Sie heißen also Scudder? Warten Sie, ich gebe Ihnen auch meine Karte.«

Florence Edderling stand darauf. *Zimmer zu vermieten.*

»Die meisten sagen Flo zu mir – oder Florence. Ganz, wie Sie wollen.«

Georgia Price war nicht zu Hause, und außerdem hatte ich an diesem Tag schon an genügend Türen geklopft. Ich kaufte mir in einem Deli ein Sandwich und aß es auf dem Weg zu meinem Treffen.

Am nächsten Morgen brachte ich Warren Hoeldtckes Scheck auf die Bank und hob etwas Bargeld ab. Unter anderem auch hundert Dollarscheine. Von den Lappen trage ich nämlich ständig einen kleinen Vorrat mit mir rum.

Man wird ja in dieser Stadt auf Schritt und Tritt um Geld angehauen. Manchmal sage ich einfach nein. Manchmal lange ich in meine Hosentasche und ziehe einen Dollarschein raus.

Vor ein paar Jahren habe ich meinen Job bei der Polizei gekündigt, meine Frau und meine zwei Söhne verlassen und mich in einem Hotel eingemietet. Etwa um diese Zeit fing ich auch damit an, zehn Prozent von meinen Einkünften in irgendeiner Kirche zu spenden, in die mich mein Weg gerade geführt hatte. Damals saß ich nämlich ganz schön viel in irgendwelchen Kirchen herum. Ich weiß zwar nicht, was ich dort gesucht habe, und noch weniger könnte ich sagen, ob ich es auch gefunden habe. Trotzdem war mir das, was ich dort bekam, zehn Prozent meines Einkommens wert.

Auch als ich trocken war, hielt ich noch eine ganze Weile an diesem Brauch fest. Aber irgendwann sah ich dann doch keinen rechten Sinn mehr dahinter, weshalb ich damit aufhörte. Mit dieser Lösung war ich allerdings auch nicht zufrieden. Erst wollte ich den Anonymen Alkoholikern was spenden. Aber die nehmen keine Spenden an. Sie lassen nur bei jedem Treffen einen Hut rumgehen, und mehr als einen Dollar pro Treffen erwarten sie dabei nicht.

Deshalb fing ich an, den Leuten Geld zu geben, die mich auf der Straße um welches baten. Alles für mich zu behalten, fand ich nicht richtig. Und in Ermangelung einer besseren Idee gab ich es einfach irgendwelchen armen Schluckern.

Sicher haben sich eine ganze Menge von denen mit meinem Geld nur

Drogen oder was zu trinken gekauft. Aber warum auch nicht? Man gibt sein Geld schließlich immer für das aus, was man am nötigsten hat. Erst nahm ich die Leute, denen ich Geld gab, noch genauer unter die Lupe. Aber davon kam ich bald ab. Zum einen kam mir das ziemlich großkotzig vor, zum anderen sah es zu sehr nach Arbeit aus – so eine Art Schnellschnüffelei. Als ich meinen Zehnten noch in irgendwelchen Kirchen spendete, hatte ich mir ja auch keine großen Gedanken gemacht, was die Empfänger damit anfingen. Hätte durchaus sein können, dass ich mit meiner Spende irgendeinem vollgefressenen Prälaten seinen Cadillac finanzierte. Warum sollte ich also jetzt zur Abwechslung nicht einem Crackdealer zu einem neuen Porsche verhelfen?

Weil ich schon mal meine Spendierhosen anhatte, machte ich mich auch gleich auf den Weg zum Midtown North Revier, um Detective Joseph Durkin seine fünfzig Dollar Provision vorbeizubringen.

Da ich mich telefonisch angemeldet hatte, erwartete er mich bereits. Es war zwar schon mindestens ein Jahr her, dass ich ihn zum letzten Mal gesehen hatte, aber er hatte sich nicht verändert. Höchstens ein paar Pfunde hatte er zugelegt – aber auf keinen Fall mehr, als er verkraften konnte. In seinem Gesicht machten sich die ersten Spuren des Alkohols bemerkbar, aber das ist noch lange kein Grund, mit dem Trinken aufzuhören. Wer verzichtet schon wegen ein paar geplatzter Äderchen und einer gesunden Röte im Gesicht auf die Freuden des Alkohols?

»Ich habe mich schon die ganze Zeit gefragt«, begrüßte er mich, »ob sich dieser Honda-Händler wohl bei dir melden wird. Er hatte einen deutschen Namen, aber ich kann mich nicht mehr an ihn erinnern.«

»Hoeldtcke. Außerdem verkauft er Subarus und keine Hondas.«

»Ein sehr gewichtiger Unterschied, Matt. Und wie geht's dir so in letzter Zeit?«

»Ich kann nicht klagen.«

»Gut siehst du jedenfalls aus. Lebst wohl sehr gesund, wie?«

»Das ist mein Geheimnis.«

»Abends früh zu Bett. Morgens früh aus den Federn. Und eine Menge Ballaststoffe im Essen?«

»Manchmal gehe ich in den Park und nage die Rinde von den Bäumen.«

»Ich auch. Weißt du, manchmal überkommt mich einfach ein unwiderstehliches Verlangen. Er strich sich übers Haar. Es war dunkelbraun, fast schwarz und hätte es eigentlich nicht nötig gehabt, glatt gestrichen zu werden. Es war noch genauso sauber und ordentlich gescheitelt wie nach dem letzten Kämmen. »Jedenfalls schön, dich wieder mal zu sehen, altes Haus.«

»Ganz meinerseits, Joe.«

Wir schüttelten uns die Hände. Dabei wechselten der Zehner und die zwei Zwanziger, die ich kurz zuvor in meine Handfläche geschoben hatte, diskret den Besitzer. Durkins Hand verschwand für einen Moment in seiner Hosentasche und kam leer wieder heraus. »Demnach hast du dich also ein bisschen an ihm gesundgestoßen?«

»Das muss sich erst zeigen«, sagte ich. »Ich habe mir etwas Geld von ihm geben lassen und werde dafür erst mal Klinken putzen gehen. Ob dabei was herauskommt, ist eine andere Frage.«

»Zumindest hast du sein Gewissen beruhigt. Jetzt hat er wenigstens das Gefühl, alles versucht zu haben. Und wie ich dich kenne, wirst du ihn bestimmt nicht übers Ohr hauen.«

»Da hast du allerdings recht.«

»Ich habe mir eins seiner Fotos geben lassen und es an die Rechtsmedizin weitergeleitet. Bei denen wurden seit Juni mehrere nicht identifizierbare tote Frauen eingeliefert. Aber sie war nicht darunter.«

»Hätte mich auch gewundert, wenn du das nicht getan hättest.«

»Das war aber auch schon alles. So etwas geht uns bei der Polizei schließlich nichts an.«

»Ich weiß.«

»Deshalb habe ich ihn ja auch an dich weiterempfohlen.«

»Ich weiß, und noch mal vielen Dank.«

»Keine Ursache. Schon irgendwelche Anhaltspunkte?«

»Dazu ist es noch ein bisschen früh. Da ist nur eine Sache: Sie ist ausgezogen. Hat einfach ihre Sachen gepackt und ist verschwunden, ohne einem Menschen Bescheid zu sagen.«

»Hört sich doch ganz gut an«, brummte Durkin. »Demnach könnte sie ja fast noch am Leben sein.«

»Da sind allerdings auch ein paar Dinge, aus denen ich nicht recht schlau werde. Du hast das Foto also an die Rechtsmedizin weitergeleitet? Wie sieht's mit den Krankenhäusern aus?«

»Meinst du, sie liegt irgendwo im Koma rum?«

»Könnte zumindest sein.«

»Wann haben ihre Eltern zum letzten Mal was von ihr gehört? Irgendwann im Juni? Das ist aber ziemlich lange, um im Koma zu liegen.«

»Hast du eine Ahnung. Es gibt Leute, die kommen jahrelang nicht zu Bewusstsein.«

»Da hast du natürlich auch wieder recht.«

»Sie hat am sechsten Juli zum letzten Mal ihre Miete bezahlt. Das sind – warte mal – zwei Monate und ein paar Tage.«

»Jedenfalls ganz schön lang.«

»Nicht für jemand, der im Koma liegt. Für so jemand ist es nur ein kurzer Augenblick.«

Durkin sah mich an. Aus seinen ausdruckslosen grauen Augen schien plötzlich ein halb ärgerliches Lachen zu sprechen. »Nur ein kurzer Augenblick«, brummte er kopfschüttelnd. »Sie ist also aus ihrem Zimmer direkt ins Krankenhaus umgezogen, oder wie hast du dir das gedacht?«

»Es gibt doch manchmal solche Zufälle. Sie zieht aus. Und während des Umzugs – oder ein paar Tage später – hat sie einen Unfall. Ausweis hat sie keinen bei sich, oder vielleicht krallt sich irgendein netter Zeitgenosse ihre Handtasche, während sie bewusstlos auf der Straße liegt. Und prompt landet sie als Erika Mustermann auf der Unfallstation irgendeiner Klinik. Ihren Eltern konnte sie nicht mehr Bescheid sagen, dass sie umgezogen ist, weil vorher der Unfall passiert ist. Ich will damit ja gar nicht sagen, dass es so war. Aber zumindest ist diese Möglichkeit nicht ganz auszuschließen.«

»Vermutlich hast du sogar recht. Willst du dich in den Krankenhäusern erkundigen?«

»Jedenfalls in denen in der Nähe könnte ich mal vorbeischauen – im Roosevelt und im St. Clare's.«

»Der Unfall könnte natürlich weiß Gott wo passiert sein.«

»Ich weiß.«

»Sie muss nicht mal unbedingt in einem New Yorker Krankenhaus liegen. Du hast doch selbst gesagt, dass sie ihr Zimmer aufgegeben hat. Vielleicht ist sie sogar in eine andere Stadt gezogen.«

»Auch an diese Möglichkeit habe ich schon gedacht.«

Durkin warf mir einen vielsagenden Blick zu. »Du hast doch sicher noch ein paar mehr von diesen Fotos. Oh, das ist aber praktisch – gleich mit deiner Telefonnummer hinten drauf. Du hast doch sicher nichts dagegen, wenn ich die an alle Krankenhäuser schicke – möglichst mit der Bitte, sie mit ihren Erika Mustermanns zu vergleichen?«

»Das wäre natürlich eine große Hilfe.«

»Allerdings. Für einen Mantel wäre das aber ganz schön viel verlangt.«

Ein Mantel sind im Polizeijargon hundert Dollar. Ein Hut sind fünfundzwanzig. Ein Pfund fünf. Diese Ausdrücke stammen aus einer Zeit, als ein Mantel oder ein Hut noch um einiges billiger waren und das englische Pfund um einiges besser stand als heute. »Jetzt aber mal halblang. Alles, was du dir bisher verdient hast, sind zwei Hüte.«

»Du bist echt ein alter Knauser, Matt.«

Sie lag in keinem Krankenhaus der fünf Boroughs von New York. Nicht, dass ich mit dieser Möglichkeit gerechnet hätte, aber ich hielt es trotzdem für besser, auf Nummer Sicher zu gehen. Während Durkin diesen Punkt für mich abgeklärt hatte, hatte ich weiter meine Nachforschungen angestellt. Unter anderem wurde ich bei einigen anderen Mietern Florence Reddings vorstellig, die ich zufällig gerade zu Hause antraf. In dem Haus wohnte ein bunt gemischtes Völkchen – Männer wie Frauen, Alte wie Junge, New Yorker wie Zugereiste. Aber der Großteil von ihnen waren junge Mädchen wie Paula Hoeldtcke – frisch aus der Provinz in New York eingetroffen, voller Hoffnung und knapp bei Kasse.

Namentlich kannten Paula nur die wenigsten, aber wenn ich ihnen das Foto zeigte, wussten fast alle Bescheid, wen ich meinte, oder zumindest glaubten sie es. Wie Paula kamen auch die meisten anderen Mieter nur zum Schlafen nach Hause, und wenn sie einen Abend zu Hause verbrachten, taten sie das allein. Kontakte mit den anderen Mitbewohnern hatte so gut wie niemand. »Eigentlich habe ich mir das mehr wie in einem alten Film aus den vierziger Jahren vorgestellt«, gestand mir ein Mädchen. »Sie wissen schon: mit einer Seele von einer Hausbesitzerin und jeder Menge Mädchen, die sich im Salon die Haare machen und sich dabei über den neuesten Klatsch unterhalten.

Übrigens hat es auch hier mal einen Salon gegeben. Allerdings haben sie ihn schon vor Jahren geteilt und zwei Zimmer daraus gemacht. Es gibt natürlich mehrere Mitbewohner, die ich grüße, wenn ich ihnen zufällig auf dem Gang begegne, aber näher kenne ich eigentlich niemanden von den Leuten, die hier wohnen. Selbstverständlich habe ich auch dieses Mädchen ab und zu gesehen. Aber ich wusste nicht mal, wie sie heißt. Und dass sie ausgezogen ist, habe ich auch nicht mitbekommen.«

Eine weitere Station bei meinen Ermittlungen war die Geschäftsstelle der Actors Equity, wo ich immerhin so viel in Erfahrung bringen konnte, dass Paula Hoeldtcke nicht bei ihnen Mitglied war. Der junge Mann, der für mich die Mitgliederlisten durchsah, fragte mich, ob sie vielleicht bei der AFTRA oder der SAG war. Als ich ihm gestehen musste, dass ich das nicht wusste, war er sogar so nett, bei diesen beiden Schauspielergewerkschaften anzurufen. Aber auch dort war sie nicht gemeldet.

»Könnte natürlich sein, dass sie einen anderen Namen angenommen hat«, meinte er schließlich. »Ihr Name ist an sich gar nicht so schlecht – vor allem gedruckt wirkt er sehr gut –, aber es ist trotzdem einer dieser Namen, den viele Leute falsch aussprechen oder der sie zumindest etwas verunsichert. Halten Sie es für möglich, dass sie sich vielleicht Paula Holden oder sonst was in der Art genannt hat?«

»Ihren Eltern gegenüber hat sie jedenfalls nichts dergleichen erwähnt.«

»Na ja, so etwas bindet man seinen Eltern auch nicht unbedingt auf die Nase – vor allem nicht, wenn sie an ihrem Namen hängen. Und das ist bei Eltern häufig der Fall.«

»Das ist natürlich richtig. Aber in den zwei Aufführungen, an denen sie bisher mitgewirkt hat, stand sie unter ihrem richtigen Namen im Programmheft.«

»Könnte ich die mal sehen?« Er blätterte kurz darin.

»Vielleicht bringt uns das ja weiter. Aha, da haben wir's. Paula Hoeldtcke. Spreche ich das richtig aus?«

»Ja.«

»Ich wüsste auch nicht, wie man es anders aussprechen sollte. Aber ganz sicher kann man in solchen Fällen natürlich nie sein. Sie könnte ihren Namen auch nur anders geschrieben haben. H-O-L-T-K-Y zum Beispiel. Aber das sähe wiederum nicht sonderlich gut aus. Mal sehen. 'Paula Hoeldtcke machte ihren Abschluss in Theaterwissenschaften an der Ball State University' – herrje, die Arme – 'wo sie an Aufführungen von *The Flowering Peach* und *Gregory's Garden* mitwirkte.' *The Flowering Peach* ist von Odets, aber von wem ist bitte *Gregory's Garden*? Vermutlich irgendein selbst verfasstes Stück. Das ist allerdings schon alles, was es über Paula Hoeldtcke zu berichten gibt. Wo hat sie denn hier eigentlich mitgespielt? Ach, in *Another Part of Town*. Ein etwas ungewöhnliches Stück für eine Schaufensteraufführung. Sie hat die Molly gespielt. Ich kann mich an das Stück zwar nur noch schwach erinnern, aber ich glaube nicht, dass es sich dabei um eine tragende Rolle handelt.«

»Sie hat ihren Eltern erzählt, dass es nur eine kleine Rolle war.«

»Damit hat sie wohl nicht übertrieben. Wer hat denn bei der Aufführung noch mitgespielt? Aha. 'Axel Gardine wirkt mit freundlicher Genehmigung der Actors Equity mit.' Keine Ahnung, wer das ist. Aber ich kann Ihnen gern seine Telefonnummer raussuchen. Er hat den Oliver gespielt. Demnach dürfte er schon ein etwas älteres Semester sein. Aber bei diesen Aufführungen weiß man nie. Die Besetzungen sind manchmal ziemlich abenteuerlich. Hat sie vielleicht eine Schwäche für ältere Männer?«

»Das weiß ich nicht.«

»Und was ist das hier? *Very Good Friends*. Kein schlechter Titel. Und wo haben sie das gespielt? In der Cherry Lane. Komisch, dass ich davon nie was gehört habe. Ach so, das war nur eine Textlesung, und es ist auch bei einer einzigen Aufführung geblieben. Aber der Titel ist gar nicht so schlecht. *Sehr gute Freunde*. Mit unüberhörbaren Zwischentönen, aber doch nicht zu vordergründig. Ach, von Gerald Cameron ist das. Vielversprechender Autor. Wie sie da wohl rangekommen ist?«

»Ist das denn ungewöhnlich?«

»Ein bisschen schon, würde ich sagen. Für so etwas machen sie normalerweise keine Auditions. Kann ich mir zumindest nicht vorstellen. Aller Wahrscheinlichkeit wollte sich der Autor nur einen ungefähren Eindruck verschaffen, wie das Stück auf der Bühne wirkt. Deshalb hat vermutlich er oder der voraussichtliche Regisseur des Stücks den Text von ein paar Schauspielern vortragen lassen. Unter Umständen waren dazu auch ein paar an dem Projekt interessierte Sponsoren eingeladen. Bei manchen dieser Textlesungen wird neuerdings ein ziemlicher Aufwand betrieben – mit richtigen Proben und einer Menge Action auf der Bühne. Es gibt allerdings auch Fälle, in denen die Schauspieler nur wie bei einem Hörspiel auf der Bühne sitzen. Mal sehen, wer Regie geführt hat. Sieh mal an, was ein Zufall.«

»Jemand, den Sie kennen?«

»Allerdings.« Er schlug eine Telefonnummer nach, griff nach dem Telefon und wählte sie. Nach einer Weile sagte er in den Hörer: »Könnte ich bitte David Quantrill sprechen?« Und wieder nach einer Weile: »David? Hier Aaron Stallworth. Wie geht's? Was du nicht sagst? Tja, davon habe ich allerdings schon gehört.« Er verdeckte die Sprechmuschel und verdrehte die Augen. »Rate mal, David, was ich hier gerade vor mir liegen habe. Nein, zerbrich dir deswegen mal lieber nicht gleich den Kopf. Es ist ein Programmheft von einer Bühnenlesung von *Very Good Friends*. Ist das Projekt eigentlich je weiter gediehen? Aha, verstehe. Das wusste ich natürlich nicht. Zu schade.« Seine Miene verdüsterte sich, und er hörte eine Weile schweigend zu. Schließlich sagte er: »Der Grund, weshalb ich anrufe, ist folgender, David: Bei mir ist gerade ein Herr, der eine der Mitwirkenden an der Lesung zu finden versucht. Sie heißt Paula Hoeldtcke, und den Angaben im Programmheft zufolge hat sie die Marcy gelesen. Ja. Könntest du mir vielleicht sagen, weshalb du ausgerechnet sie für die Rolle genommen hast? Ach so. Hättest du was dagegen, wenn dieser Herr kurz bei dir vorbeikäme? Er möchte dir ein paar Fragen stellen. Wie es scheint, ist Paula spurlos verschwunden, und ihre Eltern machen sich große Sorgen um sie. Wäre das möglich? Wunderbar. Dann schicke ich ihn gleich mal vorbei. Nein, das glaube ich nicht. Soll ich ihn fragen? Ach so, natürlich. Und vielen Dank, David.«

Dann legte er auf und drückte mit zwei Fingerspitzen gegen seine Stirn, als hätte er plötzlich schreckliche Kopfschmerzen. Ohne aufzuschauen, sagte er schließlich: »Das Stück ist bisher noch nicht zur Aufführung gelangt, weil es Gerald Cameron nach der Lesung noch einmal umarbeiten wollte. Dazu war er allerdings bisher nicht in der Lage, da er in der Zwischenzeit erkrankt ist.« Er sah mich an. »Er ist schwer krank.«

»Ach so.«

»Halb New York liegt im Sterben. Ist Ihnen das noch nicht aufgefallen? Entschuldigen Sie, aber was erzähle ich Ihnen da eigentlich? David wohnt in Chelsea. Ich schreibe Ihnen seine Adresse auf. Ich hielt es für besser, wenn

Sie ihm selbst Ihre Fragen stellen, anstatt das Ganze über mich abzuwickeln. Außerdem wollte er wissen, ob Sie schwul sind. Ich habe ihm gesagt, dass ich das nicht glaube.«

»Sie haben richtig vermutet.«

»Wahrscheinlich hat er auch nur aus reiner Gewohnheit gefragt. Er würde ja sowieso nichts machen. Wer macht denn heute überhaupt noch was? Außerdem ist die Frage längst nicht mehr, wer schwul ist und wer nicht. Heutzutage kann man bestenfalls noch ein paar Jahre warten und sehen, wer dann noch am Leben ist und wer nicht.« Er sah mich an. »Haben Sie schon von dieser Geschichte mit den Robben gelesen?«

»Wie bitte?«

»Von den Seehunden.« Er presste die Arme seitlich an den Oberkörper, schlenkerte mit den Händen, als wären sie zwei Flossen, und warf den Kopf in den Nacken, als balancierte er einen großen Gummiball auf der Nasenspitze. »In der Nordsee und entlang der europäischen Atlantikküste hat plötzlich ein gigantisches Robbensterben eingesetzt, und kein Mensch weiß warum. Natürlich haben sie irgendein Virus entdeckt, aber das ist schon seit Ewigkeiten in Umlauf; es ist dasselbe, das bei Hunden die Staupe verursacht. Aber es ist ja wohl nicht anzunehmen, dass vor kurzem plötzlich ein paar Rottweiler verrückt gespielt und eine ganze Kolonie Robben gebissen haben. Aller Wahrscheinlichkeit liegt das Problem einfach an der rapide zunehmenden Umweltverschmutzung. Die Nordsee ist inzwischen so stark mit Schadstoffen belastet, dass man annimmt, das Immunsystem der Robben könnte dadurch so nachhaltig geschwächt worden sein, dass sie keinerlei Abwehrkräfte mehr gegen irgendwelche Viren haben. Wollen Sie wissen, was ich glaube?«

»Was?«

»Wir leben auf einem sterbenden Planeten. Die ganze Welt hat AIDS. Und wir Schwule können es natürlich wieder mal nicht lassen und sind unserer Zeit sogar da ein Stück voraus, wo's ums Sterben geht. Wir stehen ganz vorn am Rand des Abgrunds.«

David Quantrill bewohnte ein Loft im neunten Stock eines umgebauten Fabrikgebäudes in der West Twenty-second Street. Es bestand aus einem riesigen Raum mit schwindelnd hoher Decke und weiß lackiertem Holzfußboden.

An den mattschwarzen Wänden hingen ein paar abstrakte Gemälde. Die spärliche Einrichtung beschränkte sich auf wenige weiße Korbmöbel.

Quantrill war Mitte vierzig, rundlich und fast kahl. Sein spärliches Haar kringelte sich in langen, dünnen Strähnen über seinen Hemdkragen. Er fummelte an einer Meerschaumpfeife herum und versuchte angestrengt, sich an Paula Hoeldtcke zu erinnern.

»Sie dürfen nicht vergessen, dass die Sache schon fast ein Jahr zurückliegt«, brachte er zu seiner Entschuldigung vor. »Außerdem habe ich weder zuvor noch danach je wieder etwas von ihr gehört oder gesehen. Tja, und wie hat sie nun diese Rolle in *Friends* bekommen? Irgendjemand kannte sie. Aber wer?«

Es dauerte ein paar Minuten, bis sein Gedächtnis auf Touren kam. Ursprünglich war für die Rolle der Marcy eine andere Schauspielerin vorgesehen gewesen – eine gewisse Virginia Sutcliffe. »Aber dann rief mich Ginny plötzlich in letzter Minute an, um mir abzusagen; sie hatte irgendwo in der Provinz ein zweiwöchiges Engagement in *Seesaw* bekommen. Wo war das gleich wieder? In Baltimore vielleicht? Na ja, das tut hier ja nichts zur Sache. Sie entschuldigte sich natürlich tausendmal, wie leid ihr alles täte und so weiter. Sie kennen diese Leier ja sicher auch. Aber sie schlug mir ein Mädchen aus ihrer Klasse vor, das ihrer Meinung genau richtig für die Rolle war. Was blieb mir also anderes übrig? Ich sagte, ich würde sie mir mal ansehen. Sie kam vorbei und las vor. Und sie war auch tatsächlich ganz passabel.« Er griff nach dem Foto. »Sie ist sehr hübsch, finden Sie nicht auch? Aber irgendwie fehlt ihr das gewisse Etwas. Das war übrigens auch das Problem mit ihrer Bühnenpräsenz, aber an sich war sie für die Rolle ganz in Ordnung. Außerdem hätte ich gar keine Zeit mehr gehabt, mich mit meinem gläsernen Schuh auf die Suche nach meiner Cinderella zu machen. Aber mir war von Anfang an klar, dass ich sie für die geplante Bühnenproduktion des Stücks auf keinen Fall übernommen hätte. Dafür wollte ich wieder auf Ginny zurückgreifen, wenn sie mit der restlichen Besetzung harmoniert hätte – *und* wenn ich ihr bis dahin wieder verziehen hätte, dass sie mich wegen dieses lächerlichen Engagements in Baltimore so schmählich im Stich gelassen hat.«

Ich fragte ihn, wie ich Ginny erreichen könnte. Er rief unter ihrer Nummer an, und als sich niemand meldete, versuchte er es bei ihrem Auftragsdienst. Dort teilte man ihm mit, dass sie gerade in Los Angeles war. Darauf versuchte er sein Glück bei ihrem Agenten, bekam von ihm ihre Nummer in Kalifornien und rief dort an. Nachdem er kurz mit ihr gesprochen hatte, reichte er mir den Hörer.

»Ich kann mich nur noch sehr vage an Paula erinnern«, erzählte sie mir. »Ich war in derselben Klasse wie sie und fand, dass sie für die Rolle der Marcy genau die Richtige wäre. Sie hatte so etwas sensibel Zurückhaltendes. Kennen Sie Paula?« Als ich das verneinte, fuhr sie fort: »Und da Sie vermutlich auch das Stück nicht kennen, können Sie wahrscheinlich auch mit meinem Gefasel herzlich wenig anfangen. Übrigens habe ich Paula danach nie wieder gesehen. Deshalb wusste ich auch nicht, dass David sie tatsächlich für die Rolle genommen hat.«

»Sie waren in derselben Schauspielschule wie sie?«

»Ja. Aber ich kannte sie trotzdem kaum. Es war ein Improvisationsworkshop von Kelly Greer, der donnerstagnachmittags in einem Studio am Upper Broadway stattfand. Sie hat mal eine Szene gespielt, in der zwei Leute auf einen Bus warten. Und das fand ich ziemlich gut.«

»War sie mit sonst jemandem in der Klasse enger befreundet? Hatte sie einen Freund?«

»Das weiß ich nicht. Soweit ich mich erinnere, habe ich mich auch nie mit ihr unterhalten.«

»Haben Sie sie nach Ihrer Rückkehr aus Baltimore noch einmal getroffen?«

»Was soll mit Baltimore gewesen sein?«

»Ich dachte, Sie hätten dort ein Engagement gehabt und deshalb nicht an der Lesung teilnehmen können.«

»Ach so, Sie meinen *Seesaw*. Das war nicht in Baltimore, sondern eine Woche in Louisville und eine Woche in Memphis. Wenigstens habe ich bei dieser Gelegenheit Graceland mal gesehen. Anschließend bin ich über Weihnachten zu meinen Eltern nach Michigan, und wieder zurück in New York bekam ich sofort ein dreiwöchiges Engagement in einer Broadwayschnulze, das mir natürlich wie gerufen kam. Allerdings war dann mit meinem Donnerstag-Workshop erst mal nichts mehr. Und als ich wieder frei war, bekam ich einen Platz bei Ed Koven. Da ich dort schon immer einsteigen wollte, ließ ich meinen Improvisationsworkshop endgültig sausen. Deshalb habe ich Paula auch nicht mehr gesehen. Wieso wollen Sie das eigentlich alles so genau wissen? Ist ihr etwas zugestoßen?«

»Möglicherweise ja. Sie haben also gemeinsam diesen Workshop bei Kelly Greer besucht?«

»Ja. Ich habe Kellys Nummer in meiner Adressenkartei. Aber die steht auf meinem Schreibtisch in New York. Allerdings bin ich sicher, dass die Nummer auch im Telefonbuch steht. Kelly Greer. G-R-E-E-R.«

»Dann werde ich ihn bestimmt irgendwie erreichen.«

»Kelly ist eine Frau«, korrigierte sie mich. »Es würde mich allerdings wundern, wenn Paula noch immer bei ihr wäre. Normalerweise nimmt man nicht ewig an einem solchen Workshop teil. Nach ein paar Monaten ist so was erledigt. Aber vielleicht kann Ihnen Kelly mehr über Paula erzählen als ich. Ich hoffe nur, dass ihr nichts passiert ist.«

»Wollen wir mal nicht gleich das Schlimmste annehmen.«

»Ich habe sie plötzlich wieder ganz deutlich vor Augen, wie sie damals diese Szene an der Bushaltestelle gespielt hat. Sie wirkte so – wie soll ich sagen? – so verletzlich.«

Kelly Greer war ein drahtiges, kleines Energiebündel mit wilder, graugelockter Mähne und großen, braunen Augen. Ihre Nummer stand im Telefonbuch. Als ich sie zu Hause anrief, lud sie mich allerdings nicht in ihre Wohnung ein, sondern verabredete sich mit mir in einem Restaurant am Broadway auf Höhe der unteren Eighties.

Wir saßen an einem Tisch am Eingang. Ich bestellte mir einen Bagel und Kaffee. Sie trank zu ihren Kasha Varnishkes zwei große Gläser Buttermilch. Sie konnte sich noch gut an Paula erinnern.

»Sie hätte es nicht geschafft«, versicherte sie mir. »Und ich glaube, das wusste sie auch. Das ist mehr, als man von den meisten anderen behaupten könnte.«

»War sie denn nicht gut?«

»Ach, sie war gar nicht mal so übel. Das trifft eigentlich auf die meisten zu, wenn natürlich auch immer ein paar hoffnungslose Fälle darunter sind. Jedenfalls ist den meisten, die es schon mal so weit gebracht haben, ein gewisses Talent nicht abzusprechen. Einige sind sogar ziemlich gut. Aber das reicht nicht annähernd.«

»Was braucht man denn noch?«

»Man muss absolut umwerfend sein. Die meisten Leute denken, es käme nur darauf an, dass man Glück hat und irgendwann seine große Chance erhält – oder die richtigen Leute kennt, beziehungsweise mit den richtigen Leuten ins Bett geht. Aber das zählt alles nicht. Um als Schauspieler wirklich Erfolg zu haben, muss man einfach unglaublich gut sein. Dazu genügt es nicht, etwas Talent mitzubringen. Dazu braucht man eine Ausstrahlung, die die ganze Bühne zum Leuchten bringt – oder die Leinwand oder den Bildschirm. Dazu braucht man einfach das gewisse Etwas.«

»Und das hatte Paula nicht?«

»Nein. Und dessen war sie sich, glaube ich, auch bewusst. Oder zumindest hat sie es geahnt. Aber diese Einsicht hat ihr nicht unbedingt das Herz gebrochen. Da ist nämlich noch etwas: Man braucht nicht nur Talent, sondern auch enormen Ehrgeiz. Man muss wirklich aus ganzem Herzen Schauspieler werden wollen. Und auf Paula traf das, glaube ich, nicht zu.« Sie dachte kurz nach. »Das heißt jedoch nicht, dass Paula keinen Ehrgeiz hatte.«

»Und worauf zielte der?«

»Das weiß ich nicht. Und ich bin mir auch nicht sicher, ob sie das selbst wusste. Geld? Ruhm? Das ist es, was die meisten antreibt, zumindest drüben an der Westküste. Sie glauben, als Schauspieler könnte man schnell reich werden. Wenn Sie allerdings mich fragen, gibt es kaum einen Beruf, in dem die Aussichten dafür schlechter stehen.«

»War es das, was Paula vom Leben wollte? Ruhm und Reichtum?«

»Oder Luxus? Ein Hauch von Abenteuer? Mein Gott, im Grunde genommen habe ich sie kaum gekannt. Sie kam letzten Herbst in meinen Kurs und blieb etwa fünf Monate. Nicht, dass sie das Ganze sonderlich ernst genommen hätte. Sie fehlte relativ oft. Das ist allerdings nicht weiter ungewöhnlich. Die Mädchen müssen ja nebenbei auch noch arbeiten, oder sie haben einen Termin zum Vorsprechen, oder es kommt ihnen sonst irgendwas dazwischen.«

»Wann hat Paula bei Ihnen aufgehört?«

»Sie hat sich nicht offiziell abgemeldet. Sie ist nur irgendwann nicht mehr zum Unterricht erschienen. Ich habe vorhin noch mal in meinen Unterlagen nachgesehen. Das letzte Mal war sie im Februar beim Unterricht.«

Bei dieser Gelegenheit hatte sie mir auch gleich die Namen und Telefonnummern von etwa einem Dutzend Schauspielschülern und -schülerinnen aufgeschrieben, die zur gleichen Zeit wie Paula bei ihr studiert hatten. Ob

Paula einen Freund gehabt oder ob jemand sie nach dem Unterricht abgeholt hatte, wusste sie nicht mehr. Sie konnte mir auch nicht sagen, ob Paula mit einem der anderen Kursteilnehmer näher befreundet gewesen war. Ich notierte mir die Telefonnummern mit Ausnahme der von Virginia Sutcliffe, mit der ich gerade erst gesprochen hatte.

»Ginny Sutcliffe hat mir erzählt, dass Paula bei einer Improvisationsübung mal ein Mädchen gespielt hat, das auf einen Bus wartet«, sagte ich.

»Ach ja. Diese Situation gebe ich ihnen oft als Vorgabe. Ehrlich gestanden, kann ich mich nicht mehr erinnern, wie Paula darin war.«

»Ginny meinte, sie hätte etwas sehr sensibel Zurückhaltendes gehabt.«

Über Kelly Greers Lippen legte sich ein bitteres Lächeln. »'Etwas sensibel Zurückhaltendes'. Mein Gott. Jedes Jahr kommen hier in New York Tausende von Mädchen aus der Provinz an – alle so sensibel zurückhaltend, dass es einem das Herz brechen möchte. Und insgeheim glauben sie alle, ganz Amerika würde ihrem Jungmädchencharme erliegen. Manchmal würde ich mich am liebsten an den Busbahnhof stellen und ihnen sagen, sie sollen am besten gleich wieder einsteigen und nach Hause fahren.«

Sie trank ihre Buttermilch und betupfte sich mit der Serviette die Lippen.

Als ich ihr erzählte, dass Ginny Paula auch sehr verletzlich gefunden hatte, sagte sie nur: »Das sind sie alle.«

Ich rief alle Schauspielschüler an, deren Telefonnummern mir Kelly Greer gegeben hatte. Mit einem Teil von ihnen telefonierte ich nur, mit einem Teil verabredete ich ein Treffen. Und während ich mich durch Kelly Greers Liste arbeitete, versuchte ich weiter Abend für Abend die Bewohner von Flo Edderlings Mietshaus zu erreichen, die ich bis dahin noch nicht zu Hause angetroffen hatte.

Ich ging auch in das Lokal, in dem Paula zuletzt gearbeitet hatte. Es war eine Art englisches Pub in der West Forty-sixth, das sich Druid's Castle nannte. Sie hatten dort Gerichte mit so klangvollen Namen wie Shepherd's Pie oder Toad in the Hole. Der Geschäftsführer bestätigte mir, dass Paula irgendwann im Frühling gekündigt hatte. »Ich weiß zwar nicht mehr, warum sie gegangen ist, aber wir sind jedenfalls in bestem Einvernehmen geschieden. Ich würde sie sofort wieder einstellen.« Eine der Bedienungen hatte Paula als

»ganz sympathisch« in Erinnerung, »aber ein bisschen neben der Mütze, als ob sie mit ihren Gedanken ganz woanders wäre.« Ich erkundigte mich noch in einer ganzen Reihe anderer Restaurants in den Forties und Fifties nach Paula, und darunter waren auch tatsächlich zwei, in denen sie vor ihrem Job im Druid's Castle gejobbt hatte. Das alles wäre vielleicht ganz hilfreich gewesen, wenn ich vorgehabt hätte, ihre Biographie zu schreiben, aber bei der Lösung der Frage, warum sie Mitte Juli spurlos verschwunden war, brachte es mich keinen Deut weiter.

Im Paris Green, einer Bar in der Ninth, Ecke Fifty-second kam sie dem Geschäftsführer irgendwie bekannt vor, als ich ihm ihr Foto zeigte. Er war jedoch sicher, dass sie nicht bei ihm gearbeitet hatte. Auch der Barkeeper, ein schlaksiger Kerl mit einem Bart wie ein Vogelnest, wollte sich das Foto ansehen. »Nein, gearbeitet hat sie hier nicht«, bestätigte er mir. »Aber sie war öfter als Gast hier. Das ist allerdings schon eine Weile her.«

»Im Frühling?«

»Es muss jedenfalls nach dem ersten April gewesen sein. Da habe ich nämlich hier angefangen. Wie hieß sie gleich wieder?«

»Paula.«

Er tippte mit dem Finger auf das Foto. »Wie sie hieß, weiß ich nicht mehr. Aber ich kann mich noch gut an sie erinnern. Ich habe sie mindestens fünf–, sechsmal hier gesehen. Immer sehr spät. Wir schließen hier um zwei. Und sie kam immer erst kurz vor der Sperrstunde vorbei.«

»War sie allein?«

»Sicher nicht.« Er grinste. »Weil ich sie nämlich sonst bestimmt angesprochen hätte. Aber sie kam immer mit einem Kerl her. Ob's allerdings immer derselbe war, könnte ich nicht beschwören. Aber vermutlich schon. Es ist ja auch schon eine Weile her, dass ich sie hier zum letzten Mal gesehen habe. Das dürfte inzwischen sicher an die zwei Monate zurückliegen.«

»Zum letzten Mal wurde sie in der ersten Juliwoche gesehen.«

»Na, das kommt ja in etwa hin. Als sie das letzte Mal hier war, hat sie Salty Dogs getrunken; sie haben beide Salty Dogs getrunken.«

»Und was hat sie sonst getrunken?«

»Ach, alles Mögliche. Margaritas, Vodka Sours – vielleicht nicht wirklich genau das, aber etwas in der Richtung. Was eben Mädchen so trinken.

Dagegen trank er immer Whiskey. Und dann steigt er plötzlich auf Salty Dogs um. Was das wohl zu bedeuten hatte?«

»Er hat zum Großangriff angesetzt?«

»Allerdings, Watson.« Er strahlte übers ganze Gesicht. »Entweder gäbe ich einen guten Detektiv ab oder Sie einen guten Barkeeper, weil wir nämlich in diesem Punkt zum selben Schluss gelangt sind. Darauf muss ich Ihnen einen spendieren. Was darf's denn sein?«

»Ein Coke bitte.«

Er zapfte sich ein Bier und schenkte mir eine Cola ein. Nachdem er kurz an seinem Glas genippt hatte, fragte er mich, was mit Paula passiert war. Ich sagte ihm, dass sie verschwunden war.

»Das tun Leute manchmal«, brummte er.

Nach zehn Minuten hatte ich eine ungefähre Personenbeschreibung von Paulas Begleiter. Etwa meine Größe, vielleicht eine Spur größer. Um die dreißig. Dunkles Haar, kein Bart. Legere Kleidung. Sportlicher Typ.

»Das ist ja, als holte man aus einem Computer alle möglichen Daten raus, von denen man gar nicht mehr wusste, dass sie dort noch gespeichert sind«, meinte er dazu kopfschüttelnd. »Wirklich erstaunlich: Plötzlich kann ich mich an Dinge erinnern, von denen ich nie gedacht hätte, dass sie mir überhaupt aufgefallen sind. Etwas Sorgen macht mir dabei nur der Gedanke, dass ich mir ein paar Dinge einfach nur aus den Fingern gesogen haben könnte, um Ihnen behilflich sein zu können.«

»Das kommt tatsächlich hin und wieder vor«, musste ich ihm bestätigen.

»Außerdem trifft die Beschreibung, die ich Ihnen gerade gegeben habe, etwa auf die Hälfte der Kerle aus diesem Viertel zu – falls er überhaupt aus dem Viertel war, was ich sehr bezweifle.«

»Und Sie haben ihn nur die fünf, sechs Male gesehen, als er mit ihr hier war?«

Er nickte. »Wenn man dabei noch berücksichtigt, um welche Zeit die beiden immer angetanzt sind, würde ich sagen, dass er sie nach der Arbeit abgeholt hat – oder auch umgekehrt – oder dass sie sogar zusammengearbeitet haben.«

»Und hier nach Feierabend noch kurz auf einen Drink vorbeigeschaut haben?«

»Bei einem blieb es meistens nicht.«

»Hat sie viel getrunken?«

»Er auf jeden Fall. Und sie saß auch nicht gerade stundenlang über einem Drink. Aber es hielt sich in Grenzen. Jedenfalls hat man ihr nie was angemerkt. Ihm übrigens auch nicht. Wenn ich mir's genauer überlege, deutet eigentlich auch das darauf hin, dass sie gerade von der Arbeit gekommen sind und hier noch schnell was getrunken haben.«

Als er mir das Foto wieder geben wollte, sagte ich, er könne es behalten. »Und falls Ihnen noch was einfällt ...«

»Rufe ich unter dieser Nummer an.«

Lauter kleine Mosaiksteinchen, aber nichts, was mich auch nur einen Schritt weiterbrachte. An dem Abend, an dem ich bei der Gruppe Neubeginn meine Lebensgeschichte zum Besten gab, hatte ich bereits über eine Woche mit der Suche nach Paula Hoeldtcke zugebracht. Und obwohl ich sicher schon mehr als tausend Dollar Arbeitszeit und Schuhsohlen in den Fall investiert hatte, konnte ich noch mit keinerlei Ergebnissen aufwarten, die auch nur annähernd ihr Geld wert gewesen wären.

Ich hatte mit Dutzenden von Leuten gesprochen, einen ganzen Block mit Notizen vollgeschrieben und bereits mehr als die Hälfte der hundert Fotos von ihr in Umlauf gebracht.

Und was hatte ich in der Zwischenzeit herausgefunden? Nichts. Ich hatte nicht den geringsten Anhaltspunkt, was aus Paula Hoeldtcke geworden sein könnte, nachdem sie Mitte Juli aus ihrem Zimmer ausgezogen war. Es gab keinerlei Hinweise, dass sie eine andere Stellung angenommen hatte, nachdem sie im Druid's Castle gekündigt hatte. Und das Bild, das ich mir von ihr zu machen begann, war wesentlich weniger scharf als das Foto, das ich an jeden verteilte, der es haben wollte.

Sie war Schauspielerin. Oder genauer: Sie wollte Schauspielerin werden. Allerdings hatte sie bisher nur zwei unbedeutende Engagements gehabt, und irgendwann hatte sie sogar mit dem Unterricht aufgehört. Etwa ein halbes Dutzend Mal war sie spätabends in Begleitung eines etwa dreißigjährigen Mannes in einer Kneipe nicht weit von ihrem Arbeitsplatz gesehen worden.

Sie war eine Einzelgängerin gewesen, hatte sich aber kaum in ihrem Zimmer aufgehalten. Was hatte sie dann allerdings in ihrer Freizeit getrieben? Hatte sie im Park lange Spaziergänge unternommen und dort mit den Tauben geplaudert?

Kapitel 4

Am nächsten Morgen war mein erster Gedanke, dass ich meinen geheimnisvollen Anrufer vielleicht doch etwas zu vorschnell abgewimmelt hatte. Es war zwar nicht viel, aber immerhin etwas.

Spätestens beim Frühstück begann ich die Lage allerdings wieder etwas realistischer einzuschätzen. Schließlich hatte ich von Anfang an nicht damit gerechnet, auf irgendwelche brauchbaren Anhaltspunkte zu stoßen. Paula Hoeldtcke hatte sowohl die Schauspielerei als auch ihren Job als Bedienung an den Nagel gehängt. Sie war bei Flo Edderling ausgezogen und hatte aufgehört, weiter die Rolle der braven Tochter zu spielen. Vermutlich hatte sie längst ein neues Leben angefangen und würde demnach erst wieder aus der Versenkung auftauchen, wenn ihr danach war. Oder sie war tot. Und in diesem Fall konnte ich sowieso nicht mehr allzu viel für sie tun.

Ich spielte mit dem Gedanken, ins Kino zu gehen. Stattdessen verbrachte ich den Tag aber damit, mit allen möglichen Theateragenten zu sprechen, ihnen die ewig gleichen Fragen zu stellen und meine Fotos unter ihnen zu verteilen. Keiner von ihnen konnte sich an den Namen oder an das Gesicht erinnern. »Wahrscheinlich hat sie nur an offenen Auditions teilgenommen«, erklärte mir einer von ihnen. »Manche suchen sich gleich zu Beginn einen Agenten. Andere nützen schön brav jede Gelegenheit zum Vorsprechen, die sich ihnen bietet, und versuchen erst auf eigene Faust, ein paar Rollen an Land zu ziehen, um damit dann einem Agenten imponieren zu können.«

»Und was halten Sie für die bessere Methode?«

»Was ich für die bessere Methode halte? Einen Onkel im Showgeschäft zu haben – das halte ich für die beste Methode.«

Als ich irgendwann das Gefühl hatte, genügend Theateragenten gelöchert zu haben, versuchte ich mein Glück noch einmal bei Flo Edderling. »Allmählich sollte ich auch von Ihnen Miete kassieren«, begrüßte sie mich kopfschüttelnd. »Sie sind ja inzwischen fast öfter hier als manche meiner Mieter.«

»Ich wollte nur noch mit ein paar Leuten sprechen.«

»Wie Sie wollen. Bisher sind mir jedenfalls noch keine Klagen über Sie zu

Ohren gekommen. Und solange sich meine Mieter nicht über Sie beschwe-
ren, können Sie meinetwegen so oft hierher kommen, wie Sie wollen.«

Von den Personen, mit denen ich noch nicht gesprochen hatte, war nur
eine zu Hause. Wie sich herausstellte, war das Mädchen erst im Mai eingezogen und hatte Paula Hoeldtcke gar nicht mehr gekannt. »Tut mir leid,
dass ich Ihnen nicht helfen kann«, versicherte sie mir. »Aber ich habe dieses
Mädchen nicht mal gesehen. Meine Zimmernachbarin hat mir erzählt, dass
Sie sich auch bei ihr schon nach ihr erkundigt haben. Das Mädchen ist wohl
verschwunden?«

»So sieht es zumindest aus.«

Sie zuckte mit den Achseln. »Tut mir leid, aber ich kann Ihnen leider wirklich nicht helfen.«

Als ich mit dem Entzug anfing, war ich mit einer Frau befreundet, die Jan
Keane hieß. Wir hatten uns vorher schon gekannt. Aber als sie zu den Anonymen Alkoholikern ging, verloren wir uns aus den Augen. Sobald jedoch
auch ich mit meinem Entschluss ernst machte, mit dem Trinken aufzuhören,
kamen wir uns wieder näher.

Jan ist Bildhauerin und wohnt in einem Loft in der Lispenard Street, süd-
lich von der Canal Street. Wir sahen uns relativ häufig, an drei bis vier Aben-
den die Woche und manchmal auch tagsüber. Unsere gemeinsamen Aktivitäten beschränkten sich keineswegs nur darauf, hin und wieder gemeinsam
an einem Treffen teilzunehmen. Wir gingen häufig zusammen essen, oder
Jan kochte für uns beide. Sie besuchte auch regelmäßig die Ausstellungen in
den Galerien in SoHo oder im East Village. Das war etwas, was ich bis dahin
kaum getan hatte. Zu meiner Überraschung stellte ich jedoch fest, dass ich
diesen Galeriebesuchen durchaus etwas abgewinnen konnte. Früher war mir
so etwas immer ein bisschen peinlich gewesen; ich wusste einfach nicht, was
ich sagen sollte, wenn ich vor einem Gemälde oder einer Skulptur stand. Aber
Jan erklärte mir, es sei völlig in Ordnung, wenn ich mich jeden Kommentars
enthielt.

Ich weiß nicht, was dann plötzlich schief zu laufen begann. Wie das Beziehungen manchmal an sich haben, wurde die unsere immer enger und in-
tensiver. Das führte schließlich sogar so weit, dass ich die Hälfte der Zeit in

der Lispenard Street wohnte und dort auch schon einen Teil meiner Kleider im Schrank hängen hatte, einschließlich eines Vorrats an sauberer Unterwäsche und frischen Socken in einer eigens für mich reservierten Schublade in der Wäschekommode. Wenn auch noch sehr vorsichtig und zögernd, hatten wir uns sogar schon mit der Frage befasst, ob es wirklich noch sinnvoll war, mein Hotelzimmer weiter zu behalten. Nachdem ich mich sowieso kaum mehr dort aufhielt, war das doch reine Geldverschwendung. Oder sollte ich es lediglich als eine Art Büro weiterbehalten, in dem ich meine Klienten empfangen konnte?

Irgendwann war schließlich der Punkt gekommen, an dem eigentlich nichts mehr dagegen sprach, mein Hotelzimmer endgültig aufzugeben und mich stattdessen an der Miete des Lofts zu beteiligen. Und das war auch der Punkt, an dem wir vielleicht hätten anfangen können, uns über eine gemeinsame Zukunft – und vielleicht auch über eine Heirat – Gedanken zu machen.

Da wir aber genau das nicht taten und diese Chance damit irgendwann für immer vertan war, setzte in unserer Beziehung plötzlich eine gegenläufige Entwicklung ein. Langsam, aber unaufhaltsam begannen wir uns mehr und mehr auseinanderzuleben. Wir hatten uns entweder immer weniger zu sagen oder unsere Gespräche arteten schnell in erbitterte Streitereien aus. Wir fingen an, mehr und mehr Zeit unabhängig voneinander zu verbringen, und einigten uns schließlich sogar darauf – von wem der Vorschlag kam, weiß ich nicht mehr –, in Zukunft wieder häufiger mit anderen Leuten etwas zu unternehmen. Das Ergebnis war, dass wir darauf gleich wieder besser miteinander auskamen. Und zu guter Letzt, ganz unspektakulär und ohne großes Trara, brachte ich Jan eines Tages ein paar Bücher zurück, die sie mir schon vor längerer Zeit geliehen hatte, packte meine restlichen Sachen zusammen und nahm mir ein Taxi zurück nach Uptown. Und damit hatte es sich.

Dieser Ablösungsprozess hatte sich so lange hingezogen, dass ich den endgültigen Bruch sogar mit einer gewissen Erleichterung aufnahm. Trotzdem fühlte ich mich danach noch eine ganze Weile ziemlich einsam und verlassen. Als ein paar Jahre zuvor meine Ehe in die Brüche gegangen war, war mir das sicher weniger zu Herzen gegangen, aber andrerseits hatte ich damals auch noch getrunken, sodass ich mehr oder weniger gar nichts mehr gespürt hatte.

Diesmal versuchte ich über meinen Trennungsschmerz hinwegzukommen, indem ich an möglichst vielen AA-Treffen teilnahm. Manchmal sprach ich dabei über die Dinge, die mich beschäftigten; manchmal behielt ich sie für mich. Unmittelbar nach dem Bruch mit Jan hatte ich mich noch ein paarmal mit anderen Frauen verabredet, aber irgendwie fehlte es mir am nötigen Schwung. Inzwischen war ich wieder an dem Punkt angelangt, dass ich mich wieder mehr für Frauen zu interessieren begann. Allerdings hatte ich bisher noch nichts Konkretes in dieser Richtung unternommen.

Aber natürlich verlieh dieses langsam wiedererwachende Interesse meinem augenblicklichen Job eine ganz besondere, leicht pikante Note. Immerhin wohnten in Florence Edderlings Mietshaus, in dem ich seit neuestem Abend für Abend Klinken putzen ging, fast lauter alleinstehende Frauen. Die meisten davon waren etwas jung für mich. Aber auf alle traf das keineswegs zu. Außerdem fordert diese Art von Zeugenvernehmung geradezu zu einem kleinen Flirt heraus – eine Erfahrung, die ich schon als Polizist zur Genüge gemacht hatte.

Wenn ich meine ewig gleichen Fragen über die scheinbar wie vom Erdboden verschluckte Paula Hoeldtcke stellte, kam es hin und wieder vor, dass ich mich von der Frau, mit der ich gerade sprach, sehr stark angezogen fühlte. Gelegentlich spürte ich sogar, dass dieses Gefühl auf Gegenseitigkeit beruhte, und das hatte zur Folge, dass ich mir kurze Drehbücher ausdachte, die uns in kürzester Zeit im Bett landen ließen.

Allerdings brachte ich nicht den Mut auf, auch noch den nächsten Schritt zu tun und meine Phantasien in die Tat umzusetzen. Dazu fehlte es mir einfach am nötigen Selbstvertrauen. Und wenn ich schließlich mit sechs oder zehn oder noch mehr Leuten gesprochen hatte und mich anschließend wieder auf den Heimweg machte, war meine Stimmung endgültig auf dem Nullpunkt angelangt, und ich fühlte mich unbeschreiblich einsam und verlassen.

Diesmal genügte sogar ein einziges Gespräch, um wieder dieses Gefühl in mir hervorzurufen. Ich ging ins Hotel zurück und saß so lange vor dem Fernseher, bis es Zeit wurde, zum Abendtreffen aufzubrechen.

An diesem Abend war eine Hausfrau aus Ozone Park an der Reihe. Sie erzählte, wie sie immer als Erstes zur Flasche gegriffen hatte, sobald ihr Mann auf dem Weg zur Arbeit in seinem Pontiac aus der Garage gefahren war. Damals hatte sie ihre tägliche Wodkaration in einer Flasche für Herdplattenreiniger unter der Spüle versteckt. »Als ich diese Geschichte zum ersten Mal erzählt habe«, erklärte sie, »fiel mir entsetzt eine Frau ins Wort und sagte: ʼUm Himmels willen! Und wenn Sie nun die Flaschen verwechselt und richtigen Ofenreiniger getrunken hätten?ʼ Darauf ich: ʼOh, keine Angst. Da gabʼs keine Flasche zum Verwechseln. So etwas wie Ofenreiniger hat es in meinem Haushalt nie gegeben. Ich habe in dem Haus zwar dreizehn Jahre gelebt, aber den Herd habe ich kein einziges Mal saubergemacht.ʼ Wie dem auch sei«, fuhr sie fort, »so sah jedenfalls meine Bekanntschaft mit dem Alkohol aus.«

Die verschiedenen Treffen haben alle einen unterschiedlichen Ablauf. In St. Paulʼs dauern sie normalerweise anderthalb Stunden. Und am Freitagabend wird immer ein Sondertreffen abgehalten, bei dem man sich ausführlich mit einer der zwölf Stufen des AA-Entwöhnungsprogramms befasst. An diesem speziellen Abend war das die fünfte Stufe. Allerdings kann ich mich weder daran erinnern, was die Sprecherin zu diesem Thema zu sagen hatte, noch was ich für schlaue Sprüche vom Stapel ließ, als ich an die Reihe kam.

Um zehn Uhr erhoben wir uns von unseren Plätzen, um das Vaterunser zu sprechen. Nur eine gewisse Carole, die aus Prinzip nicht betet, blieb dabei sitzen. Anschließend klappte ich meinen Stuhl zusammen, räumte ihn weg, warf meinen Kaffeebecher in den Mülleimer, leerte ein paar Aschenbecher aus und stand schließlich noch eine Weile herum, um mich mit ein paar anderen Teilnehmern des Treffens zu unterhalten. Als ich Eddie Dunphy meinen Namen rufen hörte, drehte ich mich um. »Oh, hallo, Eddie«, begrüßte ich ihn. »Ich habe Sie ja vorher gar nicht gesehen.«

»Ich bin ganz hinten gesessen, weil ich ein paar Minuten zu spät gekommen bin. Hat mir gut gefallen, was Sie gesagt haben.«

»Danke.« Gleichzeitig überlegte ich, was ich eigentlich gesagt hatte. Als Eddie mich fragte, ob ich noch Lust auf einen Kaffee hätte, sagte ich, dass ich mich schon mit ein paar anderen Teilnehmern im Flame verabredet hätte und ob er nicht mitkommen wolle.

Wir gingen die Ninth runter und landeten mit sechs oder sieben anderen Leuten an dem riesigen Tisch in der hinteren Ecke des Lokals. Ich bestellte mir ein Sandwich mit Fritten und Kaffee. Die Unterhaltung drehte sich vor allem um politische Themen. In weniger als zwei Monaten waren Präsidentschaftswahlen, und die Leute sagten, was sie alle vier Jahre sagten: Was für ein Jammer es doch wäre, dass es niemanden zu wählen gab, der einen vom Hocker riss.

Da ich mit Politik noch nie viel am Hut gehabt hatte, beteiligte ich mich kaum an dem Gespräch. An unserem Tisch saß auch eine gewisse Helen, die etwa genauso lange trocken war wie ich. Ehrlich gestanden, hatte ich schon eine ganze Weile mit dem Gedanken gespielt, mich mal mit ihr zu verabreden. Während nun die anderen in eine ziemlich hitzige Diskussion verstrickt waren, nutzte ich die Gelegenheit, sie unauffällig etwas genauer unter die Lupe zu nehmen. Allerdings schlugen die Beobachtungen, die ich dabei machte, nicht unbedingt zu ihren Gunsten aus. Ihr Lachen war eine Spur zu schrill, sie hätte dringend eine Zahnkorrektur vertragen können, und außerdem sagte sie nicht einen Satz, in dem kein *Weißt du?* vorkam. Bevor sie also ihren Hamburger zu Ende gegessen hatte, war unsere Romanze bereits wieder zu Ende. Eins kann ich jedenfalls sagen: Die schlechteste Methode ist das sicher nicht. Auf diese Weise kann man jede Menge Frauen durchprobieren, ohne dass sie das Geringste merken.

Kurz nach elf legte ich etwas Trinkgeld neben meine Untertasse, verabschiedete mich von den anderen Teilnehmern der Runde und ging zum Zahlen an die Theke. Auch Eddie stand auf und zahlte, um mir nach draußen zu folgen. Ich hatte fast vergessen, dass er auch dabei war; er hatte noch weniger zu der Unterhaltung beigesteuert als ich.

»Ein schöner Abend, nicht?«, sagte er, als wir uns vor dem Eingang gegenüberstanden. »Tut richtig gut, nach dem Mief da drinnen wieder etwas frische Luft zu schnappen. Haben Sie noch einen Moment Zeit für mich, Matt? Kommen Sie noch ein Stück mit?«

»Klar.«

»Ich habe Sie heute anzurufen versucht. Im Hotel.«

»Wann?«

»Heute Nachmittag. So gegen drei.«

»Das hat man mir nicht ausgerichtet.«

»Ich habe ja auch keine Nachricht hinterlassen. Erstens war es nichts Wichtiges, und zweitens hätten Sie mich nicht zurückrufen können.«

»Ach ja, stimmt. Sie haben ja kein Telefon.«

»Und ob ich ein Telefon habe. Es steht gleich neben meinem Bett auf dem Nachttisch. Das Problem ist nur, dass sie mir den Anschluss gesperrt haben.

Aber zurück zum Grund meines Anrufs: Ich hatte gerade nichts zu tun. Was haben Sie denn getrieben? Noch immer nach diesem Mädchen gesucht?«

»Ich hab's zumindest versucht.«

»Und? Kein Glück gehabt?«

»Bis jetzt noch nicht.«

»Na, vielleicht wird sich das ja noch ändern.« Er nahm eine Zigarette heraus und klopfte damit kurz gegen seinen Daumennagel. »Einen Stuss haben die da drinnen zusammengeredet«, schnaubte er. »Politik. Ehrlich gestanden, habe ich keinen Ton von dem verstanden, was die alles gefaselt haben. Gehen Sie wählen, Matt?«

»Weiß ich noch nicht.«

»Man muss sich ja schon fragen, warum eigentlich jemand Präsident werden will. Soll ich Ihnen mal was sagen? Ich habe mein ganzes Leben lang noch kein einziges Mal gewählt. Nein, das ist nicht ganz richtig. Wollen Sie wissen, für wen ich mal gestimmt habe? Für Abe Beame.«

»Das muss aber schon eine Weile her sein.«

»Lassen Sie mich mal überlegen. Ich kann Ihnen sogar sagen, in welchem Jahr das war. Genau: dreiundsiebzig. Können Sie sich noch an Beame erinnern? So ein kleiner Pimpf. Hat als Bürgermeister kandidiert und auch tatsächlich gewonnen. Können Sie sich noch an ihn erinnern?«

»Klar.«

Er lachte. »Ich muss an die zwölfmal für Abe Beame gestimmt haben. Nein, öfter. Vielleicht sogar fünfzehnmal.«

»Das hört sich ja an, als ob Sie von dem Mann ziemlich beeindruckt gewesen wären.«

»Das kann man wohl sagen. Und wissen Sie, wie es dazu kam? Ein paar Kerle vom Ortsverein haben sich einen Schulbus besorgt und damit eine ganze Mannschaft von uns kreuz und quer durch die West Side kutschiert. Und in jedem Wahllokal musste ich mich dann unter einem bestimmten Namen vorstellen. Darauf bekam ich einen Wahlschein auf diesen Namen, und mit dem bin ich dann in die Kabine und habe dort in treuer Erfüllung meiner staatsbürgerlichen Pflichten schön brav die demokratische Liste angekreuzt – genau so, wie sie es mir eingeschärft haben.«

Er blieb stehen, um sich die Zigarette anzuzünden. »Keine Ahnung, wieviel sie uns damals eigentlich bezahlt haben. Ich würde sagen, so um die fünfzig Dollar. Könnte aber auch weniger gewesen sein. Ist ja auch schon fünfzehn Jahre her. Ich war damals noch ziemlich jung und habe das Geld natürlich gleich wieder zum Fenster rausgehauen. Außerdem haben sie jedem von uns ein Essen springen lassen, und trinken konnten wir auch, so viel wir wollten.«

»Was will man da noch mehr?«

»Allerdings. Sich ordentlich einen anzusaufen, war schon klasse, selbst wenn man dafür bezahlen musste. Aber dann auch noch gratis! Was Schöneres kann man sich eigentlich kaum vorstellen.«

»Hört sich zwar vollkommen verrückt an«, nickte ich zustimmend, »aber das kann ich voll unterschreiben. Es gab in Washington Heights mal eine Kneipe, in der ich für die Getränke nichts bezahlen musste. Und ich kann mich noch gut erinnern, wie ich immer mit dem Taxi dort rausgefahren bin. Das hat mich gut und gern zwanzig Dollar gekostet, und meine Zeche hat vielleicht zehn oder zwölf Dollar betragen. Aber wenn ich anschließend mit dem Taxi wieder nach Hause gefahren bin, kam ich mir ohne Übertreibung wie der Allergrößte vor. Und glauben Sie nicht, das hätte ich nur einmal gemacht.«

»Damals ist es Ihnen eben irgendwie logisch erschienen.«

»Und ob.«

Er nahm einen Zug von seiner Zigarette. »Ich kann mir einfach nicht merken, wer damals bei den Wahlen gegen Beame angetreten ist. Komisch, an was man sich erinnert und was man vergisst. Der arme Teufel. Da habe ich an die fünfzehnmal gegen ihn gestimmt und kann mich nicht mal mehr an seinen Namen erinnern. Und noch etwas war komisch an der Sache. So nach dem zweiten, dritten Mal überkam es mich plötzlich. Ich wollte ihnen eins auswischen. Sie wissen schon: den anderen zu wählen; ihr Geld einzustecken und das Kreuzchen beim Republikaner zu machen.«

»Warum?«

»Keine Ahnung. Zu dem Zeitpunkt hatte ich ja schon einiges intus, und irgendwie erschien es mir als eine prima Idee. Es hätte auch niemand gemerkt. War ja eine geheime Wahl. Aber dann dachte ich mir doch: Klar, nach außen hin ist die Wahl natürlich geheim; aber es gibt eine ganze Menge Dinge, die offiziell so und so sein sollen, aber die Wirklichkeit sieht oft ganz anders aus. Und wenn die schon einen ganzen Bus voll Leute durch die Stadt karren und für sich wählen lassen können, dann haben sie vielleicht auch die Möglichkeit festzustellen, was wir gewählt haben. Deshalb habe ich lieber wieder getan, was sie gesagt haben.«

»Also immer schön die demokratische Liste angekreuzt.«

»Richtig. Das war jedenfalls das erste und letzte Mal, dass ich gewählt habe. An sich hätte ich das auch schon das Jahr zuvor gekonnt. Alt genug wäre ich gewesen. Aber ich hatte keine Lust. Und dann stimme ich gleich fünfzehnmal für Abe Beame. Aber dann hatte ich genug. Seitdem bin ich nie mehr wählen gegangen.«

Die Ampel schaltete auf Grün, und wir überquerten die Fifty-seventh. Ein blau-weißer Streifenwagen raste mit jaulender Sirene an uns vorbei die Ninth hinauf. Wir sahen ihm nach, bis er verschwunden war. Hören konnte man ihn allerdings noch eine Weile länger.

»Da hat wohl wieder einer was ausgefressen.«

»Oder ein paar Polizisten haben es ganz besonders eilig.«

»Auch möglich. Aber mal was ganz anderes, Matt. Bei dem Treffen heute Abend wurde doch über die fünfte Stufe gesprochen.«

»Ja. Und?«

»Ich weiß auch nicht. Irgendwie habe ich Angst vor diesem Schritt.«

Die einzelnen Stufen sollen dem Alkoholiker helfen, ein neues Leben zu beginnen und ein besserer Mensch zu werden. Die Begründer der Anonymen Alkoholiker hatten nämlich festgestellt, dass Leute, die bereit sind, mit ihren alten Gewohnheiten zu brechen, weitaus seltener rückfällig werden als solche, die dazu nicht gewillt sind. Die fünfte Stufe besteht darin, dass man Gott, sich selbst und einem anderen Menschen gegenüber eingesteht, was man in seinem bisherigen Leben Böses getan hat.

Als ich das nun auch Eddie klarmachte, sah er mich stirnrunzelnd an. »Das mag ja alles schön und gut sein, Matt. Aber letzten Endes läuft die Sache doch darauf hinaus, dass ich mich mit jemandem zusammensetze und ihm erzähle, was ich alles ausgefressen habe?«

»Mehr oder weniger, ja. Alles, was Ihr Gewissen belastet. Dahinter steckt im Übrigen der Gedanke, dass man sonst wieder versucht, im Alkohol Vergessen zu finden.«

Nachdem er sich das eine Weile durch den Kopf hatte gehen lassen, sagte er: »Ich weiß nicht, ob ich dazu in der Lage wäre.«

»Es drängt Sie ja auch niemand dazu. So lange sind Sie ja auch noch nicht trocken. Es besteht also kein Grund zur Eile.«

»Mhm.«

»Es gibt eine Menge Leute, die finden, die Sache mit den zwölf Stufen wäre ausgemachter Blödsinn. Aber andrerseits kennen Sie sicher auch den Spruch: 'Wenn du mit dem Alkohol Schluss machen willst, dann rühr nichts zu trinken an, nimm regelmäßig an den Treffen teil und kümmere dich nicht um das Gerede der anderen.' So lapidar das auch klingen mag, hat es durchaus seine Berechtigung.«

»Oder nehmen Sie einen Satz wie: 'Wenn du nichts trinkst, kannst du auch nicht betrunken werden.' Es hat mich echt umgehauen, als ich das zum ersten Mal gehört habe. Ebenso simpel wie genial.«

»Trifft den Nagel auf den Kopf.«

Eddie wollte gerade etwas erwidern, als sich eine zerlumpte Frauengestalt aus einem dunklen Hauseingang löste und uns in den Weg trat. Sie war in ein weites Tuch gehüllt, hatte strähniges, verfilztes Haar und starrte uns aus ihrem ausgezehrten Gesicht finster an. Im Arm hatte sie ein Baby, und neben ihr stand ein etwas größeres Kind und klammerte sich an ihrem Tuch fest. Wortlos hielt sie uns ihre geöffnete Hand entgegen.

Sie sah aus, als hätte sie sich aus Kalkutta hierher verirrt. Ich war der Frau schon mehrere Male begegnet und hatte ihr jedes Mal etwas gegeben. Als ich ihr auch jetzt wieder einen Dollar zusteckte, zog sie sich wortlos wieder in ihren Unterschlupf zurück.

»Schon schlimm genug, dass eine Frau so auf der Straße leben muss«, meinte Eddie. »Und dann auch noch mit zwei Kindern.«

»Allerdings.«

»Haben Sie sich eigentlich wirklich mal dazu durchgerungen, Matt? Ich meine, den fünften Schritt zu tun?«

»Natürlich.«

»Und Sie haben auch nichts verschwiegen?«

»Ich hab's zumindest versucht. Ich habe alles erzählt, was mir eingefallen ist.«

Das ließ er sich eine Weile durch den Kopf gehen. »Sie waren ja auch bei der Polizei«, sagte er schließlich. »Demnach können Sie nichts sonderlich Schlimmes angestellt haben.«

»Täuschen Sie sich da mal nicht. Ich habe eine ganze Menge Dinge getan, auf die ich nicht gerade stolz bin. Und einiges war auch darunter, wofür ich ohne weiteres ins Gefängnis hätte kommen können. Ich war ganz schön lang bei der Polizei und habe zum Beispiel schon vom ersten Tag an Schmiergelder angenommen. Ich habe von Anfang an nicht nur von meinem regulären Gehalt gelebt.«

»Das tut ja auch sonst niemand.«

»So würde ich das nicht sehen«, widersprach ich ihm. »Es gibt Polizisten, die sind korrupt, und andere, die sind es nicht. Ich habe zu ersteren gehört und habe mir immer einzureden versucht, das wäre völlig in Ordnung so. Und außerdem wäre ich ja auch anständig korrupt. Schließlich habe ich niemanden erpresst oder bei einem Mord ein Auge zugedrückt. Aber ich habe trotzdem für gewisse Gefälligkeiten Geld angenommen. Und dafür bin ich nun mal nicht angestellt worden. Es war schlicht und einfach gegen das Gesetz. Und damit war ich keinen Deut besser als so mancher Gauner, den ich hinter Schloss und Riegelgebracht habe.«

»So kann man es natürlich auch sehen.«

»Und das war noch keineswegs alles. Ich habe auch gestohlen. Einmal habe ich nach einem Einbruch eine Zigarrenkiste mitgehen lassen, die der Einbrecher wohl übersehen hatte, obwohl sie gleich neben der Kasse lag. Immerhin waren da fast tausend Dollar drin. Ich habe das Geld einfach genommen und eingesteckt. Zur Gewissensberuhigung habe ich mir einzureden versucht, der Ladeninhaber wäre versichert oder es wäre Geld, das er schwarz eingenommen hatte, sodass ich es nur einem Betrüger wegnahm. Für so etwas gibt es bekanntlich unzählige Rechtfertigungen. Trotzdem kann das alles nicht über die Tatsache hinwegtäuschen, dass ich Geld genommen habe, das mir nicht gehört hat.«

»So was tun Polizisten doch ständig.«

»Sie schrecken nicht mal davor zurück, Tote zu berauben. Zu der Sorte habe übrigens auch ich gehört. Es kam ja immer wieder vor, dass man wegen eines Todesfalls in ein Hotel oder in eines dieser Apartmenthäuser gerufen wurde. Und bei diesen Gelegenheiten habe ich mir nicht das Geringste dabei gedacht, mir mit meinem Partner das bisschen Geld zu teilen, das der Tote einstecken hatte, bevor wir ihn wegschaffen ließen. Warum auch nicht? Das Geld wäre sowieso nur in den Mühlen der Bürokratie verschwunden. Und selbst wenn es einen rechtmäßigen Erben gegeben hätte, hätte der vermutlich keinen Cent davon gesehen. Warum also unnötige Umstände machen? Da war es doch viel vernünftiger, das bisschen Geld lieber gleich in unsere Tasche wandern zu lassen. Das kann jedoch alles nichts an der Tatsache ändern, dass es Diebstahl war.«

Eddie wollte etwas einwerfen, aber ich war noch nicht fertig. »Und auch das ist noch nicht alles. Ich habe Leute für Dinge, die sie gar nicht getan haben, ins Gefängnis gebracht. Das soll nicht heißen, dass ich auch nur einen Unschuldigen hinter Gitter gebracht habe. Wenn ich jemandem was angehängt habe, dann nicht ohne Grund. Ich wusste zum Beispiel, dass irgendein Kerl etwas ausgefressen hatte, aber ich hatte keine Möglichkeit, es ihm nachzuweisen. Deshalb suchte ich mir eben einen Zeugen, mit dem sich reden ließ, und der hängte ihm dann eben was anderes an, was er gar nicht getan hatte. Und das hat dann genügt, um den Betreffenden einzulochen. So einfach ging das.«

»Im Knast gibt's tatsächlich eine Menge Kerle, die für etwas einsitzen, das sie gar nicht getan haben«, räumte Eddie ein. »Andrerseits erzählt einem mindestens jeder zweite Knastbruder, was er gar nicht getan hatte, wofür er einsitzt. Aber darf man diesen Vögeln natürlich nicht alles glauben. Einmal ein Gauner, immer ein Gauner. Warum sollte so jemand plötzlich die Wahrheit sagen?« Er zuckte mit den Schultern. »Aber manchmal stimmt es tatsächlich.«

»Ich weiß«, nickte ich. »Im Übrigen könnte ich nicht mal sagen, ob ich es wirklich bereue, die richtigen Kerle aus den falschen Gründen hinter Schloss und Riegel gebracht zu haben. Immerhin wurden sie so eine Weile aus dem Verkehr gezogen, und da es sich dabei nicht gerade um Unschuldslämmer gehandelt hat, ist daran wahrscheinlich nicht mal was auszusetzen. Aber genauso wenig ist es ein Grund, mir etwas darauf einzubilden. Und deshalb dachte ich, dass auch das zu meinem fünften Schritt gehört.«

»Das heißt also, Sie haben das alles jemandem erzählt.«

»Und auch noch einiges andere – Dinge, die zwar nicht gegen das Gesetz waren, mich aber trotzdem ziemlich belastet haben. Zum Beispiel, dass ich meine Frau betrogen habe. Oder dass ich mir nicht genügend Zeit für meine Kinder genommen habe. Und dass ich mich überhaupt nicht mehr um sie gekümmert habe, nachdem ich bei der Polizei aufgehört hatte. Oder dass ich grundsätzlich keine Rücksicht auf andere Menschen genommen habe. Ich hatte zum Beispiel eine Tante, die ist an Schilddrüsenkrebs gestorben. Sie war die jüngere Schwester meiner Mutter und die einzige Verwandte, die ich hatte. Einerseits nahm ich mir zwar ständig vor, sie mal im Krankenhaus zu besuchen, aber dann habe ich es immer wieder hinausgeschoben, bis sie eines Tages gestorben ist, ohne dass ich sie noch mal gesehen habe. Deswegen habe ich mich dann so mies gefühlt, dass ich auch nicht zu ihrer Beerdigung gegangen bin. Ich habe ihr zwar einen Kranz geschickt und in irgendeiner Kirche eine Kerze für sie angesteckt. Aber ich kann mir nicht vorstellen, dass sie davon noch viel hatte, als sie tot war. «

Darauf gingen wir eine Weile schweigend in Richtung Westen weiter, um schließlich an der Tenth Avenue links abzubiegen. Dabei kamen wir an einer zwielichtigen Bar vorbei, aus deren offener Tür uns in dichten Schwaden der typische Kneipendunst aus schalem Bier und kaltem Rauch entgegenwehte – verlockend und zugleich abstoßend. Eddie fragte mich, ob ich schon mal in dem Laden gewesen wäre.

»Ja, aber das ist schon eine ganze Weile her «, antwortete ich.

»Eine richtige Räuberhöhle, kann ich Ihnen sagen. « Nach kurzem Schweigen fragte er mich zaghaft: »Matt? Haben Sie eigentlich schon mal jemanden umgebracht? «

»Zweimal im Dienst. Und einmal aus Versehen; das war auch im Dienst. Ein von mir abgefeuerter Schuss ist von einer Wand abgeprallt und hat ein kleines Mädchen getötet. «

»Das haben Sie gestern Abend auch erzählt. «

»Tatsächlich? Das erwähne ich nämlich nur manchmal, nicht immer. Und als ich dann als Privatdetektiv arbeitete, wurde ich mal auf offener Straße von einem Kerl angefallen. Es gelang mir zwar, mich von ihm zu befreien, aber dabei fiel er so unglücklich, dass er sich das Genick brach. Und das andere Mal – mein Gott, ich hatte damals gerade eine Woche mit dem Trinken aufgehört – da griff mich so ein bescheuerter Kolumbianer mit einer Machete an, sodass mir nichts anderes übrig blieb, als ihm ein ganzes Magazin in den Bauch zu jagen. Wie gesagt, ich habe also vier Menschen getötet, und wenn man das kleine Mädchen dazuzählt, sind es sogar fünf.

Abgesehen von der Kleinen, hat mir das übrigens keine schlaflosen Nächte bereitet. Und genauso wenig hatte ich irgendwelche Gewissensbisse, dass ich ein paar Kerle für etwas, das sie gar nicht getan hatten, hinter Gitter gebracht hatte. Inzwischen bin ich zwar zu der Überzeugung gelangt, dass das nicht richtig war – jedenfalls würde ich so etwas heute nicht mehr tun –, aber trotzdem belastet mich das alles nicht annähernd so stark wie die Tatsache, dass ich Tante Peg nicht mehr besucht habe. Aber so ist es meistens. Die wirklich dicken Klöpse verkraftet man oft wesentlich besser als irgendwelche Lappalien.«

»Manchmal können einem aber auch die dicken Hunde ganz schön zu schaffen machen.«

»Sprechen Sie etwa aus Erfahrung, Eddie?«

»Mein Gott, was soll ich da schon groß sagen, Matt? Ich bin hier, in diesem Viertel, groß geworden. Und wenn man in der Hell's Kitchen aufwächst, lernt man vor allem eins: bloß nicht zu viel von sich zu erzählen – vor allem keinem Fremden. Meine Mutter war eine grundanständige Frau, Matt. Wenn die in einer Telefonzelle ein Zehncentstück gefunden hat, hat sie erst einmal nach jemandem Ausschau gehalten, der es verloren haben könnte. Trotzdem kann ich sie jetzt noch hören, wie sie mir immer wieder eingeschärft hat: 'Deine Probleme gehen keinen Menschen was an.' Und daran hat sie selbst sich auch gehalten. Obwohl sie längst geschieden waren, kam mein Alter immer noch jede Woche zwei–, dreimal zu Hause vorbei. Meistens war er schon ziemlich besoffen und hat sie verprügelt. Aber sie hat keinem Menschen etwas davon gesagt. Wenn jemand sie wegen ihrer blauen Flecken gefragt hat, erzählte sie, sie hätte sich gestoßen oder wäre die Treppe runtergefallen. Aber die meisten Leute haben sie auch gar nicht daraufhin angesprochen. Wer in der Hell's Kitchen lebt, weiß in der Regel, wann man besser den Mund hält und keine dummen Fragen stellt.«

Ich wollte etwas sagen, aber Eddie nahm mich am Arm und drängte mich an den Rand des Gehsteigs. »Würde es Ihnen was ausmachen, auf der anderen Straßenseite weiterzugehen, Matt. Wenn es nicht unbedingt sein muss, möchte ich lieber nicht an der Kneipe dort vorn vorbeikommen.«

Er meinte Grogan's Open House. Im Fenster lockten in giftgrünem Neon Harp Lager und Guiness Stout. »Das war früher mal meine Stammkneipe«, sagte er. »Aber jetzt wechsle ich jedes Mal die Straßenseite, wenn ich daran vorbeikomme.«

Das kannte ich nur zu gut. Es gab mal Zeiten, in denen war das Armstrong's mein zweites Zuhause. Als ich dann aber zu trinken aufhörte, machte ich immer einen weiten Bogen um die Kneipe. Ließ sich das aus irgendeinem Grund nicht vermeiden, schaute ich stur in die andere Richtung und ging so schnell wie möglich daran vorbei, als fürchtete ich, ich könnte davon angezogen werden wie von einem riesigen Magneten. Eines Tages lief dann Jimmy Armstrongs Pachtvertrag aus, worauf er in der Tenth, Ecke Fiftyseventh, eine neue Kneipe aufmachte. In seinen alten Räumlichkeiten eröffnete ein chinesisches Restaurant, und ich hatte eine Sorge weniger.

»Wissen Sie eigentlich, wem der Laden gehört, Matt?«

»Einem gewissen Grogan, glaube ich.«

»Schon lange nicht mehr. Das ist jetzt Mickey Ballous Kneipe.«

»Der Butcher Boy?«

»Sie kennen Mickey?«

»Nur vom Sehen – und vom Hörensagen.«

»Ich möchte nicht wissen, was über Mickey alles geredet wird. Übrigens werden Sie seinen Namen in keinem Pachtvertrag finden, aber trotzdem gehört der Laden ihm. In meiner Jugend war ich mal ziemlich eng mit seinem Bruder Dennis befreundet; er ist dann allerdings in Vietnam gefallen. Waren Sie eigentlich beim Militär, Matt?«

Ich schüttelte den Kopf. »Polizisten haben sie nicht eingezogen.«

»Ich hatte als Junge Tbc. Allerdings habe ich das selbst gar nicht gewusst. Das haben sie erst festgestellt, als ich bei der Musterung geröntgt wurde. Und deshalb wurde ich nicht eingezogen.« Er schnippte seine Zigarette in den Rinnstein. »Auch ein Grund, das Rauchen bleiben zu lassen. Aber nicht gleich heute.«

»Klar, das hat noch Zeit.«

»Ja. Aber zurück zu Dennis. War schwer in Ordnung, der Typ. Nach seinem Tod hatte ich hin und wieder auch mit Mick zu tun. Kennen Sie zufällig ein paar der Geschichten, die über ihn in Umlauf sind?«

»Ja, mir ist da so einiges zu Ohren gekommen.«

»Haben Sie auch die Story mit der Bowlingtasche gehört? Und was er da drinnen hatte?«

»Ich wusste nie so recht, was ich davon halten soll.«

»Na ja, ich hab's jedenfalls auch nicht mit eigenen Augen gesehen. Aber vor einigen Jahren war ich mal dabei, als sie sich nicht weit von hier einen Kerl vorgeknöpft haben. Keine Ahnung, was der arme Teufel ausgefressen hatte. Vermutlich hat er jemand verpfiffen – was soll's sonst schon gewesen sein. Es war in einem Heizungskeller. Sie hatten den Kerl geknebelt und mit einer Wäscheleine an einen Pfosten gefesselt. Mickey hatte sich seine lange weiße Metzgerschürze umgebunden; so ein Ding, das von den Schultern bis zu den Füßen reicht. Die Schürze war blütenweiß – bis auf die Flecken drauf. Und dann greift sich Mickey einen Baseballschläger und drischt damit auf den Kerl ein, dass das Blut nur so spritzt. Als ich Mickey das nächste Mal wieder sehe, steht er doch tatsächlich mit derselben Schürze im Open House. Anscheinend macht es ihm richtig Spaß, das Ding zu tragen – als ob er ein Metzger wäre, der nach der Arbeit kurz einen heben geht. 'Siehst du diese Flecken?' sagt er zu jedem, der es hören will. 'Das ist Rattenblut.'«

An der Ecke hinter Grogan's Open House wechselten wir wieder auf die andere Straßenseite über. »Ich kann es zwar nicht mit Al Capone aufnehmen«, erzählte Eddie weiter. »Aber ich habe trotzdem eine Menge Dreck am Stecken. Dass ich damals fünfzehnmal für Abe Beame gestimmt habe, dürfte noch zu den seriösesten Jobs zählen, mit denen ich mir je mein Geld verdient habe. Mittlerweile bin ich siebenunddreißig. Aber das einzige Mal, dass ich Sozialversicherung gezahlt habe, war im Knast. Ich habe in der Wäscherei gearbeitet. Wieviel ich dabei verdient habe, weiß ich nicht mehr. Vielleicht dreißig Cents die Stunde. Jedenfalls der reinste Hungerlohn. Aber selbst davon musste man noch Steuern und Sozialversicherung zahlen. Das war etwas, was ich vorher nie getan hatte, und nach meiner Entlassung habe ich auch sofort wieder damit aufgehört.«

»Aber jetzt arbeiten Sie doch, oder nicht?«

Er nickte. »Irgendwelche Gelegenheitsjobs. Ich mache in ein paar Kneipen sauber. Im Dan Kelly's und im All-American. Kennen Sie zufällig das All-American?«

»Auch so eine Räuberhöhle. Auf die Schnelle habe ich mir dort ab und zu einen hinter die Binde gekippt. Aber länger habe ich es in dem Laden nie ausgehalten.«

»Ja, diese kurzen Boxenstops kenne ich auch. Rein zur Tür, schnell einen gezischt, und sofort wieder raus. Aber wie gesagt, ich mache also in den beiden Kneipen sauber, räume die leeren Flaschen weg, stelle die Stühle wieder ordentlich hin – was eben so alles anfällt. Und dann gibt es im Village noch eine Umzugsfirma, bei der hin und wieder mal ein Job für mich abfällt. Das läuft natürlich alles schwarz, und deshalb brauche ich dafür keinen Sozialversicherungsausweis. Wie gesagt, ich sehe zu, dass ich über die Runden komme.«

»Klar.«

»Meine Miete ist ziemlich niedrig, und zu essen brauche ich auch nicht viel – gegessen habe ich übrigens noch nie viel. Na ja, und wozu brauche ich sonst noch Geld? Discos? Schicke Klamotten? Sprit für meine Jacht?«

»Demnach scheinen Sie ja gar nicht so schlecht zu fahren.«

Plötzlich blieb Eddie stehen und sah mich an. »Ich kann jedenfalls nicht klagen. Und trotzdem geht mir der Arsch ganz schön auf Grundeis, Matt.« Er steckte die Hände in die Hosentaschen und starrte auf das Gehsteigpflaster. »Die Sache ist nämlich die: Ich habe Dinge getan, von denen ich nicht weiß, ob ich sie wirklich einem anderen Menschen erzählen soll. Sie mir selbst einzugestehen, ist nicht weiter ein Problem. Ich meine, schließlich *weiß* ich, dass ich sie getan habe. Eher geht es dabei darum, mir nicht mehr länger etwas vorzumachen. Na ja, und was Gott betrifft, finde ich es nicht weiter wild, ihm das alles zu beichten. Wenn es keinen Gott gibt, ist es sowieso egal. Und wenn es doch einen gibt, weiß er schon alles, was jemand ausgefressen hat. Insofern ist also auch das nicht weiter tragisch. Aber den ganzen Rotz einem anderen Menschen unter die Nase zu binden – also, ich weiß nicht. Immerhin habe ich Dinger gedreht, für die ich ganz schön lange einsitzen könnte, und zum Teil haben dabei auch andere mitgemacht. Deshalb bin ich mir in diesem Punkt noch nicht ganz sicher.«

»Genau aus diesem Grund wenden sich bei diesem Schritt viele an einen Geistlichen.«

»Sie meinen, so eine Art Beichte?«

»Nicht unbedingt. Wie ich Sie kenne, Eddie, geht es Ihnen dabei nicht um eine förmliche Absolution, sondern einfach darum, mit sich und Ihrem Gewissen ins Reine zu kommen. Und dazu müssen Sie weder katholisch sein noch in irgendeine Kirche gehen. Wenn Sie Glück haben, finden Sie sogar einen Priester, der selbst mal bei den Anonymen Alkoholikern war und genau weiß, worum es Ihnen geht. Aber selbst wenn dem nicht so sein sollte, ist er verpflichtet, das Beichtgeheimnis zu wahren. Sie müssten also keine Angst haben, dass er irgendetwas weitererzählt.«

»Ich weiß nicht mal mehr, wann ich zum letzten Mal in einer Kirche war. Moment mal. Was rede ich eigentlich? Ich komme doch gerade aus einer. Ich habe in den letzten Monaten an kaum einem Treffen teilgenommen, das nicht in einer Kirche stattgefunden hat. Aber in einem Gottesdienst war ich schon ewig nicht mehr – hin und wieder war ich natürlich bei einer Hochzeit; aber zur Kommunion bin ich dabei nicht gegangen. Es ist sicher schon zwanzig Jahre her, dass ich zum letzten Mal gebeichtet habe.«

»Sie müssen ja auch nicht unbedingt zu einem Priester gehen. Aber wenn Sie natürlich fürchten ...«

»Haben Sie denn den fünften Schritt mit einem Priester gemacht, Matt?«

»Nein, ich habe einfach einen anderen Teilnehmer an den Treffen darum gebeten. Sie kennen ihn übrigens auch. Es war Jim Faber.«

»Der Name sagt mir im Moment nichts.«

»Klar kennen Sie Jim. Bei den Treffen in St. Paul's fehlt er fast nie. Heute Abend war er zum Beispiel auch da. Er ist ein paar Jahre älter als ich. Seine Haare sind schon ziemlich grau, und die meiste Zeit hat er einen alten Parka an. Sie würden ihn sicher sofort erkennen, wenn Sie ihn sehen.«

»Aber im Flame war er nicht dabei?«

»Nein, heute Abend nicht.«

»Ist er auch Polizist oder Detektiv oder so was?«

»Nein. Er ist Drucker. Er hat eine eigene Druckerei, drüben in der Eleventh Avenue.«

»Ach, Jim, der Drucker. Der ist doch schon seit ewigen Zeiten trocken.«

»Soviel ich weiß, fast neun Jahre.«

»Das ist eine verdammt lange Zeit.«

»Und wenn man ihn fragt, wie er das geschafft hat, sagt er nur: ›Ich hab einfach nichts getrunken. Immer schön einen Tag nach dem andern.‹«

»Klar, das erzählen sie einem doch alle. Aber neun Jahre! Das ist wirklich verdammt lange. Ganz gleich, wie man es aufteilt – ob in Tage, Stunden oder meinetwegen auch Minuten: Neun Jahre sind eine verdammt lange Zeit.«

»Allerdings.«

Eddie fischte eine frische Zigarette aus seiner Tasche, überlegte es sich dann anders und steckte sie wieder zurück. »Ist Jim Ihr Tutor?«

»Nein, jedenfalls nicht offiziell. Aber offiziell hatte ich sowieso noch nie einen Tutor. So was liegt mir nicht. Allerdings ist Jim die Person, die ich anrufe, wenn mich der Schuh irgendwo drückt – *falls* ich jemanden anrufe.«

»Ich war noch keine zwei Tage aus der Klinik raus, als sie mir schon einen Tutor zugewiesen haben. Seine Nummer liegt neben meinem Telefon. Aber da mein Telefon nicht funktioniert, habe ich ihn noch nie angerufen. Außerdem nehmen wir nicht an denselben Treffen teil, so dass ich ihn bisher kaum gesehen habe.«

»Wie heißt er?«

»Dave. Seinen Nachnamen habe ich schon wieder vergessen, und ich kann mich auch kaum mehr erinnern, wie er aussieht; so lange ist es schon her, dass ich ihn zum letzten Mal gesehen habe. Aber seine Telefonnummer habe ich trotzdem nicht weggeworfen, und deshalb ist er vermutlich noch immer mein Tutor. Ich meine, ich würde ihn auf jeden Fall anrufen, wenn es mal brenzlig wird.«

»Klar.«

»Ich könnte sogar den fünften Schritt mit ihm machen.«

»Wenn Sie das nötige Vertrauen zu ihm haben.«

»Aber ich kenne ihn doch gar nicht. Haben Sie eigentlich jemand, den Sie als Tutor betreuen, Matt?«

»Nein.«

»Haben Sie sich schon mal den fünften Schritt von jemand angehört?«

»Nein.«

Er trat nach einem Kronkorken, der auf dem Gehsteig lag. »Genau darauf will ich nämlich hinaus. Ganz schön verrückt, finden Sie nicht auch? Ein Gauner, der einem Polizisten beichtet. Sie sind natürlich nicht mehr bei der Polizei. Aber sind Sie nicht trotzdem verpflichtet, alles zu melden, was ich Ihnen erzähle?«

»Nein. Ich habe zwar nicht das Recht, irgendwelche Informationen zurückzuhalten, wie das zum Beispiel einem Anwalt oder Priester zusteht. Aber trotzdem würde ich alles, was Sie mir sagen, streng vertraulich behandeln.«

»Wären Sie dazu wirklich bereit? Dazu muss ich allerdings sagen, dass ich eine ganze Menge Dreck am Stecken habe. Und ich weiß nicht, ob Sie sich diesen ganze Dreck wirklich bis zu Ende anhören wollen, wenn ich mal damit angefangen habe.«

»Dann werde ich mich eben dazu durchringen müssen.«

»Es ist mir, ehrlich gestanden, ziemlich peinlich, Sie darum zu bitten, Matt.«

»Ich weiß. Mir ging es damals genauso.«

»Wenn das Ganze nur mich allein beträfe«, setzte er an, brach aber mitten im Satz wieder ab. Nach einer Weile schlug er schließlich vor: »Was halten Sie davon? Ich lasse mir alles noch ein paar Tage in aller Ruhe durch den Kopf gehen, mit mir selbst ins Reine kommen. Und wenn Sie dann immer noch bereit sind, sich meine Beichte anzuhören, können wir uns ja irgendwo treffen, und dann erzähle ich Ihnen ein bisschen von mir – wenn Ihnen das recht ist.«

»Klar«, versicherte ich ihm. »Lassen Sie sich ruhig Zeit. Hat ja keine Eile.«

Er schüttelte den Kopf. »Wenn ich es zu lax angehe, schiebe ich es nur ständig vor mir her. Ich werde mir übers Wochenende noch mal alles in Ruhe durch den Kopf gehen lassen, und dann, würde ich sagen, bringen wir es möglichst schnell hinter uns.«

»Es ist sehr wichtig, dass man sich noch mal in aller Ruhe mit allem beschäftigt. Darum sollten Sie sich dafür auch genügend Zeit lassen, Eddie.«

»Was glauben Sie wohl, was ich in letzter Zeit getan habe?« Grinsend legte er mir seine Hand auf die Schulter. »Jedenfalls schon mal vielen Dank, Matt. Für mich wird es langsam Zeit, mich zu verabschieden. Gute Nacht.«

»Gute Nacht, Eddie.«

»Und ein schönes Wochenende.«

»Ihnen auch. Vielleicht laufen wir uns ja zufällig wieder bei einem Treffen über den Weg.«

»Aber in St. Paul's finden doch am Wochenende keine Treffen statt. Montagabend bin ich jedenfalls wieder da. Und, Matt, noch mal vielen Dank.«

Nachdem wir uns voneinander verabschiedet hatten, ging ich weiter die Tenth hinunter und bog an der nächsten Straßenecke nach Osten ab. In einem Hauseingang kurz vor der Ecke zur Ninth Avenue standen drei junge Burschen, die abrupt verstummten, als ich mich ihnen näherte. Sie ließen mich zwar anstandslos passieren, aber ich konnte ihre Blicke wie Pfeile in meinem Rücken spüren, bis ich die rettende Straßenecke erreichte.

Auf halbem Weg zu meinem Hotel ging mich eine Nutte an, ob ich noch Lust hätte, eine Nummer zu schieben. Sie sah noch jung und unverbraucht aus; aber das tun sie heutzutage fast alle. Drogen und Viren sorgen dafür, dass sie nicht allzu alt werden.

Ich vertröstete sie auf ein andermal. Aber ihr Lächeln, mindestens so rätselhaft wie das der Mona Lisa, verfolgte mich noch den ganzen Weg nach Hause. In der Fifty-sixth Street schnorrte mich ein Schwarzer an, der nur mit einer Hose bekleidet war. Einen halben Block weiter kam aus einem dunklen Hauseingang eine Frau auf mich zu. Sie hatte strähniges, blondes Haar und ein Gesicht wie auf einem dieser sozialkritischen Fotos aus der Zeit der Weltwirtschaftskrise. Beide bekamen einen Dollar von mir.

Im Hotel hatte niemand eine Nachricht für mich hinterlassen. Ich ging auf mein Zimmer, stellte mich unter die Dusche und legte mich schlafen.

Es gab mal drei Brüder; sie hießen Morrissey und hatten ein kleines vierstöckiges Ziegelhaus in der West Fifty-first, etwa einen halben Block vom Hudson entfernt. In den beiden oberen Stockwerken wohnten sie, das Erdgeschoss vermieteten sie an eine irische Amateur-Theatertruppe, und im ersten Stock schenkten sie nach der Sperrstunde Bier und Whiskey aus. Es gab Zeiten, in denen ich dort ziemlich häufig anzutreffen war, und ich kann mich an mindestens ein halbes Dutzend Gelegenheiten erinnern, bei denen dort auch Mickey Ballou auftauchte. Ich könnte zwar nicht mit Sicherheit sagen, ob ich je ein Wort mit ihm gewechselt habe, aber ich wusste zumindest genau, wer er war.

Mein Freund Skip Devoe hat mal über Ballou gesagt: »Wenn der zehn Brüder hätte und sich alle im Kreis aufstellen würden, könnte man glauben, man hat sich nach Stonehenge verirrt.« Und Ballou war tatsächlich eine eindrucksvolle Erscheinung. Wie einem schlummernden Vulkan haftete ihm etwas unterschwellig Bedrohliches an. Es gab mal einen gewissen Aronow, Inhaber einer kleinen Damenbekleidungsfirma. Eines Abends schüttete er Ballou versehentlich seinen Drink über die Hose. Ballou verzog keine Miene, und als Aronow sich ausgiebig bei ihm entschuldigte, versicherte er ihm, das wäre nicht weiter schlimm. Trotzdem verschwand Aronow darauf einen ganzen Monat lang aus der Stadt. Er ging nicht mal mehr nach Hause, um seine Sachen zu packen, sondern fuhr gleich mit dem Taxi zum Flughafen und setzte sich ins nächste Flugzeug. Wir waren uns damals zwar alle einig, dass Aronow schon immer etwas vorsichtig gewesen war, aber auch nicht übervorsichtig.

Während ich nun vor dem Einschlafen im Bett lag, ging mir noch eine ganze Weile durch den Kopf, wo Eddie wohl der Schuh drückte und was der Butcher Boy damit zu tun haben könnte. Allerdings war das für mich noch lange kein Grund, deswegen gleich eine schlaflose Nacht zu verbringen. Ich war sicher, dass ich das noch früh genug erfahren würde.

Kapitel 5

Das gute Wetter hielt das ganze Wochenende an. Am Samstagnachmittag sah ich mir im Shea Stadium ein Baseballmatch an. Sowohl die Mets als auch die Yankees hatten sich bisher wacker geschlagen. Obwohl es bei den Mets im Moment nicht so richtig lief, konnten sie noch immer die Tabellenführung halten, während die Yankees mittlerweile auf den sechsten oder siebten Platz abgerutscht waren und nicht gerade den Eindruck machten, als könnten sie das Ruder noch mal herumreißen. Die Mets waren an diesem Wochenende in Houston, wo sie gegen die Astros antraten. Und die Yankees hatten die Mariners zu Gast – ein Match, das Mattingly schließlich mit einem Double Down im elften Inning für die Gastgeber entschied.

Auf der Heimfahrt stieg ich nicht an meiner Haltestelle aus, sondern fuhr ins Village weiter. Dort aß ich bei einem Italiener in der Thompson Street zu Abend. Anschließend nahm ich an einem Treffen teil und fuhr zeitig wieder nach Hause.

Am Sonntag besuchte ich Jim Faber und sah mir das Spiel der Mets im Fernsehen mit ihm an. Gooden konnte die Astros zwar acht Innings lang ziemlich auf Distanz halten, aber die Mets brachten keine ordentlichen Runs zustande. Und dann wechselte ihn Johnson im neunten Inning gegen Mazzilli aus, der auch prompt einen Ball ins Deep Short schlug. »Ich glaube, das war ein Fehler«, lautete Jims Kommentar. Und tatsächlich legte der zweite Baseman der Astros einen Mordsrun hin, mit dem er die zweite Base erreichte und dann noch mit einem Wurf durch die Mitte einen Punkt erzielte.

Anschließend gingen wir in ein chinesisches Restaurant, das Jim mal ausprobieren wollte, und nahmen an einem Treffen im Roosevelt Hospital teil. Die Sprecherin war eine schüchterne Frau mit einem ausdruckslosen Gesicht und einer Stimme, die schon in der dritten Reihe nicht mehr zu hören war. Wir saßen ziemlich weit hinten und verstanden kein Wort. Also schaltete ich einfach ab und hing meinen eigenen Gedanken nach. Als ich in meiner Erinnerung noch mal die entscheidenden Spielzüge des Baseballmatchs vom Nachmittag durchging, musste ich plötzlich an Jan Keane denken und wie gern sie immer ins Stadion mitgekommen war, obwohl sie eigentlich von

Baseball so gut wie keine Ahnung hatte. Aber wie sie mir mal gestanden hatte, war es die perfekte Geometrie, die sie an diesem Spiel faszinierte.

Ein paarmal hatte ich sie auch zum Boxen mitgenommen. Aber dafür konnte sie sich gar nicht erwärmen. Dagegen faszinierte sie Eishockey von Anfang an. Sie hatte vor mir noch nie ein Spiel gesehen, aber am Ende war sie ein größerer Eishockeyfan als ich.

Ich war froh, dass das Treffen endlich aus war, und fuhr danach sofort nach Hause. Mir war nicht nach Gesellschaft.

Am Montagmorgen verdiente ich mir ein paar Dollar. Eine Frau, die ich von den Treffen in St. Paul's kannte, war vor ein paar Monaten mit einem Kerl in eine Wohnung in Rego Park gezogen. Er war damals zwar trocken gewesen, aber da er schon seit Jahren immer wieder rückfällig wurde, hatte er auch diesmal wieder zu trinken angefangen, kaum dass sie zusammengezogen waren. Es waren etwa sechs bis acht Wochen und eine ordentliche Tracht Prügel nötig, um sie zu der Einsicht gelangen zu lassen, dass sie einen Fehler gemacht hatte und sich so etwas nicht bieten zu lassen brauchte. Deshalb hatte sie sich kurz entschlossen wieder eine Wohnung in der Stadt genommen.

Ein paar Dinge hatte sie allerdings noch in ihrer alten Wohnung zurückgelassen, und da sie Angst hatte, ihre Sachen allein abzuholen, fragte sie mich, ob ich sie begleiten könnte.

Eigentlich wollte ich dafür kein Geld nehmen, aber sie war eisern. »Nein«, sagte sie, »das kommt überhaupt nicht in Frage. Das ist nicht nur ein Gefallen unter Anonymen Alkoholikern. Wenn dieser Dreckskerl was getrunken hat, ist nicht mit ihm zu spaßen. Und deshalb möchte ich unbedingt mit jemandem anrücken, der mit so etwas Erfahrung hat. Erstens habe ich das Geld, um Sie dafür entsprechend zu bezahlen, und außerdem fühle ich mich dann sicherer.«

Für die Fahrt nach Rego Park engagierte sie einen Taxifahrer namens Jack Odegaard. Ich kannte ihn von den Treffen zwar vom Sehen, aber wie er hieß, erfuhr ich erst von der Zulassungsplakette über dem Handschuhfach seines Taxis.

Die Frau hieß Rosalind Klein, ihr Freund Vince Broglio. Übrigens machte er an diesem Nachmittag keinen sehr gefährlichen Eindruck. Während Roz ihre Sachen in ein paar Koffer und Einkaufstaschen packte, saß er die meiste Zeit nur herum, brummte irgendwelche ironischen Bemerkungen oder nuckelte an einer Flasche Stroh. Dabei hatte er den Fernseher laufen und schaltete ständig von einem Kanal auf den anderen. Der Fußboden war übersät von Pizzaschachteln und kleinen weißen Pappcontainern, wie man sie in chinesischen Restaurants bekommt. Und natürlich lagen jede Menge leere Bier- und Whiskeyflaschen herum, das Ganze garniert mit überquellenden Aschenbechern und zerknüllten Zigarettenpackungen.

Irgendwann wandte sich Rosalinds Verflossener unvermutet an mich: »Sind Sie ihr Neuer? Mein Nachfolger?«

»Nein, ich komme nur heute kurz mit.«

Er lachte. »Tun wir das nicht alle? Ich meine, nur mal kurz mitkommen – auf einen Kaffee und was danach vielleicht noch alles kommt.«

Wieder ein paar Minuten später, ohne seinen Blick vom Fernseher loszureißen, schnaubte er verächtlich: »Weiber.«

Ich zuckte nur mit den Schultern.

»Wenn sie keine Mösen hätten, müssten sie glatt subventioniert werden.« Als ich auch darauf nichts sagte, riss er schließlich seinen Blick vom Fernseher los, um meinen Gesichtsausdruck zu studieren. »Das könnte nun allerdings als eine grob diskriminierende Bemerkung missverstanden werden.« Mit der Aussprache von *missverstanden* hatte er etwas Schwierigkeiten. Das weckte sein Interesse für dieses Wort und ließ ihn vom Thema abschweifen. »Missverstanden«, wiederholte er. »Pissverstanden, schissverstanden. Mein Problem ist eigentlich nur, dass ich mal missverstanden worden bin. Was sagen Sie nun zu so einem Problem?«

»Es gibt Schlimmeres.«

»Allerdings«, nickte er heftig und deutete auf Rosalind.

»*Sie* ist diejenige, die hier wirklich ein Problem hat.«

Nachdem uns Jack Odegaard wieder in die Stadt zurückgefahren hatte, halfen wir Roz, ihre Sachen in ihre neue Wohnung zu schaffen. Vor dem Umzug hatte sie nicht weit von der Eighth Avenue in der Fifty-seventh gewohnt. Und jetzt hatte sie in einem Hochhaus in der Seventieth, Ecke West End, ein Apartment gefunden. »In meiner alten Wohnung hatte ich noch ein eigenes

Schlafzimmer und musste trotzdem nur halb so viel Miete zahlen wie in diesem Kaninchenstall. Ich muss ja wirklich nicht mehr ganz zurechnungsfähig gewesen sein, meine alte Wohnung aufzugeben. Aber dafür bin ich ja auch in eine schicke Dreizimmerwohnung in Rego Park gezogen. Sie haben sie ja selbst gesehen und können sich vielleicht vorstellen, wie es dort mal ausgesehen hat, bevor die Kacke zu dampfen anfing. Es geht nun mal nicht ohne ein gewisses Maß an Optimismus und Vertrauen, wenn man sich auf eine Beziehung einlässt.«

Sie gab Jack fünfzig Dollar fürs Taxi und mir einen Hunderter für meinen Beschützerjob. Das brachte sie genauso wenig ans Hungertuch wie die höhere Miete. Sie arbeitete in der Nachrichtenredaktion eines großen Fernsehsenders und verdiente ganz gut. Ich habe zwar keine Ahnung, was sie dort eigentlich genau tat, aber ich bin mir ziemlich sicher, dass sie ihre Sache gut machte.

Eigentlich rechnete ich damit, Eddie am Abend bei dem Treffen in St. Paul's zu sehen. Aber er ließ sich nicht blicken. Deshalb ging ich anschließend ins Paris Green, um mich ein bisschen mit dem Barkeeper zu unterhalten, der Paula Hoeldtcke auf dem Foto wiedererkannt hatte. Vielleicht war ihm noch etwas eingefallen. Das war aber nicht der Fall.

Als ich am nächsten Morgen bei der Telefongesellschaft anrief und mich nach Paula Hoeldtcke erkundigte, teilte man mir mit, dass ihr Anschluss gesperrt worden war. Um herauszufinden, wann und warum es dazu gekommen war, wurde ich allerdings erst einmal von Pontius zu Pilatus geschickt, bevor ich schließlich jemanden an den Apparat bekam, der ermächtigt war, mir darüber Auskunft zu erteilen. Der Anschluss war auf Bitten der Kundin gekündigt worden, teilte mir eine Frauenstimme mit, um mich gleich darauf zu bitten, einen Moment zu warten. Als sie wenig später wieder an den Apparat kam, machte sie mich darauf aufmerksam, dass Paula Hoeldtcke nach der Endabrechnung noch einen geringfügigen Betrag guthatte.

»Wie ist denn das möglich?«, fragte ich erstaunt. »Hat sie zum Schluss zu viel Gebühren bezahlt?«

»Nein«, erklärte mir die Frau. »Da sie keine neue Adresse hinterlassen hat, dürfte sie ihre letzte Telefonrechnung gar nicht mehr erhalten haben.

Aber sie musste bei der Übernahme des Anschlusses eine Kaution hinterle-
gen, und bei der Endabrechnung hat sich ergeben, dass diese höher war als die
Gebühren für den letzten Monat. Das heißt ...«

»Ja?«

»Unseren Unterlagen zufolge hat sie sogar schon seit Mai keine Gebühren
mehr bezahlt. Aber sie hat so wenig telefoniert, dass damit ihre Vorauszahlung noch immer nicht aufgebraucht war.«

»Ach so.«

»Wenn Sie uns ihre neue Adresse zukommen lassen, werden wir ihr dieses Guthaben selbstverständlich sofort überweisen. Vielleicht hat sie einfach
nicht mehr daran gedacht. Es handelt sich sowieso nur um einen Betrag von
vier Dollar und siebenunddreißig Cents.«

Ich versicherte ihr, dass Paula Hoeldtcke vermutlich tatsächlich Wichtige-
res im Kopf gehabt hatte. »Aber eines könnten Sie mir vielleicht noch sagen:
Wann genau hat die Kundin ihren Telefonanschluss gekündigt?«

»Einen Augenblick«, vertröstete sie mich, um mir kurz darauf mitzuteilen: »Das war am zwanzigsten Juli.«

Das kam mir etwas eigenartig vor, so dass ich sicherheitshalber noch einmal in meinen Notizen nachsah. Tatsächlich: Am sechsten hatte Paula zum
letzten Mal ihre Miete gezahlt; am fünfzehnten hatte Florence Edderling mit
dem Zweitschlüssel in ihrem Zimmer nachgesehen und festgestellt, dass sie
ausgezogen war; und am achtzehnten war bereits Georgia Price dort eingezogen. Das hieß, dass Paula erst fünf Tage nach dem Auszug ihr Telefon abgemeldet hatte. Aber warum hatte sie ihren Anschluss dann überhaupt noch
gekündigt? Und wenn sie das tatsächlich so spät noch nachgeholt hatte – warum hatte sie dann nicht auch gleich ihre neue Adresse hinterlassen?

»Das passt nicht so recht zu meinen Angaben«, sagte ich deshalb. »Ist
es vielleicht möglich, dass sie den Anschluss schon früher gekündigt hat und
dass die Kündigung erst ein paar Tage später wirksam geworden ist?«

»Eigentlich nicht. Wenn bei uns eine Kündigung eingeht, wird der betreffende Anschluss sofort gesperrt. Wir müssen dazu ja nicht eigens jemanden
losschicken. Das erfolgt von der Zentrale aus – ganz automatisch.«

»Die Sache ist nur deshalb etwas eigenartig, weil sie zu diesem Zeitpunkt
bereits aus ihrem Zimmer ausgezogen war.«

»Einen Augenblick bitte. Ich rufe die entsprechenden Daten mal auf dem Computer ab. Dann können wir weitersehen.« Diesmal musste ich nur kurz warten. »Also«, begann sie, »hier steht Folgendes: Der Anschluss war in Betrieb, bis er am zwanzigsten Juli gekündigt wurde. Natürlich besteht immer die Möglichkeit eines Computerirrtums.«

Ich machte mir eine Tasse Kaffee und ging dann noch einmal meine Notizen durch. Anschließend rief ich Warren Hoeldtcke an, um ihm mitzuteilen: »Ich bin da auf eine kleine Ungereimtheit gestoßen. Allerdings glaube ich nicht, dass sie viel zu besagen hat. Trotzdem möchte ich der Sache gern auf den Grund gehen. Wissen Sie vielleicht noch, wann Sie Paula zum letzten Mal angerufen haben?«

»Warten Sie mal. Das muss irgendwann Ende Juni gewesen sein.«

»Nein, ich meine nicht das letzte Mal, dass Sie mit ihr gesprochen haben. Sie haben Sie doch nachher noch öfter zu erreichen versucht.«

»Ach so, natürlich. Irgendwann kam dann allerdings diese Tonbandansage, Sie wissen schon, kein Anschluss unter dieser Nummer.«

»Aber erst haben Sie doch noch ein paarmal ihren Anrufbeantworter dran bekommen. Und genau das ist der springende Punkt: Wann haben Sie ihr zum letzten Mal eine Nachricht auf Band gesprochen?«

»Ach, jetzt verstehe ich, was Sie meinen. Aber ich fürchte, da kann ich Ihnen nicht weiterhelfen. Daran kann ich mich beim besten Willen nicht mehr erinnern. Ende Juli sind wir in Urlaub gefahren, und als wir sie nach unserer Rückkehr wieder anzurufen versucht haben, hieß es, der Anschluss wäre gekündigt. Es muss also irgendwann Mitte letzten Monats gewesen sein. Aber das habe ich Ihnen, glaube ich, bereits erzählt.«

»Ja.«

»Das letzte Mal hat sich ihr Anrufbeantworter wohl gemeldet, bevor wir in Urlaub gefahren sind. Das genaue Datum kann ich Ihnen allerdings nicht mehr sagen.«

»Aber das muss doch in Ihren Unterlagen stehen?«

»Wie bitte?«

»Bewahren Sie denn Ihre Telefonrechnungen nicht auf?«

»O doch, natürlich. Mein Buchhalter würde mir ganz schön die Hölle heiß machen, wenn ich das nicht täte. Jetzt verstehe ich. Erst dachte ich nämlich, unsere Anrufe wären gar nicht registriert worden, da wir Paula nicht erreicht haben. Aber nachdem sich der Anrufbeantworter gemeldet hat, müssten sie auf unserer Telefonrechnung stehen.«

»Richtig.«

»Leider habe ich die Unterlagen nicht hier. Aber meine Frau weiß, wo sie sind. Haben Sie meine Privatnummer?« Als ich das bejahte, fügte er rasch hinzu: »Es ist vielleicht besser, wenn ich erst sie anrufe. Dann hat sie bereits alles zur Hand, wenn Sie sich bei ihr melden.«

»Könnten Sie ihr bei der Gelegenheit auch ausrichten, dass ich ein R-Gespräch anmelden werde. Ich rufe nämlich von einer Zelle an.«

»Selbstverständlich. Das heißt, warten Sie. Geben Sie mir die Nummer der Zelle, dann kann meine Frau Sie dort anrufen.«

Um die Zelle, von der ich anrief, besetzt zu halten, hängte ich nicht ein, nachdem Hoeldtcke aufgelegt hatte, sondern stand noch ein paar Minuten mit dem Hörer am Ohr da, als telefonierte ich weiter. Ich ließ genügend Zeit verstreichen, damit Hoeldtcke seine Frau anrufen und diese die benötigten Unterlagen heraussuchen konnte, und drückte dann unauffällig die Gabel nieder, damit sie durchkam, wenn sie die Nummer der Zelle wählte. Wenn jemand vor der Zelle stehenblieb, um zu warten, dass sie frei wurde, vollführte ich jedes Mal eine kleine Pantomime, dass es noch eine Weile dauern würde.

Schließlich klingelte es. Und als ich den Finger von der Gabel nahm, meldete sich eine selbstbewusste Frauenstimme: »Hallo, hier Betty Hoeldtcke; ich hätte gern Matthew Scudder gesprochen.«

»Am Apparat.«

Sie sagte, ihr Mann hätte ihr bereits erklärt, worum es ging, und kam dann gleich zur Sache. »Ich habe hier die Telefonrechnung für Juli vor mir liegen. Darauf sind drei Anrufe an Paula registriert. Zwei über zwei Minuten und einer über drei. Das hat mich erst etwas stutzig gemacht. Es kann doch keine drei Minuten gedauert haben, auf Band zu sprechen, dass sie zurückrufen sollte. Aber wir mussten uns natürlich erst die ganze Ansage anhören. Trotzdem kann ich mich manchmal des Verdachts nicht erwehren, dass einem die Computer der Telefongesellschaft mehr Einheiten berechnen, als man tatsächlich telefoniert hat.«

»An welchen Tagen haben diese Gespräche stattgefunden, Mrs. Hoeldtcke?«

»Am fünften, am zwölften und am siebzehnten Juli. Übrigens habe ich mir auch die Rechnung für Juni angesehen. Das letzte Mal, dass wir tatsächlich Paula selbst am Apparat hatten, war am neunzehnten Juni. Dieses Gespräch steht auf unserer Rechnung, weil sie erst uns angerufen hat und wir sie gleich darauf zurückgerufen haben.«

»Ich weiß. Ihr Mann hat mir bereits von Ihrem System erzählt.«

»Mir ist das immer ein bisschen peinlich, obwohl wir die Telefongesellschaft eigentlich gar nicht betrogen haben. Aber irgendwie habe ich doch ein komisches Gefühl dabei ...«

»Mrs. Hoeldtcke, wann haben Sie Paula zum letzten Mal zu erreichen versucht?«

»Am siebzehnten Juli. Normalerweise rief Paula immer am Sonntag an. Der fünfte Juli, an dem wir sie das erste Mal zu erreichen versucht haben, war ein Sonntag. Und dann eine Woche später am zwölften, und dann wieder am siebzehnten – warten Sie mal: zwölfter, dreizehnter, vierzehnter, fünfzehnter, sechzehnter, siebzehnter; Sonntag, Montag, Dienstag, Mittwoch, Donnerstag, Freitag – der siebzehnte muss also ein Freitag gewesen sein, und ...«

»Sie haben also am siebzehnten Juli eine Nachricht auf ihren Anrufbeantworter gesprochen.«

»So muss es wohl gewesen sein; jedenfalls ist für dieses Datum ein dreiminütiges Gespräch registriert. Möglicherweise habe ich ihr eine längere Nachricht hinterlassen, da wir doch kurz darauf in Urlaub fahren wollten.«

»Einen Moment, bitte. Ich möchte mir das nur kurz notieren.« Irgendetwas stimmte hier nicht. Aller Wahrscheinlichkeit nach war das jedoch nur darauf zurückzuführen, dass sich in irgendjemandes Unterlagen ein Fehler eingeschlichen hatte. Diesen Fehler zu finden wäre allerdings mit einigem Aufwand verbunden, und dazu war mir meine Zeit doch zu schade. Das war in etwa so, als machte ein Bankkassierer drei Überstunden, um einen Differenzbetrag von zehn Cents in seinen Büchern zu finden.

»Mr. Scudder? Was ist eigentlich mit Paula passiert?«

»Das weiß ich nicht, Mrs. Hoeldtcke.«

»Ich mache mir schreckliche Sorgen. Ständig habe ich das ungute Gefühl, dass sie ...« Eine lange Pause. »... tot ist.«

»Bisher deutet nicht das geringste darauf hin.«

»Aber deutet denn irgendetwas darauf hin, dass sie noch am Leben ist?«

»Wie es scheint, hat sie ihre Sachen gepackt und ihr Zimmer aus freien Stücken verlassen. Das halte ich für ein gutes Zeichen. Wenn allerdings ihre Kleider noch im Schrank gehangen wären, wäre ich weniger optimistisch.«

»Natürlich. Ich weiß, was Sie meinen.«

»Allerdings tappe ich noch völlig im Dunkeln, wo sie inzwischen sein könnte oder ob während der letzten Monate, als sie noch in der Fifty-fourth Street lebte, irgendetwas Besonderes vorgefallen ist. Hat sie denn Ihnen gegenüber gar nichts dergleichen erwähnt? Hatte sie vielleicht einen Freund?«

Ich stellte ihr noch ein paar andere Fragen in dieser Richtung. Aber das brachte mich auch nicht weiter. Deshalb sagte ich nach einer Weile: »Mrs. Hoeldtcke, mein Problem ist: Ich weiß zwar, wie Ihre Tochter aussieht, aber ich habe keine Ahnung, was für ein Mensch sie ist. Was hatte sie für Interessen? Was hat sie in ihrer Freizeit gemacht? Was für Freunde hatte sie?«

»Was meine anderen Kinder betrifft, könnte ich Ihnen das wesentlich einfacher beantworten. Paula war eine Träumerin, so viel steht fest. Aber wovon sie eigentlich geträumt hat, davon habe ich keine Ahnung. Als sie noch zur High School ging, war sie ein vollkommen normales und durchschnittliches Mädchen, das in keiner Weise aus dem Rahmen fiel. Aber das lag vielleicht auch nur daran, dass sie sich damals selbst noch nicht so recht im Klaren darüber war, was sie eigentlich vom Leben wollte.« Sie seufzte. »Natürlich hatte sie damals schon die eine oder andere Liebschaft, aber nichts Ernstes. Nach Scotts Tod hatte sie dann allerdings keinen festen Freund mehr. Sie hat sich ...«

Ich fragte Betty Hoeldtcke, wer Scott war und was ihm zugestoßen war. Er war während Paulas erstem Jahr am College sozusagen inoffiziell mit ihr verlobt gewesen und dann bei einem Motorradunfall ums Leben gekommen.

»Er war sofort tot«, erinnerte sich Mrs. Hoeldtcke. »Danach war Paula seltsam verändert. Sie hatte natürlich auch weiterhin mit Jungen zu tun, aber auf einer rein freundschaftlichen Ebene. Das verbindende Element dürfte dabei vor allem ihre Theaterbegeisterung gewesen sein. Allerdings glaube ich nicht, dass dabei auch so etwas wie Liebe mit im Spiel war. Ich habe sogar eher den Verdacht, dass die wichtigste Grundvoraussetzung für diese Freundschaften war, dass diese Jungen nichts von ihr wollten.«

»Ach so.«

»Ich habe mir schreckliche Sorgen um sie gemacht, als sie nach New York ging. Sie müssen wissen, dass sie das einzige unserer fünf Kinder ist, das von zu Hause weggegangen ist. Die anderen vier sind alle irgendwo in der Nähe geblieben. Natürlich habe ich versucht, mir nichts anmerken zu lassen, und ich glaube, dass nicht einmal mein Mann gemerkt hat, welche Sorgen ich mir gemacht habe. Und jetzt ist sie plötzlich wie vom Erdboden verschluckt …«

»Sie kann genauso plötzlich wieder auftauchen«, versuchte ich sie zu trösten.

»Ich war schon immer der Überzeugung, dass sie nach New York wollte, um sich selbst zu finden – und nicht, um Schauspielerin zu werden. Das war ihr, glaube ich, gar nicht so sonderlich wichtig; nein, es ging ihr vor allem darum, sich selbst zu finden. Und nun deutet alles darauf hin, dass sie sich verloren hat.«

Zum Mittagessen kaufte ich mir an einem Pizzastand in der Eighth Avenue eine große Schnitte Pizza Siciliana, die ich erst einmal kräftig mit Paprika bestreute, bevor ich sie gleich an Ort und Stelle mit einem Coke hinunterspülte. Das war weniger zeitraubend und vor allem auch weniger riskant, als zum Beispiel ins Druid's Castle zu gehen und auf eigene Faust herauszufinden, was ein Toad in the Hole, eine Kröte im Loch, war.

Dienstags wurde im St. Clare's Hospital immer ein Mittagstreffen abgehalten, und soweit ich mich erinnern konnte, hatte mir Eddie mal erzählt, dass er daran ziemlich häufig teilnahm. Ich kam zwar etwas zu spät, blieb aber bis zum Schlussgebet. Von Eddie keine Spur.

Ich rief im Hotel an, ob jemand eine Nachricht für mich hinterlassen hatte. Nichts.

Keine Ahnung, warum ich eigentlich nach ihm suchte. Vielleicht mein Schnüfflerinstinkt. Eigentlich hatte ich schon am Abend zuvor damit gerechnet, ihn in St. Paul's zu treffen. Aber er war nicht aufgetaucht. Vielleicht hatte er es sich ja noch einmal anders überlegt Entweder wollte er den fünften Schritt nicht mit mir machen, oder er war überhaupt wieder von seinem Vorhaben abgekommen und war nun nicht zu dem Treffen erschienen, weil ihm das Ganze peinlich war. Oder er hatte sich an diesem Abend irgendetwas im Fernsehen ansehen wollen, oder er war zu einem anderen Treffen gegangen, oder er hatte einfach nur einen langen Spaziergang gemacht.

Andrerseits war er Alkoholiker, und irgendetwas belastete sein Gewissen. Allein diese Kombination könnte genügt haben, ihn plötzlich alle guten Vorsätze vergessen zu lassen, in Zukunft keinen Alkohol mehr anzurühren. Aber selbst wenn er wieder zu trinken angefangen hatte, war das für mich noch lange kein Grund, mich auf die Suche nach ihm zu machen. Es hätte nur einen Sinn, ihm zu helfen, wenn er mich darum bat. Und solange das nicht der Fall war, ließ ich ihn lieber in Ruhe.

Vielleicht hatte ich auch nur die aussichtslose Suche nach Paula Hoeldtcke allmählich satt. Vielleicht suchte ich nach Eddie nur deshalb, weil ich hoffte, dass er leichter zu finden wäre.

Aber auch die Suche nach Eddie nahm mehr Zeit in Anspruch, als ich dachte. Ich wusste zwar, in welcher Straße er wohnte, aber nicht, in welchem Haus. Allerdings hatte ich im Moment keine Lust, schon wieder von Tür zu Tür zu wandern und auf unzähligen Klingelknöpfen und Briefkästen nach dem Namen Dunphy zu suchen. Deshalb sah ich erst mal nach, ob er vielleicht noch im Telefonbuch stand, obwohl sein Anschluss schon einige Zeit gesperrt war. Ich hatte aber kein Glück.

Schließlich rief ich bei der Fernsprechauskunft an. Ich gab mich als Polizeibeamter aus und nannte eine fingierte Dienstnummer. Das ist zwar nicht erlaubt, aber ich glaube nicht, dass ich deswegen gleich für immer in der Hölle schmoren werde. Schließlich versuchte ich das Fräulein vom Amt ja auch nicht zu einem Verbrechen anzustiften, sondern wollte sie nur dazu bringen, mir einen Gefallen zu tun, den sie einem normalen Zivilisten vermutlich verweigert hätte. Ich erklärte ihr, dass ich einen Anschluss suchte, der schon vor ein, zwei Jahren abgemeldet worden war. In ihrem Computer war er zwar nicht mehr gespeichert, aber dann holte sie ein altes Telefonbuch.

Ich sagte ihr, dass ich nach einem gewissen E. Dunphy in der West Fifty-first Street suchte; er musste eine Hausnummer um die vierhundert haben. Mit einem solchen Herrn konnte sie zwar nicht aufwarten, aber zumindest förderte sie einen P.J. Dunphy in der Fifty-first Nummer 507 zutage. Das hörte sich schon mal ganz gut an. Da Eddie die Wohnung von seiner Mutter übernommen hatte, war es durchaus möglich, dass er die Eintragung im Telefonbuch nicht auf seinen Namen hatte umändern lassen.

Das Haus Nummer 507 war eine alte, sechsstöckige Mietskaserne, wie es sie in dieser Gegend massenhaft gibt. Zwar hatten nicht alle Klingelknöpfe und Briefkästen ein Namensschild, aber neben der Klingel für 4-C war ein Stück weißer Karton mit der Aufschrift DUNPHY angebracht.

Ich klingelte und wartete. Nach ein paar Minuten versuchte ich es noch einmal. Als sich wieder nichts rührte, läutete ich beim Hausmeister. Kurz darauf ertönte ein leises Summen. Ich öffnete die Tür und betrat einen dunklen Flur, in dem es nach Mäusen, Kohl und abgestandener Luft roch. Am Ende des Flurs ging eine Tür auf, und eine Frau erschien. Sie war auffallend groß und hatte ihr glattes, blondes Haar mit einem Gummiband nach hinten gebunden. Ihre Jeans war an den Knien durchgewetzt. Die Ärmel ihres karierten Flanellhemds waren bis zum Ellbogen hochgekrempelt, und die zwei obersten Knöpfe standen offen.

»Mein Name ist Scudder«, stellte ich mich vor. »Ich suche einen gewissen Edward Dunphy. Er wohnt hier.«

»Ja, natürlich. Oben im vierten Stock. Nach hinten raus. Ich glaube, in 4-C.«

»Ich habe schon ein paarmal bei ihm geklingelt. Er hat sich allerdings nicht gemeldet.«

»Dann ist er wahrscheinlich nicht zu Hause. Waren Sie denn verabredet?«

»In gewisser Weise.«

Sie sah mich an. Aus der Ferne hatte sie jünger gewirkt, aber aus der Nähe konnte man sehen, dass sie schon auf die vierzig zugehen musste. Allerdings hatte sie sich gut gehalten. Sie hatte eine hohe, breite Stirn mit einer markanten Nase und einem energischen, aber keineswegs harten Kinn. Gute Backenknochen, interessante Aufteilung der einzelnen Gesichtspartien. Ich hatte lange genug mit einer Bildhauerin zusammengelebt, um ein Gesicht noch immer nach derlei Kriterien zu beurteilen, und unsere Trennung lag noch nicht lang genug zurück, um diese Gewohnheit bereits wieder abgelegt zu haben.

Sie sagte: »Glauben Sie, er ist vielleicht doch zu Hause und macht Ihnen aus irgendeinem Grund nicht auf? Vielleicht funktioniert auch seine Klingel nicht. Wenn mir die Mieter Bescheid sagen, bringe ich das natürlich sofort in Ordnung. Aber wenn man nicht allzu oft Besuch bekommt, dauert es manchmal eine ganze Weile, bis man es überhaupt merkt. Möchten Sie vielleicht nach oben gehen und nachsehen, ob er nicht doch zu Hause ist?«

»Das wäre keine schlechte Idee.«

Sie sah mich plötzlich durchdringend an. »Sie machen sich seinetwegen wohl Sorgen?«

»Ja – obwohl dazu eigentlich kein konkreter Anlass besteht.«

Sie zögerte nicht lange. »Ich habe einen Zweitschlüssel – falls er in der Zwischenzeit nicht das Schloss ausgewechselt oder ein zweites eingebaut hat. In dieser Stadt wäre das an sich kein Wunder.«

Sie verschwand in ihre Wohnung und kam kurz darauf mit einem dicken Schlüsselbund zurück. Nachdem sie ihre Wohnungstür abgeschlossen hatte, ging sie mit mir nach oben. Zu dem Mäusedreck und Kohlaroma im Treppenhaus gesellten sich noch andere Gerüche. Abgestandenes Bier. Abgestandener Urin. Marihuana. Lateinamerikanische Küche.

»Wenn ein Mieter das Schloss auswechselt oder ein zweites anbringen lässt«, erklärte sie mir, »müsste er mir eigentlich einen Zweitschlüssel geben. Es gibt im Mietvertrag eine Klausel, dass der Vermieter Zutritt zu allen Wohnungen haben muss. Aber darum schert sich natürlich kein Mensch. Dem Hausbesitzer ist es egal, und mir erst recht. Ich habe zwar einen Schlüssel für 4-C. Ob wir damit allerdings in die Wohnung kommen, ist eine andere Sache.«

»Wir können es zumindest versuchen.«

»Mehr können wir nicht tun.«

»Oh, so würde ich das nicht sehen«, korrigierte ich sie. »Ich wüsste da noch eine ganze Reihe anderer Möglichkeiten, eine Tür ohne Schlüssel aufzukriegen.«

»Wie außerordentlich praktisch.« Sie drehte sich mit einem ironischen Lächeln nach mir um. »Was sind Sie eigentlich von Beruf, jemand vom Schlüsseldienst oder Einbrecher?«

»Ich war mal bei der Polizei.«

»Und jetzt?«

»Bin ich nicht mehr bei der Polizei.«

»Was Sie nicht sagen? Sie haben mir zwar vorhin Ihren Namen gesagt, aber ich habe ihn schon wieder vergessen.«

Als ich darauf ihrem Gedächtnis auf die Sprünge half, erfuhr ich von ihr, dass sie Willa Rossiter hieß und die Hausmeisterstelle erst seit etwa zwanzig Monaten hatte. Für ihre Tätigkeit bekam sie die Wohnung kostenlos zur Verfügung gestellt.

»Eigentlich koste ich den Hausbesitzer gar nichts«, verriet sie mir, »weil er die Wohnung sowieso nicht vermieten würde. Neben meiner gibt es im Haus noch drei weitere leerstehende Wohnungen. Sie sind nicht zu vermieten.«

»Dabei müssten sie doch weggehen wie nichts.«

»Natürlich. Und vor allem könnte der Hausbesitzer für jede von ihnen mindestens einen Tausender Miete pro Monat einstreichen. Hört sich eigentlich völlig verrückt an. Aber er hortet die leeren Wohnungen lieber, damit er sie eines Tages alle in Eigentumswohnungen umwandeln kann. Auf lange Sicht schlägt also jede leerstehende Wohnung nur für ihn zu Buche, weil er sie eines Tages zum aktuellen Marktpreis verkaufen kann.«

»Trotzdem gehen ihm in der Zwischenzeit pro Wohnung und Monat ganze tausend Dollar flöten.«

»Offensichtlich ist ihm das die Sache auf lange Sicht wert. Wenn das hier Eigentumswohnungen werden, bekommt er für jeden dieser Kaninchenställe mindestens hunderttausend Dollar. So etwas ist allerdings auch nur in New York möglich. Vermutlich gibt es sonst in ganz Amerika keine Stadt, wo er für das ganze Haus so viel bekäme.«

»In jeder anderen Stadt wäre das Haus schon längst abgerissen worden.«

»Nicht unbedingt. Die Bausubstanz ist gar nicht mal so schlecht, obwohl es schon über hundert Jahre alt ist. Das waren mal billige Arbeiterwohnungen – also nicht zu vergleichen mit den Häusern in Park Slope und Clinton Hill, in denen mal richtig feine Leute gewohnt haben. Trotzdem kann sich das Haus noch durchaus sehen lassen, und hier wohnt übrigens Mr. Dunphy. Dort hinten rechts.«

Sie ging auf die Tür zu und klopfte. Nicht zu leise. Als keine Antwort kam, klopfte sie noch einmal. Etwas lauter. Wir sahen uns fragend an, worauf sie achselzuckend ihren Schlüsselbund zückte und einen Schlüssel ins Schloss steckte. Sie drehte ihn zweimal herum – einmal für den Riegel, einmal für das Schnappschloss.

Kaum hatte sie die Tür einen Spaltbreit geöffnet, wusste ich, was uns dahinter erwartete. Ich hielt sie an der Schulter zurück.

»Überlassen Sie das lieber mir«, sagte ich. »Das wird kein erfreulicher Anblick.«

»Was riecht denn hier so komisch?«

Ich drängte mich an ihr vorbei und hielt nach der Leiche Ausschau.

Die Wohnung bestand aus drei Durchgangszimmern. Die Eingangstür führte direkt in den Wohnraum, dessen Einrichtung aus einer Couch, einem Sessel und einem Fernseher bestand. Die Federn des Sessels waren durchgesessen, die Lehnen durchgewetzt. In einem Aschenbecher, der auf dem Tisch mit dem Fernseher stand, lagen ein paar Kippen.

An den Wohnraum schloss sich die Küche an. Das Fenster über der Küchenzeile – sie bestand aus Herd, Spüle und Kühlschrank – öffnete sich auf einen dunklen Lüftungsschacht. In einer Ecke stand eine altmodische Badewanne mit gusseisernen Füßen. Die Emaillebeschichtung war schon an mehreren Stellen abgeplatzt. Mit Hilfe einer Sperrholzplatte, die in glänzendem Eierschalenton gestrichen war, war die Badewanne in einen Esstisch umgewandelt worden. Darauf standen eine leere Kaffeetasse und ein weiterer schmutziger Aschenbecher. In der Spüle stapelte sich schmutziges Geschirr; im Trockengestell daneben lagen ein paar saubere Teller.

Dann kam das Schlafzimmer. Und dort fand ich ihn. Vornüber gesunken, saß Eddie auf der Kante seines ungemachten Betts. Er trug nur ein weißes T-Shirt. Sonst nichts. Neben ihm lagen ein paar Sexhefte auf dem Bett. Ein weiteres lag aufgeschlagen auf dem Linoleumboden. Auf einer Doppelseite war eine junge Frau abgebildet, die an Hand- und Fußgelenken sowie am ganzen Körper gefesselt war. Etwas, das aussah wie ein Elektrokabel, schnürte sich tief in ihre großen Brüste. Dazu hatte das Mädchen eine angst- und schmerzverzerrte Grimasse aufgesetzt, die allerdings nicht sehr überzeugend wirkte.

Eddie hatte eine Schlinge aus plastikbeschichteter Wäscheleine um den

Hals. Das andere Ende der Leine war unter der Decke an einem Leitungsrohr befestigt.

»Gütiger Gott!«, hauchte Willa hinter mir.

Sie war mir also doch gefolgt. »Was ist passiert?«, stieß sie entsetzt hervor. »Mein Gott, was ist passiert?«

Ich wusste, was passiert war.

Kapitel 6

Der Polizist hieß Andreotti. Er war ein Hüne von einem Mann mit einem zerzausten schwarzen Haarschopf und buschigen Augenbrauen. Während sein Partner, ein hellhäutiger Schwarzer, unten bei Willa geblieben war, um ihre Aussage zu Protokoll zu nehmen, war Andreotti hinter mir die drei Stockwerke zu Eddies Wohnung hochgekeucht.

Er sagte: »Da Sie selbst mal bei der Polizei waren, wissen Sie ja, wie man in so einem Fall vorgeht. Ich hoffe, Sie haben sich auch daran gehalten. Nichts angerührt und nichts verrückt, ja?«

Ich nickte.

»Der Tote war also ein Freund von Ihnen und ist nicht aufgetaucht. Wie soll ich das verstehen? War er mit Ihnen verabredet?«

»Wir wollten uns eigentlich gestern Abend treffen.«

»Tja, dazu war er wohl in seinem Zustand nicht mehr in der Lage. Die Ärzte werden sicher noch den genauen Todeszeitpunkt feststellen, aber eines kann ich Ihnen jetzt schon sagen: Der ist schon länger als vierundzwanzig Stunden kalt. Außerdem werde ich jetzt mal, Vorschrift hin oder her, ein Fenster aufmachen. Warum öffnen Sie nicht schon mal das in der Küche?«

Das tat ich, und auch das im Wohnzimmer machte ich auf. Als ich wieder zurückkam, sagte Andreotti: »Er ist also nicht aufgetaucht. Und was dann? Haben Sie ihn angerufen?«

»Er hat kein Telefon.«

»Und was ist das da?« Auf einer alten Obstkiste, die als Nachttisch diente, stand ein Telefon. Es war noch eines von diesen altmodischen schwarzen Dingern mit einer Wählscheibe. Ich sagte Andreotti, dass es nicht ging.

»Ach nein?« Er nahm den Hörer ab und hielt ihn ans Ohr. »Tatsächlich. Hat er es ausgesteckt, oder was? Nein, das ist nicht der Fall. Dann müsste es doch funktionieren.«

»Der Anschluss ist schon vor einiger Zeit gesperrt worden.«

»Warum hat er das Ding dann noch rumstehen? Etwa als Kunstobjekt, oder was? Scheiße, eigentlich hätte ich es ja gar nicht anfassen dürfen. Aber die werden hier sowieso nicht nach Fingerabdrücken suchen. Wir erklären den Fall am besten gleich für abgeschlossen. Sieht doch ziemlich eindeutig aus, finden Sie nicht auch?«

»Zumindest auf den ersten Blick.«

»Von der Sorte habe ich schon einige gesehen. Meistens blutjunge Burschen, noch keine zwanzig. Beim ersten dachte ich noch: Scheiße, was ist denn das für eine Art, sich umzubringen. Wir hatten den armen Teufel nämlich im Kleiderschrank gefunden – stellen Sie sich das mal vor. Dort hockte er auf so einem Milchflaschencontainer – Sie wissen schon, diese Plastikträger. Und er hatte sich sein Bettlaken um den Hals geschlungen und das Ende an der Kleiderstange befestigt – Sie wissen schon, dieses Ding, an dem man sonst die Kleiderbügel aufhängt. Aber finden Sie nicht auch – so macht man das doch nicht, wenn man sich aufhängen will. Man braucht nur wieder aufzustehen, wenn man es sich in letzter Sekunde noch mal anders überlegt. Und schon nimmt man den Zug vom Seil oder in diesem Fall vom Laken. Und wenn man es auf die Schnelle machen will – das heißt, richtig mit Schmackes, dass es einem das Genick bricht –, dann hält das so eine lächerliche Kleiderstange doch gar nicht aus.

»Ich war also schon drauf und dran, mir mordsmäßig den Arsch aufzureißen, weil den Kerl doch nur jemand umgebracht haben konnte, der das Ganze dann so hingedreht hat, als wär's Selbstmord gewesen und mit einer ziemlich komischen Methode noch dazu. Aber zum Glück hat mich dann mein Partner gleich mal aufgeklärt. ›Autoerotische Strangulation nennt man so was‹, hat er gesagt und mich bei dieser Gelegenheit auch noch darauf aufmerksam gemacht, dass der Junge splitternackt war. Ich hatte von so was noch nie gehört. Muss wohl so eine neue Methode sein, sich einen runterzuholen. Man schneidet sich immer mehr die Luftzufuhr ab, und das soll den Reiz bei der Sache ganz enorm erhöhen. Nur darf einem dabei kein Fehler unterlaufen wie diesem armen Teufel hier. Sonst kann man nämlich einpacken. Stellen Sie sich mal vor, so von seinen Eltern gefunden zu werden – mit solchen Stielaugen und dem Pimmel in der Hand.«

Er schüttelte den Kopf. »Sie waren also mit ihm befreundet. Aber dass der auf so was steht, hätten Sie sich wohl auch nicht gedacht.«

»Nein.«

»Tja, das Leben ist eben immer wieder für eine Überraschung gut. Die ganz Jungen erzählen sich so was ja wohl noch gegenseitig. Aber ein Erwachsener?

Oder können Sie sich etwa jemand vorstellen, der zu Ihnen sagt: ›Ich weiß da übrigens eine tolle neue Methode, sich einen runterzuholen?‹ Damit hätten Sie bestimmt nicht gerechnet, oder? Wahrscheinlich dachten Sie, er hätte einen Herzinfarkt oder so was Ähnliches?«

»Ich habe mir nur Sorgen gemacht, dass irgendetwas mit ihm nicht in Ordnung sein könnte.«

»Und die Hausmeisterin hat Ihnen also mit dem Zweitschlüssel aufgeschlossen? War die Tür denn abgeschlossen?«

»Sogar zweimal. Der Riegel und das Schnappschloss.«

»Und die Fenster waren alle zu. In dem Fall dürfte die Sache ziemlich klar sein, wenn Sie mich fragen. Hat er Angehörige, die verständigt werden müssen?«

»Seine Eltern sind beide tot. Von sonstigen Verwandten hat er mir gegenüber nie was erwähnt.«

»Leute, die schon im Leben allein sind, sterben meistens auch allein. Über so was darf man erst gar nicht ins Nachdenken geraten. Sehen Sie sich nur mal an, wie schmächtig er ist. Der arme Teufel.«

Im Wohnraum fragte mich Andreotti: »Sind Sie bereit, seine Identifizierung vorzunehmen? Da er offensichtlich keine Verwandten hat, brauchen wir jemand, der ihn identifiziert.«

»Er ist Eddie Dunphy.«

»Okay«, brummte er. »Das genügt.«

Willa Rossiter war in 1-B. Die Wohnung ging ebenfalls nach hinten raus und hatte den gleichen Grundriss wie die von Eddie, nur seitenverkehrt, weil sie auf der Ostseite des Hauses lag. Außerdem war ihre Wohnung mal renoviert worden, und in der Küche stand keine Badewanne. Stattdessen war in der kleinen Kammer neben dem Schlafzimmer eine Duschkabine eingebaut.

Wir saßen in der Küche an einem alten Tisch mit einer Blechplatte. Als sie mich fragte, ob ich was zu trinken wollte, sagte ich, dass ich gegen eine Tasse Kaffee nichts einzuwenden hätte.

»Ich habe allerdings nur Pulverkaffee«, sagte sie. »Und koffeinfreien noch dazu. Wollen Sie nicht doch lieber ein Bier?«

»Nein, lieber einen Kaffee.«

»Ich brauche auf den Schreck hin erst mal was Stärkeres. Sehen Sie, wie ich noch zittere.« Als sie mir zum Beweis ihre rechte Hand entgegenstreckte, konnte ich allerdings nicht das leiseste Zittern bemerken. Sie stand auf, ging an den Schrank über der Spüle, holte eine Flasche Teacher's heraus und schenkte sich daraus in ein Marmeladenglas mit dem Konterfei von Fred Feuerstein eine ordentliche Portion ein. Dann kam sie wieder an den Tisch zurück, stellte Flasche und Glas auf den Tisch und setzte sich. Erst dann griff sie nach dem Glas, sah es einen Moment nachdenklich an und nahm einen kräftigen Schluck. Sie musste heftig husten, und nachdem sie sich einen Moment geschüttelt hatte, stieß sie einen tiefen Seufzer aus und sagte: »So, jetzt geht es mir wieder besser.«

Das konnte ich mir gut vorstellen.

Der Wasserkessel pfiff, und sie goss meinen Kaffee auf, falls man diese Brühe so nennen konnte. Nach dem Umrühren ließ ich den Löffel in der Tasse. Angeblich wird dann der Kaffee schneller kalt. Allerdings weiß ich nicht, ob das wirklich stimmt.

»Leider habe ich keine Milch zu Hause«, entschuldigte sie sich.

»Ich trinke ihn sowieso schwarz.«

»Oder wollen Sie vielleicht Zucker dazu?«

»Nein, danke.«

»Um den Geschmack dieses köstlichen koffeinfreien Pulverkaffees durch nichts zu verfälschen?«

»Etwas in der Art.«

Sie trank den Rest ihres Scotch. »Sie haben wohl den Leichengeruch sofort erkannt. Und deshalb wussten Sie auch, was uns in der Wohnung erwartet.«

»Diesen Geruch vergisst man nicht so schnell.«

»Kann ich mir inzwischen gut vorstellen. Als Sie noch bei der Polizei waren, sind Sie vermutlich in eine Menge solcher Wohnungen gekommen.«

»Wenn Sie damit Wohnungen mit einem Toten drin meinen, ja.«

»Aber vermutlich gewöhnt man sich im Lauf der Zeit sogar an so was.«

»Na, ich weiß nicht, ob man sich wirklich daran gewöhnt. Eher würde ich sagen: Man lernt, seine Gefühle zu verbergen, und zwar nicht nur vor den anderen, sondern auch vor sich selbst.«

»Wirklich? Wie macht man das?«

»Der Alkohol ist dabei zum Beispiel eine große Hilfe.«

»Wollen Sie nicht doch ...«

»Nein, danke«, fiel ich ihr ins Wort. »Tja, wie bringt man sich dazu, nichts mehr zu fühlen? Manche Polizisten entwickeln eine Mordswut auf den Toten oder sie behandeln ihn wie ein Stück Dreck. Wenn sie zum Beispiel die Leiche aus dem Haus schaffen, schleifen sie den Sack mit dem Toten drin einfach die Treppe runter. Wenn da allerdings ein Angehöriger von einem drin liegt, sieht man das selbstverständlich nicht so gern. Aber das macht es einem leichter zu vergessen, dass man es dabei mit einem Menschen zu tun hat. Wenn man so einen Toten wie ein Stück Dreck behandelt, macht man sich nicht so viel Gedanken über das, was ihm passiert ist, oder dass einem dasselbe eines Tages selber zustoßen könnte.«

»Herr im Himmel.« Sie schenkte sich etwas Whisky nach. Von ihrem Glas griente mir unverdrossen Fred Feuerstein entgegen. Sie verschraubte die Flasche wieder und nahm einen kräftigen Schluck.

»Wie lange sind Sie schon nicht mehr bei der Polizei, Matt?«

»Ein paar Jahre.«

»Und was machen Sie jetzt? Für einen Rentner sind Sie noch ein bisschen jung.«

»Ich bin eine Art Privatdetektiv.«

»Eine Art?«

»Ich habe keine Lizenz. Und auch kein Büro. Und ich stehe auch nicht im Branchenfernsprechbuch. Und sonderlich viel Aufträge habe ich auch nicht. Aber ab und zu hat doch jemand einen Job für mich.«

»Und den übernehmen Sie dann?«

»Wenn ich kann. Im Augenblick arbeite ich für einen Mann aus Indiana, dessen Tochter nach New York gezogen ist. Sie hat nicht weit von hier gewohnt und ist vor ein paar Monaten spurlos verschwunden.«

»Was ist mit ihr passiert?«

»Das soll ich herausfinden. Allerdings bin ich bisher noch keinen Schritt weitergekommen.«

»Wollten Sie Eddie Dunphy deshalb sprechen? Kannte er dieses Mädchen?«

»Nein, das hatte damit nichts zu tun.«

»Und dabei hätte ich mir schon so eine tolle Theorie zurechtgelegt.

Irgendetwas in der Richtung: Er hat sie dazu überredet, sich für eines dieser Magazine fotografieren zu lassen. Und ehe sie sich's versieht, landet sie bei so einem Snuff-Porno, und den Rest können Sie sich ja selbst denken. Gibt es so was eigentlich wirklich?«

»Snuff-Pornos? Offensichtlich schon. Bei denen, die ich gesehen habe, hat es sich allerdings eindeutig um billige Fälschungen gehandelt.«

»Würden Sie sich denn einen echten anschauen – falls jemand einen hätte und Ihnen vorführen würde?«

»Nur, wenn ein triftiger Grund dafür bestünde.«

»Und reine Neugier wäre kein solcher Grund?«

»Ich glaube nicht. Zumindest kann ich mir nicht vorstellen, dass mich das besonders interessieren würde.«

»Also ich weiß nicht, was ich tun würde. Vermutlich würde ich ihn mir anschauen und es hinterher bitter bereuen. Wie heißt sie denn?«

»Das Mädchen, das verschwunden ist? Sie heißt Paula Hoeldtcke.«

»Und zwischen ihr und Eddie Dunphy bestand also keinerlei Zusammenhang?«

»Nein.«

»Warum wollten Sie sich dann mit ihm treffen?«

»Wir kannten uns ganz gut.«

»Schon lange?«

»Nein, relativ kurz.«

»Und was haben Sie beide so gemacht? Gemeinsam solche Sexhefte gekauft? Entschuldigung. Wie komme ich eigentlich dazu, so etwas zu sagen? Immerhin ist der arme Kerl tot. Er war Ihr Freund, und jetzt ist er tot. Trotzdem finde ich, dass Sie beide eigentlich nicht so recht zusammenpassen.«

»Polizisten und Kriminelle haben oft eine Menge gemeinsam.«

»War er denn kriminell?«

»Zumindest früher mal. Aber nur ein kleiner Fisch. In dem Milieu, in dem er aufgewachsen ist, war ihm das ja schon fast in die Wiege gelegt. Dieses Viertel war nämlich mal ein wesentlich heißeres Pflaster als jetzt.«

»Wem sagen Sie das? Demnächst wird man hier vor lauter stinkreichen Yuppies keinen normalen Menschen mehr zu sehen bekommen.«

»Ein bisschen was ist von der alten Vergangenheit allerdings noch immer zu spüren. Soviel ich weiß, gibt es hier auch jetzt noch ein paar Leute, die nicht lange fackeln, wenn ihnen jemand dumm kommt. Erst kürzlich hat mir Eddie erzählt, dass er dabei war, als jemand umgebracht wurde.«

Sie sah mich stirnrunzelnd an. »Tatsächlich?«

»Ja, er war dabei, als in einem Heizungskeller hier in der Nähe ein Mann mit einem Baseballschläger totgeprügelt wurde. Das ist zwar schon ein paar Jahre her, aber der Mann, der das getan hat, macht noch immer die Gegend unsicher. Er hat ein paar Straßen weiter eine Bar.«

Sie nahm einen Schluck Whisky. Sie trank wie ein Profi. Keine Frage. Und es sah nicht so aus, als ob das ihr erstes Glas an diesem Tag gewesen wäre. Mir war schon früher aufgefallen, dass sie eine leichte Fahne hatte. Vielleicht auch nur von einem Bier. Das soll jedoch nicht heißen, dass sie den Eindruck einer versoffenen Schlampe machte. Aber wenn man wie ich mit dem Trinken aufgehört hat, reagiert man extrem empfindlich, wenn andere Leute nach Alkohol riechen. Vermutlich hatte sie nur zum Mittagessen ein Bier getrunken, und das tut fast jeder.

Aber jetzt trank sie ihren Whisky pur. Und wie jemand, der etwas davon versteht. Kein Wunder, dass ich sie sympathisch fand.

»Noch einen Kaffee, Matt?«

»Nein, danke.«

»Wirklich nicht? Sie machen mir bestimmt keine Umstände. Das Wasser ist noch heiß.«

»Trotzdem vielen Dank.«

»Der Kaffee ist ja auch ziemlich mies.«

»Ach, es geht.«

»Nur keine Angst, dass Sie mich in meiner Hausfrauenehre kränken könnten. So stolz bin ich auf meinen Pulverkaffee nun auch wieder nicht. Es gab allerdings mal Zeiten, da habe ich den Kaffee erst zu Hause gemahlen. Damals hätten sie mich mal erleben sollen.«

»Ich finde Sie auch jetzt ganz in Ordnung.«

Gähnend streckte sie ihre Arme über den Kopf und räkelte sich wie eine Katze. Dabei zeichneten sich ihre Brüste für einen Moment ganz deutlich unter dem Stoff ihres Hemds ab. Gleich darauf ließ sie die Arme jedoch wieder sinken, und von ihren Rundungen war nichts mehr zu sehen. Trotzdem hatten sie einen bleibenden Eindruck auf mich hinterlassen. Als sie nämlich gleich darauf aufstand und ins Bad ging, sah ich ihr aufmerksam hinterher.

Ihre Jeans saß ziemlich knapp und hatte über dem Hintern zwei abgewetzte Stellen. Ich glotzte ihr hinterher, bis sie die Tür hinter sich schloss.

Erst dann wanderte mein Blick weiter: erst zu ihrem leeren Glas und dann zu der Flasche, die daneben stand.

Als sie zurückkam, sagte sie: »Ich kann es immer noch riechen.«

»Der Geruch ist allerdings nicht in der Wohnung, sondern in Ihrer Lunge. Es wird eine Weile dauern, bis er sich verflüchtigt hat. Aber oben sind alle Fenster offen. Die Wohnung wird bestimmt rasch auslüften.«

»Ist ja auch egal. Der Hausbesitzer wird sie sowieso nicht wieder vermieten.«

»Wieder ein neues Stück in seiner Sammlung?«

»Ich nehme an. Da fällt mir ein: Ich muss ihn nachher gleich anrufen, um ihm Bescheid zu sagen, dass er einen Mieter weniger hat.« Sie griff mit einer Hand nach der Flasche und schraubte mit der anderen den Verschluss auf. Ihre Nägel waren nicht lackiert, und sie trug keine Ringe. Am linken Handgelenk hatte sie eine Digitaluhr mit einem schwarzen Plastikband. Ihre Fingernägel waren kurz geschnitten, und an der Wurzel des linken Daumennagels hatte sie einen weißen Fleck.

Sie sagte: »Wie lange ist es eigentlich schon her, dass sie die Leiche weggeschafft haben? Eine halbe Stunde? Es kann nicht mehr lange dauern, dass jemand vor der Tür steht und wissen will, ob hier eine Wohnung frei geworden ist. Die Leute sind wie die Geier.« Sie schenkte sich einen Schluck Whisky ein, und Fred Feuerstein grinste wieder sein dämliches Grinsen. »Ich werde einfach sagen, sie ist schon wieder vermietet.«

»Und währenddessen schlafen die Leute in U-Bahnhöfen.«

»Und auf Parkbänken. Obwohl, dafür wird es langsam zu kalt. Man sieht sie ja jetzt überall. Manhattan sieht allmählich aus, als wären wir hier in der Dritten Welt. Im Übrigen könnte sich keiner von diesen armen Teufeln so eine Wohnung leisten. Woher soll einer von denen tausend Dollar im Monat nehmen?«

»Und trotzdem kommen die Leute, die von der Stadt ein Dach überm Kopf zur Verfügung gestellt bekommen, den Steuerzahler noch wesentlich teurer zu stehen. Es kostet die Stadt um die fünfzig Dollar, eine Person für eine Nacht in einem Obdachlosenasyl unterzubringen.«

»Ich weiß, und dabei sind sie auch noch ganz schön verdreckt und gefährlich. Die Obdachlosenasyle natürlich, nicht die Leute.« Sie nahm einen Schluck. »Vielleicht auch die Leute, wenn man sich's genauer überlegt.«

»Ja, vielleicht.«

Sie begann tonlos zu singen: »*Verdreckte und gefährliche Menschen in verdreckten und gefährlichen Zimmern.* Hört sich an wie der neueste Song über die Wohnsituation in den Großstädten der achtziger Jahre.« Sie nahm die Hände in den Nacken und fummelte an dem Gummi herum, der ihr Haar zusammenhielt. Wieder zeichneten sich ihre Brüste unter dem Stoff ihres Hemds ab, und wieder wurde ich wie magisch von ihnen angezogen. Sie entfernte den Gummi, strich sich mit den Fingern durchs Haar und schüttelte es lose, so dass es nach vorn fiel und ihrem Gesicht plötzlich wesentlich weichere Züge verlieh. Die verschiedenen Blondtöne ihres Haars reichten von sehr hell bis mittelbraun.

Sie sagte: »Es ist alles vollkommen verrückt. Das ganze System ist von Grund auf bescheuert. So haben wir es damals jedenfalls immer ausgedrückt, und wie es scheint, hatten wir damit keineswegs so unrecht. Das gilt natürlich nur für das Erkennen des Problems, nicht für die Lösung.«

»Wir?«

»Na ja, wie viele waren wir denn? Zwei Dutzend vielleicht.«

Wie sich herausstellte, war sie eine Frau mit Vergangenheit. Vor zwanzig Jahren hatte sie als Studentin in Chicago an den Demonstrationen anlässlich der Democratic Convention teilgenommen. Es kostete sie zwei Schneidezähne, als Daleys Polizeitruppe die Kontrolle über die Situation verlor und Amok lief. Außerdem sollte sie der Vorfall noch mehr in ihren radikalen Tendenzen bestärken, so dass sie schließlich bei der Progressive Communist Party landete, einer Splittergruppe des SDS.

»Damit hatten wir dieselben Initialen wie die Substanz von Angel Dust. Das war natürlich vor zwanzig Jahren, und PCP war damals noch nicht sonderlich populär – genauso wie unsere kleine Partei übrigens. Wir haben es, glaube ich, nie auf mehr als dreißig Mitglieder gebracht. Aber wir wollten die große Revolution, die das Land von Grund auf umkrempelt – Enteignung aller Produktionsmittel, vollständige Aufhebung aller Klassenschranken und die Abschaffung jeglicher Diskriminierung, ganz gleich ob aufgrund von Geschlecht oder Rassenzugehörigkeit. Wir dreißig wollten dem Rest der Welt das Paradies auf Erden bringen. Und davon waren wir allen Ernstes felsenfest überzeugt.«

Jahrelang hatte sie sich mit bedingungslosem Einsatz für die Bewegung engagiert. Sie zog in jede x-beliebige Stadt, arbeitete als Bedienung oder in einer Fabrik und tat alles, was ihr die Parteiführung auftrug. »Die einzelnen Anweisungen waren nicht unbedingt immer sehr sinnvoll, aber strikte Unterwerfung unter die Parteidisziplin war nun mal eine Grundvoraussetzung, um dazu zu gehören. Man hatte sich keine Gedanken darüber zu machen, ob die Anweisungen, die man ausführen sollte, sinnvoll waren oder nicht. So war es zum Beispiel nicht weiter ungewöhnlich, dass ich den Auftrag erhielt, mit einem anderen Parteimitglied in irgendein Provinznest im tiefsten Alabama zu ziehen, dort ein Haus zu mieten und wie Mann und Frau mit ihm zusammenzuleben. Und zwei Tage später hauste ich also mit einem Kerl, den ich kaum kannte, in irgendeiner Wohnwagensiedlung, ging mit ihm ins Bett und stritt mit ihm, wer als nächster mit dem Abwasch dran war. Wenn er von mir erwartete, dass ich das übernahm, hielt ich ihm vor, dass er noch immer in seiner alten sexistischen Denkweise verhaftet war. Dagegen machte er dann geltend, wir hätten uns gefälligst unserer Umgebung anzupassen, und wer hätte schließlich schon mal von einem Hausmann mit emanzipatorischem Bewusstsein gehört, der sich in irgendeinen gottverlassenen Wohnwagenpark in den Südstaaten verirrte? Und zwei Monate später, wenn wir uns endlich einigermaßen zusammengerauft hatten, haben sie ihn dann nach Gary, Indiana, und mich nach Oklahoma City geschickt.«

Manchmal hatte sie Anweisung, unter ihren Arbeitskollegen neue Mitglieder für die Bewegung zu gewinnen. Gelegentlich musste sie irgendwelche absurden Sabotageakte gegen Industrieanlagen durchführen. Und nicht selten kam es auch vor, dass sie irgendwohin beordert wurde, um dort auf weitere Instruktionen zu warten, die dann nie kamen. Stattdessen wurde sie nur wieder woanders hingeschickt, um dort auf genauere Anweisungen zu warten.

»Ich kann nur schwer erklären, was das damals für ein Leben war«, fuhr sie fort. »Eigentlich kann ich es nicht mal mehr selbst so richtig begreifen.

Die Arbeit für die Partei wurde mein ganzer Lebensinhalt. Ich war von allem, was sonst um mich herum passierte, vollkommen abgeschnitten. Wir führten ein totales Schattendasein, gaben uns ständig für etwas aus, was wir gar nicht waren. Deshalb hatten wir außerhalb der Partei auch keinerlei engere persönliche Kontakte. Freunde, Nachbarn, Arbeitskollegen, sie dienten mehr oder weniger nur als Staffage, damit wir unsere Rolle noch überzeugender spielen konnten. Außerdem war ihnen in unseren Augen bei den gewaltigen Umwälzungen, die die Welt in Kürze von Grund auf verändern sollten, nur eine Statistenrolle zugedacht. Das war es übrigens auch, was uns an der ganzen Sache so fasziniert hat – dieses Gefühl, eine wichtigere Rolle zu spielen als die anderen Menschen.«

Vor etwa fünf Jahren hatte bei ihr dann allerdings der große Katzenjammer eingesetzt. Doch selbst als sie schon lange die letzten Illusionen verloren hatte, hatte es noch eine ganze Weile gedauert, bis sie sich endgültig von diesem Teil ihrer Vergangenheit lossagen konnte. Es war wie beim Pokern: Man lässt nur höchst ungern ein Blatt sausen, in das man schon so viel investiert hat. Zu guter Letzt verliebte sie sich in einen Mann, der nichts mit der Bewegung zu tun hatte. Zum endgültigen Bruch mit der Partei kam es schließlich, als sie sich wenig später in einem groben Verstoß gegen die Parteidisziplin auch noch erdreistete, ihn zu heiraten.

Sie zogen nach New Mexico, wo ihre Ehe schon nach kurzer Zeit in die Brüche ging. »Mir wurde rasch klar, dass ich nur geheiratet hatte, um von der PCP loszukommen. Sei's wie's sei. Anders hätte ich die Ablösung von der Partei vermutlich überhaupt nicht geschafft. Entsprechend hoch war allerdings auch der Preis, den ich dafür zahlen musste. Wir ließen uns scheiden, und ich zog nach New York. Die Hausmeisterstelle habe ich nur angenommen, weil ich nicht wusste, wie ich sonst eine Wohnung bekommen sollte. Und Sie?«

»Was soll mit mir sein?«

»Wie sind Sie hierhergekommen? Und was hält Sie hier?«

Diese Fragen stellte auch ich mir schon seit einigen Jahren.

»Ich war ziemlich lange bei der Polizei«, sagte ich.

»Wie lange genau?«

»Fast fünfzehn Jahre. Ich hatte eine Frau und zwei Kinder. Gewohnt haben wir in Syosset auf Long Island.«

»Ich weiß, wo das ist.«

»Ich würde nicht unbedingt sagen, dass ich meine Illusionen verloren habe. Zutreffender wäre wohl eher, dass ich das Leben, das ich damals führte, einfach satt bekam. Ich quittierte den Dienst und nahm mir ein Zimmer in der Fifty-seventh Street. Und dort wohne ich heute noch.«

»In einem Mietshaus.«

»Nein, schon ein bisschen komfortabler. Im Northwestern Hotel.«

»Haben Sie denn so viel Geld, oder fallen Sie unter die Mietpreisbindung?«

»Reich bin ich jedenfalls nicht.«

»Leben Sie allein?« Ich nickte. »Und sind Sie immer noch verheiratet?«

»Nein, geschieden. Und das schon eine ganze Weile.«

Sie beugte sich vor und legte ihre Hand auf die meine. Ihr Atem roch kräftig nach Scotch. Ich wusste zwar nicht so recht, was ich davon halten sollte, aber der Geruch war in jedem Fall wesentlich angenehmer als der in Eddies Wohnung.

Sie sagte: »Und? Was ist?«

»Was soll schon sein?«

»Wir haben eben Seite an Seite dem Tod ins Auge geblickt. Jeder von uns hat dem anderen seine Lebensgeschichte erzählt. Wir können uns nicht gemeinsam besaufen, weil einer von uns nicht trinkt. Du lebst allein. Hast du eine feste Beziehung?«

Plötzlich fühlte ich mich in einer Art von sehr konkretem Erinnerungsblitz in Jans Loft in der Lispenard Street zurückversetzt. Ich saß auf dem Sofa. Im Hintergrund spielte leise Musik von Vivaldi, und aus der Küche drang der Duft von frischem Kaffee.

»Nein«, sagte ich. »Habe ich nicht.«

Ihre Hand legte sich fester um die meine. »Na also, was ist, Matt? Hast du Lust, mit mir zu schlafen?«

Kapitel 7

Ich war noch nie ein starker Raucher gewesen. Aber als ich noch trank, überkam mich hin und wieder ein unwiderstehliches Verlangen nach einer Zigarette. Dann kaufte ich mir eine Packung und rauchte ein paar, gleich hintereinander. Den Rest warf ich dann allerdings weg, und es dauerte meistens ein paar Monate, bevor ich wieder eine Zigarette anrührte.

Jan rauchte überhaupt nicht. Gegen Ende unserer Beziehung, als wir uns bereits wieder mit anderen Leuten trafen, ging ich ein paarmal mit einer Frau aus, die Winston Lights rauchte. Wir gingen zwar nie ins Bett miteinander, aber einmal knutschten wir ein bisschen. Es war ein seltsames Gefühl, den Tabakgeschmack in ihrem Mund zu schmecken. Einerseits stieß er mich ein bisschen, aber zugleich bekam ich auch Lust auf eine Zigarette.

Dagegen übte der Whiskeygeschmack von Willas Mund eine wesentlich stärkere Wirkung auf mich aus. Aber das war zu erwarten gewesen. Schließlich musste ich nicht Tag für Tag zu irgendwelchen Treffen rennen, nur damit ich keine Zigarette anrührte. Und wenn ich es trotzdem getan hätte, hätte ich deshalb wahrscheinlich auch nicht gleich in eine Klinik eingeliefert werden müssen.

Wir standen in der Küche und umarmten uns. Sie war nur ein paar Zentimeter kleiner als ich, sodass wir ganz gut zusammenpassten. Ehrlich gestanden, hatte ich schon eine ganze Weile überlegt, wie es wohl wäre, sie zu küssen. Und das war schon gewesen, bevor sie ihre Hand auf meine legte und sagte, was sie gesagt hatte.

Sie roch ziemlich intensiv nach Whisky. Ich hatte zwar vorwiegend Bourbon getrunken, kaum Scotch, aber das tat in diesem Fall nichts zur Sache. Es war der Alkohol, dessen Lockungen ich plötzlich ausgesetzt war und der neben unzähligen Erinnerungen auch ebenso viele alte Gelüste wieder in mir aufsteigen ließ.

Ein unentwirrbares Gefühlschaos aus unterschiedlichsten Emotionen ergriff von mir Besitz. Jedenfalls waren auch Angst und eine tiefe Wehmut dabei – und das unwiderstehliche Verlangen nach etwas zu trinken. Und nicht zuletzt heftige Erregung. Ein Teil davon war auf ihre Whiskyfahne zurückzuführen, aber hauptsächlich war die Ursache dafür sie selbst, ihre zugleich weichen und festen Brüste, die sich an meinem Brustkorb rieben, und die drängende Glut ihres Unterleibs an meinem Oberschenkel.

Ich legte an der Stelle, wo ihre Jeans abgewetzt war, meine Hand auf ihren Hintern. Ihre Finger gruben sich in meine Schultern. Ich küsste sie noch mal.

Nach einer Weile löste sie sich von mir und sah mich an. Unsere Blicke trafen sich. Ihre Augen waren weit offen, und ich konnte ganz tief in sie hineinsehen.

»Lass uns ins Bett gehen«, sagte ich.

»Ja«, hauchte sie.

Ihr Schlafzimmer war eng und dunkel. Bei zugezogenen Vorhängen fiel kaum Licht durch das kleine Fenster. Sie knipste die Nachttischlampe an, um sie jedoch sofort wieder auszuschalten. Stattdessen griff sie nach einer Schachtel Streichhölzer, riss eines an und versuchte damit eine Kerze anzuzünden. Der Docht knisterte jedoch nur, und das Streichholz ging wieder aus, bevor die Kerze richtig zu brennen begann. Sie holte ein zweites Streichholz heraus, aber ich nahm ihr das Streichholz und die Kerze einfach weg. Das Dunkel war hell genug.

Sie hatte ein Doppelbett. Es bestand nur aus einem Bettkasten mit einer Matratze darauf. Wir standen davor, sahen uns an und zogen uns aus. Auf der Bauchdecke hatte sie eine kleine Blinddarmnarbe. Ihre vollen Brüste sprenkelten ein paar Sommersprossen.

Mühelos fanden wir den Weg ins Bett. Und auch zueinander.

Danach ging sie in die Küche und kam mit einer Dose alkoholfreiem Bier zurück. Sie riss sie auf und nahm einen kräftigen Schluck. »Ich weiß wirklich nicht, wieso ich mir diese Pisse gekauft habe.«

»Ich könnte mir dafür sogar zwei Gründe vorstellen.«

»Was du nicht sagst.«

»Schmeckt großartig und macht nicht dick.«

»Du hast vielleicht Nerven. Schmeckt großartig? Dieses Zeug schmeckt nach gar nichts. Ich war schon immer der Ansicht: Wenn schon, denn schon.

Für dieses kastrierte Zeug hatte ich noch nie was übrig. Deshalb trinke ich auch am liebsten Teacher's oder White Horse. Also die dunklen, schweren Scotches. Ich mag auch die starken kanadischen Ales. Und als ich noch geraucht habe, nur Filterlose.«

»Du hast mal geraucht?«

»Wie ein Schlot. Die Partei hat das befürwortet. Sie sah im Rauchen eine einfache Möglichkeit, den Kontakt mit der arbeitenden Bevölkerung herzustellen: Man bietet seinem Nebenmann eine Zigarette an, gibt ihm Feuer und qualmt sich dann in proletarischer Solidarität die Lunge kaputt. Nach der Revolution hätte sich das Rauchen natürlich ebenso von selbst erübrigt wie die Diktatur des Proletariats. Die profitgierigen Tabakkonzerne wären zerschlagen worden, und die Farmer in Piedmont hätte man umerzogen, damit sie etwas angebaut hätten, das endlich den wahren Bedürfnissen der Werktätigen gerecht wurde. Mungbohnen zum Beispiel. Und die Arbeiterklasse, endlich von den Zwängen des kapitalistischen Leistungsdrucks befreit, hätte keinerlei Verlangen mehr nach den Tröstungen einer gelegentlichen Dosis Nikotin verspürt.«

»Jetzt bist du aber sehr ironisch.«

»Hast du eine Ahnung. Das war bitterer Ernst. Wir hatten zu allem unsere Meinung. War ja auch klar. Schließlich hatten wir genügend Zeit zum Nachdenken, weil wir doch nie was *getan* haben.«

»Deshalb hast du im Dienst der Revolution geraucht?«

»Und das nicht gerade wenig. Camel ohne Filter. Mehrere Päckchen am Tag. Oder Picayunes, wenn ich mal welche auftreiben konnte.«

»Noch nie gehört.«

»Ah, die waren wirklich gut«, seufzte sie. »Dagegen waren sogar Gauloises harmlos. Die Dinger waren so stark, dass sich einem schon von einem Zug die Zehennägel braun verfärbten. Die brauchte man nur anzusehen, und man bekam schon Lungenkrebs.«

»Wann hast du mit dem Rauchen aufgehört?«

»In New Mexico, nachdem meine Ehe in die Brüche gegangen war. Damals fühlte ich mich so beschissen, dass ich dachte, ich würde sowieso nichts mehr spüren – auch nicht die Entzugserscheinungen, wenn ich mit dem Rauchen aufhöre. Das war zwar nicht ganz richtig, wie sich herausstellte, aber ich habe trotzdem nicht wieder damit angefangen. Trinkst du eigentlich über-haupt nichts?«

»Nein.«

»War das schon immer so?«

»Nein.«

»Dann hast du dir dein Quantum sozusagen schon reingezogen?«

»So in etwa.«

»Hab ich mir fast gedacht. Du wirkst nämlich ganz anders als die paar Antialkoholiker, die ich kenne. Mit der Sorte Mensch komme ich nämlich in der Regel nicht sonderlich gut klar.«

Sie saß im Schneidersitz auf dem Bett. Ich lag, meinen Kopf auf den Arm gestützt, neben ihr. Als ich meine Hand ausstreckte und über ihr Bein strich, legte sie ihre Hand auf meinen Oberschenkel.

»Stört es dich, dass ich nichts trinke?«

»Nein. Macht es dir was aus, dass ich trinke?«

»Das weiß ich noch nicht.«

»Sagst du mir Bescheid, wenn du es weißt?«

»Klar.«

Sie nahm einen Schluck Bier und fragte mich: »Kann ich dir irgendwas anbieten? Willst du noch mal einen Kaffee?«

»Nein, danke.«

»Limonade oder Saft habe ich leider nicht zu Hause. Aber ich könnte schnell welchen holen. Was möchtest du denn gern?«

Ich nahm ihr die Bierdose aus der Hand und stellte sie auf den Nachttisch. »Komm her«, sagte ich und zog sie aufs Bett nieder. »Das zeige ich dir gleich.«

Gegen acht stand ich auf und machte mich im Dunkeln auf die Suche nach meiner Unterhose. Willa war eingeschlafen, wachte aber auf, als ich mich an-zog. »Ich muss jetzt los«, sagte ich.

»Wie spät ist es überhaupt?« Sie sah auf ihre Uhr und schnalzte mit der Zunge. »So spät schon. Wie schnell manchmal die Zeit vergeht. Du musst ganz schön ausgehungert sein.«

»Und du musst ein verdammt schlechtes Gedächtnis haben.«

Sie lachte lüstern. »Ich rede doch vom Essen. Soll ich uns nicht schnell was zu essen machen?«

»Ich habe leider einen Termin.«

»Ach so.«

»Aber bis um zehn könnte ich wieder zurück sein. Glaubst du, du hältst es so lange aus? Dann könnten wir irgendwo einen Hamburger essen gehen. Aber natürlich nur, wenn du bis dahin nicht schon verhungert bist.«

»Hört sich gut an.«

»Ich bin spätestens bis halb elf zurück, okay?«

»Du brauchst nur auf meine Klingel zu drücken, Süßer, was du übrigens sowieso schon getan hast. Und zwar laut und deutlich.«

Ich ging nach St. Paul's. Sobald ich die Stufen zum Souterrain hinuntergestiegen war und die Tür hinter mir geschlossen hatte, atmete ich erleichtert auf, als wäre plötzlich eine entsetzliche Anspannung von mir abgefallen.

Ich kann mich noch gut an die Zeit erinnern, wenn ich am Morgen aufwachte und dringend was zu trinken brauchte. Ich ging nach unten und schnurstracks ins McGovern's, das gleich neben dem Hotel lag. Dort machten sie schon früh auf, und der Mann hinterm Tresen wusste, was es für ein Gefühl war, wenn man schon in aller Frühe was zu trinken brauchte. Ich kann mich auch noch genauestens an dieses sehr körperliche und sehr direkte Verlangen nach einem Drink erinnern und wie dieses Verlangen schon nachließ, bevor ich überhaupt was getrunken hatte. Sobald ich nur ein volles Glas in meiner Hand hatte, ließ dieser innere Druck bereits nach. Es genügte die Gewissheit, dass die Erlösung nur noch einen Schluck entfernt war, und schon waren die Symptome verflogen.

Wirklich komisch. Genauso, wie ich früher ohne was zu trinken nicht mehr leben konnte, war ich jetzt von den AA-Treffen und der Gesellschaft meiner Leidensgenossen abhängig. Ich war geradezu süchtig nach den Binsenweisheiten, die auf so einem Treffen verzapft wurden. Und außerdem verspürte ich ein geradezu unwiderstehliches Verlangen, über die Erlebnisse des heutigen Tages zu sprechen, um sie auf diese Weise besser verarbeiten zu können.

Obwohl ich noch nichts von all dem tatsächlich getan hatte, fühlte ich mich bereits in Sicherheit. Ich war in den sicheren Hafen der Gemeinschaft der Anonymen Alkoholiker eingelaufen, und es war nur noch eine Frage der Zeit, bis alles seinen gewohnten Gang nahm. Und das genügte, dass ich mich gleich wesentlich besser fühlte.

Ich schenkte mir einen Becher Kaffee ein. Er war kaum besser als Willas koffeinfreie Instantbrühe. Trotzdem trank ich den Becher fast in einem Zug leer und goss mir gleich noch mal nach.

Als Sprecherin war an diesem Abend eine Frau aus meiner Gruppe an der Reihe, die ihr zweijähriges Jubiläum feierte. Da die meisten Anwesenden ihre Vergangenheit als Alkoholikerin bereits zur Genüge kannten, sprach sie über die Erfahrungen, die sie während ihrer zwei trockenen Jahre gemacht hatte. Der Applaus, den sie zum Schluss für ihre unbeschönigten Ausführungen erhielt, war nicht nur höflich gemeint.

Nach der Pause meldete ich mich zu Wort und erzählte, dass ich Eddies Leiche gefunden und den Rest des Tages mit jemandem zugebracht hatte, der trank. Weiter ließ ich mich zu letzterem Punkt nicht aus, sondern schilderte nur, was dabei in mir vorgegangen war und was jetzt in mir vorging.

Nach dem Treffen kamen mehrere Leute zu mir und stellten mir ein paar Fragen. Einige von ihnen wussten nicht, wer Eddie war, und wollten deshalb wissen, ob es sich dabei um jemanden handelte, den sie kannten. Da Eddie an den Treffen in St. Paul's allerdings nur sehr sporadisch teilgenommen und nie viel gesagt hatte, wussten nur die wenigsten, um wen es sich handelte.

Ein paar von denen, die ihn kannten, wollten wissen, woran er gestorben war. Mir war nicht recht klar, wie ich darauf antworten sollte. Wenn ich gesagt hätte, dass er sich erhängt hatte, hätten sie das so aufgefasst, als hätte er Selbstmord begangen. Andrerseits war mir im Augenblick nicht danach, ihnen die näheren Umstände in aller Ausführlichkeit zu schildern. Deshalb hielt ich meine Äußerungen ganz bewusst sehr vage und beschränkte mich auf die Feststellung, die genaue Todesursache müsste erst noch geklärt werden, aber aller Wahrscheinlichkeit nach hätte es sich um einen Unfall gehandelt. Und das war ja schließlich auch die Wahrheit – vielleicht sogar die ganze.

Ein gewisser Frank, der schon ziemlich lange trocken war, hatte nur eine einzige Frage. War Eddie nüchtern gestorben?

»Ich glaube schon«, sagte ich. »Jedenfalls standen keine Flaschen in seiner Wohnung rum. Es hat nichts darauf hingedeutet, dass er rückfällig geworden ist.«

»Gott sei Dank«, seufzte Frank erleichtert.

Gott sei Dank wofür? Ob nüchtern oder besoffen – Eddie war mausetot.

Am Eingang wartete Jim Faber auf mich. Wir machten uns gemeinsam auf den Weg, und er fragte, ob ich noch Lust hätte, auf einen Kaffee mitzukommen. Ich sagte ihm, dass ich mit jemandem verabredet war.

»Mit der Frau, mit der du den Nachmittag verbracht hast? Die trinkt?«

»Ich kann mich nicht erinnern, erwähnt zu haben, dass es sich dabei um eine Frau gehandelt hat.«

»Hast du auch nicht. ›Die betreffende Person hat etwas getrunken. Unter den gegebenen Umständen war das völlig normal. Deshalb besteht also noch lange kein Grund zu der Annahme, dass sie Probleme mit dem Alkohol haben.‹ Diese Person, dass sie ein Problem damit *haben* – seit wann machst du solche grammatikalischen Fehler? Doch nur, um zu verbergen, dass es sich dabei um eine Frau gehandelt hat.«

Ich lachte. »Du bist hier derjenige, der Detektiv hätte werden sollen.«

»Nein, das ist der Drucker in mir. In diesem Job bekommt man ein sehr feines Gespür für sprachliche Feinheiten. Außerdem weißt du ganz genau, dass es nicht darauf ankommt, wieviel sie trinkt und ob sie Probleme damit hat. Entscheidend ist nur, wie sich das alles auf dich auswirkt.«

»Ich weiß.«

»Warst du schon mal mit einer Frau zusammen, die getrunken hat?«

»Nicht, seit ich trocken bin.«

»Tatsächlich?«

»Eigentlich habe ich nach der Trennung von Jan mit keiner Frau mehr was gehabt. Und die paar Frauen, mit denen ich mal einen Abend ausgegangen bin, waren alle bei den Anonymen Alkoholikern.«

»Und was für ein Gefühl hattest du heute Nachmittag?«

»Ich habe es sehr genossen.«

»Und wie war das mit dem Alkohol?«

Ich überlegte eine Weile. »Ehrlich gestanden, kann ich nicht sagen, wo die Frau aufgehört hat und der Alkohol anfing. Ich war ganz schön fickrig und aufgeregt und nervös, aber vermutlich hätte ich mich genauso gefühlt, wenn weit und breit nichts zu trinken herumgestanden wäre.«

»Hast du mal das Bedürfnis verspürt, selbst was zu trinken?«

»Natürlich. Aber ich habe nie ernsthaft daran gedacht, es tatsächlich zu tun.«

»Magst du sie?«

»Soweit ich das bisher sagen kann – ja.«

»Wirst du dich gleich wieder mit ihr treffen?«

»Wir wollten gemeinsam was essen gehen.«

»Aber nicht im Flame.«

»Nein, schon ein bisschen nobler.«

»Wie gesagt, du hast ja meine Nummer.«

»Ja, Papa. Ich habe deine Nummer.«

Er lachte. »Du weißt ja, was der alte Frank immer sagt, Matt: 'Unter jedem Rock ist ein Schlüpfer, auf dem man ausrutschen kann.'«

»Das sieht ihm ähnlich. Dabei möchte ich wetten, dass er in letzter Zeit nicht unter allzu viele Röcke geschaut hat. Weißt du, was er vorhin zu mir gesagt hat? Er wollte wissen, ob Eddie nüchtern gestorben ist. Und als ich das bejahte, meinte er: 'Gott sei Dank.'«

»Na und?«

»Ist das denn jetzt, wo er tot ist, nicht völlig egal?«

»Das ist natürlich richtig«, nickte Jim. »Trotzdem muss ich Frank in diesem Punkt recht geben. Auch ich bin froh, dass Eddie nüchtern gestorben ist.«

Ich schaute noch kurz im Hotel vorbei, duschte und rasierte mich, schlüpfte in ein Sportsakko und band mir eine Krawatte um. Als ich bei Willa klingelte, war es zwanzig vor elf.

Auch sie hatte sich umgezogen. Sie trug eine hellblaue Seidenbluse und weiße Levi's. Ihr Haar hatte sie zu einem Zopf geflochten und wie eine Krone zu einem Knoten geschlungen. Ich fand, dass sie mit dieser Frisur sehr damenhaft und elegant aussah, und sagte ihr das auch.

»Du siehst auch nicht übel aus«, gab sie das Kompliment zurück.

»Außerdem bin ich froh, dass du endlich da bist. Ich fing schon an, mir Sorgen zu machen.«

»Habe ich mich schon bei unserer ersten Verabredung verspätet? Das tut mir leid.«

»Nur zehn Minuten. Außerdem ging es bei mir schon viel früher los. Meine Nervosität hängt also keineswegs nur damit zusammen, dass du dich ein bisschen verspätet hast. Mir ist nämlich inzwischen klar geworden, dass das alles eigentlich viel zu schön ist, um wahr zu sein. Und deshalb bekam ich plötzlich schrecklich Angst, dich nie wiederzusehen. Umso mehr freue ich mich jetzt, dass du doch noch gekommen bist.«

Nachdem wir die Wohnung verlassen hatten, fragte ich sie, ob sie in irgendein bestimmtes Lokal gehen wollte. Als sie das verneinte, machte ich den Vorschlag: »Ganz in der Nähe gibt es ein Restaurant, das ich schon lange mal ausprobieren wollte – ein bisschen im Bistrostil, aber die Küche ist nicht ausschließlich französisch.«

»Hört sich nicht schlecht an. Wie heißt das Lokal?«

»Paris Green.«

»Das liegt doch in der Ninth Avenue. Daran bin ich schon ein paarmal vorbeigekommen. Es ist mir wegen des Namens aufgefallen.«

»Ja, er trifft die Atmosphäre dort ganz gut.«

»Weißt du denn nicht, was Paris Green ist?«

»Anscheinend nicht.«

»Es ist ein Gift«, klärte sie mich auf. »Eine Arsenverbindung. Aus Arsen und Kupfer, soweit ich mich erinnern kann. Daher auch die grüne Farbe.«

»Davon habe ich noch nie etwas gehört.«

»Du hast dich wohl nie viel um euren Garten gekümmert. Paris Green war früher ein gebräuchliches Insektenvernichtungsmittel. Es wurde auf die Pflanzen gestreut, um die blattfressenden Insekten damit zu vergiften. Inzwischen verwendet man im Garten allerdings schon lange keine Arsenverbindungen mehr, und deshalb dürfte Paris Green auch schon eine ganze Weile nicht mehr im Handel sein.«

»Man lernt nie aus.«

»Freu dich nicht zu früh. Die Lektion ist damit noch keineswegs zu Ende. Paris Green wurde wegen seiner grünen Farbe auch als Farbstoff verwendet. Unteranderem fand es in farbigen Tapeten Verwendung. Das hatte zur Folge, dass im Lauf der Jahre eine ganze Reihe von Leuten an Vergiftungserscheinungen gestorben sind – vor allem natürlich Kinder, die bekanntlich alles in den Mund nehmen. Deshalb musst du mir hoch und heilig versprechen, auf keinen Fall an einer grünen Tapete zu lecken.«

»Du hast mein Ehrenwort.«

»Gut.«

»Ich werde eben andere Möglichkeiten finden müssen, meinen oralen Entdeckerdrang zu befriedigen.«

»Das kann ich mir bei dir unschwer vorstellen.«

»Woher weißt du das alles eigentlich? Ich meine über Paris Green.«

»Von der Partei«, erwiderte sie. »Von den Progressiven Kommunisten. Wir hatten Anweisung, uns genauestens über alle giftigen Substanzen zu informieren. Man konnte schließlich nie wissen, wann einem plötzlich der Auftrag erteilt würde, die gesamte städtische Wasserversorgung von Duluth zu vergiften.«

»Du hast echt Nerven.«

»So weit ist es natürlich nie gekommen«, versicherte sie mir. »Zumindest ich habe so etwas nie getan, und mir ist auch von niemand anderem etwas Derartiges zu Ohren gekommen. Aber man musste für alle Eventualitäten gerüstet sein.«

Als wir das Paris Green betraten, stand wieder der große, schlaksige Kerl mit dem Vogelnestbart hinterm Tresen. Als er mich sah, winkte er mir lächelnd zu. Die Bedienung führte uns an einen Tisch. Nachdem wir Platz genommen hatten, sagte Willa: »Du trinkst nichts und hast noch nie hier gegessen, und trotzdem begrüßt dich der Barkeeper wie einen alten Bekannten?«

»Das ist keineswegs so rätselhaft, wie du vielleicht denkst. Ich war vor einer Weile mal hier, um mich nach einem vermissten Mädchen zu erkundigen. Ich habe dir doch von dem Fall erzählt, an dem ich gerade arbeite?«

»Ach ja, diese Schauspielerin. Wie hieß sie doch gleich wieder – Paula?«

»Ja, und der Barkeeper hat sie auf dem Foto wiedererkannt und mir den Mann beschrieben, in dessen Begleitung sie ab und zu hergekommen ist. In der Hoffnung, ihm könnte vielleicht noch mehr eingefallen sein, habe ich kurz darauf ein zweites Mal vorbeigeschaut. Der Typ macht jedenfalls einen ganz sympathischen Eindruck.«

»War das der Grund, weshalb du vorhin noch unterwegs warst? Um an deinem Fall zu arbeiten? Falls man dabei überhaupt von einem Fall sprechen kann.«

»Kann man vermutlich schon.«

»Aber du tust es nicht.«

»Ach, was weiß ich, wie ich es nennen soll. Es ist einfach ein Job für mich – bei dem ich übrigens nicht sonderlich vorankomme.«

»Bist du wenigstens heute Abend weitergekommen?«

»Nein. Allerdings war ich vorhin auch nicht beruflich unterwegs.«

»Ach so.«

»Ich war bei einem Treffen.«

»Bei einem Treffen?«

»Ja, bei einem Treffen der Anonymen Alkoholiker.«

»Ach so«, sagte sie noch einmal. Sie wollte dem noch etwas hinzufügen. Aber die Bedienung kam gerade rechtzeitig an unseren Tisch, um zu fragen, was wir trinken wollten. Ich bestellte ein Perrier, und Willa entschied sich nach kurzem Nachdenken für ein Coke mit Zitrone.

»Du brauchst dir meinetwegen keinen Zwang anzutun«, sagte ich.

»Ich weiß. Aber ich hatte heute sowieso schon einiges über meinem üblichen Pensum, und außerdem hatte ich beim Aufwachen leichte Kopfschmerzen. Wenn ich mich nicht täusche, hast du bisher noch mit keinem Wort erwähnt, dass du bei den Anonymen Alkoholikern bist.«

»Normalerweise tue ich das auch nicht.«

»Warum? Das ist doch nichts, weswegen du dich schämen müsstest.«

»Nein, natürlich nicht. Trotzdem wird bei den Anonymen Alkoholikern, wie der Name schon sagt, auf die Wahrung der Anonymität großer Wert gelegt. Es gilt als außerordentlich schlechter Stil, die Anonymität eines anderen Mitglieds zu verletzen und einem Außenstehenden zu sagen, dass der oder die bei den Anonymen Alkoholikern ist. Wie man es allerdings mit der Wahrung seiner eigenen Anonymität hält, ist Sache jedes einzelnen. Was mich betrifft, habe ich es mir zur Regel gemacht, nur den Leuten etwas davon zu erzählen, die meiner Meinung nach einen Anspruch darauf haben, davon zu erfahren.«

»Und zu dieser Sorte Leute gehöre auch ich?«

»Ich finde es jedenfalls nicht richtig, einem Menschen, auf den ich mich näher einlasse, zu verheimlichen, dass ich bei den Anonymen Alkoholikern bin. Das wäre ja auch ziemlich absurd.«

»Allerdings. Und wie sieht es nun mit uns aus?«

»Wie soll es mit uns aussehen?«

»Haben wir uns denn schon näher aufeinander eingelassen?«

»Ich würde sagen, wir stehen kurz davor.«

»Wir stehen kurz davor.« Sie lächelte. »Das finde ich gut.«

Wenn man bedenkt, dass der Laden nach einem tödlichen Gift benannt war, konnte sich das Essen wirklich sehen lassen. Wir hatten Jarlsberg Cheeseburger, Pommes frites und Salat dazu. Die Burger waren angeblich über einem Mesquitefeuer gegrillt, aber wenn tatsächlich irgendein Unterschied zu einem stinknormalen Holzkohlengrill festzustellen war, so waren meine Geschmacksnerven für derlei Gaumenfreuden leider nicht fein genug. Die Kartoffeln waren von Hand geschnitten und knusprig braun frittiert. Neben zwei Blattsalatsorten – zum Glück war kein Eissalat darunter – enthielt der Salat auch Sonnenblumenkerne, Radieschenkeime und Broccolikrönchen.

Während des Essens unterhielten wir uns über alles Mögliche. Willa stand auch auf Football, zog allerdings die Collegeliga den Profis vor. Auch für Baseball interessierte sie sich, aber über den Verlauf der diesjährigen Spielzeit war sie nur sehr oberflächlich auf dem Laufenden. Auf musikalischem Gebiet hatte sie eine ausgesprochene Vorliebe für Country Music, allerdings vorwiegend die älteren Sachen. Eine Weile hatte sie Unmengen von Science-fiction-Romanen verschlungen, aber inzwischen las sie, wenn überhaupt, nur noch altmodische englische Kriminalromane, in denen die Leiche in der Bibliothek gefunden wurde und der Butler der Mörder war. »Eigentlich ist mir vollkommen egal, wer es am Ende war«, gestand sie mir. »Es macht mir einfach nur Spaß, in eine Welt einzutauchen, in der jeder höflich und zuvorkommend zu jedem ist und wo man es sogar bei der Ausübung von Gewalt nie an Stil fehlen lässt. Und am Ende löst sich dann alles wie von selbst auf.«

»Wie es nun mal auch im richtigen Leben so ist.«

»Vor allem in der Fifty-first Street.«

Ich erzählte ein bisschen von meiner Suche nach Paula Hoeldtcke und von meiner Arbeit im Allgemeinen. Allerdings konnte ich mir den Hinweis nicht verkneifen, dass meine Arbeit so gar nichts mit ihren gemütlichen englischen Kriminalromanen gemein hatte. Die Leute waren nicht nett und höflich, und am Ende löste sich auch nichts von selbst auf. Manchmal wusste man nicht mal, wo nun eigentlich der Fall zu Ende war.

»Trotzdem macht mir mein Job Spaß. Ich habe dabei das Gefühl, das zu tun, was ich am besten kann, wobei ich nicht mal sagen könnte, was das nun eigentlich ist. Jedenfalls fummle ich gern so lange an etwas herum, bis sich in dem vordergründigen Chaos irgendein verborgenes Grundmuster abzuzeichnen beginnt.«

»Demnach bist du also eine moderne Version des edlen Ritters und tapferen Drachentöters, der dem Guten zum Sieg über das Böse verhilft.«

»Na, ich weiß nicht, ob in unserer Zeit das Gute überhaupt mal über das Böse siegt. Und was die bösen Drachen betrifft, kommt man meistens gar nicht nahe genug an sie heran, um ihnen den Garaus zu machen.«

»Weil sie Feuer speien?«

»Nein, weil sie inzwischen diejenigen sind, die sich in den Burgen verschanzt haben. Hinter hohen Mauern und hochgezogenen Zugbrücken.«

Beim Kaffee fragte sie mich, ob ich Eddie Dunphy bei den Anonymen Alkoholikern kennengelernt hatte. Im selben Augenblick fuhr jedoch auch schon ihre Hand an den Mund. »Entschuldige. Du hast mir doch eben erst erklärt, dass es sich nicht gehört, die Anonymität eines anderen Mitglieds zu verletzen.«

»In diesem Fall trifft das nicht mehr zu. Wenn man tot ist, braucht man seine Anonymität nicht mehr zu wahren. Eddie tauchte vor etwa einem Jahr bei den Treffen auf. Richtig trocken ist er allerdings erst seit sieben Monaten.«

»Und du?«

»Seit drei Jahren, zwei Monaten und elf Tagen.«

»So genau weißt du das?«

»Eigentlich nicht. Aber ich weiß natürlich meinen Jahrestag, und der Rest ist dann nicht weiter schwer auszurechnen.«

»Feiert ihr denn Jubiläen?«

»Die meisten halten an ihrem Jahrestag eine kleine Rede. In manchen Gruppen bekommt man auch einen Kuchen.«

»Einen Kuchen?«

»Ja, wie bei einer Geburtstagsfeier. Man bekommt einen Kuchen überreicht, der nach dem Treffen verteilt wird – bis auf die natürlich, die Diät halten.«

»Das hört sich ja an ...«

»Wie im Kindergarten.«

»Das wollte ich damit eigentlich nicht sagen.«

»Es trifft den Sachverhalt aber ganz gut, weil es nämlich tatsächlich so ist. In manchen Gruppen bekommt man ein kleines Bronzemedaillon. Da ist auf der einen Seite in römischen Ziffern die Anzahl der Jahre, die man trocken ist, eingraviert und auf der anderen das Gelassenheitsgebet.«

»Das Gelassenheitsgebet?«

»Gott gebe mir die Gelassenheit, die Dinge zu akzeptieren, die ich nicht ändern kann, den Mut, die Dinge zu verändern, die ich ändern kann, und die Weisheit, den Unterschied zwischen beiden zu erkennen.«

»Ach, das habe ich schon mal gehört. Ich wusste nur nicht, dass das ein Gebet der Anonymen Alkoholiker ist.«

»Ich denke nicht, dass wir darauf die alleinigen Urheberrechte haben.«

»Und was hast du bekommen? Einen Kuchen oder ein Medaillon?«

»Keines von beidem. Nur einen kräftigen Applaus und die üblichen guten Wünsche für die Zukunft. Deshalb gehöre ich vermutlich auch zu dieser Gruppe. Unser Motto lautet nämlich: Immer schön einfach.«

»Das trifft ja wohl auch auf deine Person zu.«

»Na, das will ich mal hoffen.«

Als es ans Zahlen ging, wollte sie ihren Anteil selbst übernehmen. Davon wollte ich jedoch nichts hören, und sie machte deswegen auch keinen großen Aufstand. Draußen war es merklich kühler geworden. Als wir die Straße überquerten, nahm sie mich an der Hand, um sie erst auf der anderen Seite wieder loszulassen.

Als wir vor ihrer Haustür stehenblieben, fragte sie, ob ich noch kurz reinkommen wollte. Aber ich sagte, dass ich gleich nach Hause wollte, weil ich am nächsten Morgen schon früh rausmusste.

Nachdem sie die Haustür aufgeschlossen hatte, drehte sie sich noch einmal um. Wir küssten uns. Diesmal roch ihr Atem nicht nach Alkohol.

Auf dem Heimweg ertappte ich mich dabei, dass ich leise vor mich hin pfiff. Das ist etwas, was ich sonst eigentlich nicht tue.

Ich gab jedem, der mich darum fragte, einen Dollar.

Kapitel 8

Am nächsten Morgen wachte ich mit einem schalen Geschmack im Mund auf. Ich putzte mir die Zähne und ging frühstücken. Allerdings musste ich mich regelrecht dazu zwingen, etwas zu essen, und sogar der Kaffee hatte einen metallischen Beigeschmack.

Vielleicht hatte ich eine Arsenvergiftung. Sollten sich etwa ein paar grüne Tapetenfetzen in meinen Salat verirrt haben?

Die zweite Tasse Kaffee schmeckte auch nicht besser als die erste, aber ich trank sie trotzdem und las dabei die *News*. Dank der großartigen Leistung eines Neuzugangs, eines jungen Nachwuchsspielers aus Tidewater, hatten die Mets auch das letzte Spiel gewonnen. Und auch die Yankees konnten durch einen Homerun von Claudell Washington im neunten Inning einen Sieg für sich verbuchen. Im Football war die wichtigste Meldung, dass der beste Linebacker der Giants für die nächsten dreißig Tage ausfiel; in seinem Urin waren Spuren irgendeiner unerlaubten Substanz entdeckt worden, weshalb er für einen Monat gesperrt war.

An einer Straßenecke in Harlem, einem stadtbekannten Drogenumschlagplatz, waren aus einem vorbeifahrenden Wagen mehrere Schüsse abgefeuert worden, und auf einem Bahnsteig des East Side IRT war es zwischen zwei Obdachlosen zu einer Schlägerei gekommen, in deren Verlauf einer der beiden Streithähne vor einen einfahrenden Zug fiel – mit dem zu erwartenden Ergebnis. In Brighton Beach in Brooklyn war ein Mann wegen Mordes an seiner geschiedenen Frau und deren drei Kindern aus einer früheren Ehe festgenommen worden.

Über Eddie Dunphy stand nichts in der Zeitung. Es hätte schon ein verdammt ereignisarmer Tag sein müssen, wenn es anders gewesen wäre.

Um endlich aus meiner Lethargie zu erwachen, brach ich nach dem Frühstück zu einem längeren Spaziergang auf. Der Himmel war bedeckt, und laut Wetterbericht würde es zu vierzig Prozent regnen. Was das nun eigentlich bedeuten sollte, war mir nicht ganz klar. Vermutlich wollten sie damit nur sagen: *Gib uns nicht die Schuld, wenn es regnet; aber mach uns auch keine Vorwürfe, wenn es das nicht tut.*

Ich ging mehr oder weniger aufs Geratewohl drauflos und landete schließlich im Central Park. Als ich eine leere Bank fand, setzte ich mich. Schräg gegenüber fütterte eine Frau in einem schäbigen Mantel die Tauben. Sie hatte eine große Tüte mit Brotkrumen dabei und war umgeben von Vögeln. Es müssen mindestens zweihundert gewesen sein.

Man hört zwar immer wieder, dass man das Problem nur verschärft, wenn man die Tauben füttert. Trotzdem konnte ich der Frau schlecht sagen, sie sollte damit aufhören. Schließlich lief ich ja selbst Tag für Tag durch die Gegend und gab jedem, der mich darum bat, einen Dollar.

Als ihr die Brotkrumen ausgingen, verschwanden die Tauben. Und sie auch. Ich blieb und dachte über Eddie Dunphy und Paula Hoeldtcke nach. Als meine Gedanken zu Willa Rossiter weiterwanderten, wusste ich plötzlich, warum ich mich beim Aufwachen so mies gefühlt hatte.

Ich war bisher noch gar nicht dazu gekommen, mich mit der Tatsache auseinanderzusetzen, dass Eddie tot war. Da ich die ganze Zeit mit Willa zusammen gewesen war, war ich so stark mit ihr und dem, was sich zwischen uns anbahnte, beschäftigt gewesen, dass ich kaum an Eddie gedacht, geschweige denn um ihn getrauert hatte. Und in gewisser Weise traf das auch auf Paula zu. Immerhin war ich kurz zuvor auf ein paar Ungereimtheiten in ihrer Telefonrechnung gestoßen. Aber dann hatte ich wegen einer unverhofften Damenbekanntschaft kurzerhand alle anderen Aktivitäten eingestellt.

Das war vielleicht nicht einmal weiter schlimm. Trotzdem hatte ich Eddie und Paula bis auf weiteres in der Schublade mit Unerledigtem verschwinden lassen, und solange ich sie dort nicht wieder hervorholte, würde ich wahrscheinlich auch den schalen Geschmack in meinem Mund nicht los.

Ich stand auf und verließ den Park. Am Ausgang zum Columbus Circle bat mich ein ziemlich heruntergekommener Typ in abgeschnittenen Jeans um etwas Geld. Ich wimmelte ihn ab und ging einfach weiter.

Zum letzten Mal hatte Paula ihre Miete am sechsten Juli bezahlt. Als sie eine Woche später, am dreizehnten, wieder fällig wurde, tauchte sie nicht auf.

Darauf schaute Flo Edderling persönlich bei ihr vorbei, aber auf ihr Klopfen meldete sich niemand. Als sich die Hausmeisterin schließlich am sechzehnten mit dem Zweitschlüssel Zugang zu Paulas Zimmer verschaffte, war es leer. Bis auf die Bettwäsche hatte Paula nichts zurückgelassen. Am siebzehnten versuchten ihre Eltern sie anzurufen, aber es meldete sich nur ihr Anrufbeantworter. Am selben Tag mietete Georgia Price das freigewordene Zimmer und zog einen Tag später dort ein. Wieder zwei Tage später rief Paula bei der Telefongesellschaft an, um ihren Anschluss zu kündigen.

Die Frau, mit der ich bei der Telefongesellschaft gesprochen hatte, war eine gewisse Miss Cadillo. Die Kommunikation mit ihr hatte hervorragend geklappt, und als ich sie nun noch einmal anrief, konnte sie sich sofort an mich erinnern. »Tut mir leid, dass ich Sie schon wieder behelligen muss«, begann ich, »aber ich habe etwas Schwierigkeiten, eine Reihe von Daten, die mir von verschiedenen Seiten vorliegen, unter einen Hut zu bekommen. Ich weiß, dass Paula Hoeldtcke am zwanzigsten Juli ihren Anschluss gekündigt hat. Nun hätte ich allerdings auch noch gern gewusst, von wo sie damals angerufen hat.«

»Tut mir leid«, erwiderte sie leicht verwundert. »Aber darüber führen wir nicht Buch. Und woher sollten wir das außerdem wissen? Im Übrigen ...«

»Ja?«

»Ich wollte Sie nur darauf hinweisen, dass in unseren Unterlagen nicht einmal vermerkt ist, ob sie die Kündigung ihres Anschlusses schriftlich oder telefonisch eingereicht hat. Die meisten Kunden rufen nur kurz an, aber sie könnte natürlich auch geschrieben haben. Manche Leute tun das – vor allem, wenn sie noch einen Scheck über den ausstehenden Betrag beilegen. Aber von besagter Kundin haben wir zu diesem Zeitpunkt keine Zahlung erhalten.«

Auf die Idee, Paula könnte das Telefon schriftlich gekündigt haben, war ich bisher noch gar nicht gekommen. Und im ersten Moment schien auch genau das des Rätsels Lösung zu sein. Gerade wenn man die sprichwörtliche Langsamkeit der Post in Betracht zog, konnte Paula die Kündigung schon mehrere Tage vor dem zwanzigsten abgeschickt haben.

Aber das war noch immer keine Erklärung für den Anruf ihrer Eltern am siebzehnten.

Deshalb sagte ich: »Führen Sie eigentlich über sämtliche Gespräche Buch, die von einem bestimmten Apparat geführt werden?«

»Ja, aber ...«

»Könnten Sie mir vielleicht den genauen Zeitpunkt sagen, zu dem sie zum letzten Mal telefoniert hat? Damit würden Sie mir einen großen Gefallen tun.«

»Tut mir leid«, erwiderte sie. »Aber das darf ich nicht. Erstens komme ich an die betreffenden Unterlagen gar nicht heran, und selbst wenn sie mir zugänglich wären, dürfte ich solche Informationen nicht an Sie weitergeben.«

»Ich könnte natürlich eine entsprechende gerichtliche Verfügung erwirken. Aber das wäre für alle Beteiligten nur mit unnötigem Aufwand verbunden. Wenn Sie also vielleicht doch eine Möglichkeit sähen, mir diese Daten auf unbürokratische Weise zu beschaffen, wäre ich Ihnen zu größtem Dank verpflichtet. Und selbstverständlich würde kein Mensch erfahren, von wem ich diese Informationen habe.«

»Tut mir leid. Aber ich kann Ihnen trotzdem nicht helfen, da ich nicht über die erforderlichen Passwörter verfüge, um mir zu diesen Informationen Zugang zu verschaffen. Ich fürchte also, dass Sie um eine gerichtliche Verfügung nicht herumkommen werden.«

Warum war ich darauf nicht gleich gekommen? »Aber das gilt doch nur für Anrufe im Ortsbereich«, platzte ich aufgeregt heraus. »Wenn es sich dabei um ein Ferngespräch gehandelt hat ...«

»Stünde es in ihrer Monatsabrechnung.«

»Und dazu haben Sie doch Zugang?«

»Eigentlich nicht.« Obwohl ich sie nicht weiter drängte, fügte sie schließlich hinzu: »Aber ich will's mal versuchen.« Und nach einer kurzen Pause: »Unseren Unterlagen zufolge wurde für den Monat Juli kein einziges Ferngespräch verbucht ...«

»Na ja, einen Versuch war es zumindest wert.«

»Sie haben mich noch nicht aussprechen lassen.«

»Entschuldigung.«

»Im Juli wurde bis zum achtzehnten kein einziges Ferngespräch verbucht. Aber dann stehen hier am achtzehnten gleich zwei Anrufe und am neunzehnten nochmal einer.«

»Und am zwanzigsten keiner?«

»Nein. Nur diese drei. Möchten Sie auch die Nummern haben, die sie angerufen hat?«

»Ja«, sagte ich. »Das wäre mir eine große Hilfe.«

Es waren insgesamt nur zwei Nummern. Eine hatte sie an beiden Tagen angerufen, die andere nur am neunzehnten. Die Vorwahl war dieselbe. 904. Als ich sie im Vorwahlverzeichnis nachschlug, stellte sich heraus, dass es nicht die Vorwahl von Muncie, Indiana war, sondern die von Tallahassee in Nordflorida.

Ich ging in eine Bank, um mir für zehn Dollar eine Rolle Quarter zu besorgen. Damit kehrte ich in meine Telefonzelle zurück und wählte die Nummer, die Paula zweimal angerufen hatte. Eine auf Band gesprochene Stimme sagte mir, wieviel Geld ich einwerfen sollte. Nachdem ich das getan hatte, meldete sich beim vierten Läuten eine Frauenstimme. Ich nannte ihr meinen Namen und fragte, ob ich Paula Hoeldtcke sprechen könnte.

»Da müssen Sie sich wohl verwählt haben«, sagte die Frau.

»Hängen Sie bitte noch nicht auf. Ich rufe aus New York an und suche nach einer gewissen Paula Hoeldtcke. Sie muss Mitte Juli zweimal unter dieser Nummer angerufen haben.«

Nach einer kurzen Pause sagte die Frau: »Also, ich kann mir beim besten Willen nicht vorstellen, wie das möglich sein sollte. Das ist hier ein Privatanschluss, und der Name, den Sie mir eben genannt haben, sagt mir absolut nichts.«

»Ich spreche doch mit 904-555-1904?«

»Nein. Ich habe die Nummer ... einen Augenblick, wie war diese Nummer gleich wieder?«

Ich wiederholte sie.

»Das ist die Geschäftsnummer meines Mannes. Die Nummer von Prysocki Hardware.«

»Sie müssen entschuldigen.« Ich hatte in meinem Notizbuch versehentlich die falsche Nummer abgelesen. »Ihre Nummer müsste 828-9177 sein.«

»Woher haben Sie denn die andere Nummer?«

»Sie hat unter diesen beiden Nummern angerufen.«

»Aha. Und wie war gleich noch mal ihr Name?«

»Paula Hoeldtcke.«

»Und sie hat hier *und* im Geschäft angerufen?«

»Vielleicht hat sich auch ein Fehler in meine Angaben eingeschlichen«, erklärte ich ausweichend. Die Frau bestürmte mich noch immer mit ihren Fragen, als ich den Hörer auf die Gabel zurücklegte.

Ich ging zu dem Mietshaus in der Fifty-fourth Street. Auf halbem Weg schnorrte mich ein junger Kerl in einer Jeans und mit einem zerrupften Ziegenbart um etwas Kleingeld an. Er hatte das ausgemergelte Aussehen eines typischen Speedfreaks. Manchmal sehen allerdings auch Cracksüchtige so aus. Ich gab ihm meine restlichen Quarter. »Hey, vielen Dank!«, rief er mir hinterher. »Echt cool, Mann.«

Als mir Flo öffnete, entschuldigte ich mich, sie schon wieder behelligen zu müssen. Aber sie versicherte mir, es mache ihr nichts aus. Ich fragte sie, ob Georgia Price zu Hause war.

»Keine Ahnung. Haben Sie denn noch nicht mit ihr gesprochen? Ehrlich gesagt, kann ich mir nicht vorstellen, wie sie Ihnen weiterhelfen sollte. Schließlich hat sie das Zimmer erst gemietet, als Paula längst über alle Berge war. Sie dürfte also kaum etwas über sie wissen.«

»Ich habe schon mit ihr gesprochen. Aber ich hätte mich trotzdem gern noch mal mit ihr unterhalten.«

Als sie darauf in Richtung Treppe deutete, ging ich in den ersten Stock hoch und blieb vor der Tür stehen, hinter der Paula mal gewohnt hatte.

Aus dem Innern drang Musik. Der aufpeitschende Rhythmus wirkte richtig ansteckend. Ich klopfte. Allerdings war ich nicht sicher, ob sie mich bei dem Lärm überhaupt gehört hatte. Ich wollte eben noch mal klopfen, als die Tür aufging.

In einem hautengen Gymnastikdress stand Georgia vor mir. Ihr Gesicht glänzte vor Schweiß. Vermutlich hatte sie gerade trainiert – irgendwelche Tanzschritte geübt oder so was ähnliches. Sie sah mich an. Und als sie mich wiedererkannte, bekam sie vor Schreck große Augen und wich einen Schritt zurück. Als ich ihr darauf in ihr Zimmer folgte, wollte sie zuerst protestieren. Aber dann drehte sie sich nur um und stellte die Musik ab. Als sie sich wieder aufrichtete, sah sie mich ängstlich und schuldbewusst an. Obwohl dazu eigentlich kein Grund bestand, beschloss ich, sie erst mal hart ranzunehmen.

»Sie sind doch aus Tallahassee?«

»Ja, aus der Nähe.«

»Und Price ist nur Ihr Künstlername. In Wirklichkeit heißen Sie Prysocki?«

»Woher wissen Sie das ...?«

»Es gab hier doch ein Telefon, als Sie eingezogen sind. Es war noch angeschlossen.«

»Aber woher hätte ich denn wissen sollen, dass ich es nicht benutzen durfte? Ich dachte, es gehört zum Zimmer. Wie in einem Hotel. Das habe ich nicht gewusst.«

»Jedenfalls haben Sie zweimal zu Hause und einmal in der Firma Ihres Vaters angerufen.«

Sie nickte. »Ich werde natürlich für die Anrufe bezahlen.« Sie wirkte plötzlich sehr jung und sehr verängstigt. »Ich habe mir wirklich nichts dabei gedacht. Außerdem bekam ich nicht gleich einen eigenen Anschluss. Erst am Montag kam dann jemand von der Telefongesellschaft vorbei. Außerdem ließ der Techniker das Telefon einfach stecken und teilte mir nur eine andere Nummer zu, damit ich nicht ständig irgendwelche Anrufe bekam, die für sie bestimmt waren. Ich schwöre Ihnen, dass dahinter keine böse Absicht stand. Und ich werde auch für alle Kosten aufkommen.«

»Keine Sorge, Sie haben sich nichts vorzuwerfen«, versuchte ich sie zu beruhigen.

»Aber ich werde für die Anrufe auf jeden Fall bezahlen.«

»Machen Sie sich deswegen mal keine Sorgen. Das geht schon in Ordnung. Haben Sie vielleicht zufällig auch das Telefon abgemeldet?«

Sie nickte. »Hätte ich denn das nicht tun dürfen? Ich meine nur, sie hat doch nicht mehr hier gewohnt, und deshalb ...«

»Schon gut, schon gut«, beruhigte ich sie. »Nicht das Geringste daran auszusetzen. Es geht mir hier nicht um ein paar Ferngespräche. Ich versuche nur ihre Zimmervorgängerin ausfindig zu machen, die plötzlich spurlos verschwunden ist.«

»Ich weiß, aber ...«

»Sie brauchen also keine Angst zu haben. Niemand wird Ihnen irgendwelche Schwierigkeiten machen.«

»Na ja, damit hatte ich eigentlich auch nicht gerechnet, nur ...«

»War eigentlich auch noch ein Anrufbeantworter an das Telefon angeschlossen, Georgia?«

Unwillkürlich zuckten ihre Blicke zum Nachttisch hinüber, wo neben dem Telefon ein Anrufbeantworter stand.

»Ich hätte ihn sicher zurückgegeben, wenn Sie mich danach gefragt hätten«, stieß sie hervor. »Aber ehrlich gesagt, habe ich in dem Moment einfach nicht daran gedacht. Sie haben mir nur ein paar kurze Fragen gestellt, was sie alles in ihrem Zimmer zurückgelassen hat und ob ich sie gekannt habe und ob mal jemand nach ihr gefragt hat, nachdem ich eingezogen bin. Und bis mir dann der Anrufbeantworter wieder einfiel, waren Sie schon wieder weg. Ich hatte bestimmt nicht vor, ihn zu behalten. Ich wusste nur nicht, was ich damit machen sollte. Er stand schließlich hier rum.«

»Das ist ja auch völlig in Ordnung.«

»Deshalb habe ich ihn einfach benutzt. Eigentlich wollte ich mir selbst einen kaufen. Aber da der von Paula noch hier herumstand, habe ich ihn einfach weiterbenutzt. Sobald ich genügend Geld habe, werde ich mir sowieso einen neuen zulegen. Ich will nämlich einen mit Fernabfrage, damit ich auch von auswärts feststellen kann, ob jemand angerufen hat. Mit dem hier geht das nämlich nicht. Aber vorläufig reicht er natürlich vollauf. Wenn Sie möchten, können Sie ihn gern mitnehmen. Man braucht nur den Stecker rauszuziehen.«

»Nein, nein«, winkte ich ab. »Ich bin nicht wegen des Anrufbeantworters hier – oder um das Geld für drei Ferngespräche nach Tallahassee zu kassieren.«

»Es tut mir wirklich leid.«

»Ich möchte Ihnen nur ein paar Fragen über das Telefon stellen – und über den Anrufbeantworter.«

»Aber selbstverständlich.«

»Sie sind also am achtzehnten hier eingezogen und haben am zwanzigsten das Telefon abgemeldet. Sind während dieser Zeit noch irgendwelche Anrufe für Paula eingegangen?«

»Nein.«

»Das Telefon hat kein einziges Mal geklingelt?«

»Doch, ein paarmal schon. Aber die Anrufe waren alle für mich. Ich habe nämlich gleich meine Freundin angerufen und ihr meine neue Nummer gegeben. Aber das war nur ein Ortsgespräch. Und danach hat immer sie mich angerufen.«

»Meinetwegen hätten Sie auch mit Alaska telefonieren können«, versicherte ich ihr noch einmal. »Die Anrufe, die Sie von diesem Apparat gemacht haben, kosten niemanden etwas. Paulas letzte Telefonrechnung war nämlich noch durch ihre Kaution gedeckt. Die Gebühren für Ihre Anrufe wurden also mit dem Geld bezahlt, das ihr noch hätte zurückerstattet werden sollen. Aber da niemand weiß, wo sie steckt, ist das gar nicht möglich.«

»Ich weiß, dass ich mich deswegen ein bisschen anstelle. Aber Sie müssen verstehen ...«

»Schon gut, schon gut. Die einzigen Anrufe, die während dieser Zeit eingegangen sind, waren also für Sie. Hat vielleicht mal jemand eine Nachricht auf dem Anrufbeantworter hinterlassen, als Sie nicht zu Hause waren?«

»Nicht, nachdem ich hier eingezogen bin. Ich weiß noch genau, die letzte Nachricht war von ihrer Mutter, dass sie für ein paar Wochen verreisen wollten. Sie muss wohl kurz vor meinem Einzug angerufen haben. Als mir dann allerdings klar wurde, dass das Telefon gar nicht zum Zimmer gehört, habe ich den Anrufbeantworter ausgesteckt. Als er dann allerdings nach einer Woche noch immer nicht abgeholt wurde, habe ich ihn wieder angeschlossen, weil ich ihn ja auch ganz gut gebrauchen konnte. Bei dieser Gelegenheit habe ich erst noch mal die Nachrichten für sie abgespielt, bevor ich das Gerät auf Aufnahme gestellt habe.«

»Waren außer den Nachrichten von ihren Eltern auch noch andere drauf?«

»Ein paar.«

»Haben Sie die noch?«

Sie schüttelte den Kopf. »Nein, ich habe das Band gelöscht.«

»Können Sie sich noch an den Inhalt der anderen Nachrichten erinnern?«

»Nein. Ein paar Anrufer hatten auch gleich wieder aufgehängt. Ich habe das Band nur einmal durchlaufen lassen, um herauszufinden, wie man es löschen kann.«

»Und was ist mit dem anderen Band? Von dem die Ansage abgespielt wird? Sie wissen schon: Ich bin gerade nicht zu Hause; hinterlassen Sie bitte nach dem Pfeifton eine Nachricht. Dieses Band muss doch auch noch dagewesen sein.«

»Natürlich.«

»Haben Sie das auch gelöscht?«

»Das wird automatisch gelöscht, wenn man eine neue Nachricht auf Band spricht. Und das habe ich gemacht, nachdem ich den Anrufbeantworter wieder angeschlossen hatte.« Sie begann an ihrer Unterlippe zu nagen. »Hätte ich das nicht tun sollen?«

»Nein, nein, das war völlig in Ordnung.«

»Wäre das denn wichtig gewesen? Die Ansage war nur das Übliche: ʻHallo, hier spricht Paula. Ich bin im Moment nicht erreichbar, aber sprechen Sie bitte nach dem Pfeifton eine Nachricht auf Band.ʼ Irgendetwas in der Art jedenfalls. An den genauen Wortlaut kann ich mich natürlich nicht mehr erinnern.«

»Das ist auch nicht weiter wichtig«, beruhigte ich sie. Und das war es auch tatsächlich nicht. Ich hätte nur gern mal Paulas Stimme gehört.

Kapitel 9

»Du arbeitest immer noch an dem Fall?« Durkin klang überrascht. »Was hast du denn in der Zwischenzeit alles gemacht? In Indiana angerufen und mehr Geld verlangt?«

»Nein. Aber vermutlich sollte ich das mal tun. Immerhin habe ich schon eine Menge Zeit und Arbeit in den Fall investiert – leider ohne Erfolg. Allerdings bin ich inzwischen ziemlich sicher, dass das Mädchen nicht freiwillig von der Bildfläche verschwunden ist.«

»Wie kommst du denn darauf?«

»Sie hat ihr Zimmer nicht gekündigt, hat aber sonst immer brav die Miete gezahlt. Und als sie dann zwei Tage damit im Rückstand war und die Hausmeisterin in ihrem Zimmer nachsah, war es leer.«

»So was kommt öfter vor, als du denkst.«

»Ich weiß. Das Zimmer war völlig leer. Bis auf drei Dinge: das Telefon, den Anrufbeantworter und die Bettwäsche.«

»Und was schließt du daraus?«

»Dass jemand anderer ihre Sachen gepackt und weggebracht hat. In den meisten möblierten Zimmern wird die Bettwäsche gestellt. In diesem war das jedoch nicht der Fall. Die Bettwäsche hat also Paula Hoeldtcke selbst gehört. Deshalb hätte sie sie vermutlich beim Auszug wieder mitgenommen. Falls allerdings jemand anderer das Zimmer ausgeräumt hat, ist der Betreffende aller Wahrscheinlichkeit nach davon ausgegangen, die Bettwäsche würde zum Zimmer gehören.«

»Und das ist alles, was du bisher an Anhaltspunkten hast?«

»Nein. Der Anrufbeantworter war noch angeschlossen. Wenn sie unter normalen Umständen ausgezogen wäre, hätte sie sicher bei der Telefongesellschaft angerufen, um den Anschluss zu kündigen.«

»Aber wenn sie ganz überstürzt ausgezogen ist ...«

»Dann hätte sie nachträglich noch Bescheid gegeben. Aber gut. Gehen wir mal davon aus, dass es nicht so war. Nehmen wir mal an, sie war sowieso ein bisschen chaotisch und hat einfach alles verschwitzt. Aber weshalb sollte sie den Anrufbeantworter zurückgelassen haben?«

»Aus dem gleichen Grund. Sie hat ihn einfach vergessen.«

»Das Zimmer war sonst völlig leer. Keine Kleider im Schrank oder in der Kommode. Außerdem stand in dem Zimmer sonst wirklich nichts herum. Nur die Bettwäsche, das Telefon und der Anrufbeantworter. Den kann sie doch unmöglich übersehen haben.«

»Warum nicht? Wer nimmt schon das Telefon mit, wenn er auszieht, wenn er es nicht gerade gekauft hat? Es ist also völlig normal, das Telefon beim Auszug einfach stehenzulassen. Und was den Anrufbeantworter betrifft – wo stand er denn? Vermutlich neben dem Telefon.«

»Ja.«

»Na, also. Sie sieht sich ein letztes Mal im Zimmer um, ob sie auch nichts vergessen hat. Dabei kann ihr Blick sogar durchaus auf den Anrufbeantworter gefallen sein. Aber der Kasten gehört für sie einfach zum Telefon – ein nützliches kleines Gerät, mit Hilfe dessen man ständig erreichbar ist, auch wenn man nicht zu Hause ist. Vermutlich hat sie darin gar keinen separaten Apparat gesehen, sondern nur einen Bestandteil des Telefons.«

Dem konnte ich eine gewisse Berechtigung keineswegs absprechen. »Vielleicht hast du tatsächlich recht.«

»Klar, der Anrufbeantworter gehört mehr oder weniger zum Telefon, ist sozusagen ein Teil davon. Und wenn das Telefon zurückbleibt, bleibt auch der Anrufbeantworter zurück.«

»Aber warum hat sie ihn dann nicht wenigstens später noch abgeholt? Irgendwann muss ihr doch aufgefallen sein, dass sie ihn vergessen hat.«

»Weil sie mittlerweile in Grönland ist.« Durkin wurde langsam ungeduldig. »Und weil es billiger ist, sich einen neuen zu kaufen, als sich ins Flugzeug zu setzen und nach New York zu fliegen.«

»Trotzdem, Joe. Ich weiß nicht recht.«

»Ganz von der Hand zu weisen ist deine Theorie natürlich nicht, aber findest du es nicht trotzdem ein bisschen weit hergeholt, aus einem Telefon, einem Anrufbeantworter, zwei Laken und einer Decke gleich einen Entführungsfall zu konstruieren?«

»Du hast die Kopfkissenbezüge vergessen.«

»Ach ja, natürlich. Vielleicht hat sie ja auch ein Zimmer gefunden, wo die Bettwäsche gestellt wird. Was hatte sie überhaupt für ein Bett? Ein Einzelbett?«

»Nein, ein bisschen größer. Ein Zwischending zwischen einem Einzelbett und einem Französischen.«

»Na, siehst du. Da ist sie eben zu irgend so einem tollen Hecht mit einem riesigen Wasserbett und einem dreißig Zentimeter langen Schwanz gezogen. Was will sie da noch mit ihren alten Bettbezügen? Oder auch mit einem Telefon, wo sie doch sowieso nichts anderes mehr tut, als sich auf dem Bett zu räkeln und die Beine breit zu machen?«

»Trotzdem glaube ich, dass sie nicht freiwillig ausgezogen ist«, beharrte ich auf meinem Standpunkt. »Irgendjemand hat sich mit ihrem Schlüssel Zugang zu ihrem Zimmer verschafft, hat ihre Sachen zusammengepackt und ist dann klammheimlich damit abgezogen. Ich glaube …«

»Hat irgendjemand einen Fremden gesehen, der mit ein paar Koffern das Haus verlassen hat?«

»Die kennen doch nicht mal die Leute, die dort wohnen. Wie sollte da jemand auf einen Fremden aufmerksam werden?«

»Hat irgendjemand *irgendjemanden* gesehen, der um diese Zeit ein paar Koffer durchs Treppenhaus geschleppt hat?«

»Du weißt ganz genau, dass das schon viel zu lange zurückliegt. Im Übrigen habe ich die anderen Mieter auf ihrem Stockwerk tatsächlich danach gefragt. Aber wer erinnert sich schon an etwas so Belangloses – und vor allem, wenn es schon mehr als zwei Monate zurückliegt.«

»Genau darauf will ich doch hinaus, Matt. Falls überhaupt noch irgendwelche Spuren vorhanden sind, dann sind sie doch schon längst eiskalt.« Er griff nach einem Fotowürfel aus Plexiglas, drehte ihn nachdenklich in seinen Händen und betrachtete schließlich einen Schnappschuss von zwei Kindern und einem Hund, die alle drei in die Kamera strahlten. »Und wie geht deine Geschichte weiter? Irgendjemand schafft also ihre Sachen aus dem Zimmer. Die Bettwäsche lässt er zurück, weil er nicht weiß, dass sie ihr gehört. Warum nimmt er den Anrufbeantworter nicht mit?«

»Damit die Leute, die sie anzurufen versuchen, nicht merken, dass sie nicht mehr da ist.«

»Warum lässt er dann nicht gleich alles da, damit sogar die Hausmeisterin nicht merkt, dass sie verschwunden ist?«

»Weil die Hausmeisterin früher oder später auf jeden Fall Verdacht schöpft, dass sie nicht mehr zurückkommen wird, und den Vorfall deshalb der Polizei meldet. Es war also durchaus sinnvoll, das Zimmer leerzuräumen. Und das gleiche gilt für den zurückgelassenen Anrufbeantworter. Auf diese Weise sollte noch eine Weile der Eindruck erweckt werden, als wohnte Paula noch immer in ihrem Zimmer. Außerdem lässt sich auf diese Weise nicht feststellen, wann sie genau ausgezogen ist. Sie hat die Miete zum letzten Mal am sechsten bezahlt, und dass ihr Zimmer leer stand, wurde erst zehn Tage später entdeckt. Genauer als diese relativ lange Zeitspanne lässt sich der Zeitpunkt ihres Verschwindens nicht bestimmen. Und dazu hat unter anderem auch beigetragen, dass der Anrufbeantworter noch weiter angeschlossen blieb.«

»Wie kommst du denn darauf?«

»Weil ihre Eltern ein paarmal angerufen und eine Nachricht auf Band gesprochen haben. Wenn sich nämlich der Anrufbeantworter nicht eingeschaltet hätte, hätten sie sicher so lange angerufen, bis sie ihre Tochter irgendwann erreicht hätten. Und wenn ihnen das nicht gelungen wäre, hätten sie sich bestimmt Sorgen gemacht, ihrer Tochter könnte etwas zugestoßen sein. Ihr Vater wäre also aller Wahrscheinlichkeit nach schon zwei Monate früher nach New York gekommen, um nach dem Rechten zu sehen.«

»Langsam verstehe ich, worauf du hinauswillst.«

»Und wie du selbst schon mehrmals gesagt hast, sind mittlerweile alle Spuren verwischt.«

»Trotzdem bin ich nicht sicher, ob das Ganze wirklich ein Fall für die Polizei gewesen wäre.«

»Trotzdem. Wenn er schon damals, Mitte Juli, einen Privatdetektiv auf den Fall angesetzt hätte ...«

»Dann hättest du es sicher um einiges einfacher gehabt. Das ist zweifellos richtig.« Er dachte kurz nach. »Mal angenommen, sie hat den Anrufbeantworterselbst zurückgelassen – nicht versehentlich, sondern aus einem ganz bestimmten Grund.«

»Und was soll das für ein Grund gewesen sein?«

»Vielleicht wollte sie nicht, dass irgendjemand etwas von ihrem Auszug erfährt. Ihre Eltern zum Beispiel oder sonst jemand, von dem sie sich absetzen wollte.«

»Dann hätte sie doch nur das Zimmer weiter behalten müssen. Sie hätte wöchentlich die Miete überwiesen und irgendwo anders gewohnt.«

»Na gut. Aber nehmen wir mal an, sie wollte ausziehen und aus der Stadt verschwinden, aber trotzdem noch telefonisch erreichbar bleiben. Sie hätte doch ...«

»Was hätte ihr das denn genützt, wenn sie in einer anderen Stadt gewohnt hätte? Außer, sie wäre jedes Mal nach New York gefahren, um ihren Anrufbeantworter abzuhören.«

»Wieso denn das? Wofür gibt es schließlich diese Piepser, mit denen du von jeder Zelle anrufen und deinen Anrufbeantworter abfragen kannst.«

»Dafür muss dein Gerät aber erst mal eine Fernabfrage haben. Und ihres hatte keine.«

»Woher willst du das wissen? Ach so, du hast das Ding ja gesehen. Es steht noch immer in ihrem Zimmer rum.« Er spreizte die Finger. »Aber wozu kauen wir das eigentlich immer wieder von neuem durch? Du warst schließlich selbst lange genug bei der Polizei. Versuch doch mal, dich an meine Stelle zu versetzen.«

»Ich sage doch nur ...«

»Versuch mal, dich in meine Lage zu versetzen, habe ich gesagt. Angenommen, du würdest hier sitzen, und dann kommt plötzlich so ein Kerl daher und erzählt dir eine Geschichte über ein paar Laken und einen Anrufbeantworter. Das heißt doch noch lange nicht, dass wir es hier mit einem Verbrechen zu tun haben. Die Vermisste ist volljährig und schon zwei Monate von niemandem mehr gesehen worden. Na schön. Aber mal ganz ehrlich. Was würdest du in so einem Fall an meiner Stelle tun?«

Als ich darauf nichts erwiderte, fragte er noch einmal:

»Was würdest du an meiner Stelle tun?«

»Dasselbe wie du.«

»Na also.«

»Aber mal angenommen, es würde sich dabei um die Tochter des Bürgermeisters handeln?«

»Der Bürgermeister hat keine Tochter. Der hat sein ganzes Leben lang noch keinen hochgekriegt. Wie soll der also eine Tochter haben?« Er schob seinen Stuhl zurück. »Aber natürlich sähe die Sache gleich ganz anders aus, wenn das Mädchen die Tochter des Bürgermeisters wäre. Dann würden wir hundert Mann auf den Fall ansetzen – rund um die Uhr und so lange, bis wir die ersten Anhaltspunkte hätten. Was nicht unbedingt heißt, dass tatsächlich etwas dabei herauskäme – nicht nach so langer Zeit und mit so wenigen

Anhaltspunkten. Und wozu außerdem der ganze Aufwand? Doch nicht etwa, weil sie vielleicht nach Disney World abgehauen ist und dort ausgerechnet in dem Moment das Riesenrad stehengeblieben ist, als sie gerade in der obersten Kabine gesessen hat? Warum machst du wegen dieser Geschichte eigentlich einen solchen Aufstand?«

»Weil ich fürchte, dass sie tot ist.«

»Möglicherweise ist sie das sogar. In dieser Stadt vergeht kein Tag, an dem nicht Dutzende von Leuten sterben. Falls sie noch am Leben ist, wird sie früher oder später von selbst wieder nach Hause kommen – entweder weil sie kein Geld mehr hat oder weil sie langsam wieder Vernunft annimmt, je nachdem, wo gerade das Problem lag. Und wenn sie tot ist, dann kann ihr sowieso niemand mehr helfen – nicht du, nicht ich, noch sonst irgendjemand.«

»Vermutlich hast du sogar recht.«

»Natürlich habe ich recht. Dein Problem ist, dass du dich so in die ganze Geschichte verbissen hast, dass du den Absprung nicht mehr findest. Am besten, du rufst noch heute den Vater des Mädchens an und machst ihm klar, dass du ohne Anhaltspunkte einfach nicht weiterkommst und dass er dich lieber schon vor zwei Monaten hätte anrufen sollen.«

»Damit er ein noch schlechteres Gewissen bekommt.«

»Na ja, du kannst es ihm ja auch schonender beibringen. Mein Gott, du hast dich in diese Sache sowieso schon wesentlich mehr reingehängt, als das sonst jemand getan hätte. Du hast sogar ein paar ganz passable Anhaltspunkte ausgegraben – diese Sache mit den Anrufen und dem Anrufbeantworter. Das Problem ist nur, dass diese Anhaltspunkte zu nichts führen. Lauter Sackgassen.«

»Ich weiß.«

»Also lass das Ganze endlich. Wenn du in den Fall noch mehr Zeit investierst, springt am Ende gar nichts mehr für dich heraus.«

Ich wollte etwas erwidern, aber im selben Moment klingelte sein Telefon. Nachdem er ein paar Minuten telefoniert hatte, hängte er ein und wandte sich wieder mir zu: »Was haben wir bei der Polizei eigentlich den ganzen Tag getan, als es noch kein Kokain gab?«

»Uns einen schönen Tag gemacht.«

»Tatsächlich? Muss wohl so gewesen sein.«

*   *   *

Ich ging ein paar Stunden spazieren. Gegen halb zwei begann es leicht zu regnen. Es waren keine zwei Minuten vergangen, als an allen Straßenecken die Regenschirmverkäufer aus dem Boden schossen wie die Pilze.

Aber ich kaufte mir keinen Regenschirm. Dazu regnete es nicht stark genug. Ich ging in eine Buchhandlung und schlug dort etwas Zeit tot, ohne allerdings etwas zu kaufen. Als ich den Laden verließ, nieselte es noch immer leicht.

Ich schaute kurz im Hotel vorbei und erkundigte mich an der Rezeption, ob jemand für mich angerufen hatte. Das war jedoch nicht der Fall, und die einzige Post war eine Kreditkartenwerbung. »Sie haben bereits alle nötigen Voraussetzungen erfüllt!«, hieß es dort großspurig. Das bezweifelte ich allerdings.

Ich ging nach oben und rief Warren Hoeldtcke an. Ich hatte mein Notizbuch zur Hand und erklärte ihm in kurzen Zügen, was ich bisher unternommen hatte und was dabei herausgekommen war. »Ich habe eine Menge Zeit und Arbeit in den Fall investiert«, gab ich ihm zu verstehen, »aber leider bin ich bisher noch keinen Schritt weitergekommen. Ehrlich gestanden, habe ich das Gefühl, dass alles völlig umsonst war.«

»Wollen Sie mehr Geld?«

»Nein. Weil ich nicht weiß, was ich dafür noch tun sollte.«

»Was ist Ihrer Meinung nach mit Paula passiert? Mir ist selbstverständlich klar, dass Sie keinerlei konkrete Anhaltspunkte haben, aber was sagt Ihnen zum Beispiel Ihr Instinkt?«

»Schwer zu sagen. Aber wenn Sie mich fragen, hat sie vielleicht jemand kennengelernt, der auf den ersten Blick sehr interessant wirkte, sich dann aber als sehr gefährlich entpuppt hat.«

»Glauben Sie ...«

Alles in ihm sträubte sich dagegen, es auszusprechen. Und ich konnte es ihm schwerlich verdenken. »Sie kann durchaus noch am Leben sein«, kam ich ihm deshalb zu Hilfe. »Vielleicht hält sie sich im Ausland auf. Vielleicht ist sie in irgendwelche dubiosen Geschäfte verwickelt. Das wäre zum Beispiel auch eine Erklärung dafür, warum sie sich nicht bei Ihnen gemeldet hat.«

»Also, ich weiß nicht. Ehrlich gesagt, kann ich mir nicht vorstellen, dass Paula so etwas täte.«

»Vielleicht hielt sie das Ganze erst nur für ein harmloses Abenteuer.«

»Das wäre allerdings eine Möglichkeit.« Er seufzte. »Sehr ermutigend hört sich das jedenfalls nicht an.«

»Das ist richtig. Aber es besteht auch noch kein Grund, alle Hoffnung aufzugeben. Allerdings fürchte ich, dass Sie bis auf weiteres nichts anderes tun können, als einfach abzuwarten.«

»Das tue ich doch schon die ganze Zeit. Und das ist alles andere als einfach.«

»Das kann ich mir gut vorstellen.«

»Na gut«, sagte er schließlich. Ich möchte Ihnen jedenfalls herzlich für Ihre Bemühungen danken – und dass Sie mir von Anfang an nichts vorzumachen versucht haben. Falls Sie trotzdem glauben, dass es noch Sinn hätte weiterzumachen, wäre ich selbstverständlich jederzeit bereit, für Ihre weiteren Kosten aufzukommen.«

»Das ist nicht nötig. Ein paar Tage werde ich der Sache sowieso noch nachgehen, ob sich nicht doch noch etwas ergibt. Und in diesem Fall werden Sie von mir hören.«

»Ich wollte ihm nicht noch mehr Geld abknöpfen«, erzählte ich Willa. »Ich hatte schon wegen der ersten tausend Dollar ein schlechtes Gewissen. Und wenn ich jetzt noch mal was von ihm angenommen hätte, hätte ich seine Tochter vermutlich für den Rest meines Lebens am Hals gehabt.«

»Aber du hast doch inzwischen eine ganze Menge Zeit und Arbeit in den Fall investiert. Warum solltest du dich dafür nicht bezahlen lassen?«

»Ich habe mein Honorar schon gekriegt. Aber was hat er dafür bekommen?«

»Immerhin hast du die ganze Arbeit getan.«

»Habe ich das wirklich? Du hast wohl im Physikunterricht nicht aufgepasst, als es darum ging, wie man die Arbeit berechnet. Die Formel dafür lautet: Kraft mal Weg. Angenommen, du hast einen Gegenstand, der zehn Kilo wiegt, und bewegst ihn zwei Meter, dann beträgt die geleistete Arbeit zwanzig Kilopondmeter.«

»Kilopondmeter?«

»Ja, das ist die Maßeinheit für Arbeit. Wenn du nun aber einen ganzen Tag lang vor einer Mauer stehst und dich dagegen stemmst, ohne sie zu verrücken, dann ist die geleistete Arbeit gleich null. Wenn du die Mauer um einen Weg von null Zentimetern verrückt hast, ist völlig gleichgültig, wie schwer die Mauer ist. Das Ergebnis bleibt immer gleich. Nämlich null. Warren Hoeldtcke hat mir tausend Dollar bezahlt, und ich habe mich nur gegen eine Mauer gestemmt.«

»Ein bisschen hast du sie immerhin verrückt.«

»Aber nicht nennenswert.«

»Das würde ich nicht sagen. Als Edison an der Entwicklung der Glühbirne arbeitete, sagte jemand zu ihm, warum er nicht schon längst aufgegeben hätte, weil er doch nicht vorankam. Darauf erwiderte Edison, er hätte bereits gewaltige Fortschritte gemacht, weil er nämlich inzwischen zwanzigtausend Materialien kannte, die sich nicht für die Herstellung eines Glühfadens eigneten.«

»Dann war Edison eben optimistischer als ich.«

»Und ausdauernder auch. Sonst säßen wir jetzt alle im Dunkeln herum.«

Übrigens war es tatsächlich stockdunkel, ohnedass uns das groß gestört hätte. Wir lagen in ihrem Schlafzimmer auf dem Bett, und in der Küche lief eine Kassette von Reba McIntyre. Durch das offene Fenster drang lautes spanisches Stimmengewirr. In dem Haus auf der anderen Seite des Hinterhofs waren ein paar Puerto-Ricaner in eine hitzige Diskussion verwickelt.

Eigentlich hatte ich nicht vorgehabt, unangemeldet bei Willa vorbeizukommen, aber als ich mich nach meinem Gespräch mit Hoeldtcke noch einmal auf den Weg machte und dabei an einem Blumenladen vorbeikam, kam mir die Idee, ihr Blumen zu schicken. Ich hatte bereits einen Strauß ausgesucht, als mir der Verkäufer sagte, dass er erst am nächsten Tag ausgeliefert werden könnte. Deshalb hatte ich ihr die Blumen kurzentschlossen selbst vorbeigebracht.

Sie nahm eine Vase vom Küchenschrank und stellte den Strauß zwischen uns auf den Tisch. Dann machte sie Kaffee. Es war wieder Pulverkaffee, aber ein frisches Glas. Und diesmal hatte kein Spielverderber das ganze Koffein herausgefiltert.

Und dann, ohne viel Worte darüber zu verlieren, zogen wir ins Schlafzimmer weiter. Reba McIntyre hatte schon gesungen, als wir im Bett landeten, und sie strengte sich auch jetzt noch mächtig an. Ein paar der Songs hörten wir allerdings schon zum zweiten Mal, weil der Kassettenrecorder

Autoreverse hatte und das Band automatisch wieder von vorn spielte, wenn es zu Ende war.

Nach einer Weile fragte sie: »Hast du Hunger? Ich könnte uns was zu essen machen.«

»Wenn du Lust hast.«

»Soll ich dir mal was verraten? Eigentlich habe ich nie Lust zu kochen. Leider bin ich keine gute Köchin, und die Küche hast du ja selbst gesehen.«

»Wir könnten irgendwohin essen gehen.«

»Bei dem Regen? Hörst du denn nicht, wie es draußen gießt?«

»Bis vor kurzem hat es aber nur ganz leicht geregnet – was meine irische Tante einen weichen Tag genannt hätte.«

»Wie es sich allerdings inzwischen anhört, ist es ein verdammt harter geworden. Was hältst du davon, wenn ich uns was Chinesisches ins Haus kommen lasse? Denen ist es völlig egal, ob es hagelt oder schneit; die schmeißen sich bei jedem Wetter aufs Fahrrad und liefern ihr Essen. ›Auch bei Regen oder Schnee, bei Hitze oder finsterer Nacht brauchen Sie nicht auf Ihr Moo Goo Gai Pan zu verzichten.‹ Bloß, dass ich jetzt kein Moo Goo Gai Pan möchte. Weißt du, worauf ich jetzt Lust hätte?«

Ich schüttelte den Kopf.

»Auf Sesamnudeln mit gebratenem Reis und Schweinefleisch und auf Hühnchen mit Cashewnüssen und Krabben in vier verschiedenen Geschmacksrichtungen. Wie hört sich das an?«

»Wie eine Wochenration für eine ganze Armee.«

»Warte erst mal ab. Das schaffen wir alles ... oh.«

»Was ist denn?«

»Glaubst du, du hast noch so viel Zeit? Bis sie das Essen nämlich gebracht haben und wir damit fertig sind, musst du schon längst zu deinem Treffen los.«

»Ich muss heute Abend nicht unbedingt zu dem Treffen.«

»Bist du sicher?«

»Ganz sicher. Eines hätte ich allerdings vorher noch gern gewusst. Was sind Krabben in vier verschiedenen Geschmacksrichtungen?«

»Du hast noch nie Krabben in vier Geschmacksrichtungen gegessen?«

»Nein.«

»Dann wirst du gleich was erleben.«

*　　*　　*

Wir aßen am Küchentisch. Ich wollte die Blumen wegstellen, damit wir mehr Platz hatten. Aber das ließ sie nicht zu. »Ich möchte sie auf dem Tisch haben, wo ich sie sehen kann. Außerdem haben wir Platz genug.«

Sie war einkaufen gewesen und hatte nicht nur frischen Kaffee besorgt, sondern auch Saft und Limonade. Ich trank ein Coke. Sie holte sich eine Flasche Beck's aus dem Kühlschrank – allerdings nicht ohne mich vorher zu fragen, ob es mir wirklich nichts ausmachte.

»Nein, natürlich nicht«, versicherte ich ihr.

»Ich finde nämlich, dass zu chinesischem Essen einfach ein Bier gehört. Ist es eigentlich nicht blöd für dich, wenn ich so etwas sage, Matt?«

»Wie? Dass zu chinesischem Essen ein Bier gehört? Darüber ließe sich vielleicht streiten, und ich könnte mir gut vorstellen, dass dir ein paar Weinhändler in diesem Punkt mit Nachdruck widersprechen würden. Aber was soll sonst schon daran auszusetzen sein?«

»Ich war mir jedenfalls nicht sicher.«

»Mach deine Flasche ruhig auf«, forderte ich sie auf. »Und setz dich endlich, damit wir zu essen anfangen können.«

Alle Gerichte schmeckten vorzüglich, und vor allem, was die Krabben betraf, hatte sie nicht zu viel versprochen. Willa aß mit den Stäbchen, die mit dem Essen geliefert worden waren. Da ich nie gelernt hatte, mit den Dingern umzugehen, behalf ich mir lieber mit einer ganz normalen Gabel. Mir entging nicht, dass sie verdammt geschickt mit den Stäbchen umging.

Und als ich ihr das auch sagte, verriet sie mir: »Das sieht viel schwieriger aus, als es tatsächlich ist. Man braucht dafür nur ein bisschen Übung. Hier, versuch's doch mal selbst.«

Ich ließ es auf einen Versuch ankommen, stellte mich aber ziemlich ungeschickt an. Die Stäbchen machten, was sie wollten, und ich bekam keinen Bissen in meinen Mund. »Das müsste doch eine ideale Methode für Leute sein, die gerade eine Abmagerungskur machen«, sagte ich. »Trotzdem möchte man meinen, die Chinesen könnten irgendwann mal auch die Gabel erfunden haben. Sie haben doch sonst alles erfunden – Nudeln, Eiscreme, Schießpulver.«

»Und Baseball.«

»Ich dachte, das wären die Russen gewesen.«

Tatsächlich aßen wir alles auf. Wie sie vorhergesagt hatte. Sie räumte den Tisch ab und köpfte eine zweite Flasche Beck's. Dabei sah sie mich schuldbewusst an und sagte: »Im Moment habe ich immer noch ein komisches Gefühl, wenn ich in deiner Gegenwart was trinke.«

»Ist es dir unangenehm?«

»Nein. Aber ich habe Angst, es könnte dir unangenehm sein. Deshalb habe ich dich vorhin auch gefragt, ob es dir was ausmacht, wenn ich Dinge sage wie: Zu chinesischem Essen gehört einfach ein Bier. Macht es dir denn wirklich nichts aus, wenn ich so übers Trinken rede?«

»Was glaubst du wohl, was wir bei unseren Treffen die ganze Zeit machen? Da wird ständig übers Trinken gesprochen. Einige von uns verbringen mehr Zeit damit, übers Trinken zu reden, als sie mit dem Trinken verbracht haben.«

»Aber dann erzählt ihr euch doch sicher, wie schrecklich das alles war.«

»Natürlich. Aber manchmal auch, wie toll es war.«

»Tatsächlich? Das hätte ich nicht gedacht.«

»Mich hat das anfangs genauso überrascht wie die Tatsache, dass es bei diesen Treffen eigentlich immer ziemlich lustig zugeht. Da erzählt jemand von irgendwelchen ganz fürchterlichen Dingen, die ihm passiert sind, und die anderen kugeln sich vor Lachen.«

»Ich hätte nie gedacht, dass darüber gesprochen wird, und schon gar nicht gelacht. Ehrlich gestanden, habe ich geglaubt, das wäre in etwa so, als ließe man im Haus eines Erhängten das Wort Seil fallen.«

»Dabei ist im Haus eines Erhängten vermutlich genau *das* Gesprächsthema Nummer eins.«

Später sagte sie: »Du wirst es vielleicht komisch finden, aber am liebsten würde ich die Blumen ins Schlafzimmer stellen. Eigentlich ist es verrückt, denn hier ist tatsächlich kaum Platz für sie. In der Küche sind sie viel besser aufgehoben.«

»Sie sind ja morgen auch noch da.«

»Ich bin wie ein kleines Kind, findest du nicht auch? Soll ich dir mal was sagen?«

»Ja, was denn?«

»Na, ich weiß nicht, ob ich dir das wirklich sagen soll. Aber nachdem ich schon mal damit angefangen habe, kann ich wohl nicht mehr zurück. Weißt du, du bist der Erste, der mir Blumen schenkt.«

»Das kann doch nicht dein Ernst sein.«

»Ist es aber. Zwanzig Jahre lang habe ich mich mit Leib und Seele der revolutionären Sache verschrieben. Und echte Revolutionäre schenken sich keine Blumen. Das ist in deren Augen alles nur sentimentales Gewäsch, ein untrügliches Zeichen spätkapitalistischer Dekadenz. Mao hat zwar gesagt, lasst tausend Blumen blühen, aber damit hat er selbstverständlich nicht gemeint, man sollte seine Angebetete ab und zu mit einem kleinen Sträußchen überraschen. Es war sogar verpönt, eine Angebetete zu haben. Wenn eine Beziehung nicht der Partei diente, galt sie von vornherein als überflüssig.«

»Aber du hast dieses Leben doch schon seit Jahren aufgegeben. Und du warst in der Zwischenzeit verheiratet.«

»Mit einem alten Hippie. Mit langen Haaren, Fransenlederhose und Perlenkettchen. Hätte gerade noch gefehlt, dass er einen Kalender von 1967 an der Wand hängen gehabt hätte. Er hat nach wie vor in den sechziger Jahren gelebt, als wäre damals die Zeit stehengeblieben.« Sie schüttelte den Kopf. »Er hat nie Blumen mit nach Hause gebracht. Blütenspitzen vielleicht, aber keine Blumen.«

»Blütenspitzen?«

»Ja, das sind die wirksamsten Teile der Marihuanapflanze. *Cannabis sativa*, wenn du es ganz genau wissen willst. Rauchst du eigentlich Gras?«

»Nein.«

»Ich habe auch schon mehrere Jahre keines mehr angerührt, weil ich Angst hatte, wieder mit dem Rauchen anzufangen – Zigaretten, meine ich. Schon komisch, findest du nicht auch? Da versuchen sie einem ständig einzureden, von Marihuana wäre es nur ein kleiner Schritt zu Heroin. Und ich habe Angst, deswegen wieder mit dem Rauchen anzufangen. Außerdem war mir dieses Zeug noch nie so recht geheuer. Ich mag es nicht, wenn ich mich nicht unter Kontrolle habe.«

Am nächsten Morgen waren die Blumen tatsächlich noch da.

Eigentlich hatte ich gar nicht über Nacht bleiben wollen. Aber ich hatte ja nicht mal vorgehabt, sie überhaupt zu besuchen. Die Zeit war vergangen wie im Flug. Wir redeten, wir schwiegen, wir hörten Musik, und wir lauschten dem Regen.

Sie schlief noch, als ich aufwachte. Ich hatte geträumt, dass ich was getrunken hatte. An sich war das nicht weiter ungewöhnlich, aber ich hatte schon länger keinen solchen Traum mehr gehabt. Zwar konnte ich mich nach dem Aufwachen nicht mehr an die näheren Einzelheiten erinnern, aber ich wusste noch so viel, dass mir jemand ein Bier angeboten hatte, das ich ohne zu überlegen annahm. Und bis mir klar wurde, dass ich das eigentlich nicht hätte tun dürfen, hatte ich es bereits zur Hälfte leergetrunken.

Beim Aufwachen wusste ich im ersten Moment nicht, ob ich das alles tatsächlich nur geträumt hatte und wo ich eigentlich war. Obwohl es erst sechs Uhr morgens war, hatte ich keine Lust, mich noch mal auf die Seite zu drehen und weiterzuschlafen. Das hätte nämlich bedeutet, dass ich diesen Traum weitergeträumt hätte. Deshalb stand ich auf. Um Willa nicht zu wecken, ging ich nicht unter die Dusche, sondern zog mich gleich an. Ich band mir gerade die Schuhe, als ich spürte, wie mich jemand von hinten beobachtete. Ich drehte mich um und sagte zu Willa: »Es ist noch ziemlich früh. Versuch noch ein bisschen zu schlafen. Ich rufe dich später an.«

Ich ging ins Hotel. Diesmal hatte jemand eine Nachricht für mich hinterlassen. Jim Faber hatte angerufen. Aber es war noch zu früh, um ihn zurückzurufen. Ich ging nach oben, um mich zu rasieren und zu duschen. Als ich mich anschließend aufs Bett legte, hatte ich eigentlich nur vor, mich ein paar Minuten auszuruhen. Aber zu meiner Überraschung schlief ich noch einmal ein. Ich hatte mich überhaupt nicht müde gefühlt, und als ich drei Stunden später wieder aufwachte, fühlte ich mich ziemlich groggy.

Nachdem ich noch einmal geduscht hatte, um endlich wach zu werden, rief ich Jim in der Druckerei an.

»Ich habe dich gestern Abend nicht gesehen«, sagte er. »Deshalb wollte ich wissen, wie es dir geht.«

»Danke, gut.«

»Freut mich zu hören. Du hast gestern wirklich was versäumt.«

»So? Was denn?«

»Der Sprecher war ein Kerl von der Midtown-Gruppe. Eine echt witzige Type. Er hat von einer Phase erzählt, in der er sich ständig umzubringen versucht hat. Aber es hat einfach nie geklappt. Er konnte nicht schwimmen, und deshalb hat er sich ein Ruderboot gemietet und ist damit aufs Meer rausgerudert. Irgendwann hat er dann die Ruder beiseitegelegt, ist aufgestanden und hat gesagt: 'Leb wohl, du schnöde Welt.' Und dann hat er sich ins Wasser gestürzt.«

»Und was dann?«

»Er befand sich auf einer Sandbank, wo das Wasser nur knapp einen halben Meter tief war.«

»Manchmal geht eben alles schief.«

»Ja, solche Tage hat jeder mal.«

»Ich habe gestern Nacht geträumt, dass ich was getrunken habe.«

»Ach.«

»Ich habe ein halbes Glas Bier getrunken, bevor mir bewusst wurde, was ich eigentlich tat. Und dann habe ich mich so beschissen gefühlt, dass ich es gleich ganz ausgetrunken habe.«

»Wo war das?«

»An die näheren Einzelheiten kann ich mich nicht mehr erinnern.«

»Nein, ich meine, wo du die Nacht verbracht hast?«

»Weißt du eigentlich, dass du ganz schön neugierig bist? Ich war bei Willa.«

»So heißt sie also? Diese Hausmeisterin?«

»Ja.«

»Hat sie was getrunken?«

»Nichts, was der Rede wert wäre.«

»Für wen?«

»Mein Gott!« Ich verlor langsam die Geduld. »Ich war etwa acht Stunden mit ihr zusammen, nicht eingerechnet die Zeit, die wir geschlafen haben. Und in dieser Zeit hat sie zwei Bier getrunken. Eines zum Essen, das andere danach. Ist sie deswegen schon Alkoholikerin?«

»Darum geht es nicht. Worum es geht, ist nur: Ist dir das Ganze unangenehm?«

»Ich kann mich nicht erinnern, wann ich das letzte Mal einen so anregenden Abend verbracht habe.«

»Was für eine Sorte hat sie getrunken?«

»Beck's. Ist das denn so wichtig?«

»Was für eine Sorte hast du im Traum getrunken?«

»Das weiß ich nicht mehr.«

»Wie hat es geschmeckt?«

»Daran kann ich mich auch nicht mehr erinnern. Außerdem habe ich gar nichts geschmeckt.«

»Na großartig. Wenn du schon im Traum was trinkst, dann solltest du wenigstens auch was schmecken und es genießen. Hast du Lust, mit mir mittagessen zu gehen?«

»Das geht leider nicht. Ich habe Verschiedenes zu erledigen.«

»Dann sehen wir uns ja vielleicht heute Abend.«

»Vielleicht.«

Ziemlich verärgert hängte ich auf. Ich kam mir vor wie ein kleines Kind. Und genauso gereizt reagierte ich auch. Wen interessierte es schon, was für eine Biersorte ich in meinen Träumen trank?

Kapitel 10

Andreotti war nicht im Dienst, als ich auf dem Revier vorbeischaute. Er war im Gericht, weil er bei einem Prozess als Zeuge aussagen musste. Bill Bellamy, sein Partner, konnte nicht recht verstehen, warum ich den Obduktionsbefund sehen wollte.

»Sie waren doch selbst dabei«, meinte er. »Außerdem ist der Fall längst abgeschlossen. Dem vorläufigen Untersuchungsbericht zufolge ist er irgendwann Samstagnacht oder Sonntagmorgen gestorben. Alles deutet auf einen Unfalltod durch autoerotische Strangulation hin – die Sexhefte, die Körperhaltung, die Tatsache, dass er nackt war, alles. Mit so was haben wir seit einiger Zeit ständig zu tun, Scudder.«

»Ich weiß.«

»Dann wissen Sie vermutlich auch, dass es sich dabei um Amerikas bestgehütetes Geheimnis handelt. Welche Zeitung würde schon drucken, dass jemand gestorben ist, als er sich mit einer Schlinge um den Hals einen runtergeholt hat? Und denken Sie bloß nicht, so was käme nur unter Jugendlichen vor. Letztes Jahr hatten wir einen ganz normalen Familienvater. Seine eigene Frau hat ihn gefunden. Eine stinknormale Durchschnittsfamilie mit einer schönen Wohnung in der West End Avenue. Fünfzehn Jahre verheiratet! Die arme Frau konnte es einfach nicht fassen. Sie wollte nicht mal wahrhaben, dass er sich selbst befriedigt hat, ganz zu schweigen davon, dass er sich dabei auch noch halb stranguliert hat.«

»Ich weiß inzwischen, wie es geht.«

»Was wollen Sie dann also noch? Irgendwelche Probleme mit der Versicherung? Kriegt Ihr Klient kein Geld, wenn als Todesursache Selbstmord angegeben wird?«

»Erstens habe ich keinen Klienten, und zweitens würde es mich sehr wundern, wenn Eddie Dunphy eine Lebensversicherung gehabt hätte.«

»Ich kann mich noch genau erinnern. Damals, bei diesem Mann aus der West End Avenue, kam jemand von der Versicherung vorbei. Der arme Teufel war nämlich hoch versichert. So um eine Million herum.«

»Und die Versicherung wollte nicht zahlen?«

»Einen Teil davon hätten sie auf jeden Fall zahlen müssen. Selbst wenn jemand Selbstmord begeht, braucht die Versicherung nur dann nichts zu zahlen, wenn es innerhalb eines bestimmten Zeitpunkts nach Abschluss der Versicherung passiert. Damit wollen sie verhindern, dass jemand noch schnell eine Lebensversicherung abschließt, bevor er sich umbringt. Aber dieser Kerl hatte die Versicherung schon lange vorher abgeschlossen, weshalb sie durch den Selbstmord nicht ungültig wurde. Wo liegt also der Haken?« Plötzlich leuchtete sein Gesicht auf. »Ach so. Wahrscheinlich war da eine Klausel, dass die Versicherungsprämie im Unglücksfall doppelt so hoch ist. Ehrlich gesagt, habe ich noch nie verstanden, wozu das eigentlich gut sein soll. Tot ist tot. Was macht es da für einen Unterschied, ob man einen Herzinfarkt hat oder mit dem Auto gegen einen Baum fährt? Der Lebensunterhalt für die Frau bleibt so oder so der gleiche, und das Schulgeld für die Kinder wird deshalb auch nicht einen Cent teurer. Das ist etwas, was ich noch nie verstanden habe.«

»Die Versicherung hat damals also alle Ansprüche auf einen Unfalltod für nichtig erklärt?«

»Na klar. Sie haben geltend gemacht, der Mann hätte sich eine Schlinge um den Hals gelegt und selbst erhängt. Und das wäre nun mal Selbstmord. Darauf hat sich die Frau einen guten Anwalt genommen, und die Versicherung musste zahlen. Der Mann hatte zwar die Absicht, sich die Luftzufuhr abzuschnüren, aber umbringen wollte er sich nicht. Und deshalb war es kein Selbstmord, sondern ein Unfall.« Die Logik dieser Beweisführung entlockte ihm für einen Moment ein zufriedenes Lächeln. Doch dann kam er wieder auf den Grund meines Besuchs zurück. »Aber Sie sind ja nicht wegen der Versicherung hier.«

»Nein, und ich bin auch ziemlich sicher, dass er keine hatte. Er war ein Freund von mir.«

»Saubere Freunde haben Sie. Wie sich herausgestellt hat, war sein Vorstrafenregister länger als sein Schwanz.«

»Aber nur irgendwelche Lappalien.«

»Zumindest das, wofür er eingesessen ist. Aber wer weiß, was er sonst noch alles ausgefressen hat. Vielleicht hat er damals das Lindbergh-Baby entführt.«

»Dafür dürfte er ein bisschen zu jung gewesen sein. Wenn ich auch keine näheren Einzelheiten über Eddie weiß, bin ich trotzdem ziemlich sicher, was für ein Leben er in letzter Zeit geführt hat. Er war schon seit fast einem Jahr trocken.«

»War er denn Alkoholiker?«

»Ja, aber ein trockener.«

»Und?«

»Ich hätte gern gewusst, ob er nüchtern gestorben ist.«

»Wieso? Ist das denn so wichtig?«

»Das ist schwer zu erklären.«

»Ich habe einen Onkel; der hat gesoffen wie ein Loch. Seit er allerdings zu trinken aufgehört hat, ist er kaum mehr wiederzuerkennen.«

»So ist das manchmal.«

»Früher war der Mann ein menschliches Wrack, aber plötzlich hat er sich wieder gefangen. Und inzwischen geht er jeden Sonntag zur Kirche, hat eine feste Arbeit und fällt auch sonst nicht aus dem Rahmen. Aber zurück zu Ihrem Freund. Es sah eigentlich nicht so aus, als hätte er was getrunken. In der Wohnung standen jedenfalls keine Flaschen herum.«

»Er könnte auch woanders was getrunken haben – oder sich mit was anderem vollgedröhnt haben.«

»Sie meinen, mit Heroin oder so was?«

»Das wohl eher nicht.«

»Würde mich auch wundern. Er hatte nämlich keine Einstichspuren. Aber es gibt ja auch jede Menge Kerle, die das Zeug schnupfen.«

»Es gibt auch noch andere Drogen«, warf ich ein. »Sie nehmen doch eine vollständige Autopsie vor, oder?«

»Müssen wir. Gesetz.«

»Könnte ich den Obduktionsbefund sehen, wenn er fertig ist?«

»Nur damit Sie wissen, ob er nüchtern gestorben ist?« Er seufzte. »Klar, warum nicht? Aber warum wollen Sie das unbedingt wissen? Gibt es denn irgendeine Vorschrift, dass er nüchtern gestorben sein muss, damit sie ihn auch im richtigen Teil des Friedhofs begraben?«

»Ich glaube nicht, dass ich Ihnen das erklären kann.«

»Versuchen Sie's trotzdem.«

»In Eddies Leben gab es nicht viel, worauf er stolz sein konnte«, begann ich. »Und auf seinen Tod schon gar nicht. Aber zumindest hat er ein Jahr lang versucht, mit dem Trinken aufzuhören. Tag für Tag hat er einen schweren Kampf mit sich geführt, keinen Alkohol mehr anzurühren. Am Anfang hatte er eine Menge Probleme damit, und er war noch lange nicht an dem Punkt angelangt, an dem es ihm leicht gefallen wäre, nüchtern zu bleiben. Trotzdem hat er nicht aufgegeben. Und da sein sonstiges Leben kaum mit Erfolgserlebnissen gesegnet war, möchte ich gern wissen, ob er wenigstens in diesem einen Punkt geschafft hat, was er sich vorgenommen hat.«

»Lassen Sie mir Ihre Telefonnummer hier«, sagte Bellamy. »Sobald wir den Befund kriegen, rufe ich Sie an.«

Bei einem Treffen im Village habe ich mal einen Australier sagen hören: »Meinem Kopf habe ich es bestimmt nicht zu verdanken, dass ich es geschafft habe, mit dem Trinken aufzuhören. Im Gegenteil, mein Kopf hat mich immer nur in Schwierigkeiten gebracht. Dass ich jetzt nüchtern bin, habe ich nur meinen Füßen zu verdanken. Sie haben mich Abend für Abend schön brav zu den Treffen getragen. Und meinem armen Kopf blieb nichts anderes übrig, als mitzukommen. Wenn ich auch sonst nichts habe – gescheite Füße habe ich.«

Mich trugen meine Füße gerade zu Grogan's Open House. Ich lief ziellos durch die Gegend, die eine Straße rauf, die andere runter, und da ich dabei über Eddie Dunphy und Paula Hoeldtcke nachdachte, achtete ich nicht weiter darauf, wohin ich eigentlich ging. Und als ich irgendwann mal aufsah, stand ich an der Ecke von Tenth Avenue und Fiftieth Street, direkt gegenüber dem Eingang zu Grogan's Open House.

Eddie hatte extra die Straßenseite gewechselt, um dem Laden nicht zu nahe zu kommen. Ich wechselte die Straßenseite, um ihn mir aus nächster Nähe anzusehen.

Nicht, dass es dort viel zu sehen gab. Entlang der Wand links vom Eingang befand sich ein langer Tresen. Auf der anderen Seite waren ein paar Sitznischen aus dunklem Holz, und auf dem altmodischen Fliesenboden standen drei oder vier Tische mit Stühlen. Was die mit Blech verkleidete Decke betraf, hätte sie mal ausgebessert werden können.

In der Bar hielten sich nur Männer auf. In der Nische gleich am Eingang ließen zwei alte Männer schweigend ihr Bier schal werden. Zwei Nischen weiter war ein junger Mann in einem Parka in eine Zeitung vertieft. An der Rückwand hing ein Dartboard, an dem ein Typ in T-Shirt und Baseballmütze gegen sich allein spielte.

Am vorderen Teil des Tresens, wo der Fernseher stand, saßen zwei Männer, ohne jedoch dem Geschehen auf dem Bildschirm Beachtung zu schenken. Sie hatten einen leeren Barhocker zwischen sich. Im hinteren Teil blätterte der Barkeeper in einer Postille von der Sorte, in der einem neben Kartoffelchipsdiäten, die todsicher gegen Krebs helfen, auch verklickert wird, dass Elvis und Hitler noch am Leben sind.

Ich steuerte auf die Bar zu und stellte meinen Fuß auf die Messingstange. Der Barmann taxierte mich ziemlich lange, bevor er auf mich zukam. Ich bestellte ein Coke. Er verzog keine Miene, sah mich aber noch einmal lange an. Sein schmales, dreieckiges Gesicht war ohne jeden Ausdruck und so blass, als hätte er sein ganzes Leben lang noch keinen Fuß vor die Tür gesetzt.

Er füllte ein paar Eiswürfel in ein Glas und goss das Coke darüber. Ich legte einen Zehner auf die Bar. Damit ging er zur Registrierkasse, drückte auf die Stornotaste und kam mit acht Dollarscheinen und ein paar Quarters wieder zurück. Ich ließ das Wechselgeld vor mir liegen und nahm einen Schluck von meinem Coke.

Im Fernsehen lief gerade *Spur nach Santa Fé* mit Errol Flynn und Olivia de Havilland. Flynn spielte Jeb Stuart, und in der Rolle von George Armstrong Custer war Ronald Reagan zu sehen. Allerdings war er damals noch um einiges jünger. Der Film selbst war in Schwarzweiß, aber die Werbung dazwischen war in Farbe.

Ich trank mein Coke und sah mir den Film an. Wenn Werbung kam, drehte ich mich auf meinem Hocker um und sah dem Kerl mit den Darts zu. Wenn er sich an der Markierungslinie aufstellte, beugte er sich so weit vor, dass ich dachte, er würde gleich vornüberkippen. Aber offensichtlich wusste er, was er tat; er verlor kein einziges Mal das Gleichgewicht, und die Pfeile landeten alle im Ziel.

Nach etwa zwanzig Minuten kam ein Schwarzer in Arbeitskleidung zur Tür herein und fragte, wo die DeWitt Clinton High School sei. Obwohl mir das ziemlich unwahrscheinlich vorkam, behauptete der Barkeeper, das wüsste er nicht. Natürlich hätte ich dem Schwarzen den Weg erklären können. Aber ich hielt den Mund. Und auch sonst kam ihm niemand zu Hilfe.

»Die Schule muss aber hier ganz in der Nähe sein«, ließ der Schwarze nicht locker. »Ich soll dort was abliefern, aber die haben mir eine falsche Adresse aufgeschrieben. Nachdem ich schon mal hier bin, kann ich ja noch kurz ein Bier zischen.«

»Mit dem Zapfhahn stimmt irgendwas nicht. Im Moment kommt nur Schaum raus.«

»Dann nehme ich eben eins aus der Flasche.«

»Wir haben aber nur Fassbier.«

»Ist das etwa keine Bierflasche, was der Kerl in der Nische da drüben vor sich stehen hat?«

»Die hat er wohl selber mitgebracht.«

Jetzt klickte es. »Scheint ja ein verdammt nobler Laden zu sein hier«, brummte der Schwarze. »Da muss man natürlich aufpassen, wen man bedient und wen nicht.« Er starrte den Barkeeper finster an, und der starrte ausdruckslos zurück. Dann drehte sich der Schwarze um und verließ mit gesenktem Kopf das Lokal.

Kurz darauf kam der Dartspieler an die Bar geschlendert und ließ sich vom Barkeeper ein Guiness zapfen; es war dick und schwarz, mit einer herrlich schaumigen Krone. Er sagte: »Danke, Tom«, und nahm einen kräftigen Schluck. Dann wischte er sich mit dem Ärmel den Schaum von den Lippen. »Diese Scheißnigger«, brummte er. »Tauchen überall auf, wo kein Mensch sie haben will.«

Der Barmann zeigte keine Reaktion. Er nahm nur das Geld und gab ihm heraus. Der Dartspieler nahm noch einmal einen kräftigen Schluck und wischte sich den Schaum wieder am Ärmel ab. Sein T-Shirt warb für eine Kneipe, die sich The Croppy Boy nannte und in der Fordham Road in der Bronx lag. Seine Schildmütze zierte der Schriftzug der Old-Milwaukee-Brauerei.

Er kam auf mich zu und sagte: »Wie wär's mit einer kleinen Partie? Nicht um Geld. Dafür bin ich zu gut. Einfach nur so. Zum Spaß.«

»Ich weiß nicht, wie man das spielt.«

»Ganz einfach. Sie versuchen nur, mit dem spitzen Ende das Board zu treffen.«

»Wahrscheinlich würde ich nur den Fisch treffen.« Über dem Dartboard hingen nämlich ein präparierter Fisch und ein Hirschkopf. Ein zweiter Fisch hing über der Rückwand der Bar. Es war ein Speer- oder Seglerfisch, jedenfalls so ein Vieh mit einer langen, spitzen Nase.

»Nur zum Spaß«, drängte er.

Ich konnte mich nicht erinnern, wann ich das letzte Mal einen von diesen Wurfpfeilen in der Hand gehabt hatte. Und ganz sicher war ich damals nicht sonderlich gut gewesen. Wie sich herausstellte, hatte ich auch in all den Jahren nichts dazugelernt. Denn obwohl sich mein Herausforderer redlich Mühe gab, seine Überlegenheit nicht allzu sehr herauszukehren, sah ich ziemlich schlecht gegen ihn aus. Nachdem ich ihm gar keine andere Möglichkeit ließ, als das erste Spiel zu gewinnen, versuchte er mich etwas aufzumuntern. »Sie spielen gar nicht so schlecht, wissen Sie das?«

»Jetzt übertreiben Sie mal nicht.«

»Doch, doch«, ließ er nicht locker. »Sie stellen sich wirklich nicht ungeschickt an. Natürlich fehlt es Ihnen noch an der nötigen Übung, aber diese Lockerheit im Handgelenk – das kriegen manche nicht mal mit viel Training hin. Darf ich Sie auf ein Bier einladen?«

»Ich trinke Coca-Cola.«

»Ach, deshalb hapert es bei Ihnen mit dem Zielen. Sie können mir glauben: Erst wenn man ein paar Bier intus hat, wird man so entspannt, dass die Darts fast von selbst ins Ziel treffen. Und natürlich geht nichts über ein echtes Guinness vom Fass. Davon bekommt man einen richtig schön klaren Kopf. Also, wie wär's? Oder möchten Sie eine Flasche Harp?«

»Danke, aber ich bleibe lieber bei meinem Coke.«

Darauf bestellte er für mich ein Glas Coke und für sich selbst ein Guinness. Er sagte, dass er Andy Buckley hieß. Nachdem auch ich mich vorgestellt hatte, spielten wir noch eine Partie. Auch diesmal gab er sich wieder redlich Mühe, sein Licht unter den Scheffel zu stellen. Als ich ihm deshalb irgendwann einen vielsagenden Blick zuwarf, musste er lachen. »Ihnen kann man wohl nicht so leicht was vormachen, Matt? Aber ich kann es nun mal nicht lassen.« Er zuckte mit den Schultern. »Die Macht der Gewohnheit.«

Darauf brachte er die Partie rasch zu Ende und drängte mich auch nicht weiter, als ich eine dritte abschlug. Nun war ich an der Reihe, eine Runde springen zu lassen. Da ich nicht noch ein Coke wollte, bestellte ich für mich ein Mineralwasser und für ihn ein Guinness. Der Barmann drückte wieder auf die Stornotaste und nahm sich das Geld von meinem Wechselgeldvorrat auf dem Tresen.

Buckley setzte sich auf den Hocker neben meinem. Auf dem Bildschirm eroberte Errol Flynn gerade Olivia de Havillands Herz im Sturm, und Reagan trug seine Niederlage mit Fassung. »Eines muss man ihm lassen«, sagte Buckley. »Er hat wirklich verdammt gut ausgesehen.«

»Wer? Reagan?«

»Nein. Flynn. Der brauchte eine Frau doch nur anzusehen, und schon bekam sie einen feuchten Slip. Wenn mich nicht alles täuscht, sehe ich Sie hier heute zum ersten Mal, Matt.«

»Oft komme ich jedenfalls nicht her.«

»Wohnen Sie hier in der Gegend?«

»Ja. Und Sie?«

»Ich auch. Ganz gemütlich hier, finden Sie nicht? Das Bier ist gut, und ein Dartboard haben sie auch.«

Nach einer Weile machte er mit seinem Dartstraining weiter. Ich blieb, wo ich war. Nach einer Weile kam Tom, der Barmann, auf mich zu und schenkte mir, ohne zu fragen, mein Mineralwasser nach. Geld nahm er dafür keines.

Ein paar Männer gingen. Dafür tauchte wenig später ein junger Bursche auf, der sich kurz im Flüsterton mit Tom unterhielt und gleich darauf wieder ging. Dann kam ein Mann in Anzug und Krawatte herein. Er bestellte einen doppelten Wodka, stürzte ihn in einem Zug hinunter, bestellte noch einen, kippte auch den hinunter, legte einen Zehndollarschein auf den Tresen und verschwand wieder. Das Ganze ging über die Bühne, ohne dass er und der Barmann ein Wort wechselten.

Auf dem Bildschirm heizten Flynn und Reagan in Harper's Ferry gerade Raymond Massey als John Brown kräftig ein. Und einen miesen kleinen Schleimer, den Van Heflin spielte, ereilte sein gerechtes Schicksal.

Als der Nachspann kam, ließ ich etwas von meinem Wechselgeldvorrat für den Barkeeper auf dem Tresen liegen, steckte den Rest ein und ging.

Wieder auf der Straße, fragte ich mich, was ich da drinnen eigentlich gewollt hatte. Kurz zuvor hatte ich noch an Eddie gedacht. Und dann stand ich plötzlich in dieser Spelunke, um die er jedes Mal einen weiten Bogen gemacht hatte. Vielleicht wollte ich nur wissen, was für ein Mensch er gewesen war, bevor ich ihn kennenlernte. Vielleicht hatte ich auch gehofft, Mickey Ballou zu sehen zu bekommen, den berühmt-berüchtigten Butcher Boy.

Zu sehen bekommen hatte ich allerdings nur eine stinknormale Allerweltskneipe, und alles, was es mir brachte, war, dass ich nach langem wieder mal in einer Bar rumgehangen war und zwei Partien Darts verloren hatte.

Schon komisch.

Wieder zurück im Hotel, rief ich Willa an. »Ich habe mir gerade wieder deine Blumen angesehen«, sagte sie.

»Es sind deine Blumen«, korrigierte ich sie. »Ich habe sie dir geschenkt.«

»Ohne Hintergedanken?«

»Ohne Hintergedanken. Was hältst du davon, ins Kino zu gehen?«

»In welchen Film?«

»Keine Ahnung. Soll ich so gegen sechs bei dir vorbeikommen? Dann können wir ja sehen, was am Broadway alles läuft. Und anschließend können wir noch eine Kleinigkeit essen gehen.«

»Nur unter einer Bedingung.«

»Und die wäre?«

»Diesmal lade ich *dich* ein.«

»Du hast mich doch schon gestern Abend eingeladen.«

»Wieso? Was war gestern Abend? Ach so, wir haben uns vom Chinesen was bringen lassen. Habe ich das bezahlt?«

»Du hast ausdrücklich darauf bestanden.«

»Na gut, dann kannst du meinetwegen das Essen bezahlen.«

»Genau das hatte ich auch vor.«

»Aber die Kinokarten gehen auf meine Rechnung.«

»Ich würde sagen, die zahlt jeder für sich.«

»Das können wir immer noch klären, wenn du vorbeikommst. Wann? Gegen sechs?«

»In etwa.«

*   *   *

Sie hatte wieder die blaue Seidenbluse an. Aber diesmal trug sie dazu eine weite, khakifarbene Arbeitshose mit Gummizug am Beinabschluss. Ihr Haar hatte sie wie eine Indianerin zu zwei Zöpfen geflochten. Ich nahm die beiden Zöpfe und hielt sie ihr seitlich vom Kopf. »In puncto Frisuren ist deine Phantasie wirklich unerschöpflich.«

»Eigentlich bin ich schon viel zu alt, um das Haar so lang zu tragen.«

»Quatsch.«

»Findest du wirklich nicht? Ehrlich gesagt, ist es mir auch egal. Ich habe es lang genug kurz getragen. Es macht einfach Spaß, sich alle möglichen Frisuren zu machen.«

Als wir uns küssten, lag ein Hauch von Scotch auf ihren Lippen. Das konnte mich jedoch schon lange nicht mehr schocken. Im Gegenteil, wenn man sich mal daran gewöhnt hatte, war es sogar sehr angenehm.

Wir küssten uns ein zweites Mal. Meine Lippen wanderten zu ihrem Ohrläppchen weiter und dann ihren Hals hinunter. Sie klammerte sich so fest an mich, dass ich die Hitze, die von ihrem Unterleib und ihren Brüsten ausging, ganz deutlich spüren konnte.

»Wann fängt dieser Film eigentlich an?«, flüsterte sie.

»Wenn wir da sind.«

»Dann haben wir also noch Zeit?«

Wir gingen zu einem Premierenkino am Times Square. Harrison Ford heizte einem Haufen palästinensischer Terroristen kräftig ein. Einem Vergleich mit Errol Flynn hätte er nicht standgehalten, aber besser als Ronald Reagan war er auf jeden Fall.

Anschließend gingen wir wieder ins Paris Green. Willa nahm das Seezungenfilet, eine Entscheidung, die sie nicht bereuen sollte. Ich blieb bei dem, was ich auch das letzte Mal gegessen hatte: ein Cheeseburger mit Pommes und Salat.

Zum Essen trank Willa ein Glas Wein, zum Kaffee einen Brandy.

Erst unterhielten wir uns ein bisschen über ihre Ehe, dann über meine. Als wir beim Kaffee angelangt waren, erzählte ich von Jan und wie wir uns plötzlich auseinandergelebt hatten.

»Nur gut, dass du dein Hotelzimmer nicht aufgegeben hast«, sagte Willa.

»Wie hoch wären sie mit der Miete raufgegangen, wenn du ausgezogen und später wieder eingezogen wärst?«

»Keine Ahnung. Sicher ist nur, dass ich mir dann das Zimmer auf keinen Fall mehr hätte leisten können. Für ein Hotel ist das Northwestern zwar relativ billig, aber für das billigste Einzelzimmer knöpfen sie einem pro Nacht trotzdem noch fünfundsechzig Dollar ab. Wieviel wäre das im Monat? Um die zweitausend?«

»In etwa.«

»Natürlich kriegt man als Dauermieter Rabatt. Aber mehr als einen Tausender hätte ich für das Zimmer auf jeden Fall hinblättern müssen. Wenn ich es also damals aufgegeben hätte, hätte ich es mir nicht mehr leisten können, wieder dort einzuziehen. Ich hätte mir irgendwo ein Apartment nehmen müssen. Allerdings ist höchst fraglich, ob ich in Manhattan eines gefunden hätte, das ich mir hätte leisten können.« Ich dachte kurz nach. »Außer ich hätte mich plötzlich am Riemen gerissen und mich nach einem richtigen Job umgesehen.«

»Wärst du denn dazu überhaupt noch in der Lage?«

»Keine Ahnung. Vor etwa einem Jahr wollte ein Bekannter ein Detektivbüro mit mir aufmachen. Er meinte, mit Aufträgen aus der Industrie könnte man gutes Geld verdienen – Sachen wie Markenschwindel, Unterschlagungen, betriebsinterne Diebstähle und was es da sonst noch alles gibt.«

»Hätte dich das denn nicht gereizt?«

»Jedenfalls war ich nicht abgeneigt. Mich hat einfach die Herausforderung gereizt, so etwas mal auf eigene Faust zu versuchen. Andrerseits verzichte ich nur sehr ungern auf die Annehmlichkeiten, die mein jetziges Leben mit sich bringt. Meine Freiheit ist mir sehr viel wert. Ich kann jederzeit an einem Treffen teilnehmen, wenn ich gerade Lust habe; oder im Park spazieren gehen oder einfach nur in Ruhe Zeitung lesen. Außerdem wohne ich gern in meinem Hotel. Es ist zwar ein ziemliches Loch, aber irgendwie fühle ich mich dort trotzdem wohl.«

»Was hindert dich daran, weiter dort zu wohnen – auch wenn du eine eigene Agentur aufmachst.«

Ich nickte. »Nur weiß ich nicht, ob ich mich dann dort noch wohlfühlen würde. Wenn man es im Leben zu etwas gebracht hat, will man in der Regel auch in den Genuss der damit verbundenen Annehmlichkeiten gelangen. Sonst hätte man die ganze Plackerei doch erst gar nicht auf sich genommen. Das führt geradezu zwangsläufig dazu, dass man immer mehr Geld ausgibt. Und irgendwann hat man sich so daran gewöhnt, dass man das viele Geld einfach braucht. Im Moment bin ich ganz zufrieden, dass ich mit so wenig Geld auskomme. Ich zahle nicht viel Miete, und das finde ich gut so.«

»Wirklich komisch.«

»Was?«

»Das mit New York. Ganz gleich, worüber man sich unterhält – früher oder später kommt man fast zwangsläufig auf das Wohnungsproblem zu sprechen.«

»Ich weiß.«

»Daran kommt einfach niemand vorbei. Ich habe ein Schild an die Tür gehängt: *Keine Wohnungen zu vermieten.*«

»Ja, das habe ich gesehen.«

»Trotzdem haben allein heute schon wieder drei Leute bei mir geklingelt, ob im Haus denn auch wirklich keine Wohnung frei ist.«

»Für alle Fälle.«

»Sie dachten, ich hätte das Schild immer draußen hängen, um nicht ständig mit Anfragen belästigt zu werden. Einer von denen wusste übrigens, dass gerade ein Mieter gestorben ist; er dachte, ich wäre vielleicht noch nicht dazu gekommen, das Schild zu entfernen. In der Times stand heute ein Artikel, dass irgendein Baulöwe vorhat, westlich der Eleventh Avenue zwei größere Wohnanlagen für Familien mit einem Jahreseinkommen unter fünfzigtausend Dollar zu bauen. Das hätten wir weiß Gott dringend nötig, aber im Grunde genommen ist das auch nur ein Tropfen auf den heißen Stein.«

»Du hattest vollkommen recht. Wir haben angefangen, uns über Beziehungen zu unterhalten. Und worüber reden wir jetzt? Über Wohnungen.«

Sie legte ihre Hand auf meine. »Was ist wir heute für ein Tag? Donnerstag?«

»Noch etwa eine Stunde lang.«

»Und ich habe dich wann kennengelernt? Dienstagnachmittag? Das kann doch eigentlich nicht sein.«

»Ich weiß.«

»Ich möchte nichts überstürzen. Aber ich möchte auch nichts abwürgen. Ganz gleich, wie es mit uns weitergeht ...«

»Ja?«

»Gib auf keinen Fall dein Hotelzimmer auf.«

Als ich gerade mit dem Trinken aufgehört hatte, fand in der Mährischen Kirche in der Thirtieth, Ecke Lexington, täglich ein Mitternachtstreffen statt. Als die Gruppe den Raum nicht mehr länger nutzen konnte, wurde das Treffen in eine Büroetage des Alanon House am Times Square verlegt, wo es sich zu einer Art ständigem Anonyme-Alkoholiker-Treff entwickelte.

Nachdem ich Willa nach Hause begleitet hatte, machte ich mich auf den Weg zum Times Square. Ich nehme an den Treffen dort nur selten teil. Die meisten Teilnehmer sind wesentlich jünger als ich und haben häufig mehr Probleme mit Drogen als mit Alkohol.

Aber im Augenblick konnte ich es mir nicht leisten, allzu wählerisch zu sein. Schon seit Dienstagabend hatte ich an keinem Treffen mehr teilgenommen. Ich hatte zwei Abende hintereinander bei meiner Stammgruppe gefehlt, was nur höchst selten vorkam, und ich hatte auch an keinem Tagestreffen teilgenommen, um meinen Rückstand aufzuholen. Oder genauer: Ich hatte während der letzten sechsundfünfzig Stunden ziemlich viel Zeit in nächster Nähe von etwas Trinkbarem verbracht. Ich hatte mit einer Frau geschlafen, die dem Alkohol nicht gerade abgeneigt war, und ich hatte einen ganzen Nachmittag in einer Bar verbracht und in einer ziemlich üblen noch dazu. Es war also an der Zeit, zu einem Treffen zu gehen und darüber zu sprechen.

Ich kam gerade früh genug, um mir noch einen Becher Kaffee holen zu können, bevor es losging. Der Sprecher hatte noch nicht mal sechs Monate mit dem Trinken aufgehört und machte einen ziemlich konfusen Eindruck. Entsprechend schwierig war es, seinen Ausführungen zu folgen. Deshalb ertappte ich mich dabei, wie ich meinen eigenen Gedanken nachzuhängen begann.

Als er endlich fertig war, brachte ich es nicht über mich, die Hand zu heben. Ich hatte einfach keine Lust, mir von irgendeinem weiß Gott wie lange nüchternen Klugscheißer irgendwelche guten Ratschläge erteilen zu lassen, die ich schon lange nicht mehr nötig hatte. Ich wusste nämlich schon ganz genau, was mir Jim Faber, oder auch Frank, in so einem Fall erzählt hätten. *Wenn du nicht ausrutschen willst, halte dich fern von schlüpfrigen Stellen. Geh nicht ohne Grund in eine Bar. Bars sind zum Trinken da. Wenn du fernsehen willst, dann tu das zu Hause. Und wenn du Darts spielen willst, dann kauf dir ein Dartboard.*

Mein Gott, ich wusste ganz genau, was mir jeder, der schon ein paar Jahre Entzug hinter sich hatte, in meiner augenblicklichen Situation gesagt hätte. Es war derselbe Rat, den auch ich jemandem in meiner Lage gegeben hätte. *Ruf deinen Tutor an. Halte dich strenger denn je an die Richtlinien. Nimm noch häufiger an den Treffen teil. Wenn du morgens aufwachst, dann bitte Gott, dass er dir hilft, nüchtern zu bleiben. Wenn du dich abends schlafen legst, danke ihm für seinen Beistand. Wenn es dir nicht möglich ist, an einem Treffen teilzunehmen, dann lies das Buch der Bücher, lies das Zwölf & Zwölf oder ruf jemanden an. Vor allem darfst du dich auf keinen Fall abschotten. Denn wenn du mit dir allein bist, befindest du dich in schlechter Gesellschaft. Versuche nicht zu verbergen, was in dir vorgeht; man ist immer nur so krank wie seine Geheimnisse. Und vergiss vor allem eins nicht: Du bist immer noch Alkoholiker. Du wirst nie geheilt werden. Du bist genau einen Schluck von einem Säufer entfernt, und daran wird sich dein ganzes Leben lang nichts mehr ändern.*

Mir diesen Scheiß anzuhören hatte ich im Augenblick nicht die geringste Lust.

Deshalb ging ich in der Pause. Normalerweise tue ich das eigentlich nie, aber es war schon spät, und ich war müde. Außerdem fühlte ich mich in dieser Umgebung nicht wohl. Der Raum, in dem das Mitternachtstreffen früher stattfand, hatte mir wesentlich besser gefallen, auch wenn ich dorthin immer ein Taxi nehmen musste.

Auf dem Heimweg dachte ich an George Bohan, von dem der Vorschlag stammte, gemeinsam ein Detektivbüro zu eröffnen. Ich kannte ihn aus meiner Zeit bei der Polizei in Brooklyn. Wir waren während meiner Anfangsjahre bei der Kriminalpolizei eine Weile Partner gewesen. Dann hatte George eines Tages den Dienst quittiert, und seitdem arbeitete er für eine große Privatagentur. Er hätte also auf diesem Gebiet durchaus über die nötige Erfahrung verfügt.

Trotzdem hatte ich nicht zugegriffen, als sich mir diese günstige Gelegenheit bot. Aber vielleicht wäre es langsam doch an der Zeit gewesen, mich in dieser Richtung ein wenig umzutun. Sonst geriet ich mit meinem laxen Lebensstil allmählich in ein ganz bestimmtes Fahrwasser, aus dem es irgendwann kein Entkommen mehr gab. Das war natürlich alles sehr bequem, aber die Monate hatten es nun mal so an sich, einer nach dem anderen zu vergehen, und ehe man sich's versah, war schon wieder ein Jahr um. Wollte ich wirklich als ein einsamer alter Mann enden, der allein in einem Hotelzimmer hauste, für Lebensmittelmarken Schlange stand und im Seniorenclub seine heiße Suppe schlürfte?

Lieber erst gar nicht an so was denken.

Als ich auf dem Broadway nach Hause ging, schüttelte ich jeden Schnorrer schon ab, bevor er sein Sprüchlein herunterbeten konnte. Wenn ich Mitarbeiter einer ordentlichen Detektivagentur gewesen wäre, hätte ich vielleicht um einiges effektiver arbeiten können und wäre nicht wie irgendein mieser, kleiner Schnüffler aus einem alten Schwarzweißfilm durch die Gegend geschlurft. Wenn ich zum Beispiel Grund zu der Annahme gehabt hätte, Paula Hoeldtcke könnte sich ins Ausland abgesetzt haben, hätte ich mich nur mit einer Agentur mit Sitz in Washington in Verbindung zu setzen gebraucht, um herauszufinden, ob sie einen Pass beantragt hatte. Ich hätte so viele Ermittler auf einen Fall ansetzen können, wie es der Geldbeutel ihres Vaters erlaubt hätte, und es wäre zum Beispiel ein Leichtes gewesen, die Passagierlisten sämtlicher Auslandsflüge überprüfen zu lassen. Ich hätte ...

Mein Gott, es gab eine Menge, was ich hätte tun können.

Aber geholfen hätte vermutlich alles nichts. Aller Wahrscheinlichkeit nach wären alle weiteren Bemühungen, Paula ausfindig zu machen, reine Zeitverschwendung gewesen. Und dann wäre es das Beste gewesen, den Fall zu den Akten zu legen und etwas anderes in Angriff zu nehmen.

Wie die Sache aussah, machte ich damit nur weiter, weil ich nichts Besseres zu tun hatte. Durkin hatte gesagt, ich wäre wie ein Hund, der sich so in einen Knochen verbeißt, dass er nicht mehr loslassen kann. Damit hatte er nicht einmal so unrecht. Aber die ganze Wahrheit war es trotzdem nicht. Ich war nämlich ein Hund, der nur einen einzigen Knochen hatte. Und selbst wenn ich ihn schließlich doch losgelassen hätte, wäre mir gar keine andere Wahl geblieben, als mich immer wieder von neuem in ihn zu verbeißen.

Nicht gerade eine sehr vernünftige Lebenseinstellung. Da fischte ich nun schon wochenlang im Trüben, um ein Mädchen aufzuspüren, das spurlos verschwunden war. Und nebenher störte ich auch noch einen toten Freund in seiner letzten Ruhe und versuchte krampfhaft herauszufinden, ob er im Zustand der Gnade, sprich: nüchtern, gestorben war. Und das alles vermutlich nur, weil ich nichts für ihn hatte tun können, als er noch am Leben war.

Und wenn ich meine Zeit nicht mit einer meiner beiden Lieblingsbeschäftigungen vertrödelte, konnte ich weiter von einem Treffen zum anderen rennen und mir einbilden, das würde mir aus meiner privaten Misere helfen.

Die Treffen, bekam man immer wieder zu hören, waren eine Brücke zurück ins normale Leben. Für manche Leute waren sie das vielleicht tatsächlich. Für mich waren sie allerdings eher ein Tunnel, an dessen Ende immer wieder nur ein neues Treffen kam.

Es hieß, dass man nicht genug Treffen besuchen konnte. Je häufiger man an den Treffen teilnahm, desto rascher und leichter schaffte man den Entzug.

Aber das gilt vor allem für die Neulinge. Die meisten Trinker, die schon mehrere Jahre trocken sind, nehmen nur noch ab und zu an einem Treffen teil. Es gibt Leute, die sich im Anfangsstadium nur über den Tag hinwegretten können, ohne was zu trinken, indem sie von einem Treffen zum anderen rennen. Aber das ist natürlich kein Dauerzustand. Das Leben muss weitergehen, und wer kann es sich schon leisten, Tag für Tag in AA-Treffen zu verbringen.

Was bekam ich bei diesen Treffen schon zu hören, was ich nicht schon hundertmal gehört hatte? Immerhin nahm ich inzwischen schon mehr als drei Jahre fast täglich an diesen Treffen teil und hatte diesen ganzen Senf schon so oft gehört, dass er mir aus den Ohren kam. Wenn ich mein Leben tatsächlich noch mal in die Hand nehmen wollte, dann war jetzt der Zeitpunkt gekommen, damit anzufangen.

Natürlich hätte ich das alles auch Jim erzählen können, aber es war schon zu spät, um ihn noch anzurufen. Und außerdem hätte ich auch von ihm nur das übliche Gewäsch zu hören bekommen. *Immer schön mit der Ruhe. Nur nichts überstürzen. Alles schön der Reihe nach. Leg alles in Gottes Hände. Leben und leben lassen.*

Immer dieselben bescheuerten Binsenweisheiten.

Natürlich hätte ich bei dem Treffen auch Dampf ablassen können. Dafür waren die Treffen schließlich da. Und ich bin sicher, dass mir diese zwanzigjährigen Fixer eine Menge guter Ratschläge hätten erteilen können.

Meine Fresse, genauso gut hätte ich mit ein paar Zimmerpflanzen reden können.

Aber das tat ich nicht. Ich ging den Broadway rauf und redete mit mir selbst.

An der Fiftieth Street – ich wartete gerade an der Ampel – kam mir plötzlich die Idee, noch auf einen Sprung im Grogan's vorbeizuschauen. Nur so – um zu sehen, was sich dort spätabends so tat. Es war noch nicht eins. Also gerade noch Zeit für ein Coke, bevor sie den Laden dichtmachten.

Schließlich war ich schon immer jemand gewesen, der sich gern in Kneipen aufhält. Und ich brauchte nicht unbedingt was zu trinken, um mich in einer Bar wohl zu fühlen.

Warum also nicht?

Kapitel 11

»Null Alkohol im Blut«, brummte Bellamy kopfschüttelnd. »Haben Sie schon mal von jemandem mit null Alkohol im Blut gehört?«

Ich hätte ihm Hunderte Kandidaten nennen können, angefangen bei mir selbst. Möglicherweise hätte ich allerdings mit jemand anderem den Anfang machen müssen, wenn ich meinem spontanen Impuls nachgegeben hätte und ins Grogan's gegangen wäre. Die innere Stimme, die mir dazu geraten hatte, hatte sich vollkommen vernünftig und logisch angehört, weshalb ich mich erst gar nicht auf längere Diskussionen mit ihr einließ. Stattdessen ging ich einfach immer weiter in Richtung Norden, womit ich mir noch alle Möglichkeiten offen ließ. An der Fifty-seventh bog ich links ab, und als ich schließlich vor meinem Hotel ankam, ging ich sofort auf mein Zimmer und zu Bett. Am nächsten Morgen war ich gerade beim Zähneputzen, als Bellamy anrief, um mir von Eddies Blutalkohol, beziehungsweise dessen Fehlen, zu erzählen.

Bei dieser Gelegenheit fragte ich ihn auch gleich, was sonst noch im Obduktionsbefund stand. Ein Detail ließ mich stutzen. Ich fragte Bellamy, ob ich da richtig gehört hätte, und als er mir das bestätigte, stellte ich ihm noch ein paar weitere Fragen. Eine Stunde später saß ich in der Cafeteria eines Krankenhauses in den East Twenties. Vor mir stand eine Tasse Kaffee, die kaum besser schmeckte als die Brühe, die mir Willa immer vorsetzte.

Michael Sternlicht, der Rechtsmediziner, der die Obduktion vorgenommen hatte, war etwa in Eddies Alter. Die Form seines rundlichen Gesichts wiederholte sich in den kreisrunden Gläsern seiner Hornbrille und verlieh ihm das Aussehen einer Eule. Sein Haar begann sich bereits merklich zu lichten – ein Umstand, auf den er noch mehr Aufmerksamkeit lenkte, weil er die kahle Stelle mit den paar Härchen, die er noch hatte, krampfhaft zu kaschieren versuchte.

»Er hatte ganz schwache Chloralhydratspuren im Blut«, erklärte er mir. »Die Dosis ist eigentlich nicht der Rede wert.«

»Er war ein trockener Alkoholiker.«

»Heißt das denn auch, dass er keine Psychopharmaka genommen hat? Nicht einmal eine Schlaftablette?« Er nahm einen Schluck von seinem

Kaffee und verzog das Gesicht. »Wer sagt Ihnen, dass er in diesem Punkt wirklich so konsequent war? Um seine Stimmung ein bisschen aufzuhellen, kann er das Zeug übrigens kaum genommen haben; dazu war die Dosis viel zu niedrig. Als Muntermacher eignet sich Chloralhydrat nicht besonders – ganz im Gegensatz zu Barbituraten oder schwachen Beruhigungsmitteln. Es gibt Leute, die nehmen eine ordentliche Dosis Barbiturate und versuchen dann wachzubleiben, und seltsamerweise verkehrt sich die Wirkung des Barbiturats dann genau ins Gegenteil. Es wirkt plötzlich aufputschend und stimulierend. Wenn Sie dagegen eine stärkere Dosis Chloralhydrat nehmen, kippen Sie irgendwann einfach um und verlieren das Bewusstsein.«

»Aber dafür hat er nicht genug genommen?«

»Nicht annähernd. Der Blutuntersuchung zufolge waren es etwa tausend Milligramm; eine solche Dosis reicht gerade aus, um einem das Einschlafen zu erleichtern beziehungsweise zu einem ruhigen Nachtschlaf zu verhelfen, wenn man zu Schlafstörungen neigt.«

»Könnte diese niedrige Dosis für seinen Tod verantwortlich gewesen sein – in Verbindung mit den anderen Faktoren selbstverständlich?«

»Ich wüsste nicht, wie. Sämtliche Einzelbefunde deuten auf einen klassischen Fall von autoerotischer Strangulation hin. Meiner Meinung nach hat er ganz kurz vor seinem Tod eine Schlaftablette genommen. Könnte sein, dass er eigentlich schon schlafen gehen wollte. Aber dann hat er es sich doch anders überlegt und sich noch schnell einen runtergeholt. Unter Umständen hat er auch ganz bewusst vorher noch eine Schlaftablette genommen, damit er gleich einschlafen konnte, wenn der Spaß vorbei war. In jedem Fall kann ich mir nicht vorstellen, dass das Chloralhydrat einen nennenswerten Effekt gehabt haben könnte. Wissen Sie eigentlich, wie die Geschichte funktioniert?«

»In etwa.«

»Irgendwann fangen sie damit an und merken, da ist durchaus was dran. Sie bekommen einen intensiveren Orgasmus und machen es deshalb immer wieder. Natürlich wissen sie von den damit verbundenen Risiken, aber es hat ja schon ein paarmal problemlos geklappt, und deshalb glauben sie, dass im Grund nichts dabei passieren kann.«

Er nahm seine Brille ab und begann sie mit dem Zipfel seines weißen Kittels zu putzen. »Die Sache ist nur, dass eben doch etwas passieren kann. Und irgendwann haben sie einfach mal Pech. Sehen Sie, es genügt schon ein relativ leichter Druck auf die Halsschlagader.« Er legte seinen Zeigefinger seitlich an meinen Hals. »Dadurch wird ein Reflex ausgelöst, der den Puls beträchtlich verlangsamt. Und das führt offensichtlich zu einer deutlichen Intensivierung des Orgasmus. Allerdings kann es auch dazu führen, dass man das Bewusstsein verliert. Und das Gefährliche daran ist, dass sich dieser Vorgang jeder bewussten Kontrolle entzieht. Wenn nämlich dieser Fall eintritt, ziehen Sie durch Ihr Körpergewicht die Schlinge um ihren Hals ganz automatisch immer fester zu. Und da Sie ja inzwischen weggetreten sind und nichts mehr von dem mitbekommen, was mit Ihnen passiert, schneiden Sie sich notgedrungen selbst so lange die Luftzufuhr ab, bis Sie irgendwann ersticken. Wenn man also glaubt, man würde schon mit der nötigen Vorsicht an die Sache herangehen, dann ist das in etwa dasselbe, als würde man behaupten, man wüsste eine sichere Methode, russisches Roulette zu spielen. Ganz gleich, wie gut es vorher immer geklappt hat, besteht trotzdem immer die Möglichkeit, dass beim nächsten Mal etwas schiefgeht. Die einzige sichere Methode ist also, es lieber bleiben zu lassen.«

Um Sternlicht zu treffen, war ich mit dem Taxi nach Downtown gefahren. Zurück nahm ich den Bus. Allerdings musste ich ein paarmal umsteigen, so dass ich erst bei Willa eintraf, als sie gerade das Haus verlassen wollte.

Die Jeans, die sie trug, hatte ich bisher noch nie an ihr gesehen. Sie war an den Beinen stark ausgefranst und mit Farbe verschmiert. Das Haar hatte sie sich unter einem beigen Tuch hochgesteckt. Sie trug ein weißes Männerhemd mit zerschlissenem Kragen, und ihre ebenfalls mit Farbspritzern übersäten blauen Tennisschuhe passten bestens zu ihrer Jeans. Außerdem hatte sie einen grauen Werkzeugkasten mit ziemlich rostigen Beschlägen dabei.

»Ich muss wohl geahnt haben, dass du vorbeikommen würdest«, begrüßte sie mich. »Wie du siehst, habe ich mich extra für dich in Schale geworfen. Im Haus gegenüber haben sie einen Rohrbruch.«

»Haben die denn keinen eigenen Hausmeister?«

»Natürlich. Mich. Außer diesem hier bin ich noch für drei andere Häuser zuständig. Auf diese Weise habe ich nicht nur eine Wohnung, sondern auch eine Beschäftigung.« Sie wechselte den Werkzeugkasten von einer Hand in die andere. »Du musst entschuldigen, aber ich habe im Moment leider keine

Zeit. Bei denen steht schon die ganze Wohnung unter Wasser. Möchtest du mitkommen, oder willst du lieber hier warten? Du kannst dir ja in der Zwischenzeit schon mal eine Tasse Kaffee machen.«

Da ich lieber warten wollte, schloss sie mir rasch auf und ließ mich in die Wohnung. Ich fragte sie, ob ich Eddies Wohnungsschlüssel haben könnte.

»Willst du noch mal raufgehen? Wieso?«

»Nur so – mich ein bisschen umsehen.«

Sie nahm seinen Wohnungsschlüssel von ihrem Bund und gab mir auch noch gleich einen Schlüssel für ihre Wohnung. »Damit du nachher nicht vor verschlossenen Türen stehst«, meinte sie. »Er ist für das obere Schloss; es schnappt automatisch zu, wenn man die Tür zumacht. Und vergiss nicht, oben wieder abzuschließen, wenn du fertig bist.«

Obwohl die Fenster in Eddies Wohnung offenstanden, seit Andreotti und ich sie aufgemacht hatten, hing immer noch der Leichengeruch in der Luft. Allerdings war er wesentlich schwächer geworden, und wenn man nicht gewusst hätte, woher er kam, hätte man ihn vielleicht nicht einmal so unangenehm empfunden.

Das hieß natürlich nicht, dass der Geruch nicht schon bald ganz verflogen sein würde. Sobald die Vorhänge und das Bettzeug einmal weggeräumt und die Möbel, die Kleider und der restliche Krempel unten am Straßenrand für die Sperrmüllabfuhr gestapelt waren, wäre vermutlich nichts mehr davon zu riechen. Und wenn dann auch noch der Boden ordentlich mit Desinfektionsmittel geschrubbt wurde, wären auch die letzten Spuren verflogen. Tag für Tag sterben Leute, Hausmeister machen ihre Wohnung sauber, und am nächsten Monatsersten ist bereits ein neuer Mieter eingezogen.

Das Leben muss weitergehen.

Ich suchte nach Eddies Chloralhydrat-Tabletten. Aber ich wusste nicht, wo er sie aufbewahrt haben könnte. Einen Arzneischrank gab es in seiner Wohnung nicht. In der kleinen Kammer, die vom Schlafzimmer abging, war nur ein Waschbecken. Sonst nichts. Die Zahnbürste hing in einem Halter über der Spüle in der Küche, und auf dem Fensterbrett daneben lag, sauber aufgerollt, eine halbvolle Tube Zahnpasta. Im Wandschrank neben der Spüle fand ich ein paar Einwegrasierer, eine Dose Rasierschaum, ein Fläschchen

Rexall-Aspirin und eine Dose Anacin. Ich schraubte die Aspirinflasche auf und leerte ihren Inhalt in meine Handfläche. Es waren tatsächlich nur eine Handvoll Aspirintabletten. Nachdem ich sie wieder in die Flasche gefüllt hatte, rückte ich der Anacin-Dose zu Leibe, indem ich, wie angegeben, mit den Daumen auf die hinteren beiden Ecken des Deckels drückte. Als ich die Dose nach einigen Mühen tatsächlich aufbekam, enthielt sie ebenfalls nichts anderes, als auf dem Etikett angegeben war.

Auf der Obstkiste neben Eddies Bett lag ein Stapel mit typischer Anonyme-Alkoholiker-Literatur: das Buch der Bücher, das Zwölf & Zwölf, ein paar Broschüren und ein dünnes Taschenbuch mit dem Titel *Nüchtern leben*. Auch eine Bibel fehlte nicht – eine Douay Reims-Version mit einem Ex Libris, demzufolge es sich dabei um ein Geschenk zur Erstkommunion von Mary Scanlan handelte. Einem Familienstammbaum auf der nächsten Seite war zu entnehmen, dass Mary Scanlan einen gewissen Peter John Dunphy geheiratet und ein Jahr und vier Monate nach der Hochzeit einen Sohn, Edward Thomas Dunphy, geboren hatte.

Als ich in der Bibel zu blättern begann, klappte sie im 2. Buch der Chronik an einer Stelle auf, an der Eddie zwei Zwanziger weggesteckt hatte. Ich wusste nicht, was ich damit tun sollte. Einerseits wollte ich das Geld nicht an mich nehmen, aber einfach liegenlassen wollte ich es auch nicht. Nachdem ich dieses Dilemma reiflicher Überlegung unterzogen hatte, legte ich die vierzig Dollar wieder in die Bibel und die Bibel auf die Obstkiste neben dem Bett.

In einer Schatulle auf der Kommode befanden sich eine Blechdose mit ein paar Streifen Heftpflaster, ein einzelner Schnürsenkel, eine leere Packung Zigaretten, Kleingeld im Wert von dreiundvierzig Cents und ein paar U-Bahn-karten. Die oberste Schublade enthielt vorwiegend Socken, aber auch ein Paar Wollhandschuhe mit Lederbesatz, eine Gürtelschnalle aus Messing und ein kleines samtausgekleidetes Etui für Manschettenknöpfe. Es enthielt einen Highschoolring mit einem blauen Stein, eine vergoldete Krawattennadel und einen Manschettenknopf mit drei kleinen Granatsteinen. Der vierte Granat fehlte.

Die Unterwäscheschublade enthielt neben den üblichen Unterhosen und T-Shirts eine Gruen-Armbanduhr, an der eine Hälfte des Armbands fehlte.

Die Pornohefte waren verschwunden. Vermutlich waren sie von der Spurensicherung als Beweismaterial mitgenommen worden und gammelten nun in Asservatenkammer vor sich hin. Sonst stieß ich auf keinerlei andere Pornos oder sonstige Sexutensilien.

Seine Geldbörse fand ich in seiner Hosentasche. Sie enthielt zweiunddrei-ßig Dollar, ein plastikverschweißtes Kondom und einen dieser Allzweckaus-weise, wie man sie in jedem erstbesten Ramschladen am Times Square finden kann. Gekauft werden diese Dinger vorwiegend von Leuten, die einen fal-schen Ausweis brauchen, obwohl sich damit niemand so leicht hinters Licht führen lässt. Eddie hatte den seinen ordnungsgemäß ausgefüllt: mit seinem richtigen Namen und seiner richtigen Adresse sowie Größe, Gewicht, Haar-und Augenfarbe. Das Geburtsdatum stimmte mit dem in der Bibel überein. Offensichtlich war das der einzige Ausweis, den er hatte. Kein Führerschein, keine Sozialversicherungskarte. Falls er im Knast eine bekommen hatte, hatte er sie anscheinend nicht mehr.

Ich durchsuchte auch noch die anderen Schubladen der Kommode und den Kühlschrank. Dort war noch ein angebrochener Karton Milch, den ich in die Spüle goss. Einen Laib Römerbrot und zwei Gläser mit Erdnussbutter und Marmelade ließ ich, wo sie waren. Dann zog ich mir einen Stuhl heran und inspizierte das oberste Regal des Wandschranks. Dort lagen ein paar alte Zeitungen, ein Baseballhandschuh, der wohl noch aus seiner Kindheit stammte, und eine ungeöffnete Packung Grablichter in durchsichtigen Plas-tikbehältern. Ich durchsuchte die Taschen der Kleider im Schrank und die zwei Paar Schuhe und die Gummigaloschen auf dem Boden. Nichts.

Schließlich packte ich die Bibel, die Anonymen-Alkoholiker-Bücher und die Geldbörse in eine Plastiktüte, ließ alles andere liegen und verließ die Wohnung.

Als ich die Tür abschließen wollte, hörte ich hinter mir ein Geräusch, als räusperte sich jemand. Als ich mich umdrehte, stand eine verhutzelte alte Frau vor mir. Sie hatte feines graues Haar und trug eine Brille, durch deren di-cke Gläser sie mich aus grotesk vergrößerten Augen fragend ansah. Sie wollte wissen, wer ich war. Ich stellte mich vor und sagte, dass ich Privatdetektiv war.

»Ach, der arme Mr. Dunphy«, seufzte sie. »Ich kannte schon seine El-tern. Und nun habe ich auch ihn noch überlebt.« Sie hatte eine Einkaufstü-te in der Hand. Sie stellte sie ab und begann in ihrer Handtasche nach dem

Wohnungsschlüssel zu kramen. »Sie haben ihn umgebracht«, fügte sie nach einer Weile bitter hinzu.

»Wer sie?«

»Sie bringen uns noch alle um. Nehmen Sie zum Beispiel nur die arme Mrs. Grod eine Etage höher. Sie sind über die Feuerleiter in ihre Wohnung eingestiegen und haben ihr die Kehle durchgeschnitten.«

»Wann war das?«

»Und Mr. White«, fuhr sie fort, ohne auf meine Frage einzugehen. »An Krebs gestorben. Am Ende war er so ausgezehrt und gelb wie ein Chinese. Wenn das so weitergeht, sind wir bald alle tot.« Sie rang die Hände – ob vor Entsetzen oder Vorfreude, war nicht ganz ersichtlich. »Bis keiner mehr übrig ist.«

Als Willa zurückkam, saß ich gerade bei einer Tasse Kaffee am Küchentisch. Nachdem sie die Tür hinter sich geschlossen und den Werkzeugkasten abgestellt hatte, warnte sie mich: »So, wie ich jetzt aussehe, solltest du mich lieber nicht küssen. Mein Gott, war das eine Drecksarbeit. Erst mal musste ich im Bad den ganzen Putz von der Decke schlagen. Ein Dreck kommt einem da entgegen.«

»Wo hast du denn gelernt, wie man so etwas macht?«

»Gelernt habe ich es eigentlich gar nicht. Ich bin nur handwerklich relativ begabt und habe mir im Lauf der Jahre so einiges beigebracht. Auch wenn ich kein gelernter Installateur bin, weiß ich, wie man eine Leitung abstellt, eine undichte Stelle findet und sie dann so abdichtet, dass es auch hält – eine Weile zumindest.« Sie ging an den Kühlschrank und nahm eine Flasche Beck's heraus. »Von dem vielen Staub, den ich gerade geschluckt habe, habe ich ganz schön Durst bekommen. Vermutlich ist das Zeug auch noch krebserregend.«

»Was ist das heute nicht?«

Sie öffnete die Flasche, nahm einen kräftigen Schluck und holte sich erst dann ein Glas aus der Spüle. »Ich muss unbedingt unter die Dusche. Aber erst möchte ich noch ein bisschen verschnaufen. Wartest du schon lange?«

»Nur ein paar Minuten.«

»Du musst dich ziemlich lange dort oben rumgetrieben haben.«

»Muss wohl so sein. Außerdem habe ich noch eine höchst seltsame

Unterhaltung geführt.« Ich erzählte ihr von meiner Begegnung mit der kleinen, grauhaarigen Frau, worauf Willa verständnisvoll nickte.

»Ach ja, die alte Mrs. Mangan. 'Und irgendwann wird keiner mehr von uns übrigbleiben, und nur die Geister der Toten werden auf unseren Gräbern ihr Klagegeheul anstimmen.'«

»Nicht übel, deine Mrs. Mangan-Imitation.«

»Das ist auch so eine Begabung von mir – allerdings wesentlich weniger nützlich als mein handwerkliches Geschick. Mrs. Mangan ist sozusagen unser Hausdinosaurier. Lebt schon eine Ewigkeit hier. Wahrscheinlich ist sie hier sogar geboren. Sie muss mindestens achtzig sein, was meinst du?«

»So was kann ich leider nur sehr schlecht schätzen.«

»Aber du würdest dir wohl kaum ihren Ausweis zeigen lassen, wenn sie im Kino Seniorenrabatt haben wollte. Sie kennt jeden hier im Viertel, zumindest die alten Leute. Und das wiederum heißt, dass sie ständig zu irgendwelchen Beerdigungen unterwegs ist.« Sie trank ihr Glas leer und goss den Rest aus der Flasche hinein. »Eines kann ich dir jedenfalls sagen«, fügte sie dann hinzu, »ich möchte nicht ewig leben.«

»Es muss ja auch nicht gleich ewig sein.«

»Nein, Matt, das ist mein voller Ernst. Man kann tatsächlich zu lange leben. Es ist natürlich schlimm, so jung wie Eddie Dunphy sterben zu müssen. Oder auch deine Paula, die noch das ganze Leben vor sich hatte. Aber wenn man mal so alt ist wie Mrs. Mangan und ganz allein lebt und nach und nach alle seine Freunde und Bekannten verliert ...«

»Woran ist Mrs. Grod gestorben?«

»Ich muss erst mal überlegen, wann das war. Wahrscheinlich schon vor über einem Jahr. Es war damals nämlich ziemlich heiß. Sie wurde von einem Einbrecher umgebracht, der durch ihr Fenster eingestiegen ist. Die Wohnungen haben zwar abschließbare Fenstergitter, aber nicht alle Mieter ziehen sie auch tatsächlich zu.«

»Vor Eddies Schlafzimmerfenster, das auf die Feuerleiter hinausführt, ist auch so ein Gitter. Aber Eddie hatte es auch nicht zugezogen.«

»Die meisten Mieter ziehen sie nicht zu, weil dann die Fenster schwerer zu öffnen und zu schließen sind. Aber zurück zu Mrs. Grod. Offensichtlich ist der Einbrecher übers Dach und die Feuerleiter gekommen. Sie hat wohl schon geschlafen, ist aber durch ein Geräusch aufgewacht und hat ihn auf frischer Tat ertappt. Deshalb hat er sie erstochen.« Sie nahm einen Schluck Bier. »Hast du gefunden, wonach du gesucht hast? Übrigens, wonach hast du eigentlich gesucht?«

»Nach bestimmten Tabletten.«

»Nach Tabletten?«

»Alles, was ich finden konnte, waren ein paar Aspirin.« Ich erklärte ihr von den Ergebnissen des Obduktionsbefunds und was sie zu bedeuten hatten. »Ich weiß, wie man eine Wohnung durchsucht, und ich bin wirklich gründlich vorgegangen. Zwar habe ich keine Fußbodenbretter herausgerissen und keine Möbel auseinandergenommen, aber ich habe die Wohnung sehr gründlich durchsucht. Wenn Eddie irgendwelche Chloralhydrat-Tabletten gehabt hätte, hätte ich sie bestimmt gefunden.«

»Vielleicht war es die letzte.«

»Dann hätte irgendwo ein leeres Tablettenröhrchen herumliegen müssen.«

»Das könnte er weggeworfen haben.«

»Es war aber nicht im Papierkorb. Und auch nicht im Mülleimer unter der Spüle. Und wo hätte es sonst sein sollen?«

»Vielleicht hat ihm jemand eine Tablette gegeben – oder auch ein paar. ›Du kannst nicht richtig schlafen? Da, nimm ein paar von den Dingern. Die wirken wahre Wunder.‹ Außerdem hast du doch selbst gesagt, dass er in etwas zwielichtiger Gesellschaft verkehrt ist. Er hätte also nicht unbedingt in eine Apotheke gehen müssen, um sich ein paar Pillen zu besorgen. Gerade in einem Viertel wie diesem gibt es unzählige Mittel und Wege, sich irgendwelches Zeug zu beschaffen. Warum also nicht auch dieses Korallhydrat?«

»Chloralhydrat.«

»Na, dann eben Chloralhydrat. Hört sich ja fast an wie einer dieser neumodischen Kindernamen. ›Chloral, jetzt lass endlich dein Brüderchen in Frieden!‹ Was hast du denn plötzlich?«

»Ach nichts.«

»Du wirkst plötzlich so nachdenklich.«

»Tatsächlich? Wäre ja auch kein Wunder, wenn man trübsinnig wird, wenn man so lange in der Wohnung eines Toten herumschnüffelt. Vielleicht liegt es auch an dem, was du eben über Leute gesagt hast, die zu lange leben. Erst gestern Nacht musste ich nämlich daran denken, dass ich nicht als alter

Mann enden will, der allein in einem Hotelzimmer haust. Und was tue ich? Ich bin auf dem besten Weg genau dorthin.«

»Du und ein alter Mann!«

Als Willa unter die Dusche ging, blieb ich am Küchentisch sitzen und hing meinen Gedanken nach. Als sie wieder zurückkam, sagte ich: »Ich muss wohl auch nach was anderem gesucht haben als den Tabletten. Was hätte es schon groß gebracht, wenn ich welche gefunden hätte?«

»Das habe ich mich auch schon gefragt.«

»Wenn ich nur wüsste, was er mir erzählen wollte. Da war nämlich etwas, was ihn offensichtlich ziemlich belastet hat. Es war ihm ein großes Bedürfnis, mir sein Herz auszuschütten. Aber ich sagte noch, er sollte sich ruhig Zeit lassen und das Ganze noch einmal in Ruhe überdenken. Statt dessen hätte ich mich gleich damals mit ihm zusammensetzen und mir anhören sollen, was ihm so zu schaffen macht.«

»Glaubst du, dann wäre er jetzt noch am Leben?«

»Nein, aber ...«

»Matt, er ist nicht gestorben, weil er etwas Bestimmtes gesagt oder nicht gesagt hat. Er ist gestorben, weil er etwas Dummes und sehr Gefährliches getan hat und einfach Pech hatte.«

»Ich weiß.«

»Du hättest schon damals nichts für ihn tun können. Und jetzt erst recht nicht mehr.«

»Ich weiß. Er hat nicht zufällig ...«

»Was?«

»Er hat nicht zufällig dir was erzählt?«

»Aber ich kannte ihn doch kaum, Matt. Ich kann mich nicht mal mehr erinnern, wann ich zum letzten Mal mit ihm gesprochen habe. Und ich weiß auch nicht, ob ich je was anderes mit ihm geredet habe als das übliche 'Schönes Wetter heute' oder 'Hier ist die Miete'.«

»Irgendetwas muss ihm schwer zu schaffen gemacht haben«, murmelte ich. »Wenn ich nur wüsste, was das war.«

Kapitel 12

Es war Nachmittag, als ich im Grogan's vorbeischaute. Der Platz vor dem Dartboard war leer, und Andy Buckley war nirgendwo zu sehen. Aber ansonsten war die Klientel so ziemlich dieselbe wie das letzte Mal. Tom stand hinterm Tresen und legte seine Illustrierte gerade lange genug beiseite, um mir ein Coke einzuschenken. Ein alter Mann mit einer Schirmmütze ließ sich des Langen und Breiten über einen Transfer der Mets aus, der schon mindestens fünfzehn Jahre zurücklag. »Da haben die doch tatsächlich Jim Fregosi eingekauft«, lamentierte er. »Und lassen dafür Nolan Ryan gehen. Nolan Ryan!«

In der Glotze wies gerade John Wayne irgendeinen Kerl in seine Schranken. Ich versuchte ihn mir vorzustellen, wie er durch die Schwingtüren eines waschechten Saloons stolzierte, sich lässig an den Tresen lehnte und beim Barkeeper ein Coke und ein Chloralhydrat bestellte.

Ich ließ mir Zeit mit meinem Coke. Und als es irgendwann doch zur Neige ging, krümmte ich meinen Zeigefinger in Richtung Tom. Gehorsam kam er auf mich zu und griff nach meinem Glas. Aber ich legte meine flache Hand darauf. Als er mich darauf ausdruckslos ansah, fragte ich ihn, ob Mickey Ballou schon hier gewesen wäre.

»Bei den vielen Leuten, die hier aus und ein gehen«, gab er mir zu verstehen, »kann ich mich nicht an jeden Namen erinnern.«

Der leicht nordirische Akzent in seiner Stimme war mir bisher noch gar nicht aufgefallen. »Aber Sie werden doch wohl Mickey Ballou kennen? Ihm gehört schließlich der Laden.«

»Wenn mich nicht alles täuscht, sind wir hier im Grogan's, Chef. Demnach gehört dieser Laden also einem gewissen Grogan.«

»Er ist ein großer, kräftiger Kerl«, ließ ich nicht locker. »Manchmal hat er eine Schlachterschürze um.«

»Ich bin immer nur bis sechs hier. Vielleicht kommt er nur abends vorbei.«

»Das kann natürlich sein. Ich würde ihm gern was ausrichten.«

»So?«

»Ich hätte gern mit ihm gesprochen. Können Sie ihm das vielleicht sagen?«

»Erstens kenne ich ihn nicht. Und zweitens weiß ich nicht, wer Sie sind. Was soll ich ihm ausrichten?«

»Mein Name ist Scudder, Matt Scudder. Und ich möchte wegen Eddie Dunphy mit ihm sprechen.«

»Na, ich weiß nicht, ob ich das nicht wieder vergesse.« Seine Augen und seine Stimme waren noch immer so ausdruckslos wie eh und je. »Ich habe nämlich kein gutes Namensgedächtnis.«

Ich verließ die Bar, ging ein bisschen im Viertel spazieren und kam gegen halb sieben wieder zurück. Inzwischen hatte sich das Lokal etwas gefüllt. An der Bar hatten sich etwa ein halbes Dutzend Männer zu einem kleinen Dämmerschoppen versammelt. Toms Platz hatte ein großer, kräftiger Kerl mit einer wild gelockten dunklen Mähne eingenommen. Er trug eine offene Kuhfellweste und darunter ein rot-schwarz kariertes Flanellhemd.

Ich fragte ihn, ob Mickey Ballou hier gewesen wäre.

»Keine Ahnung«, antwortete er. »Bin selbst eben erst gekommen. Wer sind Sie?«

»Scudder.«

»Ich werd's ihm sagen.«

Darauf ging ich wieder, genehmigte mir im Flame ein Sandwich und machte mich dann zu einem Treffen in St. Paul's auf den Weg. Es war Freitagabend, und das hieß, dass dort ein Stufentreffen stattfand. Diese Woche war die sechste Stufe dran. Auf dieser Stufe geht es darum, sich von seinen Charakterfehlern loszusagen. Soweit ich das beurteilen kann, kann man darauf eigentlich nicht gezielt hinarbeiten. Angeblich passiert das ganz von selbst. In meinem Fall hat sich da allerdings noch nichts getan.

Obwohl mir das ganze Gelabere mehr und mehr auf die Nerven ging, hielt ich bis zum Schluss durch. In der Pause nahm ich Jim Faber beiseite und sagte ihm, dass ich nicht sicher wäre, ob Eddie Dunphy nüchtern gestorben sei oder nicht, weil nämlich bei der Autopsie etwas Choralhydrat in seinem Blut festgestellt worden war.

»K.O.-Tropfen«, nickte Jim weise. »In letzter Zeit ist dieses Zeug allerdings kaum mehr in Gebrauch. Kein Wunder, inzwischen hat die Pharmaindustrie ganz andere Hämmer im Angebot. Ich habe nur ein einziges Mal von einer Alkoholikerin gehört, die sich mit Chloralhydrat in Stimmung gebracht hat. Eine Weile hatte sie das Zeug auch hervorragend im Griff; Abend für Abend nahm sie eine bestimmte Dosis Chloralhydrat – ob Pillen oder Tropfen, weiß ich nicht mehr – und trank dazu zwei Bier. Irgendwann ist sie dann einfach eingeschlafen und acht bis zehn Stunden nicht mehr aufgewacht.«

»Und wie ging die Sache weiter?«

»Entweder bekam sie das Zeug langsam über, oder ihre Bezugsquelle ist versiegt. Jedenfalls stieg sie eines Tages auf Jack Daniel's um. Und als sie schließlich bei einem täglichen Quantum von zwei Flaschen angelangt war, kam sie zu der Überzeugung, dass das nicht so weitergehen könnte. Trotzdem würde ich wegen dem bisschen Chloralhydrat, das Eddie genommen hat, keinen Aufstand machen, Matt. Natürlich wirft das kein gutes Licht auf seinen Entzugserfolg, aber was macht das in seinem jetzigen Zustand schon noch? Was geschehen ist, ist geschehen.«

Danach ging ich am Flame vorbei und direkt ins Grogan's. Ich hatte die Tür noch nicht hinter mir geschlossen, als mein Blick bereits auf Ballou fiel. Er trug zwar keine weiße Schürze, aber ich erkannte ihn trotzdem sofort.

Er wäre auch schwer zu übersehen gewesen. Er war gut und gern seine eins neunzig groß und kräftig gebaut. Sein mächtiger Schädel war wie ein Monolith, massiv, wuchtig und mit den groben, markanten Zügen der riesigen Steinfiguren auf der Osterinsel.

Er stand am Tresen, den Fuß auf die Messingstange gestützt, und unterhielt sich leicht vornübergebeugt mit dem Barmann in der Kuhfellweste, mit dem ich schon vor ein paar Stunden kurz gesprochen hatte. Die Bar hatte sich mittlerweile wieder etwas geleert. In einer der Nischen saßen ein paar alte Männer, und am hinteren Ende des Tresens hockten mehrere einsame Trinker wie die Hühner auf der Stange. Zwei Männer spielten Darts. Einer von ihnen war Andy Buckley.

Ich stellte mich an die Bar, drei Hocker von Mickey Ballou entfernt. Ich hatte ihn schon eine ganze Weile in der verspiegelten Rückwand der Bar beobachtet, als er sich plötzlich herumdrehte und mich direkt ansah. Nachdem er mich kurz taxiert hatte, wandte er sich wieder dem Barkeeper zu.

Als ich nun auf ihn zuging, drehte er wieder den Kopf herum. Sein Gesicht war zerfurcht wie verwitterter Granit. Nase und Wangen waren von zahlreichen geplatzten Äderchen überzogen. Seine Augen waren überraschenderweise auffallend grün, die Haut um sie herum von zahlreichen Narben entstellt.

»Sie sind also Scudder«, sprach er mich an.

»Ja.«

»Ich kenne Sie zwar nicht, aber gesehen habe ich Sie schon mal. Und Sie haben mich auch schon gesehen.«

»Ja.«

»Sie haben nach mir gefragt. Und da sind Sie also.« Er hatte dünne Lippen. Sie verzogen sich zum Anflug eines Lächelns. »Was möchten Sie trinken?«

Er hatte eine Flasche Jameson vor sich stehen. Den zwölf Jahre alten. In dem Glas, das er daneben stehen hatte, trieben zwei einsame Eiswürfel in einer bernsteinfarbenen See. Ich sagte, ich hätte gern einen Kaffee, falls sie gerade welchen fertig hätten. Als Ballou dem Barkeeper einen kurzen Blick zuwarf, schüttelte dieser den Kopf.

»Unser Guinness vom Fass ist einsame Spitze«, wandte sich Ballou wieder mir zu. »Was Besseres werden Sie auf dieser Seite des Atlantiks kaum finden. In Flaschen würde ich das Zeug allerdings niemandem zumuten. Dann ist es so zäh und klebrig wie Sirup.«

»Ich nehme ein Coke.«

»Sie trinken nicht?«

»Zumindest nicht heute.«

»Trinken Sie überhaupt nichts oder nur nicht mit mir?«

»Ich trinke überhaupt nicht.«

»Und wie ist das?«, wollte er wissen. »Wenn man nichts trinkt?«

»Es geht.«

»Ist es sehr schwer?«

»Manchmal. Aber das war es auch, als ich noch getrunken habe.«

»Das ist allerdings richtig«, seufzte er und warf dem Barkeeper wieder einen kurzen Blick zu, worauf mir dieser ein Coke einschenkte. Nachdem er das Glas vor mir auf den Tresen gestellt hatte, entfernte er sich außer Hörweite.

Ballou griff nach seinem Glas und sah mich über seinen Rand hinweg an. »Ich habe Sie öfters gesehen, als die Morisseys noch ihren Laden hatten.«

»Ja, ich weiß.«

»Damals haben Sie noch mit beiden Händen getrunken.«

»Das war damals.«

»Und jetzt ist jetzt, wie?« Er stellte sein Glas wieder ab, sah kurz seine Hand an, wischte sie sich an seinem Hemd ab und streckte sie mir entgegen. Unserem Händedruck haftete etwas seltsam Feierliches an. Er hatte eine mächtige Pranke, und sein Händedruck war fest, aber nicht übertrieben, nicht Sorte Knochenbrecher. Nachdem wir uns die Hände geschüttelt hatten, nahm er seinen Whiskey, und ich griff nach meinem Coke.

»Ist es das, was Sie mit Eddie Dunphy verbindet?« Er hob sein Glas und sah prüfend hinein. »Eine schlimme Sache, wenn einem der Alkohol über den Kopf wächst. Aber Eddie konnte damit ja noch nie umgehen. Kennen Sie ihn noch aus der Zeit, als er noch getrunken hat?«

»Nein.«

»Er hat noch nie was vertragen. Und dann habe ich eines Tages gehört, dass er damit aufgehört hat. Und jetzt ist er tot. Selbst erhängt.«

»Einen Tag, bevor er gestorben ist, haben wir uns noch unterhalten.«

»Tatsächlich?«

»Da war etwas, was ihn offensichtlich stark belastet hat – irgendetwas, das er sich von der Seele reden wollte. Aber er hat es nicht über sich gebracht, mir davon zu erzählen.«

»Was war das?«

»Das hatte ich eigentlich von Ihnen zu erfahren gehofft.«

»Ich fürchte, ich verstehe Sie nicht recht.«

»Eddie hat etwas gewusst oder getan, was ihm ziemlich gefährlich hätte werden können. Was war das?«

Der mächtige Schädel drehte sich von einer Seite auf die andere. »Er war ein Junge aus dem Viertel. Er war ein Dieb, er hat den Mund ein bisschen voll genommen, wenn er was getrunken hat, und hin und wieder hat er ein bisschen Stunk gemacht. Aber das ist auch schon alles.«

»Er hat mir erzählt, dass er früher ziemlich oft hier war.«

»Hier? Im Grogan's?« Ballou hob seine mächtigen Schultern. »Das ist ein öffentliches Lokal. Hier gehen alle möglichen Leute aus und ein, trinken ihr Bier oder ihren Whiskey, schlagen die Zeit tot und ziehen irgendwann wieder ab. Hin und wieder trinkt einer auch mal ein Glas Wein – oder ein Coke.«

»Eddie hat behauptet, das wäre seine Stammkneipe gewesen. Als wir mal hier vorbeigekommen sind, ist er extra auf die andere Straßenseite überge-wechselt, um nicht am Eingang vorbeizumüssen.«

Die grünen Augen weiteten sich. »Tatsächlich? Warum?«

»Weil das Grogan's früher, als er noch getrunken hat, offensichtlich eine wichtige Rolle für ihn gespielt hat. Deshalb hatte er vermutlich Angst, es könnte ihm zum Verhängnis werden, wenn er ihm zu nahe kam.«

»Na, so was.« Ballou entkorkte seine Flasche und goss sich etwas nach. Die zwei Eiswürfel waren inzwischen geschmolzen, aber er schien sie nicht zu vermissen. Er griff nach dem Glas und sah hinein. »Eddie war ziemlich eng mit meinem Bruder Dennis befreundet. Kannten Sie Dennis?«

»Nein.«

»Er war ganz anders als ich. Er war mehr nach unserer Mutter geraten. Sie war Irin. Unser Vater dagegen war Franzose; er kam aus einem Fischerdorf nicht weit von Marseille. Vor ein paar Jahren war ich mal dort. Wollte einfach sehen, wie es dort aussieht. Danach konnte ich gut verstehen, warum er dort nicht bleiben wollte. Ein gottverlassenes, mieses, kleines Kaff.« Er fischte ein Päckchen Zigaretten aus seiner Brusttasche, steckte sich eine an und nahm einen kräftigen Zug. »Dagegen sehe ich ganz wie unser Vater aus. Bis auf die Augen. Die Augen haben Dennis und ich von unserer Mutter.«

»Eddie hat mir erzählt, dass Dennis in Vietnam gefallen ist.«

Die grünen Augen hefteten sich wieder auf mich. »Ich habe nie ver-standen, was er dort eigentlich wollte. Es wäre kein Problem gewesen, sei-ne Einberufung rückgängig zu machen. Ich habe ihm mehrere Male gesagt: 'Mensch, Dennis, ich brauche doch nur kurz mal zum Telefon zu greifen.' Aber davon wollte er nichts hören.« Er drückte die Zigarette im Aschen-becher aus. »Stattdessen ist er nach Vietnam gegangen und hat sich dort zu Matsch schießen lassen. Dieser Blödmann.«

Ich sagte nichts, weshalb erst einmal längeres Schweigen eintrat. Für einen Moment hatte ich den Eindruck, als wimmelte es in der Bar plötzlich von

Toten – Eddie, Dennis, Ballous Eltern und dazu auch noch ein paar Geister aus meinem Leben, lauter Leute, die längst tot waren, aber noch immer in irgend welchen dunklen Winkeln meines Bewusstseins herumspukten. Wenn ich ganz rasch den Kopf herumgerissen hätte, hätte ich vielleicht gerade noch einen Blick auf meine Tante Peg oder meine toten Eltern erhascht.

»Im Grunde genommen saß bei Dennis unter der rauen Schale ein sehr weicher Kern«, fuhr Ballou schließlich fort. »Mein Bruder konnte keiner Fliege was zuleide tun. Aber vielleicht ist er gerade deshalb nach Vietnam – um zu beweisen, dass er der Kerl war, der er in Wirklichkeit nie gewesen ist. Eddie war eng mit ihm befreundet und ist sogar zu seiner Beerdigung gekommen. Auch danach hat er sich noch öfter mal bei mir sehen lassen. Aber, ehrlich gestanden, konnte ich nie sonderlich viel mit ihm anfangen.«

»Er hat mir erzählt, er hätte mal gesehen, wie Sie einen Mann totgeprügelt haben.«

Ballou sah mich an. In seinen Augen blitzte Überraschung auf. Allerdings konnte ich nicht sagen, worüber er überrascht war: über die Tatsache, dass Eddie mir davon erzählt hatte, oder dass ich ihn so direkt darauf ansprach. Jedenfalls sagte er nur: »Das hat Eddie Ihnen also erzählt?«

»Ja. Es muss hier in der Nähe gewesen sein. Er hat gesagt, Sie hätten in irgendeinem Heizungskeller einen Kerl mit einem Stück Wäscheleine an einen Pfeiler gebunden und ihn dann mit einem Baseballschläger totgeprügelt.«

»Wer soll das gewesen sein?«

»Das hat er mir nicht gesagt.«

»Und wann soll das gewesen sein?«

»Vor ein paar Jahren. Näher hat er sich darüber nicht ausgelassen.«

»Und Eddie war dabei?«

»Hat er jedenfalls behauptet.«

»Glauben Sie nicht, dass er sich das vielleicht nur aus den Fingern gesogen hat, um sich ein bisschen wichtig zu machen?« Er griff nach seinem Glas, trank aber nicht daraus. »Ganz abgesehen davon, ist es nicht mal eine besonders gute Geschichte. Ein Mann prügelt einen anderen mit einem Baseballschläger tot. Ganz schön brutal, würde ich sagen. Aber als Geschichte gibt das Ganze nicht sonderlich viel her. Dafür könnten Sie sich doch nicht mal ein Mittagessen kaufen.«

»Es gibt da allerdings auch noch eine bessere Geschichte. Sie war vor ein paar Jahren in Umlauf.«

»Ach ja?«

»Ein Mann verschwand. Er hieß Farrelly.«

Ballou nickte. »Paddy Farrelly. Ein unangenehmer Zeitgenosse.«

»Er soll Ihnen Schwierigkeiten gemacht haben. Und eines Tages war er spurlos verschwunden.«

»Tatsächlich?«

»Es wurde damals auch gemunkelt, Sie wären zu der Zeit mit einer Bowlingtasche durch die Bars in der Ninth und Tenth Avenue gezogen. In der Bowlingtasche war angeblich Farrellys Kopf, und Sie haben ihn jedem gezeigt, der ihn sehen wollte.«

Er nahm einen Schluck Whiskey. »Die Leute erzählen viel.«

»War Eddie dabei, als das passiert ist?«

Ballou sah mich an. Inzwischen hielt sich niemand mehr in unserer Nähe auf. Der Barkeeper hatte sich ans hinterste Ende der Bar zurückgezogen, und die Männer, die ein Stück weiter am Tresen gesessen hatten, waren gegangen. »Verdammt heiß hier drinnen«, brummte Ballou. »Weshalb haben Sie eigentlich Ihre Anzugjacke an?«

Er trug selbst ein Sakko. Aus Tweed. Und wesentlich dicker als meines. »Ich fühle mich ganz wohl so«, gab ich ihm zu verstehen.

»Ziehen Sie die Jacke aus«, forderte er mich auf.

Ich sah ihn an. Dann zog ich meine Jacke aus und hängte sie über den Barhocker neben mir.

»Das Hemd auch.«

Ich zog auch das Hemd aus und das T-Shirt gleich mit dazu. »So ist es brav«, brummte Ballou. »Und jetzt ziehen Sie sich mal schnell wieder an, bevor Sie sich noch erkälten. Man kann heutzutage nicht vorsichtig genug sein. Da kommt irgend so ein Heini daher und fängt an, über die alten Zeiten zu reden, und ehe man sich's versieht, gibt es davon eine Bandaufnahme, weil der Kerl ein Tonbandgerät unter seiner Jacke versteckt hat. Und ich soll also Paddy Farrellys Kopf herumgezeigt haben? Mein Großvater mütterlicherseits war aus Sligo. Und er hat immer gesagt: 'Du wirst in ganz Dublin kaum jemand finden, der während des großen Osteraufstands nicht im Hauptpostamt dabei war. Zwanzig tapfere Männer sind in dieses Postamt rein', hat er immer gesagt, 'aber wieder rausgekommen sind mindestens dreißigtausend.' Und so ähnlich dürfte es wohl auch mit Paddy Farrellys Kopf sein. Vermutlich werden Sie auf der ganzen Tenth Avenue nicht einen Kerl finden, der nicht gesehen hat, wie ich Farrellys blutigen Kopf herumgezeigt habe.«

»Wollen Sie damit sagen, die Geschichte ist gar nicht wahr?«

»Mein Gott«, seufzte er. »Was ist schon wahr und was nicht? Vielleicht habe ich diese blöde Bowlingtasche nie aufgemacht. Vielleicht war auch nur so eine blöde Bowlingkugel drin. Sie wissen doch selbst, wie das mit diesen Horrorgeschichten ist. Jeder hört sie gern, jeder erzählt sie gern, und jeder ist geradezu versessen auf den kalten Schauder, der einem dabei den Rücken runterläuft. Und am schlimmsten sind in dieser Hinsicht die Iren. Vor allem in diesem Viertel.« Er nahm einen Schluck von seinem Glas und stellte es wieder ab. »Das liegt an dem fruchtbaren Boden hier. Sie brauchen nur einen Samen zu säen und schon sprießen die absonderlichsten Geschichten wie Unkraut aus dem Boden.«

»Was ist mit Farrelly wirklich passiert?«

»Wieso fragen Sie das ausgerechnet mich? Vielleicht ist er in Tahiti, schlürft Kokosmilch und vögelt mit knackigen Hula-Mädchen rum. Ist irgendwann mal seine Leiche aufgetaucht? Oder dieser dämliche Kopf?«

»Was wusste Eddie, das ihn plötzlich zu einem Sicherheitsrisiko gemacht hat?«

»Nichts wusste er. Absolut nichts. Und er hat für mich auch kein Sicherheitsrisiko dargestellt.«

»Wem hätte er dann gefährlich werden können?«

»Keine Ahnung. Was hatte Eddie denn groß auf dem Kerbholz? Ein paar Diebstähle. Einmal hat er mit ein paar anderen Leuten aus einem Loft in der Twenty-seventh Street eine größere Ladung Pelze mitgehen lassen. Das dürfte so ziemlich das größte Ding sein, an dem Eddie beteiligt war. Außerdem ist längst Gras über die Sache gewachsen. Es war nämlich ein abgekartetes Spiel. Der Besitzer höchstpersönlich hat ihnen den Schlüssel ausgehändigt. Er wollte nur die Versicherung abkassieren. Und das ist schon Jahre her. Eine Ewigkeit! Wem hätte Eddie also gefährlich werden sollen? Mein Gott, er hat sich selbst erhängt. Der einzige Mensch, dem er in seinem Leben gefährlich geworden ist, war er selbst.«

*   *   *

Etwas war zwischen uns passiert – etwas, das ich selbst kaum verstehe, geschweige denn in Worte fassen kann. Da uns plötzlich der Gesprächsstoff über Eddie Dunphy ausgegangen war, standen wir eine Weile schweigend am Tresen. Und dann erzählte mir Ballou eine Geschichte, wie er als kleiner Junge die Schuld für etwas auf sich genommen hatte, das eigentlich sein Bruder Dennis ausgefressen hatte. Darauf gab ich ein paar Stories aus meiner Zeit beim Sechsten Polizeirevier im Village zum Besten.

Zwischen uns herrschte eine Art von stummem Einverständnis, das uns enger miteinander verband als tausend Worte. Irgendwann im Verlauf unserer Unterhaltung ging Ballou den weiten Weg um die Bar herum hinter den Tresen und füllte zwei Gläser mit Eiswürfeln. Er schenkte beide mit Cola voll und schob sie mir über den Tresen zu. Dann nahm er eine neue Flasche zwölf Jahre alten Jameson aus dem Regal hinter der Bar, gab ein paar Eiswürfel in ein frisches Glas, kam damit hinter dem Tresen hervor und winkte mir kurz zu, ihm zu einer Nische in der hintersten Ecke der Bar zu folgen. Ich stellte die zwei Gläser Coke vor mir auf den Tisch. Ballou machte seine Flasche auf und schenkte sich ein Glas ein. Und dann saßen wir noch eine Stunde oder so zusammen, erzählten uns Geschichten oder hingen schweigend unseren Gedanken nach.

So etwas war schon zu der Zeit, als ich noch getrunken hatte, nicht sehr häufig vorgekommen, und danach praktisch gar nicht mehr. Ich würde nicht unbedingt sagen, dass wir Freunde wurden. Freundschaft ist etwas anderes. Es war eher, als hätten wir beide den inneren Rollladen, mit dem sich jeder gegen seine Umwelt abschottet, für eine Weile hochgelassen – gewissermaßen ein stillschweigendes Waffenstillstandsabkommen, bei dem vorerst alle Kampfhandlungen eingestellt werden. Jedenfalls herrschte während dieser einen Stunde eine Eintracht zwischen uns, wie sie nicht einmal unter alten Freunden oder Brüdern möglich wäre. Natürlich war uns beiden klar, dass dieses Gefühl nicht viel länger als eine Stunde Bestand haben konnte, aber das tat der Sache keinen Abbruch.

Irgendwann sagte Ballou: »Wirklich schade, dass Sie nichts trinken.«

»Manchmal finde ich das auch. Aber meistens bin ich froh, dass ich damit Schluss gemacht habe.«

»Aber es muss Ihnen doch sehr fehlen.«

»Hin und wieder.«

»Also, ich weiß nicht, ob ich ohne Alkohol leben könnte.«

»Ich fand es wesentlich schwieriger, mit Alkohol zu leben. Das letzte Mal, als ich was getrunken habe, hatte ich einen totalen Blackout. Plötzlich bin ich mitten auf der Straße umgekippt, und als ich im Krankenhaus wieder zu mir gekommen bin, hatte ich nicht die leiseste Ahnung, wo ich war und was passiert war.«

»So etwas gibt einem natürlich schon zu denken.« Er schüttelte den Kopf. »Aber vorher sind Sie doch nicht schlecht damit gefahren.«

»Das kann man wohl sagen.«

»Na also, was wollen Sie mehr?«, brummte er. »Letzten Endes kann sich doch keiner von uns beklagen, oder?«

Gegen Mitternacht begann die Stimmung allmählich abzuflauen. Ich bekam das Gefühl, schon zu lange geblieben zu sein. Deshalb stand ich auf und sagte Ballou, dass ich gehen müsste.

»Wollen Sie wirklich zu Fuß los?«, fragte er. »Oder soll ich Ihnen ein Taxi rufen?« Erst jetzt wurde er sich bewusst, was er da eigentlich sagte, und begann zu lachen.

»Mein Gott, Sie haben ja nur Cola getrunken. Dann finden Sie wohl auch allein nach Hause.«

»Das will ich doch hoffen.«

Er stand auf. »Nachdem Sie jetzt wissen, wo ich zu finden bin, kommen Sie doch einfach wieder mal vorbei.«

»Das werde ich bestimmt tun.«

»Hat mich gefreut, Scudder.« Er legte mir die Hand auf die Schulter. »Sie sind in Ordnung.«

»Das Kompliment kann ich nur zurückgeben.«

»Wirklich ein Jammer, diese Geschichte mit Eddie. Hatte er Angehörige? Wird er überhaupt ein richtiges Begräbnis bekommen?«

»Keine Ahnung. Bis auf weiteres liegt die Leiche noch bei der Polizei herum.«

»Ich kann nur hoffen, dass ich mal nicht so ende.« Er seufzte und straffte die Schultern. »Aber wir beide setzen uns mal wieder zusammen.«

»Ja, fände ich schön.«

»In der Regel bin ich fast jeden Abend hier. Und wenn nicht, wissen die Jungs, wie ich zu erreichen bin.«

»Der Barmann, der hier tagsüber arbeitet, wollte nicht mal zugeben, dass er weiß, wer Sie sind.«

Er lachte. »Das sieht Tom ähnlich. Ziemlich wortkarg, der Junge. Aber Ihre Nachricht hat er mir trotzdem übermittelt. Genau wie Neil. Wer hier hinter dem Tresen steht, weiß, wo ich zu erreichen bin.«

Ich holte eine Visitenkarte aus meiner Hosentasche. »Ich wohne im Northwestern Hotel. Das ist meine Telefonnummer. Ich bin zwar nicht oft zu Hause, aber Sie können an der Rezeption jederzeit eine Nachricht für mich hinterlassen.«

»Was ist das denn?«

»Meine Telefonnummer.«

Erst jetzt sah ich, dass er die Visitenkarte herumgedreht hatte und das Foto von Paula ansah. »Nein, das Mädchen. Wer ist sie?«

»Eine gewisse Paula Hoeldtcke. Sie stammt aus Indiana und ist seit ein paar Monaten spurlos verschwunden. Sie hat hier im Viertel gewohnt und in verschiedenen Lokalen als Bedienung gejobbt. Ihr Vater hat mich beauftragt, sie zu finden.«

»Warum geben Sie mir ein Foto von ihr?«

»Weil ich sonst nichts habe, wo mein Name und meine Telefonnummer drauf stehen. Warum fragen Sie? Kennen Sie sie?«

Er sah das Foto noch einmal eingehend an. Dann traf sich der Blick seiner grünen Augen mit meinem, und er sagte: »Nein, nie gesehen.«

Kapitel 13

Das Telefon riss mich aus einem Traum. Ich setzte mich auf und tastete nach dem Hörer. »Scudder?« Eine Männerstimme, kaum mehr als ein heiseres Flüstern.

»Ja. Wer ist da?«

»Vergessen Sie das mit dem Mädchen.«

Auch in meinem Traum war ein Mädchen vorgekommen. Aber meine Erinnerung daran schmolz dahin wie Schnee in der Sonne. Ich konnte mir das Mädchen nicht mehr richtig vorstellen. Außerdem war mir nicht recht klar, wo der Traum endete und der Anruf anfing. Ich sagte: »Welches Mädchen? Wovon reden Sie überhaupt?«

»Vergessen Sie das mit Paula. Sie werden sie nicht finden, und vor allem können Sie sie nicht mehr zurückbringen.«

»Zurückbringen? Von wo? Was ist mit ihr passiert?«

»Hören Sie auf, nach ihr zu suchen. Hören Sie auf, ihr Foto herumzuzeigen. Lassen Sie die Finger von der Sache.«

»Wer spricht da eigentlich?«

Im selben Augenblick ertönte im Hörer ein leises Klicken. Ich rief zwar noch ein paarmal Hallo, aber es war bereits zu spät. Der Anrufer hatte eingehängt.

Ich knipste die Nachttischlampe an und sah auf die Uhr. Es war Viertel vor fünf. Da ich erst um zwei ins Bett gekommen war, hatte ich noch keine drei Stunden geschlafen. Ich setzte mich auf die Bettkante und ließ mir das Telefongespräch noch einmal in aller Ruhe durch den Kopf gehen. Außerdem dachte ich angestrengt nach, wo ich diese Stimme schon mal gehört hatte. Irgendwie kam sie mir bekannt vor, aber ich konnte kein Gesicht damit verbinden.

Nach einer Weile stand ich auf und ging ins Bad. Dabei fiel mein Blick in den Spiegel über dem Waschbecken, aus dem mir unnachsichtig all die Jahre entgegenstarrten, die ich auf dem Buckel hatte. Ich konnte förmlich spüren, wie meine Schultern unter ihrem Gewicht nach unten sackten. Ich stellte die Dusche an und wartete, bis das Wasser ganz heiß kam. Dann stellte ich mich lange darunter. Irgendwann trocknete ich mich ab und kroch wieder ins Bett zurück.

»Sie werden sie nicht finden, und vor allem können Sie sie nicht mehr zurückbringen.«

Es war zu spät beziehungsweise zu früh, um irgendjemanden anzurufen. Der einzige Mensch, der unter Umständen noch wach war, war Mickey Ballou. Aber vermutlich war er inzwischen zu betrunken, um noch einen vernünftigen Satz herauszubekommen, und außerdem hatte ich seine Nummer nicht. Und was hätte ich ihm überhaupt sagen sollen?

»Vergessen Sie das mit dem Mädchen.«

Hatte ich eigentlich von Paula geträumt? Ich schloss die Augen und versuchte sie mir vorzustellen.

Als ich wieder aufwachte, war es zehn Uhr, und die Sonne schien. Ich war schon halb mit dem Anziehen fertig, als mir der nächtliche Anruf wieder einfiel.

Im ersten Moment war ich mir nicht einmal sicher, ob ich alles vielleicht nur geträumt hatte. Allerdings belehrte mich mein Badetuch, das noch feucht über dem Stuhl hing, eines Besseren. Ich hatte nicht geträumt. Jemand hatte mich mitten in der Nacht aus dem Schlaf geklingelt, um mich zu warnen, lieber die Finger von einem Fall zu lassen, den ich mehr oder weniger sowieso schon zu den Akten gelegt hatte.

Ich band mir gerade die Schuhe, als das Telefon wieder klingelte. Ich nahm den Hörer ab und sagte vorsichtig: »Hallo?« Aber es war nur Willa.

»Matt, bist du's?«

»Klar, wer denn sonst. Wie geht's?«

»Habe ich dich geweckt? Du klingst so komisch.«

»Ich war nur etwas vorsichtig.«

»Wie bitte?«

»Mich hat heute Nacht jemand angerufen, um mir zu sagen, ich sollte lieber nicht mehr nach Paula Hoeldtcke suchen. Und als es eben wieder geklingelt hat, dachte ich, es könnte noch mal derselbe Kerl sein.«

»Aber ich war das ganz bestimmt nicht.«

»Ich weiß. Es war eine Männerstimme.«

»Allerdings muss ich zugeben, dass ich an dich gedacht habe. Irgendwie hatte ich gehofft, du würdest vielleicht noch vorbeikommen.«

»Ich hatte gestern noch bis spät abends zu tun. Erst war ich bei einem AA-Treffen, und den Rest des Abends habe ich in einer Kneipe verbracht.«

»Das nenne ich ein ausgewogenes Programm.«

»Allerdings. Bis ich schließlich wieder zu Hause war, war es schon zu spät, um dich noch anzurufen.«

»Hast du herausgefunden, was mit Eddie war?«

»Nein. Aber dafür bin ich in meinem anderen Fall unvermutet auf eine heiße Spur gestoßen.«

»In welchem anderen Fall? Meinst du die Sache mit Paula?«

»Ja.«

»Nur, weil jemand dir gesagt hat, du sollst die Finger davon lassen? Das ist für dich Grund genug, die ganze Geschichte noch mal aufzuwärmen?«

»Nur zum Teil.«

»Mein Gott, Mickey Ballou«, seufzte Durkin. »Der Butcher Boy. Was soll er damit zu tun haben?«

»Keine Ahnung. Ich habe mich gestern Abend ein paar Stunden mit ihm unterhalten.«

»Tatsächlich? Du verkehrst ja neuerdings in sauberer Gesellschaft. Was hast du mit ihm gemacht? Ihn zum Essen eingeladen und ihm zugesehen, wie er mit den Händen isst?«

»Wir waren in einer Bar, die sich Grogan's nennt.«

»Die liegt doch gleich hier um die Ecke. Den Laden kenne ich. Ziemlich üble Kaschemme. Es heißt, sie gehört ihm.«

»Sieht jedenfalls ganz so aus.«

»Obwohl das eigentlich gar nicht möglich ist. Die SLA mag es nämlich nicht, dass jemand, der schon mal gesessen hat, eine Lizenz für eine Kneipe bekommt. Demnach muss er einen Strohmann haben. Was habt ihr zwei übrigens getrieben? Canasta gespielt?«

»Zusammengesessen, was getrunken und uns Geschichten erzählt. Er hat irischen Whiskey getrunken.«

»Und du Kaffee.«

»Nein, Cola. Kaffee hatten sie keinen.«

»Du kannst echt von Glück reden, dass sie in dieser Absteige wenigstens Coke hatten. Aber was soll der Kerl mit dieser Pauline zu tun haben? Nicht Pauline – ich meine natürlich Paula. Wo soll da der Zusammenhang sein?«

»Das weiß ich selber noch nicht«, musste ich zugeben. »Aber irgendwas hat bei ihm Klick gemacht, als er ihr Foto gesehen hat. Und ein paar Stunden später hat mich jemand aus dem Schlaf geklingelt, um mich zu warnen, ich soll die Finger von dem Fall lassen.«

»Ballou?«

»Nein, es war nicht seine Stimme. Und ich weiß auch nicht, wer es war. Zwar habe ich schon so verschiedene Theorien, aber noch nichts Konkretes. Erzähl mir doch ein bisschen was über Ballou, Joe.«

»Was soll ich dir erzählen?«

»Na, was du über ihn weißt.«

»Ich weiß, dass der Kerl ein Monster ist. Und ich weiß, dass er am besten hinter Gittern aufgehoben wäre.«

»Und warum läuft er dann frei herum?«

»Das tun die von der schlimmsten Sorte doch immer. Denen kannst du nichts anhängen. Bei denen findest du nie einen Zeugen. Und wenn du zufällig doch mal einen auftreibst, leidet er plötzlich unter Gedächtnisschwund. Oder er verschwindet spurlos. Komisch, wie sie plötzlich einfach verschwinden. Kennst du zufällig die Geschichte, wie Ballou in der ganzen Stadt rumgelaufen ist und jedem, der ihn sehen wollte, den Kopf von so einem Kerl gezeigt hat?«

»Die Geschichte kenne ich.«

»Jedenfalls ist der Kopf nie aufgetaucht. Genauso wenig wie die Leiche. Futsch, einfach weg.«

»Womit verdient er sein Geld?«

»Jedenfalls nicht mit dieser Kneipe. Angefangen hat er damit, für ein paar Italiener Schutzgelder einzutreiben. Mit seiner Statur war er für den Job ja auch genau der richtige Mann. Außerdem ist es bei den Iren in Hell's Kitchen schon seit Generationen Tradition, sich auf diese Weise sein Geld zu verdienen. Und es würde mich, ehrlich gestanden, sehr wundern, wenn Ballou in seinem Job nicht einsame Spitze war. Angenommen, du hast dir von irgend so einem Kredithai etwas Geld gepumpt und bist mit der Rückzahlung ein paar Wochen in Rückstand, und dann kommt plötzlich dieser Neandertaler mit seiner blutigen Schürze und seinem Baseballschläger an. Was willst du da noch machen? Ihn etwa auf nächste Woche vertrösten? Also ich würde sagen, du rückst schön brav mit der Kohle raus, oder?«

»Du hast eben gesagt, dass er mal gesessen hat. Weswegen?«

»Körperverletzung. Das ist allerdings schon lange her. Vermutlich war er damals noch keine zwanzig. Ich bin ziemlich sicher, dass es dabei geblieben ist. Wenn du willst, kann ich aber mal kurz nachsehen.«

»Das ist nicht weiter wichtig. Und du glaubst, dass er so sein Geld verdient? Indem er ab und zu mal jemandem kräftig auf die Zehen steigt?«

Durkin lehnte sich in seinen Stuhl zurück. »Ich glaube nicht, dass er das jetzt noch tut. Natürlich ruft noch hin und wieder jemand bei ihm an und sagt, dem und dem sollte mal ein Bein gebrochen werden. Aber ich kann mir schwerlich vorstellen, dass Ballou dann mit einem Stück Eisenrohr loszieht und das selbst erledigt. Aber vermutlich hat er jemand, der es für ihn macht. Und was er sonst noch so treibt? Vermutlich verleiht er ein bisschen Geld – gegen saftige Zinsen, versteht sich. Außerdem gibt es ein paar Kneipen, an denen er beteiligt sein soll. Aber du kennst das ja. Bei diesen Geschichten weiß man nie, was man davon eigentlich glauben soll. Jedenfalls fällt sein Name im Zusammenhang mit einer ganzen Menge krummer Touren. Angefangen bei jeder Menge schwerer Raubüberfälle bis hin zu entführten Sattelschleppern. Kannst du dich noch an diese Geschichte erinnern, als vor ein paar Jahren fünf Kerle mit Gesichtsmasken und abgesägten Schrotflinten Wells Fargo um drei Millionen erleichtert haben?«

»Die hatten doch jemand in der Firma für sich arbeiten.«

»Ganz richtig. Nur hat der Betreffende ganz unerwartet das Zeitliche gesegnet, bevor ihm jemand ein paar Fragen stellen konnte. Übrigens musste auch seine Frau dran glauben. Und eine Freundin hatte er auch noch. Was glaubst du wohl, was mit der passiert ist?«

»Auch tot?«

»Spurlos verschwunden. Und mit ihr noch ein paar andere Leute. Ein paar sind draußen am JFK-Airport im Kofferraum ihrer Autos aufgetaucht. Wenn wir damals einen Tipp bekommen haben, der und der könnte an diesem Wells Fargo-Überfall beteiligt gewesen sein, und wir daraufhin zuschlagen wollten, rief prompt jemand bei uns an, wir sollten doch mal draußen am Flughafen im Kofferraum seines Chevy Monte Carlo nachsehen.«

»Und Ballou ...«

»War angeblich der Kopf der Bande. Das wurde zumindest gemunkelt. Allzu laut hat es sich allerdings niemand zu sagen getraut. Das hätte nämlich verdammt schnell dazu führen können, dass man mitsamt seiner Familie ins Jenseits befördert wurde. Wie dem auch sei, es hieß, dass Ballou hinter dem Coup steckt. Und vermutlich hat er die drei Millionen am Ende ganz allein eingesteckt, weil nämlich niemand mehr übrig war, der sie mit ihm teilen konnte.«

»Verschiebt er auch Drogen?«

»Nicht, dass ich wüsste.«

»Prostitution? Menschenhandel?«

»Ist auch nicht seine Art.« Er gähnte und strich sich mit der Hand durchs Haar. »Es gab da übrigens noch einen anderen Kerl mit dem Spitznamen Butcher. Ein Mafioso aus Brooklyn, wenn ich mich nicht täusche.«

»Dom, der Butcher.«

»Genau.«

»Bensonhurst.«

»Ja. Unter Carlo G., wenn ich mich recht entsinne. Ich glaube, sie nannten ihn Butcher, weil er irgend so einen Pseudojob bei der Schlachtergewerkschaft hatte. Und dafür hat er auch brav seine Steuern abgeführt. Er hieß, glaube ich, Dominic Dingsbums, seinen Nachnamen weiß ich nicht mehr. Irgendwas Italienisches jedenfalls.«

»Kann ich mir denken.«

»Vor ein paar Jahren hat ihn dann jemand über den Haufen geknallt. Bei einem Job, wie er ihn hatte, kann man ja fast sagen, dass er eines natürlichen Todes gestorben ist. Den Spitznamen Butcher hatte er zwar ursprünglich nur wegen seines Pöstchens bei der Schlachtergewerkschaft, aber er konnte auch ganz schön brutal werden. Es gibt da eine Geschichte, dass er ein paar Kerlen, die eine Kirche überfallen hatten, bei lebendigem Leib die Haut abziehen ließ.«

»Um ihnen den nötigen Respekt vor der Religion beizubringen.«

»Ja, er muss angeblich tief religiös gewesen sein. Aber worauf ich hinauswill, Matt: Sobald von einem Kerl die Rede ist, den sie den Butcher oder den

Butcher Boy oder sonst irgendwas in der Art nennen, dann ist in jedem Fall Vorsicht angeraten. Dann hast du es mit einem wilden Tier zu tun, das besser hinter Gittern aufgehoben wäre. Ein Kerl von dem Kaliber braucht schon zum Frühstück rohes Fleisch.«

»Ich weiß.«

»Und deshalb kannst du in so einem Fall eigentlich nur zwei Dinge tun, Matt«, setzte er nach. »Entweder du greifst dir die größte Knarre, die du weit und breit auftreiben kannst, und verpasst dem Kerl einen Genickschuss. Oder du machst gefälligst einen weiten Bogen um ihn.«

Die Mets hatten übers Wochenende die Pirates zu Gast. Sie hatten schon das Match am Abend zuvor gewonnen, und es sah nicht so aus, als könnte ihnen die Tabellenführung noch jemand streitig machen. Ich rief Willa an. Aber sie hatte sich fürs Wochenende schon verschiedenes vorgenommen und war auch nicht so baseballbegeistert, dass sie deshalb gleich alle ihre Pläne über den Haufen geschmissen hätte. Jim Faber hatte noch in der Druckerei zu tun, weil er einen Auftrag hatte, den er bis sechs Uhr unbedingt fertigbekommen musste. Mir blieb also nichts anderes übrig, als mein Adressbuch herauszukramen und mein Glück mit ein paar Leuten zu versuchen, die ich von den Treffen in St. Paul's kannte. Aber sie waren entweder nicht zu Hause oder hatten keine Lust, ins Stadion mitzukommen.

Eigentlich hätte ich genauso gut zu Hause bleiben können. Das Spiel wurde auch im Fernsehen übertragen. Aber ich hatte keine Lust, den ganzen Tag in meinem Zimmer herumzuhocken. Es gab zwar einiges, was ich zu erledigen hatte, aber im Augenblick war es dafür noch zu früh. Zum Teil musste ich damit noch warten, bis es dunkel wurde, und zum Teil sogar bis nach dem Wochenende. Und bis es so weit war, musste ich mich unbedingt beschäftigen. Auf keinen Fall wollte ich die ganze Zeit nur herumsitzen und die Zeit totschlagen. Ich dachte nach, mit wem ich sonst noch zum Stadion rausfahren könnte. Mir fielen allerdings nur zwei Leute ein, die dafür in Frage kamen.

Einer davon war Ballou – ein Gedanke, über den ich sogar selbst lachen musste. Erstens hatte ich seine Telefonnummer nicht, und zweitens hätte ich ihn auch nicht angerufen, selbst wenn ich sie gehabt hätte. Wahrscheinlich hatte er auch gar nichts für Baseball übrig. Und selbst wenn, konnte ich mir uns beide nicht so recht vorstellen, wie wir, Hot Dogs mampfend und wild über einen Fehlwurf buhend, nebeneinander auf der Tribüne saßen. Die Tatsache, dass ich in diesem Zusammenhang überhaupt an Ballou gedacht hatte, machte bestenfalls deutlich, wie stark, wenn auch nur vorübergehend, unser Draht am Abend zuvor gewesen war.

Die zweite Person war Jan Keane. Ich hatte ihre Nummer noch immer im Kopf. Nachdem ich es allerdings zweimal hatte läuten lassen, hängte ich wieder ein, bevor sie oder ihr Anrufbeantworter sich meldete.

Ich fuhr mit der U-Bahn zum Times Square, stieg in die Flushing Line um und fuhr zum Shea Stadium weiter. Das Spiel war zwar ausverkauft, aber vor den Schaltern standen jede Menge junger Burschen herum, die schwarz Eintrittskarten verkauften. Ich bekam einen ganz passablen Sitzplatz über der dritten Base. Ojeda erzielte einen Drei-Punkte-Shutout, es gab ein paar gute Runs zu sehen, und auch das Wetter hätte nicht besser sein können. Jefferies, der Neuzugang der Mannschaft, ging mit einem Double und einem Homerun auf vier zu fünf, und anschließend fing er einen Low Liner von Van Slyke ab und brachte Ojedas Shutout nach Hause.

Neben mir saß ein Kerl, der erzählte, er hätte Willie Mays in seiner Anfangszeit mal in den Polo Grounds gesehen und Mays hätte damals genauso spektakuläre Leistungen gezeigt. Da auch mein Nachbar allein ins Stadion gekommen war, hatte er im Verlauf der neun Innings eine Menge zu erzählen. Aber das war immer noch besser, als zu Hause herumzusitzen und mir irgendwelche dämlichen Werbespots anhören zu müssen. Der Mann, der links von mir saß, kippte pro Inning ein Bier weg, bis sie dann im siebten keines mehr verkauften. Im vierten hatte er sich noch ein zusätzliches genehmigt – sozusagen als Entschädigung für die halbe Dose, die er sich und mir über die Schuhe geschüttet hatte. Ich war ziemlich sauer, ständig den Biergestank in der Nase zu haben. Aber zu pingelig durfte ich in diesem Punkt auch wieder nicht sein. Immerhin hatte ich eine Freundin, die ständig eine Bierfahne hatte, wenn sie nicht gerade nach Scotch roch. Und erst am Abend zuvor hatte ich mir in einer zwielichtigen Bar jede Menge Alkoholdämpfe reingezogen und mich dabei ganz blendend gefühlt. Genaugenommen hatte ich also keinen Grund, auf meinen Nachbarn sauer zu sein, bloß weil er sich ein paar Bier hinter die

Binde kippte, während sich die Mets unten auf dem Spielfeld ordentlich abrackerten.

Ich kaufte mir zwei Hot Dogs und spülte sie mit einer Flasche Malzbier hinunter. Außerdem stand ich während des Spiels dreimal auf – bei der Nationalhymne, in der Verlängerung des siebten Innings und um Ojeda kräftig anzufeuern, als er zu seinem letzten Wurf ansetzte. »In dieser Form fegen sie die Dodgers in den Play-offs vom Platz wie nichts«, versicherte mir mein Nachbar. »Aber mit Oakland dürften sie nicht so leichtes Spiel haben.«

Da ich mich mit Willa zum Abendessen verabredet hatte, fuhr ich nach dem Spiel erst ins Hotel, um mich zu rasieren und einen Anzug anzuziehen. Als ich schließlich bei Willa vor der Tür stand, hatte sie ihr Haar wieder zu einem langen Zopf geflochten und zu einem eleganten Krönchen geknotet. Ich sagte ihr, wie gut ihr diese Frisur stand.

Sie hatte noch immer meine Blumen auf dem Küchentisch stehen. Sie waren nicht mehr gerade die frischesten und verloren zum Teil schon die Blätter. Als ich sie darauf aufmerksam machte, sagte sie, sie wollte sie noch bis zum nächsten Tag stehen lassen. »Ich bringe es einfach nicht über mich, sie schon wegzuwerfen.«

Sie roch nach Alkohol, als ich sie küsste, und als wir überlegten, wohin wir gehen sollten, genehmigte sie sich einen kleinen Scotch. Da uns beiden nach einem ordentlichen Steak war, schlug ich das Slate vor, ein Grill House in der Tenth Avenue, das bei den Polizisten des Midtown North-Reviers und des John Jay College sehr beliebt war.

Wir gingen zu Fuß hin und bekamen einen Tisch im Eingangsbereich, nicht weit von der Bar. Ich entdeckte niemand, den ich kannte, aber ein paar Gesichter kamen mir vage bekannt vor. Wie es schien, war unter den Gästen kaum jemand, der nicht bei der Polizei war. Wäre jemand blöd genug gewesen, dieses Lokal zu überfallen, wäre er in null Komma nichts von mindestens einem Dutzend Kerlen mit gezückten Revolvern umringt gewesen.

Als ich das Willa erzählte, versuchte sie sich auszurechnen, wie hoch in dem darauf losbrechenden Geballere wohl unsere Überlebenschancen wären. »Noch vor ein paar Jahren«, sagte sie, »hätte ich es in so einem Lokal nicht ausgehalten.«

»Aus Angst, von einer Kugel getroffen zu werden?«

»Nein, aus Angst, sie könnten absichtlich auf mich schießen. Ehrlich gestanden, kann ich noch immer nicht recht fassen, dass ich mit einem Kerl ausgehe, der mal bei der Polizei war.«

»Hattest du denn viele Scherereien mit der Polizei?«

»Immerhin habe ich zwei Zähne verloren.« Sie deutete auf die zwei Kronen, die ihr für die zwei Schneidezähne eingesetzt worden waren, die sie damals in Chicago verloren hatte. »Außerdem haben sie uns ständig das Leben schwer gemacht, wo es nur ging. Natürlich haben wir unsere Operationen streng geheim zu halten versucht, aber trotzdem hatten wir immer den Verdacht, dass das FBI einen oder mehrere Leute in unsere Reihen eingeschleust hatte. Jedenfalls ist fast täglich jemand vom FBI bei mir aufgekreuzt, um mir irgendwelche Fragen zu stellen oder die Nachbarn auszuquetschen.«

»Das muss ja ein fürchterliches Leben gewesen sein.«

»Natürlich. Vollkommen verrückt. Und trotzdem hat es mir fast das Herz gebrochen, als ich schließlich ausgestiegen bin.«

»Wollten sie dich denn nicht gehen lassen?«

»Nein, daran lag es nicht. Aber die PCP war jahrelang mein einziger Lebensinhalt. Und als ich schließlich alles hinwarf, war das mehr oder weniger gleichbedeutend mit dem Eingeständnis, dass die Jahre bei der Partei nichts als Zeitverschwendung gewesen waren. Dazu kam auch noch, dass ich von schrecklichen Zweifeln geplagt wurde. Vielleicht befand sich die PCP ja doch auf dem rechten Weg, und ich war nur nicht mehr länger bereit, meine individuellen Bedürfnisse hintanzustellen und weiter für die Veränderung der bestehenden Verhältnisse zu kämpfen. Das war es nämlich, was einen so stark an die Partei band – dieses Gefühl, zu denen zu gehören, die die Welt eines Tages von Grund auf ändern würden.«

Wir ließen uns Zeit beim Essen. Willa hatte ein Sirloin Steak mit gebackenen Kartoffeln. Ich bestellte mir eine gemischte Grillplatte, und außerdem teilten wir uns noch einen Salat Caesar. Als Aperitif hatte sie einen Scotch. Zum Essen selbst trank sie Rotwein. Ich fing gleich mit Kaffee an und ließ mir immer wieder nachschenken. Als krönenden Abschluss wollte Willa noch einen Armagnac zum Kaffee. Als die Bedienung jedoch wieder zurückkam und ihr sagte, an der Bar hätten sie keinen, gab sie sich mit einem Cognac zufrieden. Allzu schlecht kann auch er nicht gewesen sein, weil sie kurz darauf noch einen zweiten bestellte.

Dementsprechend hoch fiel auch unsere Rechnung aus. Willa bestand darauf, die Hälfte zu übernehmen, und ich strengte mich nicht allzu sehr an, es ihr auszureden. »Genau genommen müsste ich sogar zwei Drittel bezahlen«, gab sie mir zu verstehen, während sie die Rechenkünste der Bedienung noch einmal auf die Probe stellte. »Wenn nicht sogar noch mehr. Ich hatte einen Drink nachdem anderen und du nur Kaffee.«

»Jetzt mach aber einen Punkt.«

»Und meine Vorspeise hat mehr gekostet als deine.«

Ich sagte ihr, sie sollte endlich damit aufhören, und wir teilten uns die Rechnung und das Trinkgeld. Nachdem wir das Restaurant verlassen hatten, wollte sie noch ein Stück zu Fuß gehen, um ihren Kopf ein wenig auszulüften. Obwohl es für die allgegenwärtigen Schnorrer schon etwas spät war, kamen uns trotzdem noch einige in die Quere. Ich brachte ein paar Dollar unter die Leute. Einen bekam auch die Frau mit dem Tuch und dem irren Blick. Das Baby hatte sie wieder im Arm, aber das andere Kind war diesmal nicht mehr dabei. Ich wollte lieber erst gar nicht darüber nachzudenken anfangen, was aus ihm geworden sein könnte.

Nachdem wir ein paar Blocks in Richtung Downtown weiter gegangen waren, fragte ich Willa, ob sie was dagegen hätte, noch kurz im Paris Green vorbeizuschauen. Sie sah mich mit einem amüsierten Schmunzeln an und sagte: »Für jemanden, der nicht trinkt, treibst du dich ganz schön viel in Bars herum.«

»Ich möchte nur kurz mit jemandem sprechen.«

Wir überquerten die Ninth, gingen ins Paris Green und setzten uns an die Bar. Mein Freund mit dem Vogelnestbart war an diesem Abend nicht da. Seinen Vertreter sah ich an diesem Tag zum ersten Mal. Er war sehr jung, hatte eine auffallend üppige Lockenpracht auf dem Kopf und einen seltsam abwesenden Blick in den Augen. Leider konnte er mir nicht sagen, wie ich seinen Kollegen erreichen könnte. Deshalb fragte ich nach dem Geschäftsführer und beschrieb ihm den Barkeeper, den ich sprechen wollte.

»Ach, Sie meinen Gary«, nickte er. »Der ist heute Abend nicht hier. Versuchen Sie's doch morgen noch mal. Morgen arbeitet er, glaube ich, wieder.«

Ich fragte den Geschäftsführer, ob er Garys Telefonnummer hatte. Da er sie mir nicht geben wollte, bat ich ihn, Gary für mich anzurufen und ihn zu fragen, ob er bereit wäre, mit mir zu sprechen.

»Wie stellen Sie sich das eigentlich vor?«, nölte er. »Ich muss mich schließlich auch noch um den Betrieb hier kümmern.«

Wenn ich noch einen Dienstausweis gehabt hätte, hätte er die Nummer sicher anstandslos herausgerückt. Wenn ich Mickey Ballou gewesen wäre, hätte ich kurzerhand ein paar Freunde anrücken lassen und seine gesamte Einrichtung zu Kleinholz machen lassen. Es hätte natürlich auch noch eine andere Möglichkeit gegeben: Ich hätte ihm für seine Bemühungen fünf oder zehn Dollar zustecken können. Aber irgendwie ging mir das gegen den Strich.

Deshalb sagte ich barsch: »Rufen Sie ihn schon an!«

»Ich habe Ihnen doch gerade gesagt ...«

»Ich weiß, was Sie gesagt haben. Rufen Sie jetzt endlich an oder rücken Sie diese lächerliche Telefonnummer raus.«

Ich hatte keine Ahnung, was ich getan hätte, wenn er sich geweigert hätte. Aber irgendetwas in meiner Stimme oder in meinem Blick muss ihm zu denken gegeben haben. Jedenfalls sagte er nur: »Einen Augenblick bitte«, und verschwand nach hinten. Darauf leistete ich wieder Willa Gesellschaft. Sie rückte gerade einem doppelten Brandy zu Leibe. Als sie wissen wollte, ob es irgendwelche Probleme gäbe, versicherte ich ihr, alles wäre bestens.

Als der Geschäftsführer wieder auftauchte, ging ich ihm entgegen. »Es hat sich niemand gemeldet«, erklärte er mir. »Hier ist seine Nummer. Sie können es ja selbst versuchen, wenn Sie mir nicht glauben.«

Ich nahm den Zettel, den er mir reichte, und sagte: »Warum sollte ich Ihnen nicht glauben? Dazu besteht doch kein Grund.«

Er sah mich argwöhnisch an.

»Tut mir leid«, entschuldigte ich mich, »dass ich eben etwas grob geworden bin. Aber ich habe ein paar schlimme Tage hinter mir.«

Nach kurzem Zögern nahm er mein Friedensangebot an. »Alles halb so wild. Schwamm drüber.«

»Eine Stadt ist das«, brummte ich darauf mit einem leisen Seufzer, als würde das alles erklären. Und er nickte verständnisvoll.

* * *

Am Ende gab er uns sogar einen aus. Wir waren gerade noch um einen handfesten Streit herumgekommen, und das schien mehr zu zählen als die Tatsache, dass wir uns den ganzen Ärger selbst zuzuschreiben gehabt hätten. Ich wollte zwar gar kein Perrier mehr, aber Willa hatte gegen einen zweiten Brandy nicht das Geringste einzuwenden.

Als wir schließlich gingen, wurde ihr die frische Luft im Freien um ein Haar zum Verhängnis. Um nicht umzukippen, hielt sie sich kurz an mir fest, und nach einer Weile gestand sie mir: »Den letzten Brandy hätte ich lieber nicht mehr trinken sollen.«

»Das ist unschwer zu übersehen.«

»Was soll das nun wieder heißen?«

»Nichts.«

Darauf riss sie sich mit hochrotem Kopf von mir los und starrte mich wütend an. »Du brauchst dich gar nicht so aufzuspielen. Ich komme auch allein nach Hause.«

»Jetzt reg dich doch nicht gleich so auf, Willa.«

»Was heißt hier, ich soll mich nicht aufregen, Mr. Oberkorrekt. Mr. Obernüchtern.«

Damit drehte sie sich abrupt um und stakte grimmig los. Ich ging einfach schweigend neben ihr her.

Nach einer Weile sagte sie: »Tut mir leid. Ich habe das nicht so gemeint.«

»Ist doch nicht weiter schlimm.«

»Bist du nicht sauer?«

»Natürlich nicht.«

Sonst sagte sie während des Heimwegs nicht mehr viel. Zurück in ihrer Wohnung, nahm sie die verwelkten Blumen vom Tisch und tanzte damit durch die Küche. Die Melodie, die sie dazu summte, kannte ich nicht. Nach ein paar Drehungen blieb sie stehen und brach in Tränen aus. Ich nahm ihr die Blumen aus der Hand und legte sie auf den Tisch. Dann schloss ich sie in die Arme. Als sie zu schluchzen aufhörte, ließ ich sie wieder los. Sie trat einen Schritt zurück und begann sich auszuziehen und ließ ihre Kleider einfach zu Boden fallen. Als sie ganz nackt war, ging sie schnurstracks ins Schlafzimmer und kroch unter die Decke.

»Es tut mir leid«, wiederholte sie immer wieder. »Es tut mir leid, es tut mir leid, es tut mir leid.«

»Ist doch gut.«

»Bitte, lass mich jetzt nicht allein.«

Ich blieb, bis ich sicher war, dass sie fest schlief. Dann schlich ich aus dem Schlafzimmer und ging nach Hause.

Kapitel 14

Am nächsten Morgen versuchte ich als Erstes Gary, den Barkeeper aus dem Paris Green, zu erreichen. Obwohl ich es eine ganze Weile läuten ließ, meldete sich niemand, auch kein Anrufbeantworter. Nach dem Frühstück probierte ich es noch einmal. Mit demselben Ergebnis. Ich machte einen langen Spaziergang, und nach meiner Rückkehr ins Hotel versuchte ich ein drittes Mal mein Glück. Als ich den Fernseher einschaltete, kam nichts außer ein paar Finanzexperten, die sich des Langen und Breiten über die zunehmende Staatsverschuldung ausließen, und jeder Menge Fernsehprediger, die einem in leuchtenden Farben die Schrecken des Jüngsten Gerichts ausmalten. Ich hatte sie mir kaum mit einem kurzen Knopfdruck vom Hals geschafft, als das Telefon läutete.

Es war Willa. »Eigentlich wollte ich schon früher anrufen«, sagte sie. »Aber erst mal musste ich wieder halbwegs auf die Beine kommen.«

»War es ein böses Erwachen?«

»Das kann man wohl sagen. Habe ich mich gestern Abend sehr schlimm aufgeführt?«

»Es hielt sich in Grenzen.«

»Irgendwann ist mir einfach der Gaul durchgegangen. Und ab einem bestimmten Punkt kann ich mich an gar nichts mehr erinnern.«

»Na ja, du hattest ja auch einiges intus.«

»Ich kann mich nur noch erinnern, dass ich im Paris Green einen zweiten Brandy getrunken habe. Und ich weiß auch noch, dass ich mir gesagt habe: Du brauchst das Zeug doch nicht in dich reinzuschütten, bloß weil es gratis ist. Er hat uns doch einen ausgegeben, oder?«

»Ja, hat er.«

»Würde mich nicht wundern, wenn er ein bisschen Arsen reingetan hätte. Wäre ja vielleicht nicht mal das Schlechteste gewesen. Jedenfalls kann ich mich danach an nichts mehr erinnern. Wie bin ich überhaupt nach Hause gekommen?«

»Wir sind zu Fuß gegangen.«

»Bin ich ausfallend geworden?«

»Mach dir deswegen mal keine Sorgen«, versicherte ich ihr. »Du warst zwar ziemlich betrunken, aber du hast dich nicht übergeben, bist nicht gewalttätig geworden und hast auch keine Unflätigkeiten von dir gegeben.«

»Wirklich nicht?«

»Wirklich nicht.«

»Ich finde es schrecklich, wenn ich mich an nichts mehr erinnern kann. Es gibt nichts Schlimmeres für mich, als die Kontrolle über mich zu verlieren.«

»Wem sagst du das.«

Sonntags findet in SoHo immer ein Nachmittagstreffen statt, das ich in sehr angenehmer Erinnerung habe. Allerdings hatte ich schon seit Monaten an keinem mehr teilgenommen. Als ich noch mit Jan zusammen war, verbrachte ich die Samstage in der Regel mit ihr. Wir machten die Runde durch die Galerien, gingen anschließend irgendwo essen und blieben dann über Nacht bei ihr. Am nächsten Morgen unternahmen wir nach einem ausgiebigen Brunch meist einen längeren Schaufensterbummel und gingen dann gemeinsam zu dem Treffen.

Nachdem wir uns getrennt hatten, nahm ich auch nicht mehr an den Treffen teil.

Ich fuhr mit der U-Bahn nach Downtown und machte einen ausgedehnten Bummel durch die Spring Street und den West Broadway. Die meisten Kunstgalerien in SoHo sind zwar am Wochenende geschlossen, aber ein paar haben sogar sonntags geöffnet. In einer davon waren eine Reihe sehr realistischer Motive aus dem Central Park ausgestellt, die mir ausnehmend gut gefielen. Auf den meisten Bildern waren nur Bäume, Rasen und Bänke zu sehen, nirgendwo ein im Hintergrund aufragender Wolkenkratzer. Doch trotz all dieser vordergründigen Idyllik war ganz deutlich spürbar, dass man sich mitten im Herzen einer brodelnden Großstadt befand. Der Künstler hatte es sehr gut verstanden, trotz der scheinbar friedlichen Umgebung die hektische Großstadtatmosphäre in aller Deutlichkeit zum Durchscheinen zu bringen. Wie ihm das aber gelungen war, blieb mir vollkommen unerklärlich.

Anschließend ging ich zu dem Treffen. Jan war auch da. Trotzdem schaffte ich es, mich einigermaßen auf das Treffen zu konzentrieren. Aber in der Pause stand ich auf und setzte mich neben sie.

»Komisch«, sagte sie, »erst heute Morgen habe ich an dich gedacht.«

»Ich hätte dich gestern fast angerufen.«

»Tatsächlich?«

»Ich wollte dich fragen, ob du Lust hättest, zum Shea Stadium mit rauszufahren.«

»Das ist ja wirklich eigenartig. Ich habe mir nämlich das Spiel angesehen.«

»Im Stadion?«

»Nein, im Fernsehen. Und du hättest mich fast angerufen?«

»Genau genommen habe ich sogar angerufen.«

»Wann? Ich war den ganzen Tag zu Hause.«

»Ich habe gleich wieder eingehängt.«

»Ach, du warst das. Ich weiß noch, wie ich überlegt habe, wer das gewesen sein könnte. Übrigens …«

»Hast du etwa sogar gedacht, dass ich es sein könnte?«

»Mhm. Genau das habe ich gedacht.« Sie hatte den Blick auf ihre Hände gesenkt, die sie im Schoß verschränkt hatte. »Allerdings glaube ich nicht, dass ich mitgekommen wäre.«

»Ins Stadion?«

Sie nickte. »Aber so etwas lässt sich natürlich immer schwer sagen. Ich meine, wie ich dann tatsächlich reagiert hätte. Was du gesagt hättest, und was ich gesagt hätte.«

»Hättest du Lust, nach dem Treffen noch auf einen Kaffee mitzukommen?«

Sie sah mich an, wandte aber gleich wieder den Blick ab. »Ach, ich weiß nicht, Matthew. Ich weiß nicht.«

Ich wollte gerade etwas sagen, als der Leiter des Treffens mit einem Aschenbecher auf den Tisch klopfte, um anzukündigen, dass die Pause beendet war. Darauf kehrte ich wieder an meinen alten Platz zurück. Ziemlich gegen Ende hob ich die Hand. Und als ich aufgerufen wurde, sagte ich: »Ich heiße Matt und bin Alkoholiker. Während der letzten paar Wochen hatte ich relativ häufig mit Leuten zu tun, die ziemlich viel trinken, und zwar zum Teil aus beruflichen, zum Teil aus gesellschaftlichen Gründen, wobei das nicht immer so ohne weiteres auseinanderzuhalten ist. Erst kürzlich habe ich ein paar Stunden in einer Kneipe verbracht und mich lange mit jemandem unterhalten. Es war genau wie früher, nur dass ich diesmal Coca-Cola getrunken habe.«

So fuhr ich noch ein paar Minuten fort und erzählte einfach, was mir in den Kopf kam. Dann wurde eine Frau aufgerufen, die erzählte, dass die Wohnungen in dem Haus, in dem sie wohnte, in Eigentumswohnungen umgewandelt werden sollten und sie nicht wüsste, wie sie ihre Wohnung kaufen sollte.

Nachdem wir gebetet hatten und alle Stühle weggeräumt waren, fragte ich Jan noch einmal, ob sie auf einen Kaffee mitkommen wollte. »Ein paar von uns treffen sich in einem Lokal gleich um die Ecke«, sagte sie. »Hättest du Lust, dorthin mitzukommen?«

»Ich wollte eigentlich mit dir allein reden.«

»Hältst du das wirklich für so eine gute Idee?«

Darauf schlug ich ihr vor, sie zu dem Lokal zu begleiten, damit wir uns auf dem Weg dorthin ein bisschen unterhalten konnten. Aber kaum waren wir losgegangen, wusste ich plötzlich nicht mehr, was ich eigentlich sagen wollte. Deshalb gingen wir erst einmal eine Weile schweigend nebeneinander her.

Du hast mir sehr gefehlt, sagte ich ein paarmal in Gedanken. Und irgendwann sagte ich es auch laut.

»Tatsächlich? Du fehlst mir übrigens auch. Wenn ich hin und wieder an uns denke, werde ich richtig traurig.«

»Ja.«

»Hast du inzwischen was Neues angefangen?«

Ich nickte. »Aber erst vor einer Woche oder so.«

»Und?«

»Ich bin da mehr oder weniger reingerutscht. Eigentlich war ich gar nicht auf der Suche. Aber gerade dann passiert es am ehesten.«

»Und sie hat nichts mit den Anonymen Alkoholikern am Hut?«

»Nicht im Entferntesten.«

»Heißt das, sie sollte besser?«

»Das zu entscheiden, maße ich mir schon lange nicht mehr an. Außerdem tut es nichts zur Sache, weil es sowieso keine Zukunft hat.«

Nach kurzem Schweigen sagte sie: »Ich hätte, glaube ich, ziemlich Angst, längere Zeit mit jemandem zu verbringen, der trinkt.«

»Diese Angst dürfte auch nicht ganz unbegründet sein.«

»Hast du schon das von Tom gehört?« Sie versuchte eine ganze Weile, mir ein langjähriges Mitglied der Downtown-Gruppe zu beschreiben, aber ich kam einfach nicht drauf, wen sie meinte. »Wie dem auch sei«, fuhr sie darauf fort, »er hat zweiundzwanzig Jahre keinen Tropfen Alkohol angerührt, hat regelmäßig an den Treffen teilgenommen und eine ganze Menge Leute als Tutor betreut. Und dann war er letzten Sommer drei Wochen in Paris und wird zufällig in ein Gespräch mit einer hübschen Französin verwickelt. Sie fragt ihn: 'Hätten Sie Lust, ein Glas Wein mit mir zu trinken?'«

»Und was hat er geantwortet?«

»'Warum nicht?'«

»Einfach so?«

»Einfach so. Nach zweiundzwanzig Jahren und weiß Gott wie vielen tausend Treffen. 'Warum nicht?'«

»Hat er es geschafft, wieder aufzuhören?«

»Offensichtlich nicht. Zwei, drei Tage ist er nüchtern geblieben, aber dann ist er wieder losgezogen und hat zu saufen angefangen. Er sieht zum Erbarmen aus. Seine Sauftouren dauern zwar nie sehr lange, weil er nichts mehr verträgt und schon nach ein paar Tagen in einer Klinik landet. Aber er schafft es einfach nicht, wieder damit aufzuhören. Ich kann ihn kaum ansehen, wenn er bei einem Treffen auftaucht. Wahrscheinlich macht er's nicht mehr lange.«

»Sozusagen am Rand des Abgrunds.«

»Wie bitte?«

»Ach, nur so eine Redewendung, die ich kürzlich aufgeschnappt habe.«

Wir bogen um die nächste Ecke und blieben vor dem Café stehen, in dem sie mit ihren Freunden verabredet war. Sie fragte mich, ob ich nicht doch auf einen Kaffee mitkommen wollte. Aber als ich auch diesmal ablehnte, versuchte sie nicht weiter, mich zu überreden.

Ich sagte: »Ich finde es schade, dass wir ...«

»Ich weiß«, fiel sie mir ins Wort und ergriff für einen Moment meine Hand. »Vielleicht wird sich die Atmosphäre zwischen uns eines Tages doch noch so weit entspannen, dass wir uns wieder ganz normal miteinander unterhalten können. Aber im Moment geht es einfach noch nicht.«

»So wird es wohl sein.«

»Ja, wirklich schade«, nickte sie. »Dass einem so etwas auch nach so langer Zeit noch so zu schaffen machen kann.«

Damit drehte sie sich um und ging auf den Eingang des Cafés zu. Ich blieb stehen, bis sie nach drinnen verschwunden war. Erst dann setzte ich meinen Weg fort. Ich achtete nicht darauf, wohin ich ging. Und es war mir auch ziemlich egal.

Nachdem ich mir meinen Kummer halbwegs von der Seele gelaufen hatte, versuchte ich von einer Telefonzelle aus noch mal Gary zu erreichen. Wieder ohne Erfolg. Darauf fuhr ich mit der U-Bahn nach Uptown zurück und ging ins Paris Green. Und dort stand er leibhaftig hinterm Tresen. An der Bar selbst war nichts los. Nur an den Tischen saßen noch ein paar Leute über einem späten Brunch. Ich sah Gary zu, wie er ein Tablett mit Bloody Marys fertig machte und dann ein paar Gläser halb mit Orangensaft, halb mit Sekt füllte.

»Mimosas!«, brummte er abschätzig. »Ein typisches Beispiel für sinnlose Verschwendung – wenn das Ganze weniger ist als die Summe seiner Teile. Man trinkt entweder Orangensaft oder Sekt, sage ich immer, aber nicht beides zugleich aus einem Glas.« Er zückte ein Tuch und wischte mit theatralischer Geste den Tresen vor mir sauber. »Und was darf ich Ihnen bringen?«

»Haben Sie noch Kaffee?«

Er rief nach einem Kellner und bestellte eine Tasse Kaffee für die Bar. Dann beugte er sich vor und sagte: »Bryce hat mir erzählt, Sie hätten nach mir gesucht.«

»Ja, gestern Abend. Außerdem habe ich Sie schon mehrmals telefonisch zu erreichen versucht.«

»Da haben Sie allerdings Pech gehabt, weil ich nämlich gestern Nacht gar nicht nach Hause gekommen bin. Zum Glück gibt es immer noch ein paar weibliche Wesen, die selbst einem armen Schlucker wie mir noch einen gewissen Reiz abgewinnen können.« Er grinste zufrieden. »Und wenn Sie mich erreicht hätten: Was hätten Sie von mir gewollt?«

Das erklärte ich ihm darauf. Er hörte mir eine Weile schweigend zu und nickte schließlich. »Klar, kann ich machen. Die Sache ist nur, dass ich erst um acht frei habe. Im Augenblick ist zwar kaum was los, aber ich weiß leider niemand, der für mich einspringen könnte. Es sei denn ...«

»Ja?«

»Sind Sie denn auch schon mal hinterm Tresen gestanden?«

»Nein«, winkte ich ab, »ich komme lieber gegen acht noch mal vorbei.«

Zurück im Hotel, sah ich mir die Schlussphase eines Footballspiels an. Aber lange hielt ich es zwischen meinen vier Wänden nicht aus. Ich zog wieder los und wanderte ziellos durch die Gegend. Irgendwann wurde mir bewusst, dass ich seit dem Frühstück keinen Bissen mehr gegessen hatte. Deshalb kaufte ich mir eine Pizza und streute Unmengen von Paprika drauf. Vielleicht brachte mich der wieder etwas auf Vordermann.

Ein paar Minuten vor acht trudelte ich wieder im Paris Green ein und trank ein Coke. Gary machte währenddessen seine Abrechnung. Als wir schließlich gemeinsam das Lokal verließen, fragte er mich nochmal nach dem Namen der Kneipe. Ich nannte ihn ihm, und er sagte, dass ihm der Laden noch nie aufgefallen wäre. »Andrerseits komme ich auch kaum in die Tenth Avenue. Grogan's Open House? Hört sich an wie eine typische Irenkneipe.«

»Ist es auch.«

Gemeinsam gingen wir noch einmal durch, was er tun sollte. Dann beobachtete ich von der gegenüberliegenden Straßenseite, wie er auf das Grogan's zusteuerte und nach drinnen ging. Ich drückte mich in einen dunklen Hauseingang und wartete. Die Minuten zogen sich hin, und ich begann mir schon Sorgen zu machen, dass irgendetwas Unvorhergesehenes passiert war und ich ihn vielleicht unnötig in Gefahr gebracht hatte. Während ich noch überlegte, ob ich ihm zu Hilfe kommen sollte, ging plötzlich die Tür auf, und er kam wieder nach draußen. Die Hände in den Hosentaschen, schlenderte er gemächlich die Straße hinunter.

Ich folgte ihm auf der anderen Straßenseite etwa im gleichen Tempo und überquerte nach ein paar hundert Metern die Straße. Er sah mich an und sagte: »Kenne ich Sie? Wie lautet die Parole?«

»Irgendein bekanntes Gesicht entdeckt?«

»Keine Frage. Zwar war ich mir erst nicht sicher, ob ich ihn überhaupt wiedererkennen würde. Aber ein Blick hat genügt, und mir war klar: Das ist er. Übrigens hat er mich auch wiedererkannt.«

»Und was hat er gesagt?«

»Eigentlich nichts. Er hat nur dagestanden und gewartet, dass ich was bestelle. Natürlich habe ich mir nicht anmerken lassen, dass ich ihn kenne.«

»Sehr gut.«

»Aber er hat sich auch nichts anmerken lassen, obwohl er mich eindeutig wiedererkannt hat. Sie hätten mal sehen sollen, wie er immer wieder verstohlen zu mir rübergelinst hat. Tja, das kommt davon, wenn man kein ganz reines Gewissen hat.«

»Allerdings.«

»Gar nicht so übel, der Laden. Der alte Fliesenboden und das viele dunkle Holz – richtig stilvoll. Ich habe mir eine Flasche Harp bestellt. Und bei der zweiten Flasche habe ich ein paar Typen am Dartboard zugesehen. Einer von denen muss in einem früheren Leben mal der Schiefe Turm von Pisa gewesen sein. Ich habe die ganze Zeit nur darauf gewartet, dass er endlich mal auf die Fresse fällt. Aber glauben Sie, der Kerl wäre umgekippt?«

»Ich weiß, wen Sie meinen.«

»Er hat Guinness getrunken. Für meine zartbesaiteten Geschmacksnerven ist dieses Gesöff allerdings ein bisschen zu urig, um mich damit anfreunden zu können. Aber zusammen mit Orangensaft gäbe es vermutlich gar kein so schlechtes Mixgetränk ab.« Er schüttelte sich. »Wie es wohl ist, in so einem Laden zu arbeiten, wo man bestenfalls einen Scotch mit Soda und vielleicht alle heiligen Zeiten mal einen Wodka Tonic über den Tresen schiebt? Auf jeden Fall würde ich wetten, dass man dort sein ganzes Leben verbringen kann, ohne dass jemand einen Mimosa bestellt. Oder einen Harvey Wallbanger. Oder gar einen Hickory Dickory Daiquiri.«

»Was ist das denn?«

»Nichts, was Sie interessieren könnte.« Er schüttelte sich noch einmal. Und als ich ihn fragte, ob ihm sonst noch jemand bekannt vorgekommen wäre, sagte er: »Nein, nur der Barkeeper.«

»Und Sie haben ihn ein paarmal mit Paula gesehen?«

»So wahr ich hier stehe, wie das die Jungs im Grogan's wahrscheinlich ausdrücken würden.« An dieser Stelle geriet er erneut ins Schwärmen, wie es wohl war, in einer Bar ohne jeden Schnickschnack, ohne Zimmerfarne und Möchtegernyuppies hinterm Tresen zu stehen. »Andrerseits«, er kam rasch wieder auf den Boden der Tatsachen zurück, »dürften dort auch die Trinkgelder nicht gerade berauschend sein.«

Das erinnerte mich an etwas. Ich hatte mir bereits einen passenden Schein in die Hosentasche gesteckt. Und den drückte ich ihm nun diskret in die Hand.

Allerdings wollte er ihn nicht annehmen. »Kommt überhaupt nicht in Frage. Immerhin hat unser kleines Abenteuer etwas Abwechslung in mein Leben gebracht. Und was hat mich das Ganze schon gekostet? Zehn Minuten meiner Zeit und zwei Bier. Wir können uns ja mal zusammensetzen, wenn Sie den Fall gelöst haben. Dann können Sie mir in aller Ruhe erzählen, was bei der Sache herausgekommen gewesen ist, und vielleicht lasse ich mich bei dieser Gelegenheit sogar auf ein paar Bier einladen. Ist das kein Angebot?«

»Einverstanden. Ich muss Sie allerdings warnen: Solche Fälle kommen keineswegs immer zur Aufklärung; manchmal verlaufen sie einfach im Sand.«

»Das Risiko will ich mal eingehen«, verabschiedete er sich.

Nachdem ich etwa eine Viertelstunde gewartet hatte, ging ich selbst ins Grogan's. Mickey Ballou war nirgendwo zu sehen. Andy Buckley war am Dartboard zugange, und Neil stand hinter der Bar. Er hatte dasselbe an wie beim letzten Mal: die Kuhfellweste und das rot-schwarz karierte Hemd.

Ich stellte mich an die Bar und bestellte ein Glas Mineralwasser bei ihm. Als er es vor mir auf den Tresen stellte, fragte ich ihn, ob Mickey Ballou zu sprechen wäre. »Vor einer Weile war er kurz hier«, sagte er. »Aber vermutlich kommt er später noch mal vorbei. Soll ich ihm ausrichten, dass Sie nach ihm gefragt haben?«

Ich sagte, es wäre nicht so wichtig.

Darauf entfernte er sich ans andere Ende der Bar. Ich nippte ab und zu an meinem Mineralwasser und schaute zwischendurch immer wieder mal zu ihm hinüber. Gary hatte vollkommen recht gehabt: Der Kerl hatte ein verdammt schlechtes Gewissen. Was seine Stimme betraf, war ich mir allerdings nicht ganz sicher. Mein nächtlicher Anrufer hatte in einem heiseren Flüsterton gesprochen. Aber eigentlich kam nur er dafür in Frage.

Ich hatte keine Ahnung, was ich noch alles herausfinden würde – und ob es mich tatsächlich weiterbrächte.

Ich muss wohl eine geschlagene halbe Stunde so am Tresen gestanden haben. Er hielt sich währenddessen die ganze Zeit am anderen Ende der Bar auf.

Als ich ging, fehlte von meinem Mineralwasser höchstens ein Fingerbreit. Er hatte vergessen, dafür zu kassieren, und ich hielt es nicht für nötig, ihm ein Trinkgeld zu geben.

Der Geschäftsführer des Druid's Castle konnte sich sofort an ihn erinnern. »Neil Tillman? Was ist mit ihm?«

»Hat er mal hier gearbeitet?«

»Etwa ein halbes Jahr. Er hat irgendwann dieses Frühjahr gekündigt.«

»Demnach hat er also zur gleichen Zeit hier gearbeitet wie Paula Hoeldtcke.«

»Anzunehmen. Aber um ganz sicherzugehen, müsste ich erst in den Unterlagen nachsehen. Die sind allerdings im Büro des Besitzers, und das ist im Moment leider abgeschlossen.«

»Warum hat er hier aufgehört?«

Er überlegte nicht lange. »Das ist hier ein ständiges Kommen und Gehen. Eine Fluktuation haben wir hier – das müssten Sie erst mal gesehen haben, um es zu glauben.«

»Warum haben Sie ihm gekündigt?«

»Habe ich denn gesagt, wir hätten ihm gekündigt?«

»Nein, aber so war es doch?«

Die Frage war ihm sichtlich unangenehm. »Dazu möchte ich mich lieber nicht äußern.«

»Was war der Grund? Hat er unter der Hand gedealt? Oder zu viel in die eigene Tasche gewirtschaftet?«

»Darüber möchte ich lieber nicht sprechen. Kommen Sie doch morgen im Lauf des Tages noch mal vorbei. Dann kann Ihnen der Besitzer persönlich erzählen, was Sie wissen wollen. Aber ich ...«

»Der Mann ist in einen Mordfall verwickelt«, fiel ich ihm ins Wort.

»Sie ist tot?«

»Zumindest deutet inzwischen einiges darauf hin.«

Er runzelte die Stirn. »Trotzdem möchte ich mich darüber nicht näher äußern.«

»Ihre Aussage wird nicht zu Protokoll genommen. Was Sie mir erzählen, bleibt ganz unter uns.«

»Kreditkartenschwindel«, rückte er schließlich mit der Sprache heraus. »Allerdings konnten wir ihm nichts nachweisen. Deshalb wollte ich auch nichts sagen. Aber alles deutet darauf hin, dass er mit den Kreditkarten unserer Gäste irgendwelche krummen Touren gedreht hat. Wie er dabei genau vorging, kann ich Ihnen allerdings nicht sagen, aber auf jeden Fall war etwas faul an der ganzen Geschichte.«

»Mit welcher Begründung haben Sie ihn gefeuert?«

»Das hat der Besitzer persönlich übernommen. Er hat Neil nur zu verstehen gegeben, dass er nicht so recht in unser Konzept passen würde, und mit dieser Begründung hat er sich dann auch zufrieden gegeben. Das läuft mehr oder weniger auf ein stillschweigendes Schuldgeständnis hinaus, finden Sie nicht auch? Immerhin hatte er lange genug hier gearbeitet, um sich nicht mit so einer fadenscheinigen Begründung vor die Tür setzen zu lassen. Aber er ist der Sache nicht weiter nachgegangen.«

»Und was hatte Paula mit der Sache zu tun?«

»Hatte sie denn überhaupt etwas damit zu tun? Auf diese Idee bin ich, ehrlich gestanden, noch gar nicht gekommen. Sie ist aus freien Stücken gegangen – nicht, weil ihr gekündigt wurde. Und ich bin auch ziemlich sicher, dass sie nach Neils Ausscheiden noch eine ganze Weile hier gearbeitet hat. Falls sie wirklich unter einer Decke mit ihm gesteckt hat ... auszuschließen ist es natürlich nicht, aber nach außen hin schienen die beiden nicht viel miteinander am Hut zu haben. Man sah sie zum Beispiel nie verstohlen in einer Ecke tuscheln. Jedenfalls wäre ich nie auf die Idee gekommen, die beiden könnten in irgendeiner Weise näher miteinander zu tun gehabt haben. Es wurde nicht über sie geredet, und mir ist auch sonst nichts aufgefallen, was darauf hingedeutet hätte.«

Gegen Mitternacht besorgte ich mir ein paar Becher Kaffee und postierte mich damit schräg gegenüber vom Grogan's. Ich machte es mir in einem dunklen Hauseingang gemütlich, trank meinen Kaffee und behielt dabei den Eingang der Bar im Auge. Ich ging davon aus, dass ich in meinem Versteck nicht weiter auffiel. In dieser Gegend gab es eine Menge Kerle, die in irgendwelchen Hauseingängen herumlungerten. Ich war zwar ein bisschen besser gekleidet als die meisten von ihnen, aber nicht nennenswert.

Diesmal verging die Zeit etwas schneller als vor ein paar Stunden, als ich auf Gary gewartet hatte. Ich ließ meinen Gedanken freien Lauf, und ehe ich mich's versah, waren über einer Reihe ziemlich aberwitziger Spekulationen zehn oder fünfzehn Minuten verstrichen. Dabei ließ ich den Eingang des Grogan's nicht eine Sekunde aus den Augen. Wenn man bei so einer Überwachungsaktion nicht wahnsinnig werden will, muss man seiner Phantasie freien Lauf lassen. Gleichzeitig müssen die Augen allerdings in ständiger Alarmbereitschaft bleiben, damit sie einen sofort wieder in die Realität zurückholen, sobald sie irgendetwas Auffälliges registrieren. Das war immer dann der Fall, wenn jemand die Bar betrat oder verließ. Das riss mich jedes Mal ziemlich abrupt aus meinen Gedanken.

Kurz nach eins verließen mehrere Leute das Lokal gleichzeitig. Und wenig später kam noch einmal ein ganzer Schwung nach draußen. Der Einzige, den ich von den insgesamt etwa zehn Leuten kannte, war Andy Buckley. Kurz nachdem sich die Tür hinter der zweiten Gruppe wieder geschlossen hatte, gingen die meisten Lichter aus, und nur ein paar vereinzelte Lampen blieben noch an.

Ich verließ mein Versteck und suchte mir einen Hauseingang direkt gegenüber der Bar. Von dort konnte ich zwar die Tür des Grogan's besser sehen, aber der Eingang war nicht so tief und gemütlich wie der erste. Ich konnte Neil im Innern des Lokals hin und her gehen sehen; vermutlich war er gerade dabei, den Laden dicht zu machen. Als er mit einem Müllsack nach draußen kam und ihn in eine grüne Mülltonne wuchtete, zog ich mich weiter in das Dunkel des Hauseingangs zurück. Gleich darauf verschwand er wieder nach drinnen, und ich hörte, wie das Türschloss zuschnappte. Das Geräusch war zwar nicht sehr laut, aber man konnte es bis über die Straße hören.

Dann verging einige Zeit. Endlich ging die Tür wieder auf, und Neil kam nach draußen. Er ließ das Gitter vor dem Eingang herunter und schloss es ab. Im Innern brannte noch immer Licht. Offensichtlich ließen sie aus Sicherheitsgründen immer ein paar Lampen an.

Als er überall abgeschlossen hatte, stand ich auf, um ihm zu folgen. Wenn er ein Taxi oder die U-Bahn genommen hätte, hätte ich ziemlich dumm dagestanden. Allerdings waren die Chancen ziemlich hoch, dass er irgendwo in der Nähe wohnte und zu Fuß nach Hause ging. Und in diesem Fall sollte es nicht weiter schwierig sein, ihm zu folgen. Da er nicht im Telefonbuch stand, war das die einfachste Möglichkeit herauszufinden, wo er wohnte.

Wie ich allerdings danach vorgehen sollte, war mir noch nicht klar. Das Beste war vermutlich, mich einfach von meinem Instinkt leiten zu lassen. Entweder knöpfte ich ihn mir gleich an der Haustür vor und fühlte ihm dabei so kräftig auf den Zahn, dass er vor lauter Aufregung ein paar Brocken ausspuckte. Oder ich wartete ab, bis er die Wohnung wieder verließ, damit ich mich dort ungestört umsehen konnte. Aber erst einmal musste ich ihm folgen, um herauszufinden, wohin er ging.

Nur ging er nirgendwohin. Vielmehr drückte er sich genau wie ich in einen dunklen Hauseingang und blieb dort mit hochgezogenen Schultern stehen. Ab und zu hob er die Hände an den Mund, um sie mit seinem Atem zu wärmen. So kalt war es eigentlich gar nicht, aber andrerseits hatte er auch nur das Hemd und die offene Weste an.

Er steckte sich eine Zigarette an, rauchte sie zur Hälfte, schnippte sie davon. Die rotglühenden Funken, die bei ihrer Landung auf dem Gehsteig davonstoben, waren noch nicht ganz verglüht, als ein Wagen, der die Tenth heraufkam, direkt vor dem Eingang des Grogan's anhielt und mir die Sicht auf Neil versperrte. Es war ein Cadillac – eine Limousine mit Silberlackierung und getönten Scheiben. Deshalb konnte ich auch nicht erkennen, wer am Steuer saß.

Unwillkürlich wartete ich darauf, dass jeden Moment ein paar Schüsse fallen würden. Ich bildete mir sogar ein, sie hören zu können und zu sehen, wie die schwere Limousine unter lautem Reifenquietschen mit aufheulendem Motor davonjagte und Neil blutüberströmt auf den Gehsteig sank. Aber nichts dergleichen geschah. Stattdessen ging Neil leicht geduckt auf den Wagen zu. Die Beifahrertür ging auf. Er stieg ein und schloss die Tür wieder.

Der Cadillac fuhr los, und ich stand da und schaute dumm aus der Wäsche.

Kapitel 15

Ich bildete mir ein, das Telefon läuten zu hören, als ich unter der Dusche stand. Als ich mich abtrocknete, klingelte es wieder. Ich schlang mir das Handtuch um die Hüften und nahm ab.

»Scudder? Hier Mick Ballou. Habe ich Sie geweckt, Mann?«

»Nein, ich war schon wach.«

»Gut. Es ist zwar noch früh, aber ich muss Sie unbedingt sprechen. Wie wär's in zehn Minuten? Vor Ihrem Hotel?«

»Lieber erst in zwanzig.«

»Sehen Sie zu, ob es nicht etwas schneller geht – damit wir nicht zu spät kommen.«

Zu spät? Für was? Ich rasierte mich und schlüpfte hastig in einen Anzug. Ich hatte eine unruhige Nacht voller Angstträume hinter mir, in denen ich in dunklen Hauseingängen Zeuge wilder Schießereien wurde. Und jetzt war es halb acht Uhr morgens, und ich hatte einen Termin mit dem Butcher Boy. Warum? Wozu?

Ich band mir eine Krawatte um und steckte Schlüssel und Geldbörse ein. Im Foyer wartete niemand auf mich. Aber als ich auf die Straße hinaustrat, stach mir sofort der Wagen ins Auge, der direkt vor dem Hoteleingang neben einem Hydranten stand. Es war der große silberne Cadillac mit den getönten Scheiben. Diesmal konnte ich allerdings sehen, wer am Steuer saß. Er hatte nämlich auf der Beifahrerseite das Fenster heruntergelassen und sich über den Sitz gebeugt, um mir zuzuwinken.

Ich überquerte den Gehsteig und öffnete die Beifahrertür. Ballou trug eine weiße Metzgerschürze, die vom Hals bis zu den Füßen reichte. Der weiße Baumwollstoff war mit unzähligen rostfarbenen Flecken übersät – einige noch dunkel, andere schon ziemlich verblichen. Ich konnte nicht umhin, mich zu fragen, ob es wirklich so klug war, zu einem Kerl mit so einer Schürze ins Auto zu steigen. Allerdings deutete nichts in seinem Verhalten darauf hin, dass meine Ängste begründet waren. Er reichte mir die Hand, und nachdem ich sie geschüttelt hatte, stieg ich ein und zog die Tür hinter mir zu.

Darauf fuhr er los. An der Kreuzung zur Ninth musste er an der Ampel warten. Er fragte noch einmal, ob er mich tatsächlich nicht geweckt hätte, und das verneinte ich. »Der Mann an der Rezeption hat zwar gesagt, Sie wären nicht drangegangen«, sagte er. »Aber ich habe ihn gebeten, es noch mal zu versuchen.«

»Ich war gerade unter der Dusche.«

»Aber Sie haben einigermaßen ausgeschlafen?«

»Geht so.«

»Ich habe bisher noch kein Auge zugedrückt.« Als die Ampel auf Grün schaltete, bog er vor dem entgegenkommenden Verkehr mit Schwung links ab. An der Fifty-sixth musste er aber gleich wieder an einer roten Ampel halten. Da er beim Losfahren auf den Knopf für den automatischen Fensterheber gedrückt hatte, schaute ich durch getöntes Glas auf den trüben Morgen hinaus. Es sah nach Regen aus, und wegen der dunklen Scheibe wirkten die Wolken am Himmel noch ominöser.

Ich fragte ihn, wohin wir fuhren.

»Zur Metzgermesse.«

Dabei musste ich unwillkürlich an ein blutiges Ritual denken, bei dem Männer in weißen Schürzen ein Lamm oder etwas Ähnliches schlachteten.

»In St. Bernard. Wissen Sie, wo das ist?«

»In der Fourteenth Street?«

Er nickte. »Dort findet täglich um sieben Uhr ein Gottesdienst statt. Am Hauptaltar. Und um acht wird in einer kleinen Seitenkapelle eine zweite Messe gelesen, an der allerdings immer nur eine Handvoll Leute teilnehmen. Mein Vater ist jeden Morgen vor der Arbeit hingegangen. Manchmal hat er mich mitgenommen. Er war Schlachter und hat im Schlachthof gearbeitet. Das war seine Schürze.«

Die Ampel wurde grün, und wir fuhren weiter. Wir hatten grüne Welle, und wenn eine Ampel mal aus der Reihe tanzte, ging er vom Gas, sah kurz nach links und rechts und fuhr dann bei Rot über die Kreuzung. Nur einmal, an der Zufahrt zum Lincoln Tunnel, schafften wir es nicht mehr und mussten warten. Aber dann fuhren wir wieder, ohne anzuhalten, bis zur Fourteenth Street, wo er links abbog. St. Bernard lag auf der Downtown zugewandten Seite, etwa ein Drittel den Block hinunter. Er hielt vor einem Bestattungsinstitut an. Während der Geschäftszeiten war hier das Parken verboten.

Als wir ausstiegen, winkte Ballou jemandem im Bestattungsinstitut zu. Da über dem Eingang Twomey & Sons stand, nahm ich an, dass es Twomey oder einer seiner Söhne war, der von drinnen zurückwinkte. Ich ging mit Ballou die Eingangstreppe hinauf und durch das Portal der Kirche.

Er führte mich das linke Seitenschiff hinunter zu einer Kapelle. Auf die drei Reihen Klappstühle, die dort standen, waren etwa ein Dutzend Gläubige verteilt. Ballou nahm in der letzten Reihe Platz und bedeutete mir, mich neben ihn zu setzen.

Im Lauf der nächsten paar Minuten trudelten ein gutes Dutzend weitere Gläubige ein, darunter mehrere Nonnen, ein paar alte Frauen, zwei Männer in Anzügen und einer in einem olivfarbenen Overall. Außer Ballou waren noch vier Männer in Schlachterschürzen da.

Punkt acht Uhr erschien der Priester. Er sah aus wie ein Filipino und hatte einen leichten Akzent. Ballou schlug mir ein Gebetbuch auf und zeigte mir, wo wir gerade waren. Ich stand auf, wenn die anderen aufstanden, setzte mich, wenn sie sich setzten, kniete, wenn sie knieten. Erst wurde ein Kapitel aus dem Buch Jesaia verlesen, dann aus dem Lukasevangelium.

Bei der Kommunion blieb ich einfach an meinem Platz. Genau wie Ballou. Sonst gingen bis auf eine Nonne und einen Schlachter alle zur Kommunion.

Das Ganze war relativ schnell vorüber. Als Ballou aufstand und die Kapelle verließ, stand auch ich auf und folgte ihm nach draußen.

Wieder auf der Straße, steckte er sich eine Zigarette an und sagte: »Mein Vater ist hier jeden Morgen vor der Arbeit zur Messe gegangen.«

»Das haben Sie schon gesagt.«

»Damals wurde die Messe noch auf Latein gelesen. Ich finde allerdings, seit sie auf Englisch gehalten wird, hat sie endgültig jede Aura von Geheimnis verloren. Aber wie gesagt, mein Vater ist jeden Morgen zur Messe gegangen. Ich würde nur zu gern wissen, warum er das eigentlich getan hat.«

»Warum tun Sie es denn?«

»Keine Ahnung. So oft gehe ich allerdings auch nicht. Bestenfalls zehn-, zwanzigmal im Jahr. Manchmal gehe ich drei Tage hintereinander und dann wieder zwei Monate lang gar nicht.« Er nahm einen letzten Zug von seiner Zigarette und warf sie weg. »Ich beichte nicht, ich gehe nicht zur Kommunion, ich bete nicht. Glauben Sie an Gott?«

»Manchmal.«

»Manchmal? Interessant.« Er nahm mich am Arm. »Kommen Sie. Den Wagen kann ich hier stehen lassen. Twomey wird ihn nicht abschleppen lassen. Er kennt mich, und er kennt den Wagen.«

»Den kenne ich auch.«

»Wen? Den Wagen?«

»Ja, ich habe ihn nämlich gestern Nacht schon mal gesehen. Bei der Gelegenheit habe ich mir auch gleich die Nummer notiert, um mich heute bei der Zulassungsbehörde nach seinem Besitzer zu erkundigen. Die Mühe kann ich mir allerdings inzwischen sparen.«

»Da hätten Sie außerdem nicht viel erfahren«, versicherte mir Ballou. »Der Wagen ist nämlich auf einen anderen Namen zugelassen.«

»Die Lizenz für das Grogan's ist auch auf einen anderen Namen ausgestellt.«

»Allerdings. Wo haben Sie den Wagen gesehen?«

»Kurz nach eins in der Fiftieth Street. Neil Tillman ist eingestiegen, und dann sind Sie zusammen losgefahren.«

»Und wo haben Sie währenddessen gesteckt?«

»In einem Hauseingang auf der anderen Straßenseite.«

»Sozusagen auf der Pirsch?«

»So könnte man es nennen.«

Wir gingen auf der Fourteenth in Richtung Westen. Nachdem wir die Hudson und die Greenwich überquert hatten, fragte ich Ballou, wohin er eigentlich wollte. »Ich war die ganze Nacht auf den Beinen«, sagte er. »Deshalb brauche ich jetzt was Anständiges zu trinken. Und wo bekäme man das nach einer Metzgermesse eher als in einer Metzgerkneipe?« Als er mir dabei einen kurzen Blick zuwarf, blitzte in seinen grünen Augen ein seltsames Leuchten auf. »Aller Wahrscheinlichkeit nach werden Sie dort der einzige Mensch in einem Anzug sein. Zwar verkehren dort auch eine ganze Menge Vertreter, aber die kommen erst später vorbei. Aber keine Sorge. Schlachter sind tolerant. Kein Mensch wird Sie deshalb dumm anschauen.«

»Na, Gott sei Dank.«

Inzwischen waren wir im Schlachthofviertel angelangt. Das Straßenbild war von Fleischgroßmärkten und Wurstfabriken geprägt. Männer in knöchellangen weißen Schürzen, wie auch Ballou eine anhatte, wuchteten blutige

Rinder- und Schweinehälften aus riesigen Fleischtransportern und hängten sie an großen Fleischerhaken auf. Der durchdringende Geruch von rohem Fleisch, der in der Luft hing wie Rauch, überdeckte sogar den Auspuffgestank der Lkws. Weiter hinten, am Ende der Straße, zogen dunkle Wolken über dem Hudson auf. Es schien, als wollten sie die neuen Hochhäuser drüben in Jersey jeden Augenblick verschlingen. Wären diese Neubauten nicht gewesen und hätten an Stelle der großen Trucks ein paar Pferdefuhrwerke herumgestanden, hätte man sich glatt ins neunzehnte Jahrhundert zurückversetzt fühlen können.

Die Kneipe, in die mich Ballou führte, lag in der Washington Street, Ecke Thirteenth. Auf dem Schild über dem Eingang stand schlicht und einfach BAR, und falls der Laden sonst noch einen Namen hatte, wurde er streng geheim gehalten. Der Schankraum war ziemlich klein, der Boden dick mit Sägemehl bestreut. Auf dem Tresen stand eine Platte mit Sandwiches, und im Hintergrund blubberte, sehr zu meiner Freude, eine Kaffeemaschine. Für ein Coke wäre es noch ein bisschen früh gewesen.

Der Barmann war ein kräftiger, untersetzter Kerl mit einem Bürstenhaarschnitt und einem buschigen Schnurrbart. Am Tresen standen drei Männer; zwei von ihnen trugen blutbespritzte Schlachterschürzen. Von dem halben Dutzend quadratischer Tische aus dunklem Holz war keiner besetzt. Ballou holte ein Glas Whiskey und eine Tasse Kaffee an der Bar und führte mich an den hintersten Tisch. Ich nahm Platz, und auch er wollte sich gerade setzen. Aber dann warf er einen Blick in sein Glas und stellte fest dass es nicht voll genug war. Daraufhin ging er noch mal an den Tresen und kam mit der ganzen Flasche wieder. Es war ein Jameson, aber nicht der zwölf Jahre alte, den er im Grogan's trank.

Er legte seine mächtige Pranke um das Glas und prostete mir damit wortlos zu. Ich tat ein gleiches mit meiner Kaffeetasse. Er trank das halbe Glas auf einen Zug leer. Der Wirkung nach zu schließen, die es auf ihn hatte, hätte es auch Wasser sein können.

Er sagte: »Ich muss mit Ihnen reden.«

»Ich höre.«

»Sie wussten doch sofort Bescheid, als mein Blick zufällig auf das Foto des Mädchens fiel, stimmt's?«

»Zumindest habe ich was geahnt.«

»Verdammt geschickt, wie Sie mich da aufs Glatteis geführt haben. Erst haben wir uns über Eddie Dunphy unterhalten. Und dann über Gott und die Welt.«

»So in etwa.«

»Erst dachte ich, Sie hätten mich absichtlich auf eine falsche Fährte gelockt, um mir dann plötzlich, wie aus heiterem Himmel, dieses Foto unter die Nase zu halten. Aber so war es nicht, stimmt's?«

»Nein. Ich hatte keine Ahnung, dass Sie oder Neil etwas mit Paulas Verschwinden zu tun haben. Ich wollte nur herausfinden, was Eddies Gewissen belastet hat, bevor er starb.«

»Deshalb bestand für mich auch kein Anlass, mich vor Ihnen in Acht zu nehmen. Ich hatte nichts mit Eddie am Hut und wusste auch nicht, wo ihn der Schuh gedrückt haben könnte.« Er trank sein Glas leer und stellte es auf den Tisch. »Tut mir leid, Matt, aber ich muss Sie leider darum bitten, auf die Toilette mitzukommen. Ich möchte erst Gewissheit haben, dass Sie kein Abhörgerät am Körper tragen.«

»Schon wieder dieses Theater?«, stöhnte ich.

»Ich habe keine Lust, lange um den heißen Brei herumzureden. Aber um Klartext mit Ihnen reden zu können, muss ich erst wissen, dass Sie nicht irgendwo eine Wanze versteckt haben.«

Im Klo herrschte ein ziemlicher Mief. Da das winzige Kabuff für uns beide zu eng war, blieb Ballon vor der offenen Tür stehen und sah mir zu, wie ich Jacke, Hemd und Krawatte abnahm. Als ich meine Hose runterließ, entschuldigte er sich noch einmal, dass er mir so viele Umstände machen musste. Aber immerhin hielt er mir die Jacke, während ich mich wieder anzog. Ich ließ mir ganz bewusst Zeit, als ich mir die Krawatte band. Erst dann nahm ich ihm die Jacke wieder ab und schlüpfte hinein. Wir kehrten an unseren Tisch zurück und setzten uns, worauf er sich als Erstes einen ordentlichen Schluck Whiskey einschenkte.

»Das Mädchen ist tot«, sagte er dann unvermittelt.

Irgendetwas in meinem Bauch sackte ein Stockwerk tiefer. Eigentlich hatte ich schon die ganze Zeit gewusst, dass sie tot war – das hatte mir sowohl mein Instinkt als auch mein Verstand gesagt. Aber anscheinend hatte ich es nicht wahrhaben wollen.

»Wann?«, wollte ich wissen.

»Irgendwann im Juli. Das genaue Datum weiß ich nicht.« Er griff nach seinem Glas, ohne es hochzuheben. »Bevor Neil bei mir anfing, stand er in irgend so einem Schickimickiladen hinterm Tresen.«

»Im Druid's Castle.«

»Das wissen Sie also auch schon. Er hat dort ein paar krumme Dinger gedreht.«

»Mit Kreditkarten.«

Er nickte. »Als er mit seiner Idee zu mir kam, habe ich ihn mit jemandem bekannt gemacht, der sich mit so was auskennt. Damit ist eine Menge Geld zu machen, obwohl ich persönlich für solche Sperenzchen nicht vielübrig habe. Ich bin mehr für handfestere Sachen. Nur ein bisschen mit Zahlen rumzujonglieren ist nicht mein Stil. Trotzdem sind alle Beteiligten an dem Geschäft auf einen guten Schnitt gekommen. Aber dann haben sie in dem Restaurant was gemerkt und haben ihn rausgeworfen.«

»Und dort hat er auch Paula kennengelernt.«

Er nickte. »Sie steckte mit ihm unter einer Decke. Bevor sie eine Kreditkarte an die Kasse brachte, ließ sie sie durch ihre eigene kleine Maschine laufen. Oder wenn sie den Durchschlag bekam, um ihn wegzuwerfen, gab sie ihn stattdessen Neil. Als er rausgeworfen wurde, arbeitete sie noch eine Weile weiter in dem Laden und brachte ihm immer brav ihre Quittungsdurchschläge. Übrigens hatte Neil in einer ganzen Reihe von Lokalen solche Mädchen, die für ihn arbeiteten. Aber irgendwann hat sie dann gekündigt; sie hatte wohl keine Lust mehr, als Bedienung zu arbeiten.«

Er hob das Glas und nahm einen Schluck. »Sie zog zu ihm. Damit ihre Eltern nichts davon merkten, gab sie ihr altes Zimmer allerdings nicht auf. Manchmal kam sie im Grogan's vorbei, um ihm etwas Gesellschaft zu leisten, wenn er hinterm Tresen stand. Aber meistens holte sie ihn erst nach der Arbeit ab. Natürlich hat Neil nicht nur von seinem Verdienst als Barkeeper gelebt.«

»Er hat diese Kreditkartenmasche noch weiter durchgezogen?«

»Nein, irgendwann ging das natürlich nicht mehr. Aber als er wieder Zeit hatte, sich nach was anderem umzusehen, fand er schnell eine andere Nebenbeschäftigung. Er ging dazu über, Autos zu knacken – und zwar auf Bestellung. Man brauchte ihm nur den Wagentyp zu sagen. Ein paarmal hat er auch zusammen mit ein paar anderen Kerlen einen Lkw abgestaubt. Mit so was ist bekanntlich ganz schön Geld zu machen.«

»Das kann ich mir vorstellen.«

»Die Einzelheiten sind ja auch nicht weiter wichtig. Aber wie gesagt, er war in Ordnung; man konnte sich hundertprozentig auf ihn verlassen. Nur sie hat mir etwas Sorgen gemacht.«

»Inwiefern?«

»Weil sie nicht recht ins Bild gepasst hat. Ich meine, sie hat natürlich mitgemacht, aber sie hat nicht dazugehört. Was ist ihr Vater von Beruf?«

»Er verkauft japanische Autos.«

»Aber sicher keine gestohlenen.«

»Wohl kaum.«

Er machte die Flasche auf und hob sie hoch. Auf seine Frage, ob ich noch mehr Kaffee wollte, winkte ich dankend ab.

»Ich sollte besser auch Kaffee trinken«, brummte er. »Aber wenn ich mal eine Nacht durchgemacht habe, wirkt Whiskey wie Kaffee auf mich. Er bringt mich auf Touren und hält mich auf Trab.« Er füllte sein Glas. »Sie war ein nettes, anständiges Mädchen aus Indiana«, fuhr er nach einer Weile fort. »Sie hat zwar geklaut, aber das hat sie mehr wegen des Kitzels getan. Und so jemandem kann man nicht trauen. Das ist fast so schlimm wie jemanden bloß wegen des Kitzels umzubringen. Ein guter Dieb stiehlt nicht wegen des Kitzels. Er stiehlt wegen des Gelds. Und die absoluten Profis stehlen, weil sie Diebe sind.«

»Was ist mit Paula passiert?«

»Sie hat Verschiedenes mitbekommen, was sie lieber nicht hätte hören sollen.«

»Und was war das?«

»Das tut hier nichts zur Sache. Aber warum soll ich Ihnen eigentlich nicht auch das noch erzählen? Also gut, eines Tages tauchen hier plötzlich ein paar Itaker auf und bringen eine Menge Heroin unter die Leute. Und dann hat jemand die ganze Bande abgeknallt und ihr Geld einkassiert. Die Zeitungen haben übrigens ausführlich darüber berichtet. Natürlich hatten die Pressefritzen von den wahren Hintergründen wieder mal keine Ahnung, aber vielleicht können Sie sich trotzdem noch an diese Geschichte erinnern.«

»Ja, kann ich.«

»Neil hat sie mal auf die Farm mitgenommen. Ich habe nämlich oben in Ulster County eine Farm; im Grundbuch ist zwar ein anderer als Besitzer eingetragen, aber sie gehört genauso mir wie das Grogan's und der Wagen.« Er nahm einen Schluck und fuhr fort: »Offiziell gehört mir absolut nichts, können Sie sich so was vorstellen? Der eine lässt mich mit seinem Wagen fahren, der andere lässt mich in seiner Wohnung wohnen – und das, obwohl sein Name im Mietvertrag steht. Und dann ist da noch diese Farm. Sie wird von zwei Leutchen aus Westmeath County bewirtschaftet. Er hatte schon immer eine Schwäche für das Landleben. Und jetzt lebt er zusammen mit seiner Frau auf der Farm, die ihm laut Grundbucheintrag auch gehört. Er melkt die Kühe und füttert die Schweine, und sie kümmert sich um die Hühner und sammelt die Eier ein, und ich kann jederzeit dort wohnen, wenn ich mal ein bisschen Landluft schnuppern will. Und wenn irgend so ein Schnüffler vom Finanzamt wissen will, woher ich das ganze Geld habe, dann kann ich nur sagen: Von was für Geld reden Sie eigentlich? Mir gehört doch nichts.«

»Neil hat also Paula auf die Farm mitgenommen«, half ich ihm nach.

»Natürlich hat dort niemand ein Blatt vor den Mund genommen. Es wurde viel geredet, und sie hat einfach zu viel gehört. Und sie hätte natürlich nicht dichtgehalten. Im Grunde ihres Herzens war sie nämlich noch immer die brave, blauäugige Provinzdrossel aus Indiana. Die musste man doch nur ein bisschen scharf ansehen, und schon hätte sie einem brühwarm alles erzählt. Deshalb habe ich zu Neil gesagt, er soll zusehen, dass er sie irgendwie loswird.«

»Sie haben ihm gesagt, er soll sie umbringen?«

»Wer redet denn hier von umbringen!« Er knallte sein Glas mit solcher Wucht auf den Tisch, dass ich dachte, seine Wut gälte mir beziehungsweise meiner Frage. »Mit keinem Wort habe ich etwas von Umbringen gesagt! Ich habe ihm lediglich klargemacht, er soll dafür sorgen, dass sie aus New York verschwindet. Solange sie sich hier nicht mehr blicken ließ, hätte sie keine Gefahr für uns dargestellt. Zu Hause in Indiana hätte ihr kein Mensch irgendwelche Fragen gestellt – weder die Polizei noch die Itaker. Aber wenn sie noch weiter in der Stadt geblieben wäre, hätte sie ganz plötzlich ein Riesenproblem werden können.«

»Aber Neil hat Ihre Anweisung falsch verstanden?«

»Keineswegs. Kurz darauf kam er nämlich an und sagte, es wäre alles geregelt; er hätte sie in ein Flugzeug nach Indianapolis gesetzt, und wir würden nie wieder was von ihr hören oder sehen. Sie hätte ihr Zimmer gekündigt und wäre wieder nach Hause zurück und könnte niemandem mehr gefährlich werden.« Er hob sein Glas, stellte es aber wieder ab und schob es ein Stück von sich. »Gestern Abend«, fuhr er dann fort, »als ich Ihre Visitenkarte umgedreht habe und plötzlich das Foto sah, wurde ich allerdings hellhörig. Weshalb sucht jemand nach einem Mädchen, das angeblich zu Hause bei Mama und Papa ist?«

»Was ist passiert?«

»Genau dasselbe habe ich Neil gefragt. 'Was ist passiert, Neil? Wieso haben ihre Eltern jemanden damit beauftragt, sie zu suchen, obwohl du sie doch angeblich nach Hause geschickt hast?' 'Erst ist sie tatsächlich zurück zu ihren Eltern nach Indiana', sagt er darauf. 'Nur hat sie es dort nicht lange ausgehalten. Sie hat sich nach Los Angeles abgesetzt, um in Hollywood ihr Glück zu versuchen.' 'Und das, ohne ihren Eltern ein Wort zu sagen?' Darauf er: 'Vielleicht ist ihr dort was zugestoßen. Vielleicht hat sie Drogen genommen, oder sie ist in schlechte Gesellschaft geraten. Immerhin ist sie ja auch hier in einer ziemlich zwielichtigen Szene verkehrt. Warum also nicht auch dort?' Mir war sofort klar, dass er mir was vorzumachen versuchte.«

»Kein Zweifel.«

»Allerdings ließ ich die Sache erst mal auf sich beruhen.«

»Er hat mich angerufen«, sagte ich, »irgendwann am Samstagmorgen – sehr früh. Vermutlich ein paar Stunden nachdem er im Grogan's zu arbeiten aufgehört hat.«

»Das war der Abend, an dem ich ihn zur Rede gestellt habe. Wir haben den Laden dichtgemacht und das Licht gelöscht und sind über einer Flasche Whiskey noch eine Weile beisammengesessen. Und bei der Gelegenheit hat er mir dann erzählt, sie wäre nach Hollywood, um dort Filmstar zu werden. Und dann hat er also Sie angerufen? Was wollte er von Ihnen?«

»Dass ich aufhören sollte, nach ihr zu suchen, weil das reine Zeitverschwendung wäre.«

»Wie kann man nur so blöd sein. Damit hat er doch nur erreicht, dass Sie endgültig Gewissheit hatten, auf der richtigen Spur zu sein.«

»Das war mir vorher schon klar.«

Er nickte. »Weil ich es Ihnen verraten habe. Allerdings wusste ich zu diesem Zeitpunkt noch gar nicht, dass ich überhaupt etwas zu verraten hatte. Damals dachte ich noch, sie wäre zu Hause bei ihren Eltern in Indiana. Wie hieß die Stadt eigentlich?«

»Muncie.«

»Ach ja, Muncie.« Er starrte eine Weile versunken in sein Glas und nahm dann einen Schluck. Ich hatte zwar nie viel irischen Whiskey getrunken, aber trotzdem konnte ich mich plötzlich ganz genau an seinen typischen Geschmack erinnern – nicht so rauchig wie Scotch und nicht so ölig wie Bourbon. Ich trank den Rest von meinem Kaffee, als handelte es sich dabei um ein Gegengift.

»Ich wusste sofort, dass er mir nur was vormachte«, fuhr Ballou fort. »Deshalb ließ ich ihm erst etwas Zeit, um sich wieder einigermaßen zu beruhigen, und dann habe ich gestern Abend einen kleinen Ausflug mit ihm gemacht, um ihm ordentlich auf den Zahn zu fühlen. Wir sind nach Ellenville raufgefahren. Das ist, wo die Farm liegt. Wo er sie hingebracht hat.«

»Wann?«

»Irgendwann im Juli. Er lud sie auf die Farm ein, sozusagen auf ein letztes gemeinsames Wochenende. Bei dieser Gelegenheit nahmen sie beide etwas Kokain, und das hat ihr Herz nicht verkraftet. So viel hat sie angeblich gar nicht genommen, aber bei Kokain kann man nie wissen; manchmal spielt das Zeug einfach verrückt.«

»Und das haben Sie ihm geglaubt?«

»Natürlich nicht. Dieses Schwein wollte mir nur was vormachen. Aber ich habe die Wahrheit schon noch aus ihm herausbekommen. Er nahm sie mit auf die Farm und sagte ihr, dass sie nach Hause zurück müsste. Aber davon wollte sie nichts wissen. Sie hatte schon einiges getrunken und wurde ziemlich sauer und fing sogar damit an, ihm zu drohen, sie würde zur Polizei gehen. Sie hat sich so aufgeführt, dass er schon fürchtete, die zwei Leute, die sich um die Farm kümmern, könnten Verdacht schöpfen. Um ihr das Maul zu stopfen, hat er ihr deshalb eine übergezogen. Allerdings hat er ein bisschen zu fest zugelangt, und das ist ihr nicht gut bekommen.«

»Aber so war es doch auch nicht«, warf ich ein. »Oder?«

»Nein. Warum hätte er extra die weite Strecke mit ihr da rauf fahren sollen, bloß um ihr zu sagen, sie soll sich in die nächste Maschine nach Hause setzen? So ein ausgekochter Lügner!« Über seine Lippen legte sich ein wölfisches

Grinsen. »Wie Sie sich sicher denken können, habe ich ihn vorher nicht auf seine Rechte aufmerksam gemacht, weil er nämlich gar nicht das Recht hatte, die Aussage zu verweigern. Und er hatte auch nicht das Recht, sich einen Anwalt zu nehmen.« Seine Finger strichen über einen der dunkleren Flecken auf seiner Schürze. »Er hat geredet.«

»Und?«

»Natürlich hat er sie nur auf die Farm mitgenommen, um sie umzubringen. Er meinte, sie wäre unter keinen Umständen freiwillig nach Hause zurückgekehrt; sie hätte sich nur bereiterklärt, keinem Menschen ein Sterbenswörtchen zu erzählen. Deshalb ist er mit ihr zur Farm hochgefahren und hat sie dort ordentlich abgefüllt. Und dann ist er mit ihr spazieren gegangen und hat irgendwo an einem idyllischen Plätzchen mit ihr geschlafen. Der Mond schien, und die beiden lagen splitternackt im Gras. Und dann hat er sein Messer genommen und es ihr unter die Nase gehalten. 'Was soll das?', hat sie entsetzt hervorgestoßen. 'Bist du jetzt komplett übergeschnappt?' Und dann hat er sie erstochen.«

Meine Kaffeetasse war leer. Ich stand auf, ging an die Bar und ließ mir vom Barkeeper nachschenken. Als ich wieder an unseren Tisch zurückkehrte, bildete ich mir ein, das Sägemehl unter meinen Sohlen wäre blutgetränkt. Ich dachte, ich könnte das Blut sogar sehen und riechen. Aber was ich sah, war nur verschüttetes Bier, und was ich roch, war der Fleischgeruch von draußen.

Als ich mich wieder setzte, starrte Ballou auf das Foto, das ich ihm gegeben hatte. »Sie sah sehr gut aus«, sagte er ruhig. »Wesentlich besser als auf dem Foto. Sie hatte was sehr Lebendiges an sich.«

»Bis er sie umgebracht hat.«

»Ja, bis er sie umgebracht hat.«

»Hat er sie einfach liegen gelassen? Die Leiche muss doch noch zu finden sein. Ich werde veranlassen, dass sie nach Muncie überführt wird, damit sie ein ordentliches Begräbnis bekommt.«

»Das geht leider nicht.«

»Das ließe sich durchaus machen – auch ohne die Polizei einzuschalten. Ihre Eltern würden sicher mitmachen, wenn ich Ihnen das Ganze erkläre. Vor allem wenn ich ihnen versichern kann, dass der Gerechtigkeit bereits Genüge geleistet worden ist.« Das klang zwar reichlich geschwollen, aber es brachte genau das zum Ausdruck, was ich sagen wollte. Ich sah Ballou an. »Das ist doch der Fall, oder nicht?«

»Gerechtigkeit? Wann wird der Gerechtigkeit schon mal Genüge geleistet?« Dieser Gedanke schien ihn noch eine ganze Weile zu beschäftigen, bevor er schließlich sagte: »Aber die Antwort auf Ihre Frage lautet natürlich ja.«

»Das habe ich mir bereits gedacht. Aber die Leiche ...«

»Die können Sie nicht haben, Mann.«

»Warum nicht? Hat er denn nicht gesagt, wo er sie verscharrt hat?«

»Er hat sie nicht verscharrt.« Seine Hand, die zwischen uns auf dem Tisch lag, ballte sich zur Faust, sodass sich die Knöchel weiß verfärbten.

Ich wartete.

Schließlich fuhr er fort: »Ich habe Ihnen doch gesagt, wie das mit der Farm ist. Für mich dient sie natürlich nur dem Zweck, hin und wieder ein geruhsames Wochenende auf dem Land verbringen zu können. Aber die beiden Leute, die sich dort um alles kümmern – sie heißen übrigens O'Mara –, haben es sich nicht nehmen lassen, die Farm richtig zu bewirtschaften. Der Gemüsegarten ist ihr ganzer Stolz. Den ganzen Sommer über werde ich von ihnen mit Mais und Tomaten versorgt. Und mit Zucchinis – ständig drängen sie mir ihre Zucchinis auf.« Er öffnete die Faust und legte seine Hand mit der Handfläche nach unten auf den Tisch. »Sie haben auch Kühe – zwei Dutzend Holsteiner. Sie verkaufen die Milch und behalten den Erlös für sich. Sie bieten mir ständig Milch an. Aber was soll ich damit anfangen? Die Eier sind allerdings unübertroffen. Die Hühner laufen frei herum, wenn Sie wissen, was das bedeutet. Es heißt, sie müssen sich ihr Futter selbst zusammenkratzen. Und das bekommt ihnen ganz hervorragend. Der Dotter ist dunkelgelb, fast orange. Bei Gelegenheit bringe ich Ihnen mal ein paar Eier mit.«

Ich schwieg.

»Sie halten dort oben auch Schweine.«

Ich nahm einen Schluck Kaffee. Einen Moment bildete ich mir ein, dass er nach Bourbon schmeckte. Ob er mir was in meine Tasse geschüttet hatte, als ich zum Tresen ging? Aber das war natürlich Unsinn. Erstens hatte ich die Tasse dabeigehabt, und zweitens hatte er eine Flasche mit irischem Whiskey vor sich stehen, keinen Bourbon. Allerdings hatte ich früher meinen Kaffee immer mit einem kräftigen Schuss Bourbon getrunken. Es konnte also nur daran liegen, dass meine Phantasie im Moment verrückt spielte. Eben erst hatte ich im Sägemehl auf dem Boden der Bar Blut gesehen, und jetzt schmeckte ich auch noch Bourbon in meinem Kaffee.

»Es kommt immer wieder mal vor«, fuhr Ballou fort, »dass ein Farmer im Suff im Schweinekoben umkippt oder sich irgendwo anstößt und bewusstlos liegen bleibt. Und wissen Sie, was mit so jemandem passiert?«

»Nein, was?«

»Die Schweine fressen ihn auf. Ja, das tun sie tatsächlich. Deshalb gibt es überall auf dem Land Firmen, die bei den Farmern die toten Kühe und Pferde abholen. Schweine brauchen nämlich einen bestimmten Anteil an tierischem Eiweiß in ihrer Nahrung. Dann wachsen sie jedenfalls schneller.«

»Und Paula ...«

Ballou sah mich nur vielsagend an.

Ich brauchte unbedingt was zu trinken. Es gibt hundert Gründe, weshalb man was zu trinken braucht. Aber der Grund, weshalb ich jetzt etwas brauchte, war der elementarste von allen. Ich wollte nicht fühlen, was ich in diesem Augenblick fühlte, und eine innere Stimme sagte mir, dass ich unbedingt was zu trinken brauchte, weil ich es sonst nicht aushalten würde.

Aber auf diese innere Stimme darf man auf keinen Fall hören. Wenn man will, kann man alles aushalten. Wenn es auch noch so wehtut, wenn es auch brennt wie Säure in einer offenen Wunde – es ist trotzdem auszuhalten. Und solange man imstande ist, sich für den Schmerz und gegen das schnelle Vergessen zu entscheiden, wird man auch nicht schwach.

»Ich bin übrigens fest davon überzeugt, dass er es von Anfang an so geplant hat«, fuhr Ballou schließlich fort. »Erst hat er sie mit seinem Messer erstochen und dann den Schweinen zum Fraß vorgeworfen. Ich kann mir genau vorstellen, wie er sich mit den Armen auf die Umzäunung des Kobens gestützt und zugesehen hat, wie sich die Schweine über sie hergemacht haben. Dabei bestand dazu nicht der geringste Anlass. Sie wäre sicher wieder nach Hause zurückgekehrt, wo sie ja auch hingehört hat, und kein Mensch hätte je wieder was von ihr gehört. Natürlich hätte er ihr notfalls ein bisschen Angst machen müssen, um ihr auf die Sprünge zu helfen. Aber umzubringen hätte er sie deshalb noch lange nicht gebraucht. Deshalb sehe ich mich fast zu der Annahme gezwungen, dass ihm das Ganze richtig Spaß gemacht hat.«

»Da wäre er nicht der Erste.«

»Allerdings nicht«, stimmte mir Ballou grimmig nickend zu. »Manchmal verspürt man dabei tatsächlich eine tiefe Genugtuung. Kennen Sie dieses Gefühl?«

»Nein.«

»Ich schon.« Er drehte die Flasche herum, damit er das Etikett lesen konnte. Ohne aufzuschauen, fuhr er fort:

»Aber trotzdem tötet man nicht ohne einen triftigen Grund. Man legt sich nicht irgendwelche fadenscheinigen Vorwände zurecht, um jemanden kaltzumachen. Und man macht auch niemandem was vor, dem man besser nichts vormachen sollte. Er hat sie auf meiner Farm umgebracht. Er hat sie meinen Schweinen vorgeworfen. Und dann hat er mir auch noch weiszumachen versucht, sie würde ihrer Mutter zu Hause in Muncie, Indiana, beim Kuchenbacken helfen.«

»Sie haben ihn gestern nach der Arbeit im Grogan's abgeholt.«

»Das habe ich.«

»Und sind mit ihm nach – wo war die Farm gleich wieder? – Ulster County raufgefahren?«

»Ja.«

»Und waren die ganze Nacht auf den Beinen?«

»Ja. Man fährt ganz schön lange da rauf. Und dann den ganzen Weg wieder zurück. Und außerdem wollte ich rechtzeitig zur Messe wieder in New York sein.«

»Zur Metzgermesse.«

»Zur Metzgermesse.« Er nickte.

»Ist Ihnen wohl ganz schön an die Nieren gegangen«, sagte ich. »Die lange Fahrt. Und getrunken haben Sie vermutlich auch einiges.«

»Habe ich. Und die Fahrt war ziemlich anstrengend. Aber Sie wissen ja, um diese Zeit herrscht so gut wie kein Verkehr.«

»Das ist richtig.«

»Auf der Hinfahrt hat er mir noch Gesellschaft geleistet.«

»Und auf der Rückfahrt?«

»Habe ich das Radio eingeschaltet.«

»Das hat vermutlich geholfen.«

»Ja. Die Anlage in einem Cadillac kann sich sehen lassen. Vorn und hinten

Lautsprecher – ein Sound, so klar wie guter Whiskey. Und überhaupt – ihre Leiche war nicht die erste, die bei den Schweinen gelandet ist.«

»Und auch nicht die letzte?«

Er schüttelte den Kopf. Seine Lippen waren gespannt, seine Augen starr wie grüne Kiesel. »Auch nicht die letzte.«

Kapitel 16

Wir verließen die Bar im Schlachthofviertel und gingen über die Thirteenth zur Greenwich Street, von dort weiter zur Fourteenth und dann nach Osten, wo Ballou seinen Wagen geparkt hatte. Er wollte mich nach Uptown mitnehmen, aber ich musste nicht in diese Richtung. Außerdem, sagte ich, wäre ich mit der U-Bahn schneller als er im Vormittagsstau mit dem Auto. Kurz standen wir nur schweigend da. Und dann gab er mir einen leichten Schlag auf die Schulter, ging um seinen Wagen herum und stieg ein. Ich ging in Richtung Eighth Avenue, zur nächsten U-Bahn-Station.

Als ich in Downtown ausstieg, suchte ich mir als erstes eine Telefonzelle. Da ich nicht auf offener Straße telefonieren wollte, ging ich in die Eingangshalle eines großen Bürogebäudes. Dort hatten sie sogar noch eine richtige Zelle mit einer Tür, die man hinter sich schließen konnte, nicht nur eine von diesen neumodischen Plexiglashauben.

Zuerst rief ich Willa an. Wir waren noch nicht mit den üblichen »Hallos« und »Wie geht's?« fertig, als ich schon mit der Neuigkeit herausplatzte: »Paula Hoeldtcke ist tot.«

»Hast du das nicht schon die ganze Zeit befürchtet?«

»Aber jetzt habe ich Gewissheit.«

»Weißt du auch, wie es passiert ist?«

»Sogar genauer, als mir lieb ist. Aber am Telefon möchte ich dir die näheren Einzelheiten lieber nicht erzählen. Außerdem muss ich erst ihren Vater verständigen.«

»Darum bist du wirklich nicht zu beneiden.«

»Weiß Gott nein«, brummte ich finster. »Außerdem habe ich noch verschiedene andere Dinge zu erledigen. Aber wenn es geht, würde ich dich später gern noch sehen. Leider kann ich noch nicht sagen, wie lang es dauern wird. In Ordnung, wenn ich so gegen fünf oder sechs bei dir vorbeikomme?«

»Ich bin auf jeden Fall zu Hause.«

Nachdem ich aufgehängt hatte, blieb ich erst einmal ein paar Minuten in der Zelle sitzen. Als die Luft stickig wurde, öffnete ich die Tür einen Spalt. Nach einer Weile zog ich sie wieder zu. Die Deckenbeleuchtung ging an. Ich nahm den Hörer ab und wählte eine Null und dann die 317 und schließlich die restliche Nummer. Als sich das Fernamt meldete, nannte ich meinen und seinen Namen und meldete ein R-Gespräch an.

Als ich ihn schließlich am Apparat hatte, sagte ich: »Hier Scudder. Erst bin ich bei meiner Suche überhaupt nicht vorangekommen, und dann hat sich plötzlich alles wie von selbst gelöst. Über ein paar Einzelheiten bin ich mir zwar noch nicht im Klaren, aber ich hielt es trotzdem für besser, Ihnen schon mal Bescheid zu sagen. Gleich vorweg: Es sieht nicht gut aus.«

»Aha.«

»Genauer gesagt: Es sieht sogar sehr schlecht aus, Mr. Hoeldtcke.«

»Damit hatte ich eigentlich schon gerechnet. Im Grunde genommen hatten das meine Frau und ich schon die ganze Zeit befürchtet.«

»Die genaueren Einzelheiten werde ich vermutlich erst heute Abend oder spätestens morgen früh erfahren. Ich werde Sie dann noch mal anrufen. Mir ist natürlich klar, dass Sie und Ihre Frau verzweifelt auf eine erlösende Nachricht von mir warten. Aber leider muss ich Ihnen jetzt schon sagen, dass ich Sie in diesem Punkt enttäuschen muss.«

»Trotzdem möchte ich Ihnen für Ihre Offenheit danken. Bis sechs Uhr können Sie mich hier in der Firma erreichen, und dann bin ich den ganzen Abend zu Hause.«

»Sie werden von mir hören.«

Die nächsten paar Stunden verbrachte ich mit einer Reihe von Behördengängen. Die meisten Auskünfte, die ich haben wollte, bekam ich ohne nennenswerte Schwierigkeiten, aber für den einen oder anderen Dienst am Bürger musste ich ein paar Dollar springen lassen. So ist New York nun mal. Ein ziemlich hoher Prozentsatz der Leute, die für eine städtische Behörden arbeiten, sehen durch ihr reguläres Gehalt mehr oder weniger nur die Leistung abgedeckt, dass sie jeden Morgen zum Dienst erscheinen. Für alles, was sie darüber hinaus tun, erwarten sie eine zusätzliche Vergütung. So werden Sie zum Beispiel kaum einen TÜV-Inspektor finden, der Ihnen ohne ein kleines Trinkgeld eine Sicherheitsbescheinigung für Ihren Lift ausstellt. Und ganz ähnlich verhält es sich, wenn Sie eine Baugenehmigung oder eine Bestätigung des Gewerbeaufsichtsamts brauchen – eigentlich lauter Dinge, für die

die zuständigen Beamten vom Staat bezahlt werden. Für Leute, die sich erst vor kurzem in New York niedergelassen haben, muss das eine ziemlich schockierende Erfahrung sein – es sei denn, sie haben schon mal längere Zeit im Orient gelebt.

Zum Glück sprengten meine Ansinnen an die Bürokratie keineswegs den Rahmen des Üblichen, sodass sich auch das hierfür erwartete Bakschisch in Grenzen hielt. Insgesamt kostete mich der ganze Spaß um die fünfzig Dollar. Vielleicht auch etwas mehr. Aber zumindest bekam ich nach und nach heraus, was ich wissen wollte.

Da ich mein AA-Handbuch nicht dabei hatte, rief ich kurz vor Mittag in der AA-Zentrale an und erkundigte mich nach einem Mittagstreffen in der Nähe der City Hall. Man nannte mir eine Adresse in der Chambers Street. Als ich dort aufkreuzte, waren sie gerade dabei, das Motto zu verlesen. Ich suchte mir einen freien Platz und blieb dort sitzen, bis das Treffen zu Ende war. Ich könnte nicht sagen, ob ich auch nur ein Wort von dem mitbekam, was dabei gesprochen wurde, und wenn man von meiner bloßen physischen Anwesenheit und dem einen Dollar absah, den ich am Schluss in den Sammelkorb warf, trug ich auch nichts zu dem Treffen bei. Trotzdem bereute ich es nicht, daran teilgenommen zu haben.

Anschließend genehmigte ich mir zum Mittagessen einen Hamburger und ein Glas Milch, um danach frisch gestärkt meinen Ämtergang fortzusetzen und ein paar weitere Staatsdiener zu schmieren. Als ich in der letzten Behörde fertig war und zur U-Bahn ging, hatte es zu regnen begonnen. Als ich in der Fiftieth Street ausstieg und zum Revier Midtown North ging, hatte es wieder aufgehört.

Es war etwa halb vier, als ich mich nach Joe Durkin erkundigte. Er war im Außendienst unterwegs. Ich fragte, ob ich auf ihn warten könnte und ob sie ihm ausrichten könnten, dass ich hier war, falls er von unterwegs anrief; es wäre wichtig. Offensichtlich rief er tatsächlich irgendwann an und bekam meine Nachricht übermittelt. Als er nämlich eine Dreiviertelstunde später anrückte, wollte er als Erstes wissen, was so furchtbar wichtig wäre.

»Alles ist wichtig«, sagte ich. »Du weißt doch, wie kostbar meine Zeit ist.«

»So ungefähr einen Dollar die Stunde, wenn ich mich nicht täusche?«

»Manchmal sogar ein bisschen mehr.«

»Ich kann es kaum mehr erwarten, bis meine zwanzig Jahre um sind«, brummte er. »Dann kann ich mich endlich selbständig machen und auch kräftig absahnen.«

Wir gingen nach oben und setzten uns an seinen Schreibtisch. Ich zog einen Zettel mit einem Namen und einer Adresse aus meiner Tasche und schob ihn ihm zu. Er warf einen kurzen Blick darauf, dann sah er mich an und sagte: »Und?«

»Opfer eines Raubüberfalls mit anschließendem Mord.«

»Ich weiß«, nickte Durkin. »Kann mich noch gut an den Fall erinnern. Er ist längst zu den Akten gelegt.«

»Habt ihr den Kerl gefasst?«

»Nein, aber wir wissen, wer es war. So ein mieser, kleiner Pisser von einem Junkie. Hat eine Menge solcher Dinger gedreht. Immer dieselbe Tour: aufs Dach und dann die Feuerleiter runter. Diese Geschichte konnten wir ihm zwar nicht anhängen, aber dafür konnten wir ihn wegen ein paar anderer Dinger einlochen. Sein Pflichtverteidiger hat sich zwar mächtig ins Zeug gelegt, aber er bekam trotzdem einige Jahre aufgebrummt. Wenn du willst, kann ich mal kurz nachsehen.«

»Aber in diesem einen Fall konntet ihr ihm nichts nachweisen?«

»Nein, aber alles hat darauf hingedeutet, dass er es war. Deshalb sind wir der Sache auch nicht mehr weiter nachgegangen. Außerdem standen wir sowieso auf verlorenem Posten – keine Zeugen, keine Indizien. Wieso interessiert dich das überhaupt?«

»Könnte ich mal den Obduktionsbefund sehen?«

»Wieso?«

»Das erzähle ich dir später.«

»Sie wurde niedergestochen und ist daran gestorben. Was willst du noch mehr wissen?«

»Auch das erzähle ich dir später. Und weil wir schon dabei sind ...«

»Was denn noch?«

Ich holte einen zweiten Zettel aus meiner Tasche und legte ihn auf den Schreibtisch. »Könnte ich auch diese Obduktionsbefunde sehen?«

Er sah mich erstaunt an. »Was hast du vor?«

»Du weißt doch – wie der sprichwörtliche Köter, der nicht mehr loslassen kann, wenn er sich mal in einen Knochen verbissen hat. Wenn ich was Besseres zu tun hätte, wäre ich bestimmt nicht so hartnäckig. Aber wie heißt es so schön: Müßiggang ist aller Laster Anfang.«

»Jetzt lass doch endlich das blöde Gerede, Matt. Hast du tatsächlich was an der Hand?«

»Sieh erst mal zu, dass du diese Obduktionsbefunde herschaffst«, sagte ich. »Dann sehen wir weiter.«

Kapitel 17

Als mir Willa öffnete, trug sie die weiße Levi's und eine limettengrüne Seidenbluse. Das Haar fiel ihr offen über die Schultern. Sie gab mir einen flüchtigen Kuss, trat aber gleich darauf mit besorgter Miene einen Schritt zurück und sagte leise: »Du siehst ganz schön fertig aus.«

»Ich habe letzte Nacht nicht viel geschlafen, und außerdem habe ich einen anstrengenden Tag hinter mir.«

Sie zog mich nach drinnen und schloss die Tür. »Warum legst du dich nicht erst mal hin und ruhst dich ein bisschen aus? Das täte dir sicher gut.«

»Dazu bin ich im Moment zu überdreht. Und außerdem muss ich noch Verschiedenes erledigen.«

»Darf ich dir dann wenigstens eine anständige Tasse Kaffee machen? Ich war nämlich heute in einem dieser schnieken Yuppieläden, wo sie fünfzig verschiedene Sorten haben – eine teurer als die andere. Der Preis wird, glaube ich, pro Bohne berechnet, aber dafür sagen sie einem auch genau, woher diese bestimmte Sorte kommt und mit dem Mist von welchem Vieh die Felder gedüngt werden. Ich habe von drei verschiedenen Sorten ein Pfund gekauft und dazu auch gleich so eine Kaffeemaschine, die alles automatisch macht; nur trinken muss man das Zeug noch selber.«

»Hört sich ja richtig klasse an.«

»Ich mache dir gleich eine Tasse. Mahlen habe ich mir den Kaffee allerdings schon lassen. Eigentlich wollten sie mir auch noch eine elektrische Kaffeemühle andrehen, damit der Kaffee auch wirklich ganz frisch ist. Aber dann fand ich, irgendwann muss mal Schluss sein. Man kann es auch übertreiben.«

»Allerdings.«

»Probier mal! Ich würde gern wissen, was du davon hältst.«

Ich nahm einen Schluck und stellte die Tasse wieder ab. »Schmeckt gut.«

»Nur gut? Aber was rede ich da? Entschuldige bitte, Liebling. Du hast einen anstrengenden Tag hinter dir, und ich labere dich hier bloß voll. Setz dich erst mal. Ich verspreche dir, ab sofort den Mund zu halten.«

»Schon gut«, winkte ich ab. »Aber erst würde ich gern telefonieren, wenn ich darf. Ich möchte Warren Hoeldtcke anrufen.«

»Paulas Vater?«

»Ja, er dürfte inzwischen von der Arbeit zu Hause sein.«

»Soll ich rausgehen, während du telefonierst?«

Ich schüttelte den Kopf. »Nicht nötig. Meinetwegen kannst du gern zuhören. Dann brauche ich das Ganze wenigstens nicht zweimal zu erzählen.«

»Wenn du meinst.«

Ich nickte, und sie setzte sich wieder. Als ich Hoeldtcke auf seinem Privatanschluss anrief, meldete ich kein R-Gespräch an. Mrs. Hoeldtcke kam an den Apparat, und als ich fragte, ob ich ihren Mann sprechen könnte, sagte sie: »Mr. Scudder? Er hat bereits auf Ihren Anruf gewartet. Ich hole ihn gleich.«

Dann kam Hoeldtcke an den Apparat. Als er Hallo sagte, klang das, als machte er sich auf das Schlimmste gefasst. »Leider habe ich schlechte Nachrichten«, begann ich.

»Was ist passiert?«

»Paula ist tot. Sie ist irgendwann am zweiten Juliwochenende gestorben. Der genaue Zeitpunkt lässt sich allerdings nicht feststellen.«

»Wie ist es dazu gekommen?«

»Sie hat das Wochenende mit ihrem Freund und einem befreundeten Paar auf einem Boot verbracht. Der andere Mann hatte ein Schnellboot, eine Art Kabinenkreuzer, den er im Jachthafen von City Island liegen hatte. Damit sind die vier übers Wochenende aufs Meer hinausgefahren.«

»Und dabei kam es zu einem Unfall?«

»Nicht ganz.« Ich griff nach meiner Tasse und trank einen Schluck Kaffee. Er war wirklich sehr gut. »Boote, vor allem sehr schnelle Boote, sind heutzutage ziemlich gefragt. Vermutlich brauche ich Ihnen nicht extra zu erklären, dass mit Rauschgiftschmuggel eine Menge Geld zu machen ist.«

»Waren diese anderen Leute denn Rauschgiftschmuggler?«

»Nein. Paulas Freund war Anlageberater. Auch der andere Mann war an der Wall Street, und seine Frau hatte eine Galerie in der Amsterdam Avenue. Grundsolide Leute. Nichts deutet darauf hin, dass sie Drogen genommen, geschweige denn damit gehandelt haben.«

»Mhm.«

»Aber wie gesagt, Boote wie ihres sind für diesen Zweck geradezu ideal und stehen deshalb bei Drogenhändlern hoch im Kurs. Deshalb häufen sich in der Karibik in letzter Zeit solche Fälle von moderner Piraterie. Bootsbesitzer, die dort unten eine Motorjacht haben, laufen praktisch nicht mehr ohne Schusswaffen an Bord aus, und wenn ihnen ein anderes Boot zu nahe kommt, eröffnen sie sofort das Feuer. An der amerikanischen Atlantikküste sind die Verhältnisse zwar noch nicht ganz so schlimm, aber auch hier werden immer mehr Boote gekapert. Unter dem Vorwand, sie hätten einen Motorschaden, hat nun eine solche Piratenbande am Boot von Paulas Freunden beigedreht. Und dann kamen sie an Bord und taten, was Piraten schon immer getan haben. Sie brachten alle um und fuhren mit dem geenterten Boot weg.«

»Mein Gott!«, hauchte Hoeldtcke.

»Sie müssen entschuldigen«, sagte ich. »Aber schonender konnte ich es Ihnen nicht beibringen. Soweit ich es beurteilen kann, ging alles ganz schnell. Die Männer kamen an Bord und eröffneten sofort das Feuer. Jedenfalls dürfte Ihre Tochter nicht lange zu leiden gehabt haben. Sie nicht und auch die anderen nicht.«

»Mein Gott, wie ist so etwas heute noch möglich? Unter Piraten stellt man sich doch normalerweise irgendwelche zwielichtigen Gestalten mit goldenen Ohrringen, einem Holzbein und einem Papagei auf der Schulter vor, wie man sie aus alten Errol-Flynn-Filmen kennt. Aber das gehört doch alles längst der Vergangenheit an.«

»Ich weiß.«

»Haben denn die Zeitungen nicht über den Vorfall berichtet? Ich kann mich jedenfalls nicht erinnern, etwas Derartiges gelesen zu haben.«

»Nein. Es gibt keine offiziellen Untersuchungsberichte über den Zwischenfall.«

»Wer war dieser Mann? Und dieses befreundete Ehepaar?«

»Leider musste ich jemandem versprechen, ihre Namen in diesem Zusammenhang nicht zu nennen. Wenn Sie wirklich darauf bestehen, würde ich natürlich mein Versprechen brechen. Aber nur, wenn es unbedingt sein muss.«

»Aber wieso? Ach so, ich kann mir schon denken, warum.«

»Der Mann war verheiratet.«

»Genau das war mein Gedanke.«

»Und das andere Paar war auch verheiratet, aber nicht miteinander. Es wäre also niemandem damit gedient, wenn ihre Namen publik würden, und für die Hinterbliebenen wäre das Ganze nur unnötig peinlich.«

»Das kann ich gut verstehen.«

»Wenn natürlich die Polizei oder die Küstenwache der Sache näher auf den Grund gegangen wären, bestünde keinerlei Notwendigkeit, das Ganze mit solcher Diskretion zu behandeln. Aber der Fall wurde gleich zu den Akten gelegt, bevor überhaupt irgendwelche Ermittlungen angestellt wurden.«

»Aber warum denn das? Weil Paula und die anderen sowieso schon tot waren?«

»Nein. Weil inzwischen auch die Piraten tot sind. Sie wurden von den Mitgliedern einer anderen Dealerbande bis auf den letzten Mann erschossen, nachdem es wenige Wochen nach dem Vorfall zwischen den zwei rivalisierenden Organisationen zu heftigen Kompetenzstreitigkeiten gekommen war. Vermutlich hätte ich von dem Zwischenfall gar nichts erfahren, wenn ich nicht zufällig jemanden kennengelernt hätte, der über diesen kleinen Bandenkrieg genauer Bescheid wusste. Nur so konnte ich überhaupt so viel über den Vorfall in Erfahrung bringen.«

Hoeldtcke stellte mir noch ein paar Fragen, und ich hatte für jede von ihnen eine Antwort parat. Schließlich hatte ich den ganzen Tag Zeit gehabt, um mir die passenden Antworten zurechtzulegen. Die letzte Frage ließ ziemlich lange auf sich warten. Eigentlich hatte ich schon wesentlich früher damit gerechnet. Aber vermutlich war es ihm unangenehm, sie mir zu stellen.

»Und die Leichen?«

»Über Bord.«

»Ein Seemannsbegräbnis also.« Nach kurzem Schweigen fuhr er fort: »Sie hat das Wasser schon immer geliebt. Als sie …« An diesem Punkt versagte ihm die Stimme. »Als sie noch ein kleines Mädchen war«, setzte er erneut an, »verbrachten wir den Sommer immer draußen am See. Es war fast unmöglich, sie aus dem Wasser zu bekommen. Sie war eine richtige Wasserratte, und wenn wir sie nicht irgendwann herausgeholt hätten, wäre sie den ganzen Tag im Wasser geblieben. Sie war ganz versessen darauf.«

Dann fragte er, ob ich so lange warten könnte, bis er seiner Frau alles erzählt hatte. Vermutlich hielt er die Hand vor den Hörer, da ich mehrere Minuten nichts hörte. Dann kam sie plötzlich an den Apparat. »Mr. Scudder? Ich möchte Ihnen aufrichtig danken. Sie haben sich wirklich sehr um uns bemüht.«

»Es tut mir leid, dass ich keine besseren Nachrichten für Sie habe, Mrs. Hoeldtcke.«

»Ich muss es wohl schon die ganze Zeit geahnt haben. Glauben Sie nicht auch? Irgendwie hat man so etwas im Gefühl.«

»Schon möglich.«

»Wenigstens brauche ich mir jetzt keine Sorgen mehr zu machen. Jetzt wissen wir wenigstens, woran wir sind.«

Dann kam Hoeldtcke noch einmal an den Apparat, um mir zu danken und sich zu erkundigen, ob er mir noch Geld schuldete. Als ich das verneinte, wollte er wissen, ob ich auch sicher wäre. Das war ich.

Als ich aufgehängt hatte, sagte Willa: »Das hat sich ja ganz schön abenteuerlich angehört. Und das hast du alles erst heute herausgefunden?«

»Gestern Nacht und heute Vormittag. Ich habe Hoeldtcke schon heute Morgen angerufen, um ihm zu sagen, dass es schlecht aussieht – damit er und seine Frau den schlimmsten Schock schon mal überwunden hatten, bevor sie die näheren Einzelheiten erfuhren.«

»Nach dem Prinzip: ‹Deine Mutter ist auf dem Dach.›«

Ich sah sie fragend an.

»Kennst du diese Geschichte nicht? Ein Mann ist auf Geschäftsreise, und seine Frau erzählt ihm am Telefon, dass die Katze tot ist. Darauf er wütend: ‹Kannst du mir das nicht schonender beibringen? Ich hätte vor Schreck einen Herzinfarkt kriegen können. Man ruft doch nicht einfach an und sagt schon im ersten Atemzug, dass die Katze vom Dach gefallen ist und sich das Genick gebrochen hat. In so einem Fall ruft man erst an und sagt nur, dass die Katze auf dem Dach ist. Dann ruft man noch mal an und sagt, dass die Feuerwehr und die Polizei und was weiß ich wer sonst noch angerückt sind, um die Katze vom Dach zu holen. Sie tun alles Menschenmögliche, aber es sieht nicht gut aus. Deshalb bin ich schon auf das Schlimmste gefasst, wenn du zum dritten Mal anrufst. Dann kannst du mir auch erzählen, dass die Katze tot ist.›«

»Ich glaube, ich weiß, wie es weitergeht.«

»Natürlich. Weil ich doch mit der Pointe angefangen habe. Er ist also wieder mal auf Geschäftsreise und bekommt einen Anruf von seiner Frau. Er sagt: ‹Hallo, wie geht's? Was gibt's Neues zu Hause?› Und sie: ‹Deine Mutter ist auf dem Dach.›«

»Vermutlich bin ich genauso vorgegangen. Erst mal habe ich ihn nur vorgewarnt, dass seine Tochter auf dem Dach ist. Hast du eigentlich mitbekommen, worum es ging? Du hast ja nur eine Hälfte des Gesprächs gehört.«

»Ich denke schon. Aber wie hast du das alles herausgefunden? Ich dachte, du hättest nach einem Gangster gesucht, der Eddie kannte.«

»Habe ich auch.«

»Und was hatte das mit Paula zu tun?«

»Reiner Zufall. Er wusste zwar nichts über Eddie, aber er kannte die Leute, die diese Piraten ausgeschaltet haben. Daraufhin hat er mich an jemanden weiterverwiesen, der näher über den Vorfall Bescheid wusste, und da ich dem Betreffenden die richtigen Fragen gestellt habe, habe ich auch herausgefunden, was ich wissen wollte.«

»Ein Piratenüberfall auf hoher See«, murmelte sie kopfschüttelnd. »Hört sich an wie aus einem alten Film.«

»Genau das hat auch Hoeldtcke gesagt.«

»Die Welt ist wirklich voller verrückter Zufälle.«

»Weil Hoeldtcke dasselbe gesagt hat wie du?«

»Nein, weil man immer wieder völlig unerwartete Entdeckungen macht, obwohl man eigentlich nach was ganz anderem gesucht hat.«

»Das kommt in meinem Job relativ häufig vor.«

»Was ist nun eigentlich bei dieser Geschichte mit ihrem Telefon und dem Anrufbeantworter herausgekommen? Und dass sie alle ihre Sachen mitgenommen hat, nur nicht die Bettwäsche?«

»Das hat eigentlich zu nichts geführt. Vermutlich hatte sie für das Wochenende auf dem Boot eine Menge Kleider dabei, und den Rest hatte sie in dem Apartment, das ihr ihr Freund bezahlt hat. Als dann die Hausmeisterin in ihrem Zimmer nachgesehen hat, kam es ihr auf den ersten Blick so vor, als wäre Paula ausgezogen und hätte nur die Bettwäsche zurückgelassen. Vielleicht hat sie deshalb auch die Zimmertür nicht mehr abgeschlossen. Und diese Gelegenheit hat vermutlich ein anderer Mieter genutzt, um sich die paar Sachen, die Paula noch in der Wohnung gelassen hatte, kurzerhand unter den Nagel zu reißen. Vielleicht dachte der oder die Betreffende, Paula würde die Sachen sowieso nicht mehr brauchen. Den Anrufbeantworter hat sie deshalb nicht mitgenommen, weil sie das Zimmer noch nicht ganz aufgegeben hatte. Wie sich herausgestellt hat, hat keiner dieser Anhaltspunkte zu irgendetwas geführt. Aber zumindest hatte es zur Folge, dass ich der Sache weiter nachgegangen bin. Und dann hatte ich einfach Glück und bin rein zufällig auf die Lösung gestoßen.«

»Wäre ja nicht das erste Mal, dass die Welt vom Zufall regiert wird.« Sie warf einen prüfenden Blick auf meine Tasse. »Schmeckt dir denn der Kaffee nicht? Ist er zu stark?«

»Keineswegs. Er ist sogar ganz hervorragend.«

»Aber du hast ihn ja noch kaum angerührt.«

»Ich habe heute schon so viel Kaffee getrunken, dass ich mir lieber etwas Zeit lasse. Aber er schmeckt wirklich sehr gut.«

»Na, ich wusste gar nicht, ob ich nach all den Monaten Pulverkaffee überhaupt noch Kaffee kochen kann.«

»Das hier ist jedenfalls kein Vergleich mit dem, was ich bisher von dir gewohnt war.«

»Das freut mich. Aber um noch mal auf Eddie zurückzukommen – hast du denn inzwischen herausgefunden, was er dir erzählen wollte?«

»Nein. Aber damit hatte ich eigentlich auch gar nicht gerechnet.«

Sie sah mich erstaunt an.

»Weil ich es nämlich bereits wusste.«

»Ich fürchte, ich kann dir nicht recht folgen.«

»Tatsächlich nicht?« Ich stand auf. »Ja, ich habe bereits gewusst, was Eddies Gewissen belastet hat und weshalb er sterben musste. Erst vor kurzem hat mir Mrs. Hoeldtcke erzählt, sie hätte schon die ganze Zeit gewusst, dass ihre Tochter tot ist. Und ganz ähnlich ist es auch mir gegangen, nur dass ich es einfach nicht wahrhaben wollte. Und als ich dann loszog, um der Sache auf den Grund zu gehen, tat ich es in der Hoffnung, irgendetwas zu finden, was mir das Gegenteil beweisen würde.«

»Das Gegenteil von was?«

»Was ihn belastet hat. Wie er tatsächlich umgekommen ist.«

»Hat er sich denn nicht beim Onanieren versehentlich selbst erhängt?« Sie sah mich stirnrunzelnd an. »Oder glaubst du, er wollte sich richtig umbringen? Meinst du, es war Absicht?«

»*Deine Mutter ist auf dem Dach.*« Und als sie mich darauf nur fragend ansah, fuhr ich ruhig fort: »Leider kann ich es dir nicht schonender beibringen, Willa. Ich weiß, wie es passiert ist, und ich weiß auch, warum. Du hast ihn umgebracht.«

Kapitel 18

»Es war das Chloralhydrat«, begann ich. »Komischerweise ist deswegen außer mir kein Mensch stutzig geworden. Bei der Obduktion wurde nur eine
sehr geringe Dosis Chloral in Eddies Blut festgestellt. Auf keinen Fall genug,
um eine nennenswerte Wirkung nach sich zu ziehen, und schon gar nicht, um
ihn zu töten. Aber Eddie war ein trockener Alkoholiker. Und das bedeutet,
dass er überhaupt kein Chloralhydrat im Blut hätte haben dürfen. Er wollte
ernsthaft mit dem Trinken aufhören. Und das hieß in seinem Fall, dass er
nicht nur mit dem Alkohol Schluss machen wollte, sondern auch mit allen
anderen Drogen und Pillen. Kurz nachdem er zu trinken aufgehört hatte, hat
er noch ein bisschen mit Marihuana herumexperimentiert. Allerdings hat
er schnell gemerkt, dass das nicht funktioniert. Und deshalb hätte er auch
nicht mal ein ganz gewöhnliches Schlafmittel genommen, wie man es in jedem Drugstore kaufen kann, geschweige denn ein richtiges Medikament wie
Chloralhydrat. Wenn er nicht schlafen konnte, ist er eben wach geblieben.
An Schlaflosigkeit ist noch niemand gestorben. Das bekommt man gleich als
Erstes eingetrichtert, wenn man mit dem Trinken aufhören will. Ich habe es
weiß Gott selbst genügend oft zu hören bekommen. 'Noch niemand ist an
Schlaflosigkeit gestorben.' Manchmal hätte ich dem Kerl, der das gerade gesagt hat, am liebsten einen Stuhl an den Kopf geworfen. Aber so simpel es
sich auch anhört – es trifft den Nagel auf den Kopf.«

Willa stand mit dem Rücken zum Kühlschrank und stützte sich mit einer
Hand daran ab.

»Ich wollte damals unbedingt wissen, ob er nüchtern gestorben ist«, fuhr
ich fort. »Irgendwie war mir das wichtig. Vielleicht, weil es der einzige wirk-
liche Erfolg in seinem Leben gewesen wäre, das sonst nur aus lauter kleinen
Niederlagen bestand. Und als ich dann von dem Chloralhydrat in seinem
Blut erfuhr, ließ mir das keine Ruhe. Ich bin noch mal in seine Wohnung rauf
und habe sie gründlich durchsucht. Wenn er dort irgendwelche Pillen gehabt
hätte, hätte ich sie bestimmt gefunden. Und dann kam ich nach hier unten
und fand in deinem Badezimmerschrank eine Flasche Chloralhydrat.«

»Er sagte, er könnte nicht schlafen; es würde ihn noch verrückt machen.

Und weil er kein Bier trinken wollte, gab ich ihm ein paar Tropfen in seinen Kaffee.«

»Da musst du dir leider was Besseres einfallen lassen, Willa. Diese Geschichte hättest du mir vielleicht noch auftischen können, nachdem ich gerade seine Wohnung durchsucht hatte.«

»Aber wie denn? Du hast die ganze Angelegenheit doch so fürchterlich aufgebauscht. Man hätte fast denken können, einem Alkoholiker ein Schlafmittel zu geben wäre mindestens genauso schlimm, wie an Halloween Äpfel mit Rasierklingen drin zu verschenken. Außerdem habe ich sogar etwas in dieser Richtung angedeutet. Ich habe dich darauf aufmerksam gemacht, er könnte die Tabletten vielleicht gekauft oder von jemandem bekommen haben.«

»Korallhydrat.«

Sie sah mich verständnislos an.

»Genau so hast du es genannt. Als wir uns darüber unterhalten haben, hast du so getan, als hättest du den Namen des Medikaments falsch verstanden – als ob du ihn zum ersten Mal gehört hättest. Das war natürlich sehr raffiniert. Eben mal ganz beiläufig eingestreut. Nur der Zeitpunkt war etwas ungünstig gewählt. Weil ich nämlich wenige Minuten zuvor eine Flasche Chloralhydrattropfen in deinem Badezimmerschrank entdeckt hatte.«

»Ich wusste nur, dass es sich dabei um ein Schlafmittel handelt. Aber ich wusste nicht, wie das Mittel heißt.«

»Obwohl es deutlich lesbar auf dem Etikett stand?«

»Vielleicht habe ich das Etikett nicht richtig gelesen. Vielleicht ist er mir auch überhaupt nicht aufgefallen. Wer achtet denn schon auf so was?«

»Das sagst ausgerechnet du? Dabei hast du mir doch erst kurz zuvor in aller Ausführlichkeit erklärt, was Paris Green ist. Außerdem kennst du dich nach eigenen Aussagen so gut mit giftigen Substanzen aus, dass du notfalls sogar die Wasserversorgung einer ganzen Stadt hättest lahmlegen können, wenn von der Parteiführung ein entsprechender Befehl ergangen wäre.«

»Dann war es eben ein Versprecher.«

»Ein Versprecher. Nur dass das verräterische Fläschchen plötzlich spurlos verschwunden war, als ich wenig später noch mal im Schrank nachgesehen habe.«

Sie seufzte. »Ich kann dir alles erklären. Es hört sich vielleicht etwas unglaubwürdig an, aber ich kann dir alles erklären.«

»Dann lass hören.«

»Also gut, ich habe Eddie das Chloralhydrat gegeben. Mein Gott, weshalb hätte ich es auch nicht tun sollen? Eines Abends kam er bei mir vorbei, um sich ein bisschen zu unterhalten. Kaffee wollte er keinen, weil er dann nicht schlafen konnte. Auch ich hatte damals übrigens das Gefühl, dass ihn irgendetwas belastet – dieselbe Geschichte, die er dir erzählen wollte. Aber er hat mir gegenüber mit keinem Wort angedeutet, worum es sich dabei handelt.«

»Und?«

»Ich sagte ihm, dass er den koffeinfreien Kaffee nicht spüren würde – im Gegenteil, dass man davon sogar besser schlafen könnte. Diesen Effekt hätte er zumindest auf mich. Und dann habe ich ihm ein paar Tropfen Chloralhydrat in seinen Kaffee getan; natürlich, ohne dass er es gemerkt hat. Er hat seine Tasse ausgetrunken und ist schlafen gegangen. Und als ich ihn ein paar Tage später wieder gesehen habe – als ich dir seine Wohnung aufgeschlossen habe –, da war er tot.«

»Und warum hast du mir das nicht gleich gesagt, als ich …«

»Weil ich dachte, ich hätte ihn umgebracht! Ich dachte, er hätte wegen des Schlafmittels das Bewusstsein verloren, als er sich selbst strangulierte, und wäre deshalb gestorben. Und außerdem ging in der Zwischenzeit das mit uns los. Ich hatte solche Angst, du könntest mir einen Vorwurf daraus machen. Schließlich wusste ich inzwischen, was für ein Nüchternheitsfanatiker du bist. Und was hätte es außerdem gebracht, wenn ich zugegeben hätte, dass ich möglicherweise schuld an seinem Tod war?« Sie legte ihre Hände an die Hüften. »Ich will damit eine gewisse Mitschuld keineswegs abstreiten, Matt. Aber ich habe ihn nicht umgebracht.«

»Mein Gott!«, stieß ich heftig hervor.

»Begreifst du jetzt endlich? Siehst du, warum ich …«

»Ich beginne nur langsam zu begreifen, was für eine ausgekochte Lügnerin du bist. Wirklich erstaunlich, wie du dir aus dem Stegreif eine ganz passable Erklärung aus den Fingern gesogen hast. Vermutlich hattest du in so was einige Übung. Nicht umsonst hast du jahrelang eine Scheinexistenz geführt und deinen Nachbarn und Arbeitskollegen eine Rolle vorgespielt. Das muss wirklich ein ausgezeichnetes Training gewesen sein.«

»Das trifft vielleicht auf die Ausreden zu, die ich dir anfangs aufgetischt habe. Aber ich bin weiß Gott nicht stolz auf diese Fähigkeit, auch wenn du vermutlich recht hast: Irgendwann ist mir das Lügen so in Fleisch und Blut übergegangen, dass ich gar nicht mehr anders kann. Aber das werde ich mir jetzt abgewöhnen. Schließlich habe ich mich auf eine Beziehung eingelassen, an der mir wirklich etwas liegt. Da gelten jetzt andere Regeln. Du weißt doch, wieviel mir an dir liegt, Matt, und deshalb ...«

»Komm mir bloß nicht mit so was, Willa.«

Sie zuckte zurück, als hätte ich sie ins Gesicht geschlagen. »Du kannst mir nichts vormachen«, fuhr ich unnachsichtig fort. »Du hast Eddie nicht nur die Schlaftropfen gegeben. Du hast ihm auch die Wäscheleine um den Hals gelegt und ihn an dem Leitungsrohr aufgehängt. Das war ja auch nicht weiter schwierig für dich. Du bist eine große, kräftige Frau, während Eddie eher schmächtig war. Außerdem konnte er sich gar nicht mehr zur Wehr setzen, nachdem du ihn mit den Tropfen außer Gefecht gesetzt hattest. Wirklich sehr raffiniert eingefädelt, das Ganze. Du hast ihn nackt ausgezogen und an den richtigen Stellen ein paar Sexhefte rumliegen lassen. Wo hast du die Dinger übrigens gekauft? Am Times Square?«

»Ich habe diese Hefte nicht gekauft. Und ich habe auch sonst nichts von dem getan, was du behauptest.«

»Was ist, wenn sich ein Verkäufer in einem der Sexshops an dich erinnert? Du bist eine ziemlich auffallende Frau, und außerdem haben sie in diesen Läden nicht allzu viele weibliche Kunden. Es dürfte also nicht sonderlich schwierig sein, einen Verkäufer aufzutreiben, der sich an dich erinnern kann.«

»Wenn du dich nur selbst reden hören könntest, Matt. Einfach unglaublich, was du mir da vorwirfst. Ich weiß, dass du müde bist. Du hast einen anstrengenden Tag hinter dir, aber ...«

»Ich habe doch gesagt, spar dir diesen Quatsch. Ich weiß, dass du ihn umgebracht hast, Willa. Du hast die Fenster geschlossen, damit sich der Geruch etwas länger hält. Auf diese Weise ließ sich auch der genaue Todeszeitpunkt nicht mehr feststellen. Und dann hast du gewartet, dass jemand auf den Geruch aufmerksam wird und Alarm schlägt – entweder bei dir oder bei der Polizei. Du hattest ja keine Eile. Es konnte dir völlig egal sein, wann die Leiche entdeckt wurde. Für dich kam es nur darauf an, dass er tot war. Denn so war gewährleistet, dass er sein Geheimnis für sich behielt.«

»Was für ein Geheimnis?«

»Das ihm so zu schaffen gemacht hat. Das er mir nicht verraten wollte. Die Sache mit den anderen Leuten, die du umgebracht hast.«

»Die arme Mrs. Mangan«, fuhr ich fort. »Einer nach dem anderen sterben alle ihre alten Freunde und Bekannten weg, während sie nichts Besseres zu tun weiß, als auf ihren eigenen Tod zu warten. Und die paar, die nicht gestorben sind, sind woandershin gezogen. Gleich um die Ecke gibt es einen Hausbesitzer, der lauter Junkies einziehen ließ, damit die Mieter, die unter die Mietpreisbindung fielen, irgendwann auszogen, weil ihnen die ständigen Belästigungen durch ihre neuen Mitbewohner zu dumm wurden. Dafür bekam er eine saftige Geldstrafe aufgebrummt. Aber eigentlich hätte er hinter Gitter gehört.«

Sie sah mich an. Ihre Miene war unergründlich.

»Allerdings sind auch viele Mieter des Viertels freiwillig ausgezogen«, fuhr ich fort. »Sie bekamen von ihren Hausbesitzern zwischen zehn- und zwanzigtausend Dollar angeboten, wenn sie ihre Wohnungen räumten. Muss wirklich ein komisches Gefühl gewesen sein für diese Leute: Da bekommen sie plötzlich mehr Geld dafür, aus ihrer Wohnung auszuziehen, als sie je Miete dafür bezahlt haben. Sobald sie allerdings auf diesen Kuhhandel eingegangen sind, haben sie keine Wohnung mehr gefunden, die sie sich leisten konnten.«

»So funktioniert das System eben.«

»Das ist aber ein sonderbares System. Da zahlt man zwanzig oder dreißig Jahre lang Miete für ein paar Zimmer, und plötzlich bietet einem der Typ, dem das Haus gehört, ein kleines Vermögen, damit man auszieht. Eigentlich möchte man doch meinen, dass er an seriösen langfristigen Mietern interessiert sein müsste. Aber eine ganz ähnliche Entwicklung beginnt sich seit neuestem auch in der Personalpolitik der Großunternehmen abzuzeichnen. Die Firmen zahlen ihren besten Angestellten Riesenprämien, damit sie möglichst früh in Rente gehen. Auf diese Weise können sie sie durch junge Leute ersetzen, die für niedrigere Löhne arbeiten. Eigentlich schwer vorzustellen, dass sich das rentiert, aber es muss wohl so sein.«

»Worauf willst du eigentlich hinaus?«

»Das werde ich dir gleich sagen. Ich habe mir den Obduktionsbefund von

Gertrude Grod angesehen. Sie hat in der Wohnung direkt über der von Eddie gewohnt, und sie ist etwa zu dem Zeitpunkt gestorben, als Eddie mit dem Trinken aufgehört hat. In ihrem Blut wurde in etwa dieselbe Dosis Chloralhydrat festgestellt wie bei Eddie. Allerdings hat ihr dieses Medikament weder ihr Hausarzt noch sonst jemand im Roosevelt oder St. Clare's Hospital verschrieben. Daraus schließe ich, dass du mal bei ihr geklopft hast, um dich von ihr auf ein Tässchen Tee einladen zu lassen. Und als sie dann gerade nicht hingesehen hat, hast du ihr ein paar Tropfen in ihren Tee getan. Und bevor du wieder gegangen bist, hast du dich noch rasch vergewissert, dass die Fenstergitter nicht zu waren, damit Eddie ein paar Stunden später mit seinem Messer ungehindert in ihre Wohnung eindringen konnte.«

»Weshalb sollte er so etwas für mich getan haben?«

»Ich würde sagen, er war dir hörig. Aber natürlich könnte ich dir auch noch eine ganze Reihe anderer möglicher Gründe aufzählen. Er hat damals gerade zu trinken aufgehört und dürfte psychisch deshalb nicht gerade der Stabilste gewesen sein. Außerdem verstehst du dich verdammt gut darauf, andere dazu zu bringen, das zu tun, was du von ihnen willst. Es würde mich deshalb nicht wundern, wenn es dir gelungen wäre, Eddie davon zu überzeugen, dass er der alten Frau im Grunde genommen sogar einen Gefallen tut. Ich habe ja selbst gehört, wie du dich zu diesem Thema geäußert hast – von wegen, du möchtest mal nicht so alt werden. Und die gute Frau hätte überhaupt nichts gespürt. Sie war von dem Schlafmittel so betäubt, dass sie überhaupt nichts gemerkt hat. Eddie brauchte also nur aus seinem Fenster zu steigen, die Feuerleiter raufzuklettern und die schlafende Frau zu erstechen.«

»Aber genauso gut hätte ich sie doch selbst erstechen können. Ich war doch schon in ihrer Wohnung und hatte ihr das Schlafmittel eingeflößt.«

»Es sollte aber nach einem Einbruch aussehen. Und das brachte Eddie wesentlich überzeugender. Er konnte zum Beispiel noch die Tür von innen verschließen und die Sicherheitskette vorlegen, bevor er wieder durchs Fenster verschwand. Ich habe die Polizeiakte gesehen. Sie mussten die Tür aufbrechen. Das war sehr geschickt eingefädelt. Auf diese Weise sah es wirklich wie ein Einbruch aus.«

»Welches Interesse sollte ich an ihrem Tod gehabt haben?«

»Ganz einfach. Du wolltest ihre Wohnung haben.«

Sie machte eine ausholende Handbewegung. »Ist das etwa keine Wohnung.

Und noch dazu im Erdgeschoß. Da muss ich wenigstens keine Treppen steigen. Wieso hätte ich die alte Frau wegen ihrer Wohnung umbringen sollen?«

»Ich habe mich heute den ganzen Vormittag und einen Teil des Nachmittags in allen möglichen Ämtern rumgetrieben. Bekanntermaßen ist es zwar nicht ganz einfach, sich im städtischen Behördendickicht zurechtzufinden, aber wenn man den Dreh mal raus hat und weiß, wonach man sucht, kann man dort manchmal erstaunliche Entdeckungen machen. Unter anderem habe ich zum Beispiel herausgefunden, wem dieses Haus gehört. Einer Firma namens Daskap Realty Corporation.«

»Das hätte ich dir auch sagen können.«

»Ich habe auch herausgefunden, wem Daskap gehört. Einer gewissen Wilma Rosser. Man muss nicht gerade ein Genie sein, um zu dem Schluss zu gelangen, dass Wilma Rosser und Willa Rossiter vielleicht ein und dieselbe Person sind. Du hast dieses Haus gekauft und bist selbst hier eingezogen. Allerdings hast du allen erzählt, du wärst die Hausmeisterin und könntest umsonst hier wohnen.«

»Ich konnte den Mietern doch unmöglich sagen, dass ich die Hausbesitzerin bin«, verteidigte sie sich. »Sonst wären sie mir ständig mir irgendwelchen Beschwerden oder Verbesserungsvorschlägen in den Ohren gelegen. Und so konnte ich sie einfach damit abspeisen, der Hausbesitzer hätte nein gesagt oder er wäre gerade nicht zu erreichen oder sonst irgendetwas in der Art.«

»Muss tatsächlich schwer sein«, fuhr ich fort, »bei den niedrigen Mieten, die du hier bekommst, auf einen halbwegs vernünftigen Schnitt zu kommen.«

»Das ist es allerdings«, nickte sie. »Nimm nur mal die alte Frau, von der wir gerade gesprochen haben – diese Gertrude Grod. Ihre Wohnung unterlag der Mietpreisbindung. Sie hat im Jahr weniger Miete gezahlt, als allein die Heizkosten für ihre Wohnung betragen haben. Aber du glaubst doch nicht etwa, deswegen würde ich einen Menschen umbringen?«

»Nicht nur einen, sondern gleich mehrere. Dir gehört nicht nur dieses Haus. Außer Daskap laufen noch zwei andere Firmen auf deinen Namen. Einer davon – als Besitzerin ist ebenfalls eine Wilma Rosser eingetragen – gehört zum Beispiel das Haus gleich nebenan. Der anderen Gesellschaft, eingetragen auf einen gewissen W.P. Taggart, gehören zwei Häuser auf der anderen Straßenseite – die beiden, für die du ebenfalls als Hausmeisterin zuständig bist. Wilma P. Rosser wurde vor drei Jahren in New Mexico von Elroy Hugh Taggart geschieden.«

»Ich bin es nun mal gewohnt, ständig die Namen zu wechseln. Du weißt ja, wegen meiner politischen Vergangenheit.«

»Seit du die Häuser auf der anderen Straßenseite gekauft hast, sind die Mieter dort ihres Lebens nicht mehr sicher. Allein in den letzten eineinhalb Jahren sind dort fünf Personen ums Leben gekommen. Eine davon durch Selbstmord. Die Frau wurde mit dem Kopf im Backrohr ihres Gasherds gefunden. Die restlichen vier starben alle eines natürlichen Todes. Schlaganfall, Herzversagen. Wenn alleinstehende alte Menschen sterben, interessiert sich niemand allzu sehr für die Todesursache. Man kann einen alten Mann problemlos im Schlaf ersticken oder eine alte Dame zum Küchenherd schleppen und ihren Kopf ins Backrohr stecken. Letzteres ist natürlich immer mit gewissen Risiken verbunden. Es kann nämlich leicht zu einer Explosion kommen, und bloß um einen Mieter loszuwerden, sprengt man nicht unbedingt ein ganzes Haus in die Luft. Deshalb hast du dich dieser Methode vermutlich auch nur ein einziges Mal bedient.«

»Für diese Behauptungen gibt es keinerlei Beweise. Alte Leute sterben nun mal irgendwann. Und es ist gewiss nicht meine Schuld, wenn dieses Schicksal notgedrungen auch ein paar von meinen Mietern ereilt hat.«

»Sie hatten alle Chloralhydrat im Blut, Willa.«

Sie wollte etwas sagen. Ihr Mund öffnete sich, aber sie brachte keinen Laut hervor. Stattdessen stand sie nur schwer atmend da und begann mit dem Zeigefinger das Zahnfleisch über den zwei falschen Zähnen zu massieren, die sie damals in Chicago verloren hatte. Nach einer Weile entfuhr ihr plötzlich ein tiefer Seufzer, und gleichzeitig wich alle bisherige Entschlossenheit aus ihrem Gesicht und ihren Schultern.

Sie nahm ihre Kaffeetasse und kippte ihren Inhalt in die Spüle. Dann holte sie eine Flasche Teacher's aus dem Küchenschrank, goss sich die Tasse voll, nahm einen kräftigen Schluck und sagte dann schaudernd: »Wie hältst du es nur aus, nichts zu trinken?«

»Manchmal ist es tatsächlich nicht einfach.«

»Also ich könnte das nicht, Matt. Doch zurück zu diesen alten Leuten: Ihre Zeit war längst abgelaufen. Sie haben doch nur noch auf den Tod gewartet.«

»Du hast ihnen also einen Gefallen getan.«

»Ich habe jedem einen Gefallen getan, mich eingeschlossen. In diesem Haus gibt es vierundzwanzig Wohnungen, alle mit dem gleichen Grundriss. In renoviertem Zustand könnte ich jede dieser Wohnungen für mindestens einhundertfünfundzwanzigtausend Dollar verkaufen. Für die Wohnungen, die nach vorn rausgehen, bekäme ich sogar noch mehr. Sie sind schöner geschnitten und heller. Und wenn man bei der Renovierung nicht spart, könnte man den Preis sogar noch etwas in die Höhe treiben. Ist dir eigentlich klar, was dabei unter dem Strich herauskäme?«

»Zwei Millionen Dollar?«

»Eher sogar drei. Und das für jedes Haus. Ich habe jeden Cent, den ich von meinen Eltern geerbt habe, in den Kauf dieser Häuser gesteckt; sie sind übrigens bis über den Dachstuhl mit Hypotheken belastet, und mit den Mieteinnahmen komme ich kaum für die Steuern und die Instandhaltungskosten auf. Wenn ich nicht in jedem Haus wenigstens ein paar Mieter hätte, deren Mieten in etwa dem gegenwärtigen Standard angeglichen sind, könnte ich die Häuser nicht halten. Und nun frage ich dich, Matt: Findest du es in Ordnung, dass ein Hausbesitzer seine Mieter unterstützt, indem er sie für ein Zehntel der Miete, die er eigentlich bekommen könnte, in seinem Haus wohnen lässt?«

»Natürlich nicht. Zumal diese Schmarotzer nicht mal über genügend Anstand verfügen, rechtzeitig abzukratzen, damit du endlich deine zwei Millionen einstreichen kannst.«

»So viel würde ich außerdem gar nicht daran verdienen. Sobald genügend Wohnungen leer stehen, könnte ich die Häuser zum Beispiel an eine Maklerfirma verkaufen. Dann käme ich auf einen Schnitt von etwa einer Million pro Haus.«

»Das wären insgesamt vier Millionen.«

»Eins der Häuser würde ich vielleicht sogar behalten. Aber das muss ich mir noch überlegen. In jedem Fall wäre ich dann eine gemachte Frau.«

»Das kann man wohl sagen.«

»Aber so toll, wie sich das Ganze im ersten Moment anhört, wäre es auch wieder nicht. Was ist heutzutage schon noch eine Million? Aber trotzdem ließe sich mit ein paar Millionen natürlich ganz gut leben.«

»Nur schade, dass daraus nun nichts mehr wird.«

»Warum nicht?« Als sie an dieser Stelle unvermutet meine Hand ergriff, hatte diese Berührung etwas seltsam Eindringliches. »Matt, mit den Morden ist jetzt ein für alle Mal Schluss. Das ist alles längst Vergangenheit.«

»Es ist noch keine zwei Monate her, dass in diesem Haus ein Mieter gestorben ist.«

»In diesem Haus? Matt, das war Carl White. Er ist an Krebs gestorben!«

»Er hatte Chloralhydrat im Blut.«

Sie ließ die Schultern hängen. »Er ist an Krebs gestorben«, sagte sie noch einmal. »In ein, zwei Monaten wäre er sowieso von allein gestorben, und außerdem hatte er die ganze Zeit schreckliche Schmerzen.« Sie sah mir in die Augen. »Du kannst über mich denken, was du willst, Matt. Du kannst mich meinetwegen für die Reinkarnation von Lucrezia Borgia halten. Aber du kannst mir Carl Whites Tod nicht als einen Mord aus Habgier anlasten. Welchen Vorteil hätte ich davon haben sollen? Bestenfalls hätte ich auf die Mieteinnahmen verzichten müssen, die er mir in den paar Monaten, in denen er noch am Leben geblieben wäre, gebracht hätte.«

»Warum hast du ihn dann umgebracht?«

»Wie du es auch drehen und wenden wirst – es war ein Gnadenakt.«

»Und was ist mit Eddie Dunphy? War das auch ein Gnadenakt?«

»Das war der einzige Fall, den ich bereut habe«, gestand sie seufzend. »Alle anderen waren doch nur alte Leute, die sich besser selbst umgebracht hätten, wenn sie noch den Mumm dazu gehabt hätten. Nein, bei Eddie war es kein Gnadenakt. Da war es ein Akt der Selbsterhaltung.«

»Du hattest also Angst, er könnte reden.«

»Ich *wusste*, dass er reden würde. Eines Tages ist er hier reingeschneit und hat mir erzählt, dass er alles beichten würde. Er war bei den Anonymen Alkoholikern und faselte irgendwelchen religiös verbrämten Unsinn, gerade so, als wäre ihm Jesus eines Morgens persönlich zum Frühstück erschienen. Er meinte, er müsste sich unbedingt mal mit jemandem zusammensetzen und sich alles von der Seele reden; aber ich bräuchte mir keine Sorgen zu machen, weil er meinen Namen mit keinem Wort erwähnen würde. 'Ich habe einen der Mieter in meinem Haus umgebracht, damit die Hausbesitzerin die Wohnung bekommt, aber ich werde nicht sagen, wer mich dazu angestiftet hat.' Er versuchte mich jedenfalls davon zu überzeugen, die Person, der er alles erzählen wollte, würde schweigen wie ein Grab.«

»Das war vollkommen richtig. Ich hätte keinem Menschen etwas davon erzählt.«

»Du hättest es einfach auf sich beruhen lassen?«

Ich nickte. »Damit hätte ich zwar gegen das Gesetz verstoßen, aber es wäre nicht das erste Gesetz gewesen, gegen das ich verstoßen habe, und auch nicht der erste Mord, bei dem ich ein Auge zugedrückt habe. Ich habe es noch nie als meine Aufgabe betrachtet, alles Übel in der Welt wiedergutzumachen. Und obwohl ich kein Priester bin, hätte ich alles, was Eddie mir anvertraut hätte, unter dem Siegel strengster Verschwiegenheit behandelt. Das habe ich ihm versprochen, und daran hätte ich mich auch gehalten.«

»Wirst du das auch in meinem Fall tun?« Sie kam auf mich zu. Ihre Hände glitten langsam meine Unterarme hoch. »Als ich dich das erste Mal in meine Wohnung gebeten habe, wollte ich nur herausfinden, wieviel du tatsächlich weißt. Allerdings hätte ich dazu nicht mit dir ins Bett zu gehen gebraucht. Das habe ich getan, weil ich es wollte.«

Ich sagte nichts.

»Eigentlich hatte ich nicht damit gerechnet, dass ich mich in dich verlieben würde«, fuhr sie fort. »Aber genau das ist eingetroffen. Ich sage das nur sehr ungern, weil ich genau weiß, dass du es in der augenblicklichen Situation sicher falsch auffassen wirst. Trotzdem ist es die Wahrheit. Ich weiß nicht, ob auch du in mich verliebt bist. Aber ich glaube, dass du zumindest kurz davorstandst. Und deshalb bist du jetzt auch so wütend auf mich. Das ändert jedoch nichts an der Tatsache, dass zwischen uns von Anfang an eine sehr starke Anziehung bestanden hat. Übrigens kann ich diese Anziehung auch jetzt wieder ganz deutlich spüren, und ich weiß auch, dass du sie spürst. Oder etwa nicht?«

»Ich weiß nicht, was ich gerade fühle.«

»Das weißt du sehr wohl. Außerdem übst du einen positiven Einfluss auf mich aus. Du hast mich zum Beispiel schon dazu gebracht, dass ich wieder richtigen Kaffee mache. Matt, warum willst du es nicht trotzdem mit mir versuchen?«

»Wie stellst du dir das vor?«

»Nichts einfacher als das. Du brauchst nur zu vergessen, was wir heute Abend gesprochen haben. Außerdem hast du doch eben selbst gesagt, dass du es nicht als deine Aufgabe betrachtest, alles Unrecht auf dieser Welt wiedergutzumachen. Wenn Eddie dir davon erzählt hätte, hättest du doch auch nichts unternommen. Warum also nicht in meinem Fall?«

»Ich weiß nicht.«

»Stell dich doch nicht so an!« Als sie sich leicht vorbeugte, konnte ich den Scotch in ihrem Atem riechen, und ich musste daran denken, wie ihr Mund schmeckte. Sie sagte: »Matt, ich werde niemanden mehr umbringen. Damit ist jetzt endgültig Schluss. Das schwöre ich dir. Ein paar Leute hatten eine nicht annähernd tödliche Dosis eines handelsüblichen Schlafmittels im Blut. Kein Mensch kann beweisen, dass ich es ihnen gegeben habe. Es gibt nicht einmal einen Beweis, dass ich jemals ein solches Mittel hatte.«

»Ich habe mir damals die Eintragungen auf dem Etikett notiert. Ich habe die Rezeptnummer, die Adresse der Apotheke, das Ausgabedatum, den Namen des behandelnden Arztes ...«

»Der Arzt wird dir bestätigen, dass ich Schlafstörungen habe. Ich habe das Schlafmittel für mich gekauft. Matt, es gibt keinerlei konkrete Beweise. Außerdem bin ich nicht irgendjemand. Mir gehören mehrere Häuser, und ich kann mir ein paar gute Anwälte leisten. Wie wollen sie mich also verurteilen, wenn sie die Anklage nur auf Vermutungen stützen können?«

»Das ist allerdings eine berechtigte Frage.«

»Und wozu das alles überhaupt?« Sie legte mir die Hand an die Wange und strich zärtlich über meine Stoppeln.

»Matt, mein Liebling, wir sind im Augenblick beide ein bisschen durcheinander. Wir haben einen verrückten Tag hinter uns. Das kann man wohl ohne Übertreibung sagen. Lass uns doch erst mal ins Bett gehen. Jetzt auf der Stelle, wir beide. Lass uns erst mal ganz lieb zueinander sein, und dann können wir immer noch weitersehen. Was hältst du davon?«

»Erst will ich wissen, wie du ihn umgebracht hast, Willa.«

»Ich schwöre dir, er hat absolut nichts gespürt; er hat nicht einmal etwas gemerkt. Ich habe ihn in seiner Wohnung besucht, um mich mit ihm zu unterhalten. Bei der Gelegenheit habe ich uns Tee gemacht und ihm ein paar Tropfen von dem Schlafmittel in seine Tasse getan. Dann bin ich nach unten gegangen, und als ich etwas später wieder nach oben gekommen bin, hat er so sanft und friedlich geschlafen wie ein Lamm.«

»Und was hast du dann getan?«

»Genau, was du gesagt hast. Du bist wirklich ein verdammt guter Detektiv, Matt. Es war genau so, wie du gesagt hast.«

»Aber wie hast du das alles hingekriegt?«

»Ausgezogen war er bereits. Nur das T-Shirt hatte er noch an. Erst habe ich die Wäscheleine am Leitungsrohr befestigt. Dann habe ich ihn aufgesetzt und ihm die Schlinge um den Hals gelegt. Er ist nicht mal aufgewacht. Und dann habe ich ihn einfach an der Wäscheleine hochgezogen, so dass ihm sein eigenes Körpergewicht die Sauerstoffzufuhr abgeschnürt hat. So einfach war das.«

»Und Mrs. Grod?«

»Auch bei ihr war es genau so, wie du vermutet hast. Ich habe sie dazu überredet, die Chloraltropfen zu nehmen, und dann habe ich ihr Fenstergitter geöffnet. Umgebracht habe ich sie allerdings nicht. Das hat Eddie getan. Er hat auch dafür gesorgt, dass es so aussah, als hätte sie ihn auf frischer Tat ertappt. Und nachdem er anschließend die Tür von innen verriegelt hatte, ist er über die Feuerleiter wieder in seine Wohnung hinuntergeklettert. Glaub mir, Matt, die Leute, die ich umgebracht habe, waren alle ihres Lebens längst überdrüssig. Ich habe lediglich eine Entwicklung beschleunigt, die sowieso nicht mehr aufzuhalten war.«

»Der gütige Todesengel.«

»Matt?«

Ich nahm ihre Hände von meinen Schultern und trat einen Schritt zurück. Sie sah mich durchdringend an, als versuchte sie zu ergründen, was in mir vorging. Ich holte tief Luft, und dann zog ich mit einem schweren Seufzer meine Anzugjacke aus und hängte sie über die Stuhllehne.

»Ach, Matt«, hauchte sie.

Ich nahm meine Krawatte ab und legte sie über die Jacke. Dann knöpfte ich mein Hemd auf und zog es aus dem Hosenbund. Lächelnd kam Willa auf mich zu, um mich in die Arme zu schließen. Aber ich hob die Hand, um sie zurückzuhalten.

»Matt ...«

Ich zog mir das Unterhemd über den Kopf. Das dünne Kabel war nicht zu übersehen. Sie bemerkte es sofort. Es war um meinen Bauch geschlungen und mit Klebstreifen an meiner Haut befestigt. Aber sie brauchte eine Weile, bis ihr klar wurde, was es damit auf sich hatte.

Und als sie dann endlich begriff, sackten ihre Miene und ihre Schultern nach unten. Gleichzeitig tastete ihre Hand nach der Tischkante, um sich daran abzustützen.

Nach einer Weile schenkte sie sich etwas Scotch in ihre Tasse, und ich zog mich wieder an.

Kapitel 19

Ich lieferte sie persönlich ein. Für Joe Durkin war es ein toller Fang, zu dem auch Bellamy und Andreotti ihr Scherflein beigetragen hatten. Allerdings blieb Willa nicht lange in Untersuchungshaft. Ihre Häuser stellten in den Augen des Untersuchungsrichters eine ausreichende Kaution dar, um sie vorläufig wieder auf freien Fuß zu setzen, bis endgültig entschieden würde, ob ihr überhaupt der Prozess gemacht wurde.

Es würde mich allerdings sehr wundern, wenn sie tatsächlich vor Gericht kam. Die Presse hat in ihrer ausführlichen Berichterstattung über den Fall natürlich vor allem aus Willas blendendem Aussehen und ihrer politischen Vergangenheit reichlich Kapital geschlagen. Die Bandaufnahme, die ich von unserem Gespräch gemacht habe, dürfte zwar vor Gericht als Beweismaterial zugelassen werden, aber ihr Anwalt wird nichts unversucht lassen, es für unzulänglich zu erklären. Und da der Anklage sonst keinerlei konkrete Beweise vorliegen, wird der Verteidiger dem Vertreter der Anklage vermutlich folgenden Kuhhandel vorschlagen: Willa bekennt sich schuldig und kommt dafür mit schlimmstenfalls zwei Jahren davon. Die meisten Leute werden vermutlich finden, dass sie damit ein bisschen zu gut davonkommt, aber andrerseits waren die meisten Leute auch noch nie im Gefängnis.

Ich hatte verschiedene Dinge aus Eddies Wohnung an mich genommen – vor allem seine Bücher und seine Geldbörse. Die AA-Literatur nahm ich eines Abends nach St. Paul's mit. Die Broschüren legte ich zu dem Stapel mit Schriften, die man gratis mitnehmen konnte. Das Buch der Bücher und das Zwölf & Zwölf gab ich einem Neueinsteiger namens Ray, den ich seitdem allerdings nicht mehr gesehen habe. Ich weiß nicht, ob er nur das Treffen gewechselt oder wieder zu trinken angefangen hat. Sollte letzteres der Fall sein, dürften ihn jedoch kaum Eddies Bücher dazu verleitet haben.

Die Bibel seiner Mutter behielt ich für mich. Zwar habe ich auch selbst eine Bibel, die King-James-Fassung, aber es kann nicht schaden, auch eine katholische Bibel zu haben. Ich mag die King-James-Fassung zwar nach wie vor lieber, aber angesichts des Umstands, dass ich nicht sonderlich oft zur Bibel greife, hat das nicht viel zu besagen.

Ganz sicher verwendete ich mehr als zweiundsiebzig Dollar geistiger Energie auf die Frage, was ich mit den vierzig Dollar aus Eddies Bibel und den zweiunddreißig Dollar aus seiner Geldbörse tun sollte. Schließlich kam ich dem Problem bei, indem ich mich selbst zu Eddies Nachlassverwalter ernannte, mich als solcher rückwirkend mit der Aufklärung seines Mordes beauftragte und mir dafür ein Honorar von zweiundsiebzig Dollar auszahlte. Die leere Geldbörse warf ich in einen Abfallkorb, wo sie sich für den wachsamen Müllfledderer, der sie dort fand, als eine herbe Enttäuschung entpuppen würde.

Mit der Abwicklung von Eddies Begräbnis wurde das Bestattungsunternehmen Twomey & Sons in der Fourteenth Street gegenüber von St. Bernard beauftragt. Das geschah auf Veranlassung Mickey Ballous, der auch die Kosten trug. »Damit er wenigstens ein anständiges Begräbnis bekommt«, äußerte er sich dazu mir gegenüber. »Obwohl ich bezweifle, dass außer uns beiden jemand zu seiner Beerdigung kommen wird.« Ich erzählte jedoch bei einem Treffen davon, und so fanden sich immerhin etwa zwei Dutzend Leute ein, um Eddie das letzte Geleit zu geben.

Ballou zog mich überrascht beiseite. »Ich dachte, wir zwei wären die einzigen Trauergäste. Wenn ich gewusst hätte, dass hier so viele Leute anrücken, hätte ich für hinterher was vorbereitet – ein bisschen was zu essen und zu trinken. Sollen wir sie anschließend noch auf einen Schluck ins Grogan's einladen?«

»Ich weiß nicht, ob sie davon so begeistert wären«, gab ich ihm zu bedenken.

»Ach so«, nickte er und blickte sich nachdenklich um. »Die trinken ja alle nichts.«

»Zumindest heute nicht.«

»Das ist es ja auch, was sie mit Eddie verbunden hat. Und deshalb sind sie heute hier.« Nach kurzem Nachdenken fügte er schließlich mit einem nachdrücklichen Nicken hinzu: »Dann ist ja am Ende doch noch alles ganz gut für ihn gelaufen.«

»Das würde ich auch sagen.«

*   *   *

Kurz nach Eddies Begräbnis bekam ich einen Anruf von Warren Hoeldtcke. Sie hatten ebenfalls eine kleine Trauerfeier für Paula abgehalten, und sein Anruf war wohl Teil seiner Trauerarbeit.

»Wir haben den Leuten gesagt, sie wäre bei einem Bootsunglück umgekommen«, erzählte er mir. »Das ist zwar nicht die ganze Wahrheit, aber es kommt dem wahren Sachverhalt relativ nahe.«

Außerdem meinte Hoeldtcke, seine Frau und er wären zu der Überzeugung gelangt, dass sie mich für meine Bemühungen nicht ausreichend entschädigt hätten. »Deshalb habe ich Ihnen heute einen Scheck geschickt. Er müsste in den nächsten Tagen ankommen.« Ich zierte mich nicht lange. Schließlich war ich lange genug bei der New Yorker Polizei gewesen, um mich mit jemandem, der mir unbedingt Geld geben wollte, nicht auf lange Diskussionen einzulassen.

»Und falls Sie sich mal ein Auto kaufen wollen«, fuhr er fort, »sagen Sie mir unbedingt Bescheid. Selbstverständlich bekommen Sie bei mir jedes lieferbare Modell zum Selbstkostenpreis. Es wäre mir sogar eine ausgesprochene Freude, wenn ich mich auf diese Weise erkenntlich zeigen könnte.«

»Ich wüsste doch gar nicht, wo ich die Kiste abstellen soll.«

»Ich weiß«, stimmte er mir zu. »In New York würde ich mir auch kein Auto zulegen – nicht mal, wenn ich es geschenkt bekäme. Aber andrerseits würde ich dort auch nicht leben wollen – egal, ob mit oder ohne Auto. Aber wie gesagt, den Scheck müssten Sie in ein paar Tagen bekommen.«

Er kam drei Tage später und war auf eintausendfünfhundert Dollar ausgestellt. Ich überlegte, ob ich ein schlechtes Gewissen haben sollte, wenn ich ihn annahm, und kam zu der Überzeugung, dass ich das nicht musste. Ich hatte mir das Geld redlich verdient. Sowohl der Aufwand als auch das Ergebnis rechtfertigten diesen Betrag vollauf. Ich hatte mich gegen eine Wand gestemmt und die Wand ein kleines Stück von der Stelle bewegt. Demnach hatte ich richtige Arbeit geleistet und eine angemessene Entlohnung verdient.

Ich brachte den Scheck auf die Bank, hob etwas Geld ab und bezahlte ein paar Rechnungen. Ein Zehntel des Betrags ließ ich mir in Eindollarscheinen auszahlen, damit ich immer einen kleinen Vorrat einstecken hatte und jedem, der mich um Geld bat, etwas geben konnte.

* * *

An dem Tag, an dem ich den Scheck bekam, ging ich mit Jim Faber abendessen und erzählte ihm die ganze Geschichte. Ich brauchte jemand, dem ich mein Herz ausschütten konnte, und Jim war so freundlich, mir dafür sein Ohr zu leihen. »Genau besehen, ist die Aufteilung meines Honorars schon etwas eigenartig ausgefallen«, sagte ich irgendwann. ›Ein Tausender dafür, dass ich herausgefunden habe, wie Paula ums Leben gekommen ist. Und eineinhalbtausend für das Märchen, das ich den Eltern erzählt habe.«

»Du hättest ihnen auf keinen Fall die Wahrheit sagen dürfen.«

»Nein. Das hätte ich beim besten Willen nicht über mich gebracht. Außerdem war meine Geschichte ja auch gar nicht so weit von der Wahrheit entfernt. Ich habe den Eltern nämlich erzählt, ihre Tochter wäre zur falschen Zeit am falschen Ort gewesen und die Person, die sie auf dem Gewissen hat, wäre nicht mehr am Leben. Und auf hoher See über Bord geworfen zu werden, hört sich immer noch besser an, als von Schweinen aufgefressen zu werden. Und wo ist letzten Endes schon der Unterschied? Tot ist man so oder so, und aufgefressen wird man in beiden Fällen.«

»Wahrscheinlich.«

»Fisch oder Schwein – wo ist da schon groß der Unterschied?«

Er nickte. »Warum wolltest du eigentlich, dass Willa dein Gespräch mit den Hoeldtckes hört?«

»Reine Überrumpelungstaktik. Ich wollte ihre Aufmerksamkeit ganz auf Paula lenken, damit sie nicht darauf vorbereitet war, als ich plötzlich die Geschichte mit Eddie aufs Tapet brachte. Außerdem sollte sie dieselbe Version zu hören bekommen wie die Hoeldtckes, damit sie später in Untersuchungshaft nichts hätte ausplaudern können.« Ich dachte kurz nach. »Vielleicht wollte ich sie auch nur ganz bewusst belügen.«

»Warum?«

»Weil ich mich schon ziemlich weit auf sie eingelassen hatte, als ich Eddies Obduktion erhielt und das Chloralhydrat in ihrem Badezimmerschrank entdeckte. Von diesem Punkt an ging ich allerdings wieder deutlich auf Distanz zu ihr. Zum Beispiel habe ich von da an auch nicht mehr mit ihr geschlafen. Das eine Mal, als wir zusammen ausgegangen sind, habe ich sie fast gezielt zum Trinken animiert. Ich hatte es richtig darauf angelegt, sie so betrunken zu machen, dass im Bett nichts mehr lief. Damals war ich mir zwar noch nicht hundertprozentig sicher, ob sie es wirklich getan hat, aber ich hatte kaum noch Zweifel. Und deshalb wollte ich ihr möglichst nicht mehr zu nahe kommen.«

»Lag dir viel an ihr?«

Ich nickte.

»Und wie fühlst du dich jetzt?«

»Ziemlich mies.«

Er nickte und goss sich eine Tasse Tee ein. Wir saßen in einem chinesischen Restaurant und waren inzwischen bei der dritten Kanne Tee angelangt. »Ach, bevor ich's vergesse.« Er griff in die Tasche seines Parkas und holte ein kleines Pappschächtelchen heraus. »Wenn es deine Stimmung auch kaum heben dürfte«, erklärte er dazu, »so ist es zumindest ein bescheidener Versuch, dir eine kleine Freude zu machen. Ein Geschenk von mir. Schau mal rein.«

Die Schachtel enthielt einen Packen Visitenkarten – richtig gediegen, mit Prägedruck. Und nur mit meinem Namen und meiner Telefonnummer drauf. Sonst nichts.

»Danke«, sagte ich. »Wirklich schön.«

»Erst kürzlich dachte ich, dass es eigentlich eine Schande ist, dass du keine anständigen Visitenkarten hast – und das, obwohl du einen Freund hast, der Drucker ist.«

Ich bedankte mich noch einmal. Doch dann musste ich plötzlich lachen. Etwas verdutzt fragte Jim, was denn so komisch wäre.

»Wenn ich die Visitenkarten schon früher gehabt hätte«, sagte ich, »hätte ich nie herausgefunden, wer Paula umgebracht hat.«

Wahrscheinlich werde ich in den Playoffs ein paarmal zum Shea Stadium rausfahren. Mit den Dodgers dürften die Mets eigentlich keine Schwierigkeiten haben. Im letzten Jahr hatten sie elf von zwölf Spielen gegen sie gewonnen.

Aber das heißt natürlich gar nichts. Nur zu oft kommt es völlig anders, als man denkt.

An meine deutschen Leser: Ich hoffe, dass Sie Gefallen an diesem Matthew-Scudder-Roman gefunden haben. Wenn Sie über zukünftige Veröffentlichungen meiner Bücher auf Deutsch informiert werden möchten, schicken Sie einfach eine E-Mail mit dem Betreff "German mailing list" an lawbloc@gmail.com. (Ich versende auch einen Newsletter auf Englisch und würde Sie mit Freude auch auf diese Liste setzen; falls gewünscht, fügen Sie einfach "English also" hinzu.)

Über den Autor

Lawrence Block schreibt seit einem halben Jahrhundert preisgekrönte Kriminalromane und Spannungsliteratur. Sein neuestes Buch ist *In Sunlight or in Shadow*, eine Anthologie mit 17 neuen Kurzgeschichten, die jeweils von einem Gemälde von Edward Hopper inspiriert wurden; zu den vertretenen Autoren gehören Stephen King, Joyce Carol Oates, Lee Child, Megan Abbott, Michael Connelly, Jeffery Deaver und Joe Lansdale.

Blocks zuletzt erschienener Roman ist *The Girl with the Deep Blue Eyes*, von seinem Hollywood-Agenten als »James M. Cain auf Viagra« gerühmt. Zu seinen neueren Romanen zählen außerdem *The Burglar Who Counted the Spoons*, in dem Bernie Rhodenbarr im Mittelpunkt steht, *Hit Me* mit dem Briefmarkensammler und Auftragsmörder Keller sowie *A Drop of the Hard Stuff* mit Matthew Scudder. 2014 wurde Scudder von Liam Neeson in der Verfilmung von *Ruhet in Frieden – A Walk Among the Tombstones* brillant auf der Leinwand verkörpert. Auch andere Romane Blocks wurden verfilmt, allerdings mit geringerem Erfolg.

Block erhielt auch für seine Bücher für Autoren große Anerkennung, darunter Klassiker wie *Telling Lies for Fun & Profit* und *Write for Your Life*. Zuletzt hat er mit *The Crime of Our Lives* eine Sammlung von Aufsätzen über das Genre des Kriminalromans und dessen Vertreter veröffentlicht.

Neben seinen Prosawerken hat Block auch Drehbücher für die Fernsehserie *Tilt* und den Film *My Blueberry Nights* von Wong Kar-wai geschrieben. Block soll ein zurückhaltender und bescheidener Mann sein, auch wenn man das aufgrund dieser autobiographischen Skizze keinesfalls erwarten würde.

Email: lawbloc@gmail.com
Twitter: @LawrenceBlock
Facebook: lawrence.block
Homepage: lawrenceblock.com

Über den Übersetzer:

Sepp Leeb hat Amerikanistik und Germanistik studiert und lebt als Übersetzer in München. Neben Lawrence Block hat er auch Thomas Harris und Michael Connelly ins Deutsche übersetzt.

Die Matthew-Scudder-Romane:

Auf Deutsch erschienene Matthew-Scudder-Kurzgeschichten:

Weitere Bücher von Lawrence Block:

www.Ingramcontent.com/pod-product-compliance
Lightning Source LLC
Chambersburg PA
CBHW051630260626
47170CB00004B/1107